대중들과 만난 구운몽

지은이

엄태웅(嚴泰雄, Eom, Tae-ung)
강원도 춘천에서 태어났다. 고려대학교 국어국문학과를 졸업하고, 동 대학원에서 석사와 박사를 마쳤다. 현재 강원대학교 국어국문학과에 재직 중이다. 석사논문에서는 활자본 고전소설을, 박사논문에서는 방각본 영웅소설을 다뤘다. 두 학위논문을 작성하는 과정에서 도출됐던 고민을 아직 해결하지 못하고 여전히 관심 있게 지켜보고 있다. 아울러『삼국유사』를 읽으며 역사와 서사의 거리가 의미하는 바가 무엇인지,『구운몽』을 비롯한 고전소설 작품을 읽으며 이본의 존재 및 전승 양상이 말해주는 것은 무엇인지 공부하고 있다.

대중들과 만난 구운몽

초판인쇄 2018년 11월 5일 **초판발행** 2018년 11월 15일
지은이 엄태웅 **펴낸이** 박성모 **펴낸곳** 소명출판 **출판등록** 제13-522호
주소 06643 서울시 서초구 서초중앙로6길 15, 1층
전화 02-585-7840 **팩스** 02-585-7848 **전자우편** somyungbooks@daum.net **홈페이지** www.somyong.co.kr

값 20,000원 ⓒ 엄태웅, 2018
ISBN 979-11-5905-326-9 93810

(재)한국연구원은 학술지원사업의 일환으로 연구비를 지급하고, 그 성과를 한국연구총서로 출간함.

한국연구총서 95

대중들과 만난 구운몽

Public Readers, and their *The Cloud Dream of the Nine*

엄태웅 지음

소명출판

서문

어릴 적에 정말 궁금한 게 하나 있었다. 주변에서 선배나 어른 혹은 선생님이 "이 소설은 매우 훌륭한 작품이야. 꼭 읽어봐야 해"라고 조언을 해주는데, 막상 작품을 읽어보면 필자는 그런 느낌을 전혀 받을 수 없었다. 누군가에게 물어봐도 속 시원하게 그 이유를 답해주는 사람은 없었다. 그럴 때마다 필자는, '전 세계에서 보편적으로 널리 읽히며 정전으로 인정받은 작품을 왜 나는 공감하지 못할까'라며 자책하였다. 늘 필자의 부족한 식견과 삐딱한 시선만 탓했다. 그러다 생각이 점점 커지는 날에는, 왜 저 작품들이 특별한 대우를 받아야 하는 것인지 혼자서 계속 반문하기도 했다.

그래서일까. 고전소설을 공부하기로 마음먹은 뒤에도 흔히 말하는 '정전급 작품'에는 좀처럼 관심을 가지지 못했다. 아니 실은 일부러 관심을 두지 않았다. 정전이 아니더라도 고전소설사에서 유의미한 작품이나 사건은 얼마든지 있다고 자신(?)했기 때문이다. 사실 근본적으로는 그 많은 소설들을 훌륭한 작품과 그렇지 못한 작품을 나눌 수 있는 것인지, 나눌 수 있다면 도대체 그 기준은 무엇인지 여전히 확신이 서지 않았기 때문이었다. 그리고 더 솔직히 말하면, 이른바 '정전의 권위'가 싫었기 때문이다. 마치 정전이 '네가 나를 이해하지 못하면, 너는 작품을 제대로 감상할 줄 모르는 거야. 어디 이해할 테면 이해해봐'라며 시험하는 것 같았다.

그런데 이러한 거부감은 아이러니하게도 정전급 작품에 관심을 갖게 되면서 해소되었다. 고전소설의 정전급 작품에 존재하는 다양한 이본들 때문이었다. 주지하다시피 소설사의 흐름을 보면, 근대소설 이후 작가와 독자의 경계가 명확해지고, 작품은 작가 개인의 순수하고 심오한 사유를 담은 완성체로 인식되었다. 그러나 고전소설은 그렇지 않았다. 작가는 곧 독자였고 독자는 곧 작가였다. 작품의 깊이 있는 주제의식은 향유자들에 의해 얼마든지 재구성될 수 있었다.

　고전소설 향유의 이와 같은 특징을 공부하면서 필자처럼 작품의 의미를 제대로 파악하지 못하는 수준 낮은(?) 독자들이 옛날부터 적지 않았다는 사실에 반가웠다. 그리고 한편으론, 작품에 대해 다른 생각을 갖는 사람들이 자신의 의도를 담아 자유롭게 작품을 변형시켜 이본을 생성하는 '수용자의 주체적 행위'가 매우 일상적이었다는 점에 놀랐다. 근대에 들어 창작이 전문화되고 수준이 높아졌지만, 그로 인해 작가와 작품은 신성불가침의 존재가 되었다. 독자들의 반응은 '좋거나 혹은 나쁘거나'처럼 객관식 같은 주관식으로 한정되었다. 독서가 '소비 활동'으로 그치고, 비평이나 새로운 창작과 같은 '생산 활동'은 '소수의 전문가가 아니면 함부로 해서는 안 되는 영역'이 되어버렸다.

　고전소설의 이본은 당시 소설 독자들을 향유층이라는 이름으로 부르게 만들었다. '생산'된 작품을 편방향적으로 수용만 하는 것이 아니라, 이를 바탕으로 스스로 새로운 이야기를 만들어냈기 때문이다. 이러한 문화적 현상을 논할 때에는 일단 작품성이라는 문제를 차치할 필요가 있다. 얼마나 잘 바꿨는지에 주목하기보다는 왜 바꾸었는지에 주목해야 이본 생산의 의도를 파악할 수 있다.

필자는 이른바『구운몽』비선본 계열로 불리는 이본들의 존재 양상에 대해 탐색하고, 이들을 몇 개의 묶음으로 나누어 장기적으로 살펴볼 계획을 갖고 있다. 이 책에서 다루고 있는『구운몽』상업적 이본이 그 첫 번째이다. 이 책은『구운몽』이 대중들과 만나는 과정에서 만들어진 주요 이본들을 대상으로 하여 그것의 개별적 특징들을 살피는 데 주력하였다. 방각본, 세책본, 활자본 등 상업적 이윤 추구를 목적으로 간행된『구운몽』이본들이 선본 계열과는 어떻게 다른지, 그리하여 어떻게 자신만의 서사적 맥락을 만들었는지 고찰하였다. 아울러 새로운 문제 제기로,『구운몽』판소리 계열 이본의 존재에 대해 간략히 소개하고 향후 연구 계획을 밝혔다. 이렇듯 필자는 이 책을 통해 작품의 중심보다는 주변을, 작품의 본질적 속성보다는 변형된 특징에 주목하였다.

　주지하다시피『구운몽』은 고전소설 연구자 누구에게나 숙제와도 같은 작품이다. 연구를 해야 하지만, 막상 시작하기가 쉽지 않다. 연구를 진행하면서도 적지 않은 문제에 부딪힐 수밖에 없다. 아직 공부가 많이 부족한 필자가 소설사의 중심에 있는 작품을 다뤄보겠다고 무모한 시도를 감행하였다. 늘 반성하며, 고치고 보완하고 새로운 시각으로 볼 수 있도록 노력하겠다.

　여러 분들의 노고로 책이 나올 수 있었다. 한국연구원의 후의가 아니었다면 이 책의 출간은 꿈꾸기 어려웠을 것이다. 김상원 원장님께 감사드린다. 아울러 책 발간에 힘써주신 한국연구원의 황수미 선생님과 소명출판의 권혜진 선생님께도 감사의 말씀을 드린다.『구운몽』을 공부하게 된 건 전적으로 지도교수님의 가르침 덕분이다. 장효현 선생님께 감사의 말씀을 드린다. 끝으로 책이 나오기까지 물심양면으로 후원해주고 지지해준 아내 김희주와 딸 주하, 아들 재호에게 감사하다는 말을 전한다.

2018년 11월
춘천 연구실에서
저자 씀

차례

/

제1장

대중들과 만났던,
그러나 소외된 이본들

이 책은『구운몽』을 대상으로 하되 그간『구운몽』연구에 주로 활용되었던 '선본善本 계열' 이본 대신 이른바 '비선본非善本 계열' 이본들을 중심으로 그들의 개성과 특징에 주목하였다. 비선본 계열 이본들이 지니고 있는 각각의 개별적 서사 지향과 주제의식을 살피고 이를 토대로『구운몽』이 수용되고 향유되었던 양상을 조망해보는 것이 이 저술의 목적이다. 이 책의 제목을 '대중들과 만난 구운몽'이라고 한 것은 바로 그러한 이유 때문이다. 이에 따라 이 연구는『구운몽』에 대한 고증적·문헌적 접근보다는 서사적 접근을, 작품 주제의 본령에 대한 탐구보다는 본령에서 벗어난 변형된 주제에 대한 고찰을 중심에 둔다.

주지하다시피『구운몽』은 아직까지 선본 확정과 관련한 논란이 끝나지 않았다.[1] 사실 김만중이 쓴 그『구운몽』원본이 등장하지 않는 이상

선본 확정에 대한 논란은 언제나 현재진행형일 가능성이 높다. 그러나 쟁점의 한가운데 놓여 있는 이본이 노존B본(강전섭본)과 규장각본(서울대본)이라는 점에는 이견이 없다. 이들 이본은 문체나 표현, 어구語句 일부분에서 다소간의 차이 혹은 출입出入을 보인다.[2] 그러나 전반적으로 거의 유사한 내용을 공유하고 있다는 점과 작품의 주제의식을 담고 있는 환몽구조가 완정하게 갖춰져 있다는 점에서 이들을 이른바 선본 계열이라 부를 수 있다.

반면 『구운몽』 이본 중에는 선본 계열과 비교해볼 때 서사의 결략缺略이 존재하고 환몽구조가 온전치 않은 것들이 상당히 많은데, 여기서는 이본의 대부분을 차지하는 이들을 선본 계열과 구분 짓기 위해 편의상 비선본 계열이라고 칭하였다. 비선본 계열은 서사적 결략의 정도나 환몽구조의 불완전성이 그리 심하지 않은 이본부터 매우 심한 이본까지 그 편폭이 크다. 이렇듯 비선본 계열의 존재 양상은 다양하고 불균

---

1   선본 확정과 관련한 대표적인 성과를 꼽으면 다음과 같다. 정규복, 『구운몽 원전의 연구』, 일지사, 1977; 정규복, 「구운몽 노존본의 이분화」, 『동방학지』 59, 연세대 국학연구원, 1988; 정규복, 「구운몽 서울대학본의 재고」, 『대동문화연구』 26, 성균관대 대동문화연구원, 1991; D. 부셰, 「구운몽 저작언어 변증」, 『한국학보』 68, 일지사, 1992; D. 부셰, 「원문 비평의 방법론에 관한 소고(小考)」, 『동방학지』 95, 연세대 국학연구원, 1997; 정규복, 「구운몽 노존본의 첨보작업」, 『동방학지』 107, 연세대 국학연구원, 2000; 지연숙, 「『구운몽』의 텍스트-서울대본·노존B본·노존A본의 위상에 대해」, 『장편소설과 여와전』, 보고사, 2003; 정규복, 「『구운몽』 텍스트 문제의 근황」, 『민족문화연구』 40, 고려대 민족문화연구소, 2004; 엄태식, 「『구운몽』의 이본과 전고 연구」, 가천대(경원대) 석사논문, 2005; 정규복, 「『구운몽』 만고(漫考)」, 『고전과 해석』 창간호, 고전문학한문학연구학회, 2006; 정길수, 「구운몽 원전의 탐색」, 『고소설연구』 23, 한국고소설학회, 2007; 정규복, 「정길수 교수의 「구운몽 원전의 탐색」을 읽고」, 『민족문화연구』 48, 고려대 민족문화연구원, 2008; 정길수, 「구운몽 원전 재론」, 『민족문화연구』 50, 고려대 민족문화연구원, 2009; 정길수, 『구운몽 다시 읽기』, 돌베개, 2010; 정길수, 「『구운몽』 定本 구성의 방법과 실제」, 『고소설연구』 32, 한국고소설학회, 2011.

2   정길수, 위의 글, 2011, 191~192쪽.

질적이지만, 비선본 계열 이본이야말로『구운몽』이 사람들에게 어떻게 받아들여졌는지 파악할 수 있는 중요한 단서들이다.

그런데 수백 종에 이르는 비선본 계열 이본 모두를 한 자리에서 다룰 수는 없다. 혹여 모두 다룬다 해도, 필사자의 존재 및 필사 시기·지역 등이 불분명한 이본들을 한꺼번에 살피는 것이『구운몽』향유의 양상을 설명하는 데 얼마나 효율적인 기여를 할 수 있을지 의문이다. 비선본 계열 이본들은 그 특징적 양상에 따라 몇몇 군집으로 묶을 수 있다. 여기서는 그 중 당시 독자 대중들이 자주 접촉했던, 상업적 성격이 짙은 이본들을 그 연구 대상으로 삼는다.

이에 완판본과 경판본으로 간행된 방각본『구운몽』, 세책업을 위해 필사된 세책본『구운몽』, 20세기 초 신식 인쇄술로 간행된 활자본『연정 구운몽』과『신번 구운몽』을 중심으로 논의를 전개하고자 한다. 표기문자는 모두 한글로 된 것을 택했고, 세책본의 경우 동양문고에 소장되어 있는 이본을 택했다. 이들 이본은 한편으로 특정 시대와 지역을 대변하는 특징을 지니고 있다. 이에 따라 논의 과정에서 자연스럽게 각 이본들이 향유되었던 시공간과의 관련성에 대해서도 언급할 수 있을 것이다.

필자가『구운몽』이본을 선본 계열과 비선본 계열로 다소 도식적으로 구분한 이유는 그 대상을 명확히 하기 위함이다. 이 연구의 관심이 정본定本『구운몽』을 궁구하는 데에 있는 것이 아니라, 이본 파생의 과정에서 서사를 변형한 비선본 계열 이본들에 있기 때문이다. 지금까지 『구운몽』연구는 대부분 선본 계열을 통해 이루어졌다. 이 과정에서 비선본 계열은 선본 계열의 실체를 밝히는 데 유용하게 활용되기는 하였지만, 정작 비선본 계열 자체가 연구의 직접적 대상이 된 적은 많지 않다. 혹여 비선본 계열이 연구의 직접적 대상이 된다 하더라도, 결론은 대체로 비선본 계열 이본이 선본 계열에 비해 '부족하다'는 사실을 확인하는 것이었다. 『구운몽』 이본 연구가 항상 선본 계열에 초점이 맞춰져서 비선본 계열의 독자적 면모가 부각되지 못한 것이다.

필자는 비선본 계열 모두를 결함이 있는 불비不備한 이본으로 볼 수 없으며, 이 중에는 선본 계열과 서사·주제 등을 의식적으로 달리하려 했던 이본들이 있다고 전제하고, 비선본 계열 이본 각각의 개별적 서사 지향과 주제의식을 고찰하고자 한다. 나아가 비선본 계열의 다양한 서사적·주제적 변주에 대한 고찰을 통해, 『구운몽』이 향유층에게 어떻게 인식되었고 향유층에 의해 어떻게 재구성되었는지를 살펴보려 한다. 이는 결국 『구운몽』의 수용미학적 가치에 대한 탐색임과 아울러 『구운몽』 향유 지형의 통시적·공시적 모색이 될 것이다.

1. 왜 비선본 계열 이본인가?

앞서 언급한 것처럼 이 연구는 『구운몽』의 비선본 계열 이본을 대상으로 한다. 선본 계열이 아닌 비선본 계열 이본에 대한 연구가 『구운몽』을 연구하는 데 있어 필요하다고 생각하게 된 이유는 무엇인가? 이에 대한 필자의 문제의식을 세 가지로 나누어 서술하도록 하겠다.

1) 이본 그 자체의 가치 조명

가장 직접적인 이유는 『구운몽』 연구가 소수의 선본 계열을 중심으로 진행되면서, 절대 다수의 비선본 계열의 가치가 온전히 조명받지 못한 측면이 있기 때문이다. 이는 물론 선본으로 거론된 이본들이 불완전한 면모를 지니고 있음이 확인되면서 촉발된 것이다. 김만중이 창작한 원본이 존재하지 않고, 선본으로 거론된 이본들도 완벽한 모습을 갖추고 있다고 보기 어려운 상황에서, 선본으로 거론된 이본들을 통해 원본의 실체를 밝혀내는 것이 필수 불가결한 목적일 수밖에 없었다. 다시 말해 선본 계열 중심의 연구는 선본 확정의 문제가 논쟁의 중심이 되던 상황에서 벌어진 자연스러운 현상이라고 할 수 있다. 그러나 이러한 정황을 인정한다 하더라도, 현재까지 확인된 『구운몽』 이본만 수백 종을 상회하는 상황에서 『구운몽』에 대한 관심이 선본 논란에만 집중되는 것이 옳은 것인지 의문이다.[3]

고전소설은 실증성을 확보할 수 있는 문헌적 근거들이 많지 않기 때문에, 현전하는 이본 텍스트 간의 선후 관계 및 영향 관계를 살펴 선본을 확정하고 이본들을 계열화하며, 나아가 실전失傳된 최선본의 실체를 밝히는 작업이 당연한 수순으로 여겨졌다. 특히 『구운몽』 연구는 이와 같은 이본 연구 방법론을 효과적으로 활용한 대표적인 사례이다.[4]

---

3   후술하겠지만, 물론 『구운몽』 연구 성과가 선본 계열에만 국한된 것은 아니다. 여기서는 낱낱의 개별 연구 성과가 아니라 연구의 경향성을 언급한 것이다.
4   주지하다시피 한국 고전소설 이본 연구의 역사는 곧 『구운몽』 이본 연구의 역사라 해도 과언이 아니다. 해방 이전에 조윤제와 김동욱에 의해 『춘향전』 이본에 대한 연구가 시작된 것을 제외하면(조윤제, 「춘향전이본고 (一)」, 『진단학보』 11, 진단학회, 1939; 조윤제, 「춘향전이본고 (二)」, 『진단학보』 12, 진단학회, 1940; 김동욱, 「춘향전 이본고」, 『이

이 과정에서『구운몽』연구는 선본 확정과 관련하여 연구자 간 첨예한 대립을 보여줬다. 이에 현전하는 최선본最先本이 무엇이며, 정본의 표기문자는 무엇인지, 그리고 작품의 주제는 무엇인지에 대한 논란이 여전하다. 그러나 이러한 쟁점 덕분에 오히려 실전된 원본의 윤곽이 드러나게 되었고, 원본에 보다 가깝게 다가갈 수 있었다.

이쯤 되면『구운몽』이본 연구가 완숙한 단계에 이른 것이라고 볼 수도 있다. 그런데 시각을 달리하여 보면, 이와 같은 연구 경향은『구운몽』이본 중 선본 계열만의 실상을 밝히는 데 주력한 것이라는 점을 알수 있다. 현전 이본 중 최선본은 무엇일까, 김만중의 원작『구운몽』은 표기문자가 한문이었을까 아니면 한글이었을까, 작품의 주제는『금강경』의 공空 사상일까 아니면 인생무상일까. 논쟁적인 물음들의 배후에는 항상 '원본 혹은 정본'의 존재가 전제되어 있는 것이다.

물론 이는 매우 당연하다. 이본 연구는 본디 선본 확정 및 정본 재구를 통해 원작의 가치를 규명하기 위한 것에서 출발했기 때문이다. 따라서『구운몽』이본 연구가 그 배후에 원본을 전제로 하고 있다는 것은 아주 자연스러운 것이다.

그렇지만『구운몽』이본에는 선본 계열만 있는 것이 아니다. 이본 연구에서 거론조차 되지 못한 이본이 허다하며, 이본 연구에서 거론된 이본이라 하더라도 선본에 속하지 못한 이본들은 본격적인 연구의 대상이 되지 못했다. '복수複數의『구운몽』들'이 존재하는 것이다.『구운몽』의

십주년기념논문집」, 중앙대학교, 1955), 본격적으로 그리고 심도 있게 이본 연구가 진행된 작품은『구운몽』이 처음이다. 이로 인해『구운몽』의 선본을 확정하고 정본을 재구하는 작업은 이미 상당한 수준에 이르렀다.

선본을 찾고자 했던 그간의 이본 연구가 원작의 실체를 규명하는 데 큰 기여를 한 것은 명백한 사실이지만, 『구운몽』 선본을 통해 규명된 바가 곧 '『구운몽』들'의 존재를 모두 설명할 수 있는 유일무이한 해답은 아니었음을 인식할 필요가 있다.

선본 『구운몽』의 실체를 규명하는 것으로 『구운몽』 연구가 모두 끝난 것은 아니라는 말이다. 만약 이것이 전부라고 한다면, 다수의 비선본 계열 이본들은 선본과의 위계적 구도 속에서 '결함을 지닌 불완전한 이본'으로만 인식되고 격하된 위상 속에서 제대로 된 평가를 받기 어렵게 된다.

이는 흡사 근대 서유럽의 선원근법의 논리와 유사하다. 근대 서유럽의 선원근법에서는 한 개의 소실점만으로 눈에 보이는 전경을 완벽하게 재현해낼 수 있다고 전제한다. 그러나 소실점의 위치에 놓여 있는 대상은 비교적 완벽하게 재현해낼 수 있다 하더라도, 주변부에 놓인 대상들은 소실점으로부터 멀어질수록 더욱더 본래의 모습으로부터 왜곡된 형상으로 재현될 수밖에 없는 것이 선원근법의 한계이다. 이처럼 단일한 기준과 잣대로 『구운몽』들을 가지런히 배열하려다 보면 주변부로 밀려난 비선본 계열 이본들은 본래의 모습과 다르게 이해될 수 있다.

고전문학 작품은 작가 개인의 독자적 창작물이 아닌 경우가 많다. 심지어 작가가 명확한 작품도 전승 과정 속에서 선본과는 다른 내용을 지닌 이본으로 파생되는 것이 일반적이다. 물론 경우에 따라 원본 『구운몽』으로 수렴되는 이본도 있지만, 모든 이본이 그러한 것은 아니다. 다시 말해 수많은 전승자들에 의해 파생된 복수의 『구운몽』 모두를, 원본 『구운몽』이라는 소실점으로 수렴된다고 상정하여 일률적으로 배열할 수는 없다는 것이다. 따라서 원본『구운몽』은『구운몽』의 모든 이본을 포괄할 수 없으며, 원본『구운몽』이『구운몽』의 모든 이본을 대표할 수도 없다.

결국 이본은 잠정적으로는 선본 확정 및 정본 재구를 위해 연구되어야 하지만, 그 이후에는 이본 자체가 목적이 되어 이본에 담겨 있는 개별적 지향을 밝히기 위해 연구되어야 한다. 전자가 이본 연구를 토대로 선본을 찾아나가는 과정이었다면, 반대로 후자는 확정된 선본을 토대로 이본의 개별적 지향을 파악하는 과정인 것이다.

이러한 관점에서 볼 때,『구운몽』의 비선본 계열 이본 그 자체에 대한 관심이 요청된다. 선본 연구에 기여하는 이본이라는 관점에서가 아니라, 독자적 서사 지향과 주제의식을 지닌 이본이라는 관점에서, 비선본 계열 이본을 새롭게 규명해나가야 하는 것이다.

2) 이본들의 다채로운 변모 양상 고찰

『구운몽』 연구가 줄곧 선본 계열에만 집중되어 있었지만, 그렇다고 하여 비선본 계열에 주목하여『구운몽』의 수용사적 의미를 고찰한 연구가 전혀 없었던 것도 아니다. 장효현은『구운몽』의 환몽구조가 이본마다 차이를 보인다는 점에 착안하여,『구운몽』의 주제 구현 과정을 단계별로 나누고, 이본에 따라『구운몽』주제 수용의 층위가 달라졌음을 체계적으로 서술하였다.[5]

즉『구운몽』의 주제 구현의 단계가,

- 1단계 : 성진은 처음 불가의 세계를 다만 적막고담(寂寞枯淡)한 것으로만 인식하여 회의하면서, 속세의 부귀공명(富貴功名)을 희구한다.
- 2단계 : 그러나 양소유의 파란만장한 삶을 통해 속세의 부귀공명과 남녀 정욕을 극진히 누린 후에는 이것이 다 일장춘몽(一場春夢)이라고 깨닫는다.
- 3단계 : 그러나 육관대사는 이를 다시 부정한다. 그 어느 것도 참[眞]도 아니고 꿈[夢]도 아니라고 한다.[6]

위의 순서로 진행된다고 할 때, 이 3단계를 모두 구현한 이본이 있는가 하면, 2단계 혹은 1단계 구현에 그친 이본들이 존재한다. 이와 같은 주제 구현 단계에 따라 『구운몽』의 이본을 다음과 같이 나눌 수 있다고 보았다.

1️⃣ 각몽의 과정이 아예 사라지고 양소유가 부귀공명을 성취해가는 모습만을 전달하는 이본
2️⃣ 성진의 뉘우침까지 등장하여 양소유가 누렸던 현세의 부귀공명이 일장춘몽임을 전달하는 이본
3️⃣ 마지막 육관대사의 회의와 부정까지 등장하여 대상에 대한 이분법적 구분을 넘어서는 이치의 깨달음을 전달하는 이본

『구운몽』 이본에 대한 연구가 주로 선본 계열에 집중되어 있었던 정

---

5   장효현, 「『구운몽』의 주제와 그 수용사」, 『한국고전소설사연구』, 고려대 출판부, 2002.
6   위의 글, 210쪽.

황을 감안한다면, 이본의 다양한 층위를 인정하고 이를 세분화한 장효현의 논의가 『구운몽』 연구에 던진 시사점은 작지 않다. 이본으로서의 위상이 제대로 밝혀지지 않은 이본들에 주목하여 그 존재의 양상을 살폈고, 이를 통해 『구운몽』에 대한 관심을 다양한 이본들에까지 확신시켰기 때문이다.

그러나 한편으로 장효현은, 위 ①, ②와 같은 층위는 '모두 김만중이 『구운몽』에서 제시하려 한 주제로부터 왜곡된 것이며, 『구운몽』의 심오한 주제와 사상성은 그 이후의 문학사의 지평 위에서 독자에게 충분히 수용되거나 계승되지 못했다'[7]고 하며, ①, ② 형태의 이본이 파생된 것에 대해서 부정적인 입장을 견지했다. 그리고 ①, ② 이본의 존재 가치에 대해서도, '역설적이기는 하지만, 『구운몽』이 문학사의 지평 위에 존재하면서 독자 수용의 과정에서 형성한 이상의 두 층위는 모두, 원작 『구운몽』의 이해를 위한 일정 몫을 담당할 것이다'[8]라고 하여, 이른바 비선본 계열 이본의 가치를 선본 및 정본 구명의 대상이라는 측면으로만 한정하였다. 요컨대 장효현은 주제 구현 단계에 따라 『구운몽』 이본의 다양한 층위를 나누어 『구운몽』 접근의 대안적 방법론을 제시하기는 했지만, 비선본 계열 이본에 대한 평가와 비선본 계열 이본의 가치에 대해서는 여전히 선본 중심적 시선을 유지하고 있는 것이다.

장효현이 이러한 결론을 내린 이유는, 애초 논의의 시작에서 『구운몽』 이본들을 '주제 구현 단계'로 구분한 데서 찾을 수 있다. 다양한 차이를 드러내고 있는 수많은 이본들을 오직 '주제 구현의 수준'으로만

---

7   위의 책, 228쪽 참조.
8   위의 책, 229쪽 참조.

구분하다 보니, 자연스럽게 '주제 구현이 잘된 이본'과 '주제 구현이 잘되지 못한 이본'으로 나뉠 수밖에 없었던 것이다.

이러한 기존 연구의 성과는 그 의의가 충분하되, 한편으로 다음과 같은 두 가지 문제제기를 가능케 한다.

첫째, 비선본 계열 이본의 주제 구현이 실제로는 이상의 구분처럼 단계적으로 명확하게 구분되지 않는다는 점이다. 그 한 예로 세책본『구운몽』을 들 수 있다. 세책본『구운몽』은 기존 선본의 환몽구조를 자신만의 구조로 새롭게 재구성하였다. 기존 연구에서 세책본의 각몽覺夢부분이 아주 간단하게 축약되었다고 했지만,[9] 실제로 축약된 부분은 많지 않다. 오히려 몇 구절의 이동과 생략을 통해 선본 계열의 완정한 환몽구조로부터 탈피하여 새로운 이야기를 전달하려고 했다. 즉 세책본은『구운몽』의 주제 구현 단계에 있어 3단계까지 이르긴 했으나, 그 주제가 꼭 선본 계열의 3단계와 일치하는 것은 아니라는 말이다.

또 한 가지 매우 흥미로운 점은, 세책본의 맨 끝 후일담에 다시금 양소유의 세계를 불러왔다는 사실이다. 세책본의 맨 마지막은, "츠셜 승상의 모든 ᄌᆞ예 부모의 승천ᄒᆞ물 보니 나라의 고ᄒᆞ고 션산의 허장ᄒᆞ니라 양시 ᄌᆞ손이 션션ᄒᆞ여 공휘 ᄭᅳᆫ치지 아니하더라 일장춘몽"으로 끝난다. 각몽을 하여 성진의 세계에서 이야기가 끝을 맺는가 싶더니, 다시금 양소유의 일화를 등장시킨 것이다. 선본 계열 중심의 시선에서는 이 구절이 명백한 논리적 모순[10]으로 보일 것이다. 그러나 이 부분은 세책

---

9   김영희, 「세책 필사본 구운몽 연구」, 『원우론집』 34, 연세대 대학원 총학생회, 2001, 25쪽.
10   위의 글, 25쪽.

본 『구운몽』이 윤회를 매개로 한 두 현현인 성진과 양소유 중 어느 한 쪽도 부정하고 싶지 않으려 했음을 보여주는 것이라 볼 수 있다. 이는 공空 사상을 매개로 한 성진-양소유의 관계 인식처럼 심오한 차원과는 다른 층위로서, 세책본 필사자가 선본 계열의 주제 구현을 계승하되 한편으로는 세속적 욕망이 구현된 꿈 속 양소유의 세계를 함께 긍정하고 싶었음을 드러내는 흥미로운 현상이다.

주제 구현 단계에 따라 이본을 일률적으로 구별할 수 있다는 논지는, 각 단계의 주제 구현 내용이 동일하다는 전제 하에 성립 가능하다. 그러나 위 세책본의 예에서 살펴본 것처럼 각 단계의 주제 구현 내용이 모두 동일한 것은 아니다. 결국 주제 구현 단계에 따른 분류가 효과적인 분석틀임에는 맞지만, 모든 이본에 적용할 수 있는 보편적인 분석틀은 아니라는 점을 알 수 있는 것이다.

둘째, 주제 구현 단계의 변형 외에도 서사적 변형 등에 의해 이본들의 내용이 상당히 달라지거나 다양화될 수 있다는 점이다. 그 한 예로 완판본 『구운몽』을 들 수 있다. 완판본 『구운몽』에 대해서는 지금까지 환몽구조의 주제 구현 단계에 대한 언급만이 있었으나,[11] 작품 전체를 살펴본 결과 인물 형상에 있어 선본 계열과 차이를 보임을 알 수 있었다. 완판본은 선본 계열의 남성주인공과 여성주인공들 간의 인물 관계의 축을 남성주인공인 양소유 쪽으로 상당 부분 이동시켰다. 작품의 서사가 양소유 중심으로 이동된 것이다.

완판본의 인물 형상에 나타나는 위와 같은 특징을 통해 『구운몽』의

---

11 장효현, 앞의 책.

이본이 선본 계열의 인물 형상을 그대로 계승하는 것이 아니라, 각각의 이본이 추구하는 서사적 지향에 맞춰 재구성한다는 것을 알 수 있다. 즉 인물 형상의 변화와 작품 속 주요 사건의 경중輕重의 변화가 맞물려 이루어지는 양상을 보인다는 것이다. 이렇듯 인물 형상이 서사 전개에 있어 중요한 축이 된다는 사실을 감안한다면, 인물 형상의 변화는 작품의 부분적인 변화에 그치는 것으로 보기 어렵다. 따라서 이본의 주제는 비단 주제 구현 단계에 의해서만 변하는 것이 아니라, 인물 형상과 같은 서사적 변형에 의해서도 적지 않게 변할 수밖에 없는 것이다. 결국 주제 구현 단계에 의한 분류만으로는 각 이본이 지니고 있는 다채로운 변형의 양상을 제대로 포착하기 어렵다는 결론을 다시 한번 확인한 셈이다. 요컨대 이러한 문제점들로 인해 단계적이고 도식적인 구분보다는 개별 이본들의 다양한 개성을 있는 그대로 드러내는 것이 필요하다는 결론에 이르게 된다.

3) 『구운몽』의 수용사적 맥락 조망

결국 이 연구는 『구운몽』 비선본 계열 중 시기적·지역적 특성이 비교적 명확한 이본을 대상으로 하여, 주제적 측면뿐만 아니라 이본의 서사 전반에 나타나는 독자적인 변이의 양상을 살펴보려는 것이다. 이는 궁극적으로 『구운몽』의 여러 이본을 그 이본이 배태된 각각의 개별적 시공간에 배치하여 『구운몽』의 향유 지형을 입체적으로 조망하려는 시도라 할 수 있다. 이를 통해 『구운몽』이 창작된 이래, 지역에 따라 그리고 시기에 따라 어떻게 변이되며 계승되었는지를 추적할 수 있으리라고 본다. 이는 수없이 파생된 『구운몽』 이본들이 이본의 정점에 놓여 있는 '선본 『구운몽』'을 기원으로 하여, 어떠한 수용사적 맥락 속에 재배치되었던 것인지를 확인시켜주는 유용한 단서가 될 것이다.

소설사 안에서 한 작품의 가치는 주로 그 작품의 선본에 기대어 평가된다. 이는 근대적인 사적史的 기술記述에서 일반적으로 나타나는 바인데, 하지만 한편으로는 그와 같은 방식이 오히려 풍부하고 다채롭게 전개되었던 이른바 소설 수용사 혹은 향유사享有史의 실상을 온전히 담아내지 못해 아쉬운 점도 있다. 작품 창작 주체 및 창작된 작품의 문학적 가치를 중심으로 한 소설사 기술에, 본 연구가 시도하는 수용사적 맥락을 더한다면 소설사가 한층 견고해지지 않을까 생각된다. 이러한 점에서 『구운몽』의 수용사적 맥락의 조망이 필요하다고 본다.

2. 어떻게 고찰할 것인가?

비선본 계열 이본을 중심에 놓고 독자적 의미를 도출하려면 어떠한 방식을 선택해야 할까? 기존 이본 연구 방법론으로 비선본 계열 이본의 독자적 면모를 도출할 수 있을까? 없다면 어떻게 해야 할까? 이 절에서는 기존 이본 연구 방법론에 대해 필자가 지니고 있는 의문을 밝히고, 이를 대체할 수 있는 잠정적 대안을 제시하고자 한다. 그리고 이어지는 장에서 그 대안을 바탕으로 각 이본의 개성적 면모를 찾아보도록 하겠다.

고전소설이 연구의 대상으로 인식되기 시작한 후부터『구운몽』은 줄곧 많은 연구자들의 관심을 받는 대표적인 작품이었다. 그에 따라 일일이 거론할 수 없을 정도로 많은 연구 성과가 나왔고, 대개는 상당히 쟁점적인 문제의식을 담고 있었다. 이러한 이유로 '『구운몽』연구'를 고찰하는 논문도 등장하였다. 김병국의 1976년 논문[12]과 1995년 논문,[13] 이주영의 2003년 논문[14]이 그것이다. 여기서는『구운몽』연구를 바라보는 시각이 어떻게 달라졌는지 그 추이를 살펴보기 위해 1976년과 2003년에 나온 김병국과 이주영의 논문을 간략히 살펴보도록 하겠다.

김병국은『구운몽』을 처음으로 언급한 천태산인天台山人의『조선소설사』(1939)를 필두로, 본격적인『구운몽』연구의 시작을 알렸던 1955년의 이가원의 논문[15]과 이명구의 논문,[16] 그 이후 정규복의 단행본[17]과 김무조의 단행본[18] 등 1974년까지의 주요 저작을 세심하게 살폈다. 이 논문에서는 1970년대 중반까지의『구운몽』연구의 쟁점을 크게 세 가지로 정리했다. 고전소설 연구자라면 숙지하고 있는바, 그것은 원작 표기문자의 문제, 작품의 주제 및 사상의 문제, 작품의 저작 동기 및 시기의 문제이다. 그 가운데 원작 표기문자의 문제에 대해서 논자는 이가

---

12 김병국, 「구운몽 연구의 현황과 문제점」,『한국학보』5, 일지사, 1976.
13 김병국, 「구운몽 연구사」,『한국고전문학의 비평적 이해』, 서울대 출판부, 1995.
14 이주영, 「구운몽 연구의 현황과 과제」,『국문학연구』9, 국문학회, 2003.
15 이가원, 「구운몽 평고」,『교주본 구운몽』, 덕기출판사, 1955.
16 이명구, 「구운몽고」,『성균학보』2, 성균관대학교, 1955.
17 정규복,『구운몽연구』, 고려대 출판부, 1974.
18 김무조,『서포소설연구』, 형설출판사, 1974.

원, 이명구, 정규복 등의 주요 논지를 소개하며 쟁점을 정리하였다. 그리고 논문의 결론에 가서 이본 연구 즉 텍스트 연구는 최선본의 확정을 위한 작업이며, 최선본은 주석본의 출현을 가능케 함은 물론 다양한 테마의 『구운몽』 연구를 손쉽게 진행할 수 있도록 하는 바탕이라고 언급한다.[19] 요컨대 여러 이본을 비교하여 작품의 원작 혹은 원작에 가까운 이본을 찾아내는 것이 이본 연구를 하는 이유라고 보고 있다. 이본 연구를 직접 수행했던 연구자뿐만 아니라, 그러한 연구를 검토하는 연구자 또한 이본 연구를 통해 선후 관계를 파악하는 것이 가능하고, 그리하여 선본을 추출해내야 한다고 생각했다. 이본 연구가 보다 정밀하고 과학적으로 진행되기를 기대하는 것이다.

그러나 2003년 이주영의 논문에 와서는 이본 연구에 대한 종전의 입장이 일정하게 변화되었음을 느낄 수 있다. 이주영은 1988년 노존B본의 출현을 계기로 표기문자의 문제가 재점화되었다고 하면서 정규복과 D. 부셰의 논쟁을 소개하였다.[20] 주지하는 바와 같이 정규복은 노존B본의 발견으로 '노존B본→노존A본→을사본→계해본'의 한문본 이

---

19 "첫째, 『구운몽』에 관한 한, 이른바 異本攷라 불리는 텍스트 연구의 최종 목적은 최선본의 확정 작업을 위한 것이며, 또 이러한 연구의 결과는 최선 주석본의 해제를 위하여 가장 유용하다는 사실이다. 그러므로 『구운몽』 연구의 제반 테마가 모두 이본 대비를 전제로 해야 가능하다는 발상은 우선 그 실효성이 의심된다. 가령 『구운몽』은, 『춘향전』류가 일종의 형성문학임에 비하여 그것이 일종의 완성문학임을 생각할 때, 이본 대비를 통한 소위 텍스트 연구의 성과가 『춘향전』류의 그것이 彷佛할 수 있으리라고는 기대되지 않을 것임을 지적해둔다." 김병국, 앞의 글, 202쪽.

20 정규복, 「구운몽 노존분의 이분화」, 『동방학지』 59, 연세대 국학연구원, 1988: 정규복, 「구운몽의 텍스트의 문제」, 『어문논집』 31, 민족어문학회, 1992; 정규복, 「구운몽 노존본의 첨보작업」, 『동방학지』 107, 연세대 국학연구원, 2000; D. 부셰, 「구운몽의 저작언어 변증」, 『한국학보』 18-3, 일지사, 1992; 정규복, 「다니엘 부셰의 구운몽 저작언어 변증 비판」, 『한국학보』 18-4, 일지사, 1992.

본 전승 과정을 설정하고, 규장각본(서울대본)이 노존B본의 국역본이라고 보았다. 그러나 D. 부셰는 오히려 노존B본을 통해 한문원작설을 의심하게 되었다고 주장했다.

이주영은 이와 같은 논쟁의 한가운데에 머무르지 않았다. 거리를 두고 논쟁을 조망하는 가운데, 이본 간의 동이同異를 근거로 선후先後를 추정하는 것이 일상적으로 쓰이는 방법이면서도 항상 일정한 오류 혹은 정반대의 가능성을 내포하고 있다고 보았다. 특히 한글본과 한문본이 공존하는 작품의 경우 번역을 통해 표기문자가 전환되었다고 가정할 때, '한글본→한문본' 혹은 '한문본→한글본'의 방향을 확정할 수 있는 기준을 정립하기가 쉽지 않다고 말했다. 그러면서 이 논쟁의 결론은 새로운 자료가 등장할 때까지 유보될 수밖에 없으며, 요즘은 원전 미확정을 작품 연구의 커다란 결함으로 간주하지는 않기 때문에 이 문제에 지나치게 몰입할 필요가 없다고 보았다. 이본 연구를 통해 선본을 가리는 연구 방법에 대해 전보다는 의미 부여를 덜하고 있음을 알 수 있다.

더불어 이주영은 그간 선본 연구에 관심이 집중되어 크게 주목받지 못한 일군의 논문들을 언급하였다. 안창수,[21] 서인석,[22] 김영희[23] 등의 논문이 그것인데, 이들 논문은 각기 다른 이본을 대상으로 하였지만 후대로 내려오면서 『구운몽』이 어떻게 변모하였는지를 살폈다는 점에서 연구사에 유의미한 기여를 하였다고 보았다.

이주영이 이 논문을 제출한 때도 『구운몽』 이본 연구는 여전히 뜨거

21 안창수, 「구운몽 연구」, 영남대 박사논문, 1989.
22 서인석, 「구운몽 후기 이본의 문체 변이와 그 의미」, 『인문연구』 14, 영남대 인문과학연구소, 1992.
23 김영희, 앞의 글.

운 논쟁의 한가운데에 있었다. 그러나 그 논쟁이 해결의 실마리를 보여주기보다는 상반되는 입장을 더 확고히 하는 방향으로 나아갔다. 이주영이 이본 연구를 통해 선본을 가리는 연구 방법에 대해 이전과 달리 다소 유보적인 평가를 하는 이유가 여기에 있을 것이다. 한편 선본 규명을 위한 혹은 선행본을 찾기 위한 이본 연구가 아니라, 후대에 파생된 이본들의 의미를 찾고자 하는 의미의 이본 연구가 존재해왔지만 크게 주목을 받지 못하다가 이주영에 의해 그 의미가 연구사의 수면 위에서 거론되었다. 선본과 선행본 중심의 이본 연구가 지니고 있는 난맥상을 인식하고 그간 소외되었던 비선본 계열 이본을 다룬 연구에 주목했다는 점에서 이는 연구사적으로 꼭 필요한 의미 부여였다고 할 수 있다.

요컨대 이주영은 『구운몽』 이본 연구를 검토한 결과, 정규복과 D. 부셰의 원전 관련 논쟁이 끝나지 않았으며 새로운 자료가 등장해야 결론을 낼 수 있다고 보았고, 앞으로의 이본 연구가 선본과 선행본 규명 일변도에서 벗어나 여러 이본에 주목하는 형태로 다변화되어야 한다고 보았다. 필자는 이주영의 이러한 분석에 동의한다. 다만 굳이 췌언을 하자면 이주영이 언급한 이른바 새로운 자료는 원전에 대한 명확한 단서를 확보할 수 있는 것이어야 할 것이다. 지금까지의 『구운몽』 이본 연구 전개 상황을 고려할 때, 만약 노존B본처럼 쟁점적 이본이 추가로 발견된다면 ― 부분적인 문제는 해결될 수 있어도 ― 그 고민은 지금과 크게 달라지지 않을 것이기 때문이다. 이 지점에서 필자가 감당할 수 없는 매우 근본적인 차원의 문제를 제기하고자 한다. 과연 이본 간 비교를 통한 선본 및 선행본 추정이 고전소설 연구에서 가능한 일일까?

1) 기존 이본 연구에 대한 의문

이주영의『구운몽』연구사 검토 이후에도『구운몽』이본 연구는 꾸준히 이어졌다. 그 쟁점은 주지하다시피 원작의 표기문자와 이본의 선후 관계의 문제였는데, 정규복과 D. 부세의 상반된 입장이 여전한 가운데 2000년대 들어 지연숙[24]이 D. 부세의 입장을 한층 정밀한 형태로 발전시켰고, 엄태식이 상당히 유의미한 문제의식을 제시하였다.[25] 그리고 2007년 이후에는 정길수가『구운몽』이본 연구를 주제로 여러 편의 논문을 발표하였다.[26] 논증 내용에 있어서는 지연숙, 선후 관계 도식에 있어서는 엄태식과 유사한 점이 있으나 이를 보다 세밀하면서도 명료하게 풀어나감으로써 그간의 복잡다단한 논란들을 상당 부분 정리하였다. 그런데 주지하는 바와 같이 이 시기 정길수의 논문은 정규복의 논문[27]과 상호 반론을 제기하며 자신의 논지를 강화하는 방식으로 진행되었다. 정길수의 논지가 애초부터 확고부동했음은 주지의 사실이지만, 쟁점적 논쟁의 과정 속에서 만들어진 후속 논문은 그 전보다 상세하고 구체적인 서술이 이루어짐으로써 타당성을 높였다고 생각된다.

필자는 이와 같은 발전적 논쟁 덕에 보다 용이하게『구운몽』이본에 접근할 수 있었다. 그래서 입장에 대한 동의/반대와 상관없이,『구운

---

24 지연숙, 「구운몽의 텍스트」, 『장편소설과 여와전』, 보고사, 2003.
25 엄태식, 「구운몽의 이본과 전고 연구」, 경원대 석사논문, 2005.
26 정길수, 「구운몽 원전의 탐색」, 『고소설연구』23, 한국고소설학회, 2007; 정길수, 「구운몽 원전 재론」, 『민족문화연구』50, 고려대 민족문화연구원, 2009; 정길수, 「구운몽 정본 구성의 방법과 실제」, 『고소설연구』32, 한국고소설학회, 2011. 이하 정길수의 논저는 '정길수(연도)'로 표기한다.
27 정규복, 「정길수 교수의 「구운몽 원전의 탐색」을 읽고」, 『민족문화연구』48, 고려대 민족문화연구원, 2008.

몽』이본 연구를 해온 연구자들의 논리적 엄정함과 치밀함을 귀감으로 삼아왔다. 그럼에도 불구하고 근본적으로 동의하기 어려운 지점이 있었다. 이는 어떤 연구자의 입장을 더 지지한다거나 혹은 특정 표기문자 원작설에 더 믿음이 간다는 차원의 문제가 아니다.

과연 현전하는 이본들만으로 학계가 큰 과제로 삼고 있는 이본 계승 및 선후 관계의 문제나 선본 확정 및 추정의 과제 등이 해결될 수 있는가 하는 물음이 그것이다. 그리고 더 근본적으로는 각기 다른 조건 속에서 파생되어 시공간적 맥락과 질량이 다를 수밖에 없는 이본들을 어떻게 단선적 구도 혹은 하나로부터 분화되어가는 구도로 설명할 수 있을까 하는 물음도 들었다. 아니, 단선적 구도나 하나로부터 분화되어가는 구도가 아니라 하더라도, 이들이 필연적으로 서로 연관관계를 맺고 있는 존재라는 전제가 과연 가능한 것인지 궁금하지 않을 수 없다. 결국 이러한 의문은 자연스럽게 원전의 재구再構나 정본의 구성이라는 행위가 고전소설 이본 연구의 차원에서 가능한 것인가 하는 물음으로 이어졌다.[28]

---

[28] 이러한 문제의식은 김동욱에 의해 이미 제기된 바 있다. 김동욱은 『구운몽』의 여러 이본 중 원본에 가까운 이본을 찾는 작업이 과연 가능한 것인지 합리적인 근거를 들어가며 의문을 제기하였고, 결과적으로 어느 이본이 원본에 가까운지 판정하는 작업은 불가능하다고 보았다. 필자는 김동욱의 결론에 동의한다. 원본에 가까운 이본을 찾는 작업이나 선본을 재구하는 작업은 구조적으로 늘 논리적 반박의 가능성을 잠재하고 있다. 『구운몽』처럼 표기문자의 문제조차 해결되지 않은 작품의 경우에는 더욱 그러하다. 그러나 한편으로는, 논리적 반박의 가능성이 늘 잠재한다는 사실이 연구의 불필요성을 주장하는 근거가 되기는 어렵다고 본다. 원본 혹은 정본을 탐색하는 작업은 물론 얽힌 실타래를 푸는 것만큼이나 정답에 도달할 가능성이 희박한 것이 사실이지만, 꾸준하고 다양한 시도가 언젠가는 해결의 실마리를 제공해줄 수 있을 것이기 때문이다. 그리고 완벽한 답이 도출되지 않는다 하더라도 작품의 경향성을 파악하는 작업은 매우 중요하고, 그 작업을 위해서는 원본 혹은 선본의 존재에 대한 고찰이 필수적으로 선행되어야 하기 때문이다. 중언부언이지만, 그러함에도 원본 혹은 정본을 탐색하는 작업에 대해서는 여러 측면에

(1) 선본先本과 원작의 관계, 대본臺本과 전사본傳寫本의 관계

 ▪ 선본先本을 결정하여 그것으로 원작의 표기문자를 단정할 수 있는가?

기존 연구에서 이미 언급한 것처럼 현전하는 이본들의 선후 관계를 논리적으로 완벽하게 규명할 수 있어서 맨 앞에 놓인 선본先本이 무엇인지 알 수 있다 하더라도, 그 이본異本이 과연 『구운몽』 원작의 표기문자를 말해준다고 할 수 있는가? 단정할 수 없다.[29] 논리적으로만 따져보더라도 선본을 통해 원작의 표기문자를 알 수 있다는 말이 성립되기 어렵다. 현전 이본들을 갖고 논증을 한다면 결국 현전 이본 내에서만 성립이 가능한 논리가 되기 때문이다. 한문본 선본 계열인 노존B본과 한글본 선본 계열인 규장각본은 상호 번역의 흔적 때문에 친연성이 매우 높은 이본으로 평가받는다. 그런데 이 중 무엇을 선행본이라고 규정하든, 우리는 그 선행본에 대해 '원작에 가장 가까운 이본'이라고 말할 수 있을 뿐 '원작과 표기문자가 같은 이본'이라고 말할 수는 없다.

가령 한글본인 규장각본이 '원작에 가까운 이본'이라는 입장을 취해보자. 규장각본은 번역투가 많으며 (선본 계열이지만) 상식적 수준에서 볼 때 축약이나 생략이 적지 않은 편[30]이라, 실전失傳된 임의의 한문본을 바탕으로 만들어졌을 것이라는 가정이 충분히 가능하다. 같은 맥락에서 한문본인 노존B본도 그 앞에 한글본이 존재했다는 가정을 방어할 완벽한 근거가 없다. 더욱이 지연숙과 정길수에 의해 거의 확실해진

서 물음표가 생기는 것이 사실이다. 김동욱, 「『구운몽』 원본 탐색의 가능성 고찰」, 『국문학연구』 24, 국문학회, 2011 참조.
29 정길수(2007), 6쪽.
30 정길수(2011), 11쪽.

바, 현전現傳하는 노존B본은 후대에 노존A본을 덧붙여 보완한 듯하다. 그렇기에 '현전 노존B본'을 순수한 선본이라고 말하기가 더욱 어려워 졌다. 다시 말해 '원작에 가장 가까운 이본'이라는 범주 안에서도 순수 하게 선본의 모습을 갖추고 있다고 말하기 어려운 상황들이 발생하는 것이다. 따라서 현전 선본의 앞에 표기문자가 정반대인 임의의 이본이 있을 수도 있다는 반론 제기가 무리는 아니다. 요컨대 우리는 현전 이 본들을 통해 '원작에 가까운 이본'을 찾을 수는 있다. 그러나 그것이 '원작과 표기문자가 같은, 원작에 가까운 이본'인가는 판단을 유보할 수밖에 없다.

- **현전 선본 계열 이본 간의 관계가 직접적인 선후 관계인가?**

- **대본臺本과 전사본傳寫本의 관계 맺음을 단정할 수 있는 근거라는 것이 존재하는가?**

다음으로 현전 이본 간의 선후 관계를 직접적인 영향을 주고받은, 그 러니까 대본과 전사본의 관계로 규정할 수 있는가의 문제이다. 이 또한 이본 연구에서 공통적으로 확인되는데, 순서는 다르더라도 대개 현전 이본의 선후 관계는 곧 수수授受 관계로 이해되어서 직접적인 연관성이 있음을 암묵적으로 전제한다. 가령 다음과 같다.

현전 이본 간의 선후 관계도

노존B본	→	규장각본	→	노존A본	→	을사본
〔국역-직역〕		〔한역-개작〕				

논자들은 명징한 근거 제시를 통해 자신이 설정한 선후 관계의 타당 성을 입증하기 위해 노력한다. 이는 선후 관계 도식을 주장하는 연구자

들의 공통적인 속성이다. 그런데 한편으로는 이들을 어떠한 방식으로 나열한다고 해도 직접적인 영향을 주고받은 관계라고 설정하기에는 무리가 있지 않은가 하는 생각이 든다. 위 도식을 설정한 논문에서는 정경패와 난양공주의 칠보시七步詩에 대해 태후가 해석하는 대목을 예로 들며, 노존B본에서 규장각본으로, 그리고 규장각본에서 노존A본으로 이어진다고 보았다.

물론 이러한 주장은 매우 설득력 있는 논증을 기반으로 하고 있다. 노존B본에서 태후는 정경패와 난양공주의 시의 묘미를 일반 독자들도 알기 쉽게 풀어주기 위해 친절히 설명을 덧붙인다. 한시漢詩와 전고典故에 대해 세밀하게 논할 수 있는 것은 이 이본이 한문본이기 때문이라는 것이다. 규장각본은 한글본임에도 이를 고스란히 옮겨 놓았는데, 한글 직역이기 때문에 아무래도 그 세세한 의미 전달이 이루어지기는 어려운 측면이 있다고 하였다. 한편 노존A본은 이러한 태후의 시 해석 부분을 단 열두 글자로 서술하였는데 —"태후가 미소 지으며 즉시 두 시를 가지고 그 뜻을 다 설명하니"—, 이는 한문본 사이의 계승에서는 성립될 수 없는 양상이라고 보았다.[31]

〔노존B본〕太后笑曰："此兩詩下句, 皆有意思. 鄭家女兒之詩, 桃花比蘭陽, 鵲比於渠. 毛詩召南, 王姬下嫁之詩曰, '華如桃李', 諸侯女子嫁詩曰, '維鵲有巢'. 此兩詩傳以風流曲調, 則兩人之婚, 自然在其中. 古人之詩曰, '宮人傳曲支鵲樓', 此詩第三句引用, 而秘鵲字. 精妙宛曲, 如見其德性, 宜女兒之歎服. 蘭陽

之詩, 則爲戒鵲之言曰, '銀河之橋, 努力善爲. 昔則渡一織女, 今則渡二織女.' 公主之婚, 引用鵲橋例言, 而吾纔以鄭女爲養女, 不敢當云, 而引用毛詩, 自處 以諸侯女子, 而蘭陽之詩, 則與渠同是天孫云, 眞知吾志也. 此豈非英邁乎?"[32]

〔**규장각본**〕 휘 웃고 글오샤티, "이 두 글이 다 아릐 귀 의식 이시니 뎡가 녀으의 글은 도화로 난양을 비기고 (문맥상 '까치를 자기에게 비하니'가 나와야 하 지만 규장각본에는 없음−인용자 주) 모시 쇼람의 왕희 (희왕) 하가ᄒᆞᆫ 글의 ᄒᆞ야 시티, '빗나기 복셩화 외얏 ᄀᆞᆺ다' ᄒᆞ얏고 졔후의 녀ᄌᆞ 셔방 맛ᄂᆞᆫ 글의 ᄒᆞ야시 티, '가치집이 잇다' ᄒᆞ야시니, 이 두 글을 풍뉴 곡됴로 뎡홀 졔난 냥인의 혼 시 ᄌᆞ연 가온티 잇고 녯 사람의 글의 '대궐 겨집이 곡됴를 기작누의 뎐ᄒᆞᆫ다' ᄒᆞ야시니 이러므로 이 글을 인ᄒᆞ야 쓰티 진딧 가치 쟉ᄌᆞ를 곰초아시티 졍운 ᄒᆞ고 완곡ᄒᆞ야 그 덕셩을 보ᄂᆞᆫ 듯 하니 녀으의 탄복ᄒᆞ미 맛당ᄒᆞ고, 난양의 글은 가치ᄃᆞ려 말ᄂᆞᆫ 말이 '은하슈 ᄃᆞ리를 힘써 민ᄃᆞ라 녜ᄂᆞᆫ 흔 딕녜 건너더 니 이제ᄂᆞᆫ 두 딕녜 건너리라' ᄒᆞ니 공쥬의 혼인의 쟉교를 인ᄉᆞᄒᆞᆫ 예스 말 이어니와, 내 뎡녀를 양녀 삼으니 감히 당치 못홀ᄭᅡ ᄒᆞ야 모시를 인증ᄒᆞ야 계후의 녀ᄌᆞᄂᆞᆫ 쳐ᄒᆞ야거ᄂᆞᆯ, 난양의 시의ᄂᆞᆫ 져과 ᄀᆞᆺ티 흔가디로 텬손이라 ᄒᆞ 야시니 진실노 내 ᄠᅳᆺ을 아ᄂᆞᆫ디라, 이 아니 영매ᄒᆞ랴".[33]

〔**노존A본**〕 太后微笑, 卽把兩詩, 說盡其意.[34]

---

32 『구운몽』(노존B본), 92~93쪽. 이하『구운몽』이본을 두 번 이상 인용할 시 '노존B본'과 같이 이본명만 표기.

33 『구운몽』(규장각본) 권지삼, 39b~40a.

34 『구운몽』(하버드본), 554~555쪽.

이와 같은 논증 방식은 비단 이 논문만의 특징이 아니다. 고전소설 연구자라면 누구나 이와 같은 방식을 택한다. 그래서 이 의문은 위 논문에 대한 의문이 아니라, 고전소설 연구의 논증 방식에 대한 의문이다. 필자의 짧은 견해로 볼 때, 그 의문은 크게 두 가지이다.

첫째, 노존A본에서 서술 분량이 짧다고 해서 그 대본臺本을 무조건 한문본이 아니라고 단정할 근거가 있는가. 한문본을 대본으로 하면서도 정경패와 난양공주의 시에 대한 태후의 해석이 서사 전개상 필요치 않다고 판단할 수 있다. 이는 작품성의 문제와는 별개이다. 한문을 활용한 이들은 일반적으로는 이와 같은 시 해석의 묘미를 흥미롭게 인식했겠지만, 모든 이들이 동일하게 인식했다고 단정할 수는 없다.

둘째, 노존A본이 한문본이 아닌 한글본을 대본으로 삼았을 혐의가 높다는 점을 인정하더라도, 그 대본이 곧 규장각본이라고 할 만한 근거가 있는가. 노존A본은 그 대본을 한글본으로 삼았을 가능성이 충분히 인정된다. 그러나 그렇다고 하더라도 그 대본이 규장각본일(혹은 그 계열일) 가능성은, 적어도 위 비교를 통해서는 확신하기 어렵다. 규장각본은 한글본이지만 태후의 설명이 자세하고, 노존A본은 한문본이지만 태후의 설명이 매우 간략하다. 만약 이 대목을 갖고 직접적인 선후 관계를 논한다면 그것은 확정하기 어렵다. 규장각본의 대본이 한문본일 가능성, 노존A본이 한글본일 가능성이 매우 높을 뿐, 그 대본들을 현전 선본 계열 이본으로 특정할 수 있는 명확한 근거는 없다.[35]

---

35 설혹 이와 같은 흐름을 다 인정한다 하더라도, 그 외의 부분에서 이미 설정해놓은 선후 관계에 부합하지 않는 사례들이 등장하여 또 다시 곤혹스럽게 한다. 이본 간의 실제 관계는 우리가 생각하는 것보다 훨씬 더 복잡할 것이라는 생각을 갖게 한다. 아래 내용은 정길수(2009), 각주 38번의 내용이다. 필자의 의도와 같은 맥락으로 서술을 한 것은 아니

▪ 직접적인 선후 관계가 아니면 이들을 일직선상으로 연결할 수 있을까?

상황이 이러하다면, 현전 이본을 일직선상에 앞뒤로 배치하거나, 하나의 이본에서 몇 갈래로 분화되었다고 설명하는 방식도 재고의 여지가 있다고 본다. 주지하는 것처럼 고전소설 이본의 파생은 이와 같이 일직선으로 혹은 원작에서 순차적으로 분화해나가는 방식으로만 이루어지지 않았을 것이기 때문이다. 원작이 초기부터 여러 갈래로 분화되어 나갔으며, 분화된 각각의 선본 계열 이본이 다른 양태로 파생되어 나갔을 가능성이 충분하다. 특히 원작의 표기문자가 무엇이었든 『구운몽』은 한글본과 한문본으로 표기문자를 달리하면서까지 파생되었기 때문에, 파생되어 간 양상을 직접 눈으로 확인하지 않고 예상하여 추정하는 데에는 한계가 있을 수밖에 없다. 사실 이는 한계라기보다 너무나 당연한 것이다. 『구운몽』이 역사 기록이 아니라 문학 작품이기 때문이다. 『구운몽』은 문학 작품이기 때문에, 필사자가 선행본의 내용을 오류 없이 받아들여야 하는 책임감으로부터 일정 부분 비켜서 있을 수 있다. 대본과 전사본이 굳이 종속적인 관계에 놓여야 할 필요가 없는 것이다. 앞서 제시한 예를 갖고 극단적으로 말한다면, 『구운몽』은 문학 작품이기 때문에 노존B본을 대본으로 삼은 필사자가 노존A본을 탄생시켰다

지만, 선후 관계 정립의 난맥상을 보여주는 한 사례라고 생각되어 전제한다. 한편 엄태식, 앞의 글, 17~18쪽에서는 위의 인용 대목 바로 앞에 나오는 정경패의 시 중 "南國穠華與鵲巢"(노존B본, 92쪽) 구절을 노존A본이 한역본(漢譯本)이라는 주장의 근거로 삼은 바 있다. 이는 노존B본의 '穠華'가 규장각본에는 '뇨화'로 되어 있고(시 풀이에서는 '농화'라고 했다), 노존A본에는 '天華'로 되어 있다는 점에 착안한 것이다. '穠華'에서 '天華'로의 변환 사이에 '뇨화'가 개입되었으리라는 생각에 필자 역시 전적으로 동의한다. 다만 노존A본 계열의 하버드본에는 '天華'가 아니라 '穠華'로 올바르게 되어 있다는 점이 문제다. 하버드본과 노존A 계열 여타 본들 사이의 관계에 대한 추가 검토가 필요하지 않을까 하는 의문점만 우선 제기해 둔다.

고 말할 수도 있다(어디까지나 가정이다).『구운몽』이본의 존재 양상을 선본 계열에 국한시키지 않고 비선본 계열로까지 확장하면, 이와 같은 생각에 더 확신이 든다. 간헐적으로 학계에 보고된 것처럼『구운몽』비선본 계열 이본은 선본 계열 이본과 전혀 다른 양상을 보여주는 경우가 다반사이기 때문이다.

요컨대『구운몽』을 비롯한 고전소설의 이본 연구에서는 텍스트 외의 문헌적 근거가 존재하지 않는다면 이본 간의 선후 관계를 특정할 수 있는 완벽한 근거가 없어 보인다. 경향성이나 가능성은 파악이 될 수 있지만 그것을 확정적인 사실로 언급하기에는, 문학 텍스트가 지니고 있는 자율성이나 가변성이 너무 높다.

(2) 재구본과 정본이라는 존재

이본의 변모가 선본으로 수렴될 수 있는 수준을 벗어나는 것이라면, 역추적으로 원작을 그려보는 것 또한 쉽지 않은 일이다. 주지하다시피 정규복은 하버드대 소장본을 비롯한 노존본 계열의 한문필사본과 1725년에 목판으로 간행된 을사본의 대비를 통해 나타난 차이를 을사본에 삽입하여 교감 및 재구하고(이하 교감본), 이를 노존A본이라 불렀다.[36] 그런데 이 교감본이 어떤 측면에서는 선본 계열의 위상을 정립하는 데 혼선을 준 측면이 있다. 교감본은 노존A본 계열의 선본을 그려내기 위해 만들어진 것이기는 하지만, 교감본이 지금은 사라진 노존A본 계열의 선

---

36 정규복,『구운몽 原典의 연구』(초판), 일지사, 1977; 정규복,『구운몽 原典의 연구』(제2판), 보고사, 2010.

본을 그 모습 그대로 복원해낸 것은 아니기 때문이다.

『구운몽』정본을 구성하려는 시도 또한 같은 조건에 놓여 있다. 교감학에서는 이본의 착오를 의오疑誤와 이문異文 등으로 나누어 구별하는데, 이때 그 기본 전제는 이본의 기록이 오류라는 사실이다. 의도적 변개가 아니라 오류이기 때문에 교감을 해야 하고 정본을 만들기 위해 수정을 해야 한다는 논리인데, 문학 텍스트에는 '오류와 의도'를 구분하기 애매한 지점들이 존재할 수밖에 없다.

> 昔**大禹氏**, 治洪水, 登其上, 立石紀功德, **天書雲篆, 歷千萬古而尙存**. 晉時女仙魏夫人, 修鍊得道, 受天帝之職, 率仙童玉女, 來鎭此山, 卽所謂南岳魏夫人也. 蓋自古昔以來, 靈異之跡, 瓌奇之事, 不可殫記.[37]
>
> (옛날 **대우씨**가 홍수를 다스리고 그 산에 올라 돌을 세워 공덕을 기록하니 **천서와 운전이 천고 만고의 세월을 지내고 지금도 남아 있다**. 진나라 때 여선 위부인이 수련하여 도를 얻고 천제의 벼슬을 얻어 선동과 옥녀를 거느리고 이 산에 와 머물렀으니, 이른바 남악 위부인이다. 예로부터 전해 오는 신령한 자취와 진기한 사적을 이루 다 기록할 수 없다. 강조는 인용자. 이하 동일)

> **티죄** 홍슈를 다스리고 형산의 올라 비를 세워 공덕을 긔록ᄒ니 **하ᄂᆞᆯ글의 구름 뎐지 이시니 쇼쇼히 완연ᄒ야 진티 아녓고** 진 시절 녀션 위 부인이 도를 어더 하ᄂᆞᆯ 벼슬을 ᄒᆞ여 션관 옥녀를 거ᄂᆞ려 형산을 진정ᄒᆞ야시니 닐온 남악 위 부인이라 녜로부터 오므로 녕흔 쟈최와 긔이흔 일을 이로 긔록디 못ᄒᆞᆯ너라[38]

---

37 노존B본, 5쪽.
38 규장각본 권지일, 01b~02a.

'大禹氏'와 '태조', '天書雲篆, 歷千萬古而尚存'와 '하늘글의 구름 뎐지 이시니 쇼쇼히 완연ᄒᆞ야 진티 아녓고' 등의 차이에서는 정본에 들어갈 내용을 고르는 데에 큰 고민을 하지 않아도 된다. 그러나 서술이나 표현과 같은 구체적인 문제로 들어가면, 어느 것이 맞고 어느 것이 틀리다고 하는 참·거짓의 결론을 내리기가 만만치 않다.

가령 두 이본에서 한 쪽에는 등장인물의 발화로 처리한 것을 다른 한 쪽에서는 서술자의 서술로 처리했다면, 그 중 어느 것이 정본에 부합한다고 말할 수 있을까? 사실 그에 대한 답은 존재하지 않는 것 같다. 각 이본은 이본 내부의 맥락에 부합하는 방향으로 선택을 하거나 향유층의 단순한 개인 기호에 맞춰 변형했을 것이다. 필사자의 선택에 어떤 기준이 적용되었는지 알 수가 없다. 그러나 정본을 만들기 위해서는 필히 둘 사이에 우열을 가려야 한다. 결국 그와 같은 과정을 거쳐 만들어진 정본은 원전의 모습과는 차이가 발생할 수밖에 없다.

물론 이는 비단 『구운몽』에만, 문학 작품에만 해당되는 얘기는 아니다. 문학 작품뿐만 아니라 경서의 정본 구성에서도 정본과 원전의 차이는 필연적으로 발생한다.

중요 고적이 간행된 이후에는 유전되는 과정 속에서 글자나 구절의 착오가 발생하기도 하고 다르게 이해되기도 한다. 어느 정도 세월이 지난 뒤에는 시대적 차이 때문에 주석과 교감이 필요하게 되는데, 여기에서 필연적으로 서로 다른 해석과 서로 다른 수정이 발생하게 된다. 또 어느 정도 세월이 지나면 달라진 사회와 역사 속에서, 서로 다른 정치·사상의 입장과 관점에 따라 전 시대 사람들과는 다른 해석과 다른 수정을 하게 된다. 이렇듯 오랜

역사 속에서 반복적인 해석과 거듭된 교감을 거쳐 최후에는 많은 사람들이 공인하는 원본에 가까운 정본이 생겨날 수 있는 것이다.

그러나 실제 이 같은 정본은 역사 속에서 고쳐진 정본이므로 원래의 저작과는 당연히 일정한 차이가 있으며, 그 고적이 생겨났던 시대의 지식과 문자에 완전히 부합될 수는 없다. 바꿔 말하면 고적의 기본 구성은 실제 다층의 복잡한 중첩 구성을 이루고 있다는 것이다.[39]

문학도 교감학의 대상이다. 그러나 주지하다시피 교감학의 주요 대상은 경전經典이다. 단순 비교를 하는 것이 조심스럽지만, 경전은 문학 텍스트에 비해 상대적으로 원전 지향적인 성격이 강하다. 그럼에도 위 언급처럼 교감본이 원래의 저작과 같다고 전제하지 않는다. 원래의 저작과는 당연히 일정한 차이가 있으며, 원 저작의 당대 면모로부터 벗어난 측면도 많다. 경전의 교감도 이러한 특징을 보이는데 하물며 문학 텍스트의 교감은 어떠하겠는가. 원전과 이본의 차이는 경전에 비해 문학 작품이 훨씬 큼을, 그래서 교감을 위해서는 훨씬 더 많은 변수를 감안해야 함을 전제해야 한다. 따라서 선본을 지향하는 이본 연구는 한편으로 선본을 구명해야 하는 목적을 지녀야 하지만, 그런 와중에 아이러니하게도 그것이 원작과는 차이가 있음을 인정할 필요가 있다.

---

39 倪其心, 신승운 외역, 『校勘學槪論』, 한국고전번역원, 2013, 208쪽.

2) 잠정적 대안

이본 연구를 통한 선본의 선정이나 이본 간 선후 관계의 정립, 이를 바탕으로 한 재구본이나 정본의 구성 등이 원전 실체의 모색과 이본 전승의 실상을 온전히 밝혀내지 못하는 것이라면, 문제는 보다 근본적인 차원으로 들어간다. 왜 이본 연구를 해야 하는가? 이본 연구의 성과는 무엇일까?

아무리 객관적인 시선을 견지한다 하더라도, 이본 연구에는 필연적으로 연구자의 주관이 개입될 수밖에 없다. 그런 의미에서 이본 연구를 통한 재구본이나 정본은 한편으로 현재적 성격을 지니게 된다. 그러나 그렇다고 하여 불완전한 텍스트만으로 작품에 대한 연구를 진행할 수는 없다. 필자는 현재 이 지점에서 더 나은 해답을 얻지 못하고 있다.

다만 다음과 같은 잠정적 결론을 제시하고자 한다. 교감에 의한 선본의 재구나 정본의 구성은 말 그대로 불가피한 것이라 생각된다. 원전과 원전의 표기문자에 대한 확신, 이본 간의 긴밀한 선후 관계 설정, 재구본이나 정본에의 지나친 권위 부여 등은 경계하면서, 그리고 연구자에 의한 재구성의 영역을 최소화하면서, 원작에 가까운 텍스트의 실체를 궁구하는 것은 고전소설 연구에서 꼭 필요하다고 본다.

그리고 이러한 작업이 선행되어야만 이본 연구의 새 지평을 열 수 있다. 지금까지 주요 작품의 이본 연구는 주로 선본의 실체를 밝히는 데에 집중되었다. 그러나 선본의 실체만큼이나 중요한 것이 계승 과정에서의 변모이다. 앞서 이주영의 논문에서도 언급된 바와 같이, 이 작품이 후대에 어떻게 받아들여졌는지를 파악하는 것은 또 한편으로 상당히 중요한 '이본 연구'의 영역이다.

그런데 이때 후대의 이본, 이른바 비선본 계열의 이본들이 어떻게 변했는지를 살피기 위해서는 원작 혹은 선본 계열의 실체가 무엇인지 일정한 윤곽이 필요하다. 따라서 '원작에 가까운 텍스트의 실체를 궁구하는' 종래의 이본 연구는 비단 선본 계열 이본을 위해서만이 아니라 비선본 계열 이본을 위해서라도 절실히 요청되는 작업이라고 본다.

단, 이 경우 선본과 비선본 계열을 놓고 진행되는 이본 연구는 이본 간 자구의 출입을 따지는 차원의 교감학적 연구라기보다는 서사의 흐름의 차이에 주목하는 서사 비교의 연구여야 할 것이다. 교감학적 연구를 진행하기에는 이미 너무 많은 차이가 발생했기 때문이다. 이를 통해 비선본 계열 이본들을 '군집화'하거나 '선본과 비선본 사이의 거리'를 재고, 이를 바탕으로 원작이 파생되면서 만든 향유의 외연을 감지하는 것이 필요하다.

필자의 짧은 생각일 수 있지만, 고전소설에서 원작만큼이나 중요한 것이 다양하게 파생된 이본이다. 주지하다시피 소설은 작가 의식이나 원작의 작품성이 중요하다. 그러나 이는 대체로 근대적인 소설관에서 중시되는 것이고, 전통적인 소설 향유 문화에서는 이와 더불어 이 작품이 어떻게 많은 이들에게 공유되었는지를 따져볼 필요가 있기 때문이다. 어쩌면 원작이 어떠했나보다 당대 사람들이 이 작품을 어떻게 받아들였는지가 작품의 존재 의의를 파악하는 핵심일 수도 있다. 선본 중심의 이본 연구는 이와 같이 한편으로는 비선본 계열 혹은 후대의 향유 문화 전반을 판가름할 수 있는 기준으로서 그 위상을 부여받을 수 있다. 그리고 선본 중심의 이본 연구를 시작으로 비선본 계열 이본 그 자체에 대한 연구로 나아가야 할 것이다.

이 책에서는 위와 같은 문제의식을 바탕으로 독자 대중들과 가장 많이 만났을 것으로 추정되는, 그러면서도 선본 계열에는 포함되지 못하는 이본들을 살펴보도록 하겠다. 한글 완판 105장본, 경판 32장본, 동양문고 소장 세책본, 활자본 『연정 구운몽』, 활자본 『신번 구운몽』이 그것이다. 이들 이본이 한글본이기 때문에 선본 계열 중에서 한글본을 대표하는 규장각본을 기준으로 삼아 이들의 개성적 면모가 무엇인지 찾아볼 계획이다.

이는 전통적인 이본 연구의 방식, 가령 자구의 출입을 통해 이본 간 연관 관계를 파악하는 방식과는 그 성격이 다르다. 혹자가 보기에는 이 방식이 기존의 이본 연구 방법에 비해 정밀하지 않은 편의적인 비교에 불과하다고 볼 수도 있다. 그러나 그것은 기존 이본 연구 방법론의 관점에서 이 책의 이본 비교 방식을 바라보기 때문이라고 생각한다. 주요 이본을 한 데 모아 다양하게 비교하면 이본 간 차이의 스펙트럼에 대한 확인은 용이하지만, 개별 이본의 '내부적 맥락'을 파악하는 데에는 장애 요인이 된다.

이 연구는 이른바 기준본을 '절대적 기준'으로 생각하지 않는다. 기준본으로 사용하는 규장각본은 비선본 계열 이본과의 거리를 재기 위한 잠정적이고 상대적인 기준이라고 전제하였다. 그렇기 때문에 본문을 서술하는 과정에서 어느 이본이 더 완벽하고 덜 완벽하다는 식의 가치판단을 중심에 두지 않았다. 그리고 비교를 하되, 두 이본 간의 차이에 방점을 찍기보다는, 두 이본 간 비교를 통해 도출된 비선본 계열 이본의 개성이 작품 서사의 내부적 맥락에서 어떻게 기능하는지를 주되게 살폈다. 다시 말해 비선본 계열 이본의 독자들이 작품을 읽으면서 어떻게 이 작품의 서사를 이해하려고 했는지를 중심으로 논의를 전개하였다는 말이다.

물론 이러한 비교가 놓칠 수 있는 부분도 적지 않다. 두 이본만 놓고 비교하다 보면 다른 이본들의 존재를 간과하고 마치 두 이본의 특징이 전부인 것처럼 생각하고 판단할 수도 있기 때문이다. 이러한 문제가 발생할 것을 방지하기 위해 이 연구에서는 규장각본이 아닌 다른 선본 계열 이본들, 가령 노존본B와 같은 대표적인 한문본들을 필수적인 비교 대상으로 삼았다. 다만 앞 단락에서 언급한 것처럼, 비선본 계열 이본의 특징에 주목하기 위해 본문에서는 규장각본과의 비교를 중심으로 서술하였다.

덧붙여 이 책의 맨 마지막에는 대중들과 만난 또 다른 형태의『구운몽』이본군을 소개하였다. 율문적 성격이 강한, 그래서 가사체 혹은 판소리 계열로 볼 수 있는『구운몽』이본군(이하 '판소리 계열 이본군')이 그것이다. 그간 이들 이본에 대해서 전혀 소개가 되지 않은 것은 아니었지만, 본격적인 연구가 진행된 것 또한 아니었다. 필자는 상업적 성격의『구운몽』이본을 고찰하는 과정에서 기존에 나와 있던 판소리 계열 이본들 외에 추가로 몇몇 이본을 확인하였다. 이에 이 이본들의 존재 양상을 개략적으로 검토하고, 향후 연구의 방향에 대해 간략히 언급하도록 하겠다.

제2장

양소유 중심의 시선과 세속적 윤리의식

완판본『구운몽』

제1장에서의 문제의식을 바탕으로 제2장부터는 개별 이본들의 개성적 면모를 탐구해보도록 하겠다. 이 책에서는 대중들과 만난『구운몽』이본 중에서 한글 완판본『구운몽』을 가장 먼저 주목하였다. 그 이유를 설명하기 위해서는 이 작품이 향유되던 당시 독자들이 가지고 있었던 다양한 기대 지평과, 그로 인해 스펙트럼처럼 다양하게 분화된『구운몽』주제의식의 층위를 살펴볼 필요가 있다. 이를 통해 완판본『구운몽』이 갖고 있는 이본으로서의 위상과 연구의 필요성이 확인될 수 있기 때문이다.

이 책의 서두에서 언급한 것처럼,『구운몽』의 선본이 무엇이고 주제가 무엇인지에 대해서는 확실한 답을 내리기 어렵다. 이러한 현상의 원인에 대해서는 다양한 접근이 가능하겠지만, 무엇보다 명확한 사실은 이 작품의 주제 구현에 있어 핵심이라고 할 수 있는 환몽구조가 이본마다 상이한 양상을 보여주기 때문이다.[1] 선본 계열에서는 주지하다시피 성진이 각몽하여 깨달음을 얻는 것에서 그치지 않는다. 꿈속 체험을 통해 속세의 부귀공명이 부질없음을 깨달은 성진에게 육관대사는 이분법적 사유는 옳지 못하다며 속세를 거짓의 공간으로 여기고 불가佛家를 참의 공간으로 인식하지 말 것을 당부한다. 환몽구조를 통해 양소유가 속세의 부질없음을 깨닫는 것은 그 자체로 결론이 아니고 또 다른 깨달음을 주기 위한 과정이다. 『구운몽』 선본 계열에서 환몽구조는 더 큰 깨달음을 얻기 위한 절차의 하나인 것이다. 결국 환몽구조와 더불어 육관대사의 설법 부분이 함께 존재해야 작품의 주제가 명확해진다. 따라서 선본 계열 『구운몽』의 주제는 인간 세상 부귀공명의 덧없음이 아니라 대상에 대한 이분법적 구분을 넘어서는 이치의 깨달음이라 할 수 있다.

제1장에서 언급한 『구운몽』의 주제 구현 단계를 상기해보자(19쪽). 그간의 연구에서 ③은 선본이자 기준본으로 평가받고, ①와 ②는 선본의 서사구조를 온전히 갖추지 못한 비선본 계열로 평가받았다. 그리하여 ①의 주제인 부귀공명이나 ②의 주제인 일장춘몽은 원작의 의도를 제대로 이해하지 못해 '의도치 않게 형성된' 주제로 보았다. 하지만 조선후기에 『구운몽』에 대해 언급한 기록들은 이 작품의 주제로 ③을 언급하지 않고, 주로 ②를 거론하고 있어 흥미롭다.

쇼셜의 구운몽이란 칙은 셔포의 지은 배니, 대개 공명부귀로써 흔당춘몽으로 도라보니여 써 대부인의 근심을 위로ᄒᆞ미라. 그 칙이 이 세상의 셩히 돈니니, 내 아이 재 닉이 그 말을 드르니, 대개 셕가의 말노써 우의ᄒᆞ고, 둥간

---

1   장효현, 『한국고전소설사연구』, 고려대 출판부, 2002 참조.

의 초亽의 뉴의 만터라.[2]

또 글을 지어 부쳐서 (윤부인의) 소일거리를 삼게 하였는데, 그 글의 요지
는 일체의 부귀번화가 모두 몽환(夢幻)이라는 것이었으니, 또한 뜻을 넓히
고 슬픔을 달래기 위한 것이었다.[3]

또 이른바 구운몽은 공(公)이 적소(謫所)에 있을 때에 지은 것이다. 육관
대사의 제자 성진과 남악의 팔선녀가 서로 희롱하다 득죄하여 인간세상에
적강하여 양가에 환생한 이야기이다. 양소유는 문장과 훈업이 일세에 으뜸
되어 출장입상하여 몸이 부귀를 지극히 하고, 인하여 팔선녀로써 서로 만나
인연을 맺어 일생을 즐겁게 누리고 나서 마침내 기한이 차 공문에 귀환하니,
그 뜻은 대개 공명부귀의 일장춘몽임을 석가의 우언으로써 경계 짓고 초사
(楚辭) 이소(離騷)의 남긴 뜻을 띠었으니 상하 2권이다.[4]

선행 연구에서는 『구운몽』과 관련한 가장 앞선 기록을 남긴 도암陶菴
이재李縡(1680~1746)의 경우 시기적으로 『구운몽』의 선본에 해당하는 노
존본이나 을사본 계통을 접했을 가능성이 높다고 전제하고, 이재의 「삼관
기三官記」에 기록된 일장춘몽이라는 『구운몽』의 주제는 육관대사의 설법
부분을 간과하고 오독한 결과라고 보았다. 그리고 이러한 초기 인식이
후대 『구운몽』 수용의 한 선입견을 형성시켰을 것이라고 보았다.[5]

---

2   이재(李縡), 『패림(稗林)』 「삼관기(三官記)」.
3   김병국·최재남·정운채 역, 『서포연보』, 서울대 출판부, 1992.
4   이우준(李遇駿, 1801~1867), 『몽유야담』 「소설」.
5   장효현, 앞의 책, 201~215쪽 참조.

그러나 한편으로 이는 오히려『구운몽』의 서사구조나 주제의 변형이 상당히 이른 시기부터 진행되었으리라는 주장의 근거가 될 수 있다. 또한 후대에『구운몽』에 대해 언급한 기록들이 도암 이재의 기록에 견인되어야 할 필연적인 이유를 찾기 어렵다. 후대의 기록들이 각각『구운몽』을 읽고 혹은 그 당시에 유통되던『구운몽』에 대한 일반적인 인식을 기반으로 작성되었을 가능성을 배제할 수 없다. 따라서 다수의 기록들이 작품의 주제로 인생무상이나 일장춘몽을 이야기하고 있다는 것은,『구운몽』의 적지 않은 이본들이 3단계의 의미를 무력화하거나 3단계를 생략한 채 ②의 형태로 작품을 향유하는 경우가 많았다는 것을 의미한다.

따라서 ② 형태의 이본을 우연한 기회에 작품 내용의 불충분한 전승으로 인하여 생성된 것으로 보기보다는, 보다 의도적인 변화의 결과로 읽어야 할 필요가 있다. 그 변화는 어떤 이본을 통해 확인할 수 있을까. 이를 잘 보여주는 것이 바로 완판본『구운몽』이다. 완판본『구운몽』이 ② 형태의 구조를 비교적 온전히 갖추고 있기 때문이다.

더욱이 이 판본은 전주 일대에서 상업적 목적으로 독자들에게 널리 유포되었다. 따라서 여러 이본 중 하나에 불과하지만 그 확산의 범위나 독자들에게 미친 영향력을 고려하면 완판본『구운몽』이 그저 하나의 이본에 불과한 판본이 아님을 짐작할 수 있다. 완판본『구운몽』의 개성적 면모는 어떠할까? 개성적 면모는 전주 지역의 문화와 관련이 있는 것은 아닐까? 구체적으로 살펴보도록 하겠다.[6]

---

6   완판본 구운몽의 개략적인 서지 정보는 다음과 같다. "완판본은 2권 2책으로 된 국문 목판본이다. 그 판각 연도는 이 책 상권 말에 '임술맹추'라는 기록으로 볼 때, 철종 13년

1. 양소유 중심의 시선

먼저 인물 형상의 특징에 대해 살펴보도록 하겠다. 인물의 캐릭터에 변화의 지점들이 포착되기 때문에 인물 형상이라는 표현을 썼지만, 결국 이는 완판본의 서사 지향이라는 말의 다름 아니다.[7] 규장각본과 완판본에는 동일한 인물들이 등장하지만 그 인물들이 각 이본에서 어떻게 형상화되는가를 자세히 살펴보면 일정한 차이가 존재함을 확인할 수 있다. 그 차이는 양소유 즉 남성주인공 중심의 시선이라고 정리할 수 있다. 그 근거를 남성주인공인 '양소유'와 여성주인공들인 '2처 6첩'의 형상화 양상으로 나누어 살펴보자.

(1862) 봄이 될 것이다. 또한 이 책의 판각 연도가 1892년이고, 역시 고어투가 군데군데 보이는 것으로 보아 이 책의 성립 시기는 경판본과 같이 역시 19세기 초로 보는 것이 좋을 것이다. 이 책의 상권은 55장, 하권은 50장, 도합 105장으로 되어 있으며, 그 체제는 세로가 21cm, 가로가 17cm, 매 장 13행, 매 행 17자 내지 21자이며 분장(分章)은 전혀 없으나 분장될 만한 곳에 '각설이라'를 임의로 삽입해 놓고 있다." 정규복·진경환 역주, 『한국고전문학전집』 27 – 구운몽, 고려대 민족문화연구소, 1996, 331쪽.

7   완판본 『구운몽』의 특징을 논함에 있어 '인물 형상'을 축으로 삼은 것은, 완판본의 서사 지향이 인물 형상의 측면으로 구체화된다는 방각본 고전소설의 특징이 『구운몽』에도 적용된다고 보았기 때문이다. 방각본 영웅소설을 보더라도 완판본이 보여주는 인물 형상의 독특한 면모가 확인된다. 결국 완판본 『구운몽』을 고찰할 때에는 이 작품이 전주 일대에서 독자들에게 수용된 양상을 긴밀하게 고려할 필요가 있다. 엄태웅, 「방각본 영웅 소설의 지역적 특성과 이념적 지향」, 고려대 박사논문, 2012 참조.

1) 양소유 형상화의 양상

(1) 효심의 부각

완판본에서 양소유에게 쏟는 많은 관심은 크게 두 가지 특징으로 정리가 되는데, 그 첫 번째 특징으로 양소유의 효심이 부각된다는 점을 들 수 있다. 양소유는 어린 시절에 부친을 잃는 한편 모친과도 상당 기간 떨어져 지낸다. 작품에서 부모가 차지하는 서사적 위상이 그리 높지 않다. 실제로 규장각본에서는 부모에 대한 애틋한 마음이 그리 강조되는 편이 아니다. 그런데 완판본은 규장각본과 내용적으로 큰 차이를 보이지 않으면서도 절묘하게 양소유의 효심을 부각시킨다.

규장각본 『구운몽』	완판본 『구운몽』
흔 도인이 안자다가 싱을 보고 닐오딕, "그딕 필경 피란흐는 사람이로다". 양싱 왈, "올흐이다". 쏘무르딕, "회람 양 쳐스의 녕낭이냐 얼골이 심히 곳다". 싱이 눈물을 먹음고 실샹을 딕답흔딕 도인이 웃고 닐오딕, "죤공이 날노 더브러 삼월 젼의 즈각봉의셔 바독 두고 갓거니와 심히 평안흐니 그딕는 슬허 말나	흔 도시 안셕의 비겨 냥싱을 보고 긔거흐야 문왈, "네 피란흐는 사람이니 반두시 회남 냥 쳐스의 아들이 아니냐?" 냥싱이 나아가 직비흐고 눈물을 먹음고 대왈, "쇼싱은 냥쳐스의 아들이라. 아비를 니별흐고 두만 어미을 의지흐야 직조 심 노둔흐오나 망녕도이 요힝의 계요로 과거를 보려흐고 화음 짜회 이르러 난리를 만나 살기를 도모흐야 이곳의 와 습더니, 오늘날 션싱을 만나 부친 쇼식을 듯습기는 하늘이 명흐신 일이로소이다. 이계 대인의 궤장을 모셔시니, 복걸 부친이 어딕 잇스오며 긔체 엇더흐 옵신잇가? 원컨딕 흔 말숨을 앗기지 마옵소셔". 도시 웃셔 왈, "네 부친이 앗가 즈각봉의셔 날과 바독 두더니 어딕로 간 주를 알이오. 얼골이 아희 곳고 타락이 셰지 아니흐여시니 그딕 는 넘녀치 말나". 냥싱이 쏘 울며 쳥왈, "원컨딕 션싱을 인흐야 부친을 보게 흐쇼셔". 도시 쇼왈, "부즈간 지졍이 즁흐나 션범이 다 르니 보기 어러오니라. 쏘 샴산이 막연흐고 십

규장각본 『구운몽』	완판본 『구운몽』
그듸 임의 이리 와시니 머므러 자고 명일 길이 트이거든 가미 늦디 아니 ᄒ리라". (권지일, 25b)	듀묘묘ᄒ니 네 부친의 거취을 어듸가 ᄎᄌ리오, 네 부질업시 슬허 말고 예셔 뉴하야 평난ᄒ후의 ᄂ려가라". (360・362쪽)[8]

양소유는 고향을 떠나 과거를 치르러 가는 길에 진채봉과 인연을 맺고, 뒤이어 난리를 만나 피난하여 도망가던 와중에 한 도사를 만나 위와 같은 대화를 나누게 된다. 두 이본에서 도사는 양소유의 처지를 한 번에 간파하는데, 이때 도사에 의해 제시되는 양소유에 대한 정보는 양소유가 '피난하는 사람'이라는 것과 '회남 양 처사의 아들'이라는 것이다.

규장각본에서는 이 두 정보가 두 번의 문답으로 나뉘어져 대화가 진행된다. 도사는 질문을 하는 의문형이 아니라 정보를 확인하는 차원의 평서형으로 말을 끝내고, 양소유는 이 질문에 대한 짤막한 답변만을 할 뿐이다.

반면 완판본에서는 도사의 발언이 '네 피란ᄒᄂ 사ᄅᆷ이니 반ᄃ시 회남 냥쳐ᄉ의 아들이 아니냐?'와 같이 평서형이 아닌 의문형으로 끝난다. 이에 양소유는 짤막한 답변으로 끝내지 않고, 그간의 행적을 언급하며 부친의 안부를 묻는 질문까지 발언을 이어간다. 그리고 양소유의 질문에 대해 도사의 대답이 끝나자, 양소유는 또 다시 부친을 만나고자 하는 의지를 드러낸다. 부친을 그리워하는 양소유의 마음이 재차 강조되는

---

8 이하의 서술에서도 이와 동일한 방식으로 두 텍스트를 비교하였다. 두 텍스트를 비교하여 내용상 대응되는 지점을 줄맞춤하였고, 이해를 돕기 위해 쉼표, 마침표, 따옴표, 띄어쓰기 등을 입력했다. 판독이 불가능한 문자는 '□'로 표시하였다. 그 외에는 원문을 그대로 사용하였다. 출처는 각주 대신 표 맨 끝에 적었다. 완판본 『구운몽』과 같이 출처가 짝수 쪽수만으로 구성된 것(가령 360・362쪽)은 인용한 책의 구성상 특징 때문이다. 정규복・진경환 역주, 앞의 책. 이 책은 짝수 쪽에 원문을 홀수 쪽에 번역문을 실었다.

것이다.

그리고 두 판본에서 공히 부친이 잘 있으니 염려 말라는 도사의 발언이 등장하는데, 규장각본에서는 그에 자세한 내용이 덧붙여지지 않는 반면, 완판본에서는 이러한 도사의 발언을 전후로 부친의 안위를 애타게 걱정하는 양소유의 모습이 직접적으로 제시되면서 효심이 더욱 강조되는 양상을 보인다.[9] 그 다음의 내용에서도 비슷한 특징이 감지된다.

규장각본 『구운몽』	완판본 『구운몽』
싱이 녜단을 ㄱ초아 모친 표미 두년스룰 가보니 나히 뉵십셰는 ㅎ고 계힝이 이셔 츠청관 웃듬 녀관이 되엿더라.	싱이 즉시 녜단을 가쵸와 두연스을 츠자가니 년스는 나히 뉵십이 넘은지라.
싱이 졀ㅎ여 뵈고 뉴시의 셔찰을 드리니 연시 안부룰 뭇고 깃브고 슬허 닐오딕, "내 녕당 겨져룰 니별ㅎ연디 이십년이라 그 후의 난 사룸이 겨러틋시 헌앙ㅎ여시니 인간 셰월이 실노 흐르는 믈 ㄳ도다 내 나이 늙어 번요흔 곳을 염ㅎ여 요스이 공동산의 드러가 신션을 츠자려 ㅎ엿더니 겨져의 편지 가온딕 내게 의탁흔 말이 이시니 양낭을 위ㅎ여 머믈녀니 양낭의 풍쳐 신션ㄳ투니 당금 녀즈등의 빅필될 사룸이 어려울가 ㅎ노라 그러나 노신이 죵용이 싱각ㅎ여 볼 거시니 양낭이 겨룰이 잇거든 다시 오라" ㅎ더라.	싱이 들러가 지빅ㅎ고 그 모친 편지를 들인대 연시 그 편지를 보고 눈물을 흘이고 왈, "네 주친과 니별흔지 이십여 년이라. 그후의 나은 주식이 이러틋 ㅎ니 셰샹 일월이 헛된 거시로다. 나는 셰샹 변화를 브리고 물외예 와 이거니와, 네 모친 편지을 보니 네 비필을 구ㅎ라 ㅎ여시되 네 풍치을 보니 진실노 신션이라. 아모리 구ㅎ야도 너 ㄱ튼 니는 엇기 어렵거니와 다시 싱각흘 거시니 후날 다시 오라".
	싱이 왈, "쇼즈의 주친이 나히 만ㅎ신지라. 쇼질의 나히 십뉵세 되오딕 비필을 졍치 못ㅎ여 효양을 일로지 못ㅎ오니, 원컨딕 슉모임은 십분 념녀ㅎ옵쇼셔" 하직ㅎ고 가니라.
양싱이 과게 다다라시딕 과업의 ㅁ움이 업셔 수일 후 쏘 연스룰 가보니	**이ㅼㅐ예 과거 날이 갓가와시딕 혼쳐를 졍치 못ㅎ엿기예 과거의 뜻이 업셔 다시 즈쳥관의 가니**
(권지일, 45a)	(382·384쪽)

9 물론 그간의 연구를 통해 밝혀진 것처럼 규장각본은 선본 계열 중에서 축약되는 경향이 잘 나타나는 이본이다. 그래서 혹자는 규장각본과의 비교 결과를 곧 완판본의 특징이라고 언급할 수 있느냐고 반문한다. 그런데 이러한 이의제기는 『구운몽』 이본 연구가 선본이라는, ─ 완벽하게 재구되었다고 인정되는 ─ 절대적 기준에 의해 진행되어야 한다는 전제로부터 출발한다. 그러나 이 책에서는 선본이 절대적인 기준이 아니라 각 이본의 개성을 파악하기 위해 선택된 잠정적 기준이라고 보고, 선본 계열에 속한 대표적 한글본인 규장각본을 선택하여 각 이본과의 거리를 측정하였다.

양소유는 경사에 올라간 뒤에 고향에서 모친에게 들은 말씀에 따라 모친의 표매表妹인 두련사를 찾아간다. 규장각본에서 두련사는 양소유의 모친 유씨의 소식을 듣고 한편으로 기뻐하고 한편으로 슬퍼하며, 중매를 요청하는 유씨의 부탁을 신중하게 받아들인다. 하여 양소유가 워낙 훌륭한 인물이라 배필을 금방 찾기가 쉽지 않아 당분간 조용히 생각해야 하니 나중에 다시 오라고 말한다. 이러한 두련사의 말에 대해 양소유가 별도의 대답이나 의사 표시를 하지 않는다.

　　그런데 완판본에서는 양소유가 혼처를 빨리 정해야 한다는 생각 때문에 과거에 집중하지 못하는 것은 물론이거니와, 두련사의 말에 대해서도 혼사 문제가 한시가 급하다는 의견을 피력한다. 그런데 이때 그 이유가 본인의 다급한 마음이 아니라 효도이다. 나이가 16세가 되도록 배필을 정하지 못하여 효도를 하고 있지 못하다는 것을 이유로 들어 혼처를 빨리 정해줄 것을 요청하는 것이다.

　　그 시점도 흥미롭다. 규장각본에서는 두련사가 나중에 다시 오라고 말한 당시에는 별다른 반응을 보이지 않던 양소유가 과거 시험이 가까워지자 다시 와서 혼처에 대한 이야기를 하는 것으로 전개된다. 반면 완판본에서는 두련사의 발언이 끝나자마자 곧바로 혼처에 대한 이야기를 하고 있는데, 앞서 언급한 것처럼 이때 효심을 그 이유로 거론하는 것이다. 요컨대 완판본의 양소유에게는 혼처를 정하는 문제가 시급하며, 이는 곧 살아계신 모친에 대한 효도가 시급함을 의미하는 것으로 볼 수 있다.

　　완판본의 다른 대목에서도 양소유의 효심은 부각된다. 양소유가 혼인을 하기 위해 모친을 모시러 간다고 상소를 올리는 대목을 보면, 규

장각본과 달리 완판본에서만 황제가 양소유를 보며 "냥소유는 극한 효
즈라"고 칭찬을 한다.

『구운몽』은 내용적으로 볼 때 부모에 대한 그리움을 드러낼 곳이 많
지 않다. 속세의 현현인 양소유가 등장한다 하더라도 대체로 양소유와
2처 6첩에 집중될 뿐 부모가 조명되지는 않는다. 이는 부모가 일찍 세
상을 뜬 뒤에도 부모에 대한 그리움을 곳곳에서 드러내는 영웅소설과
는 다른 점이다. 그럼에도 완판본에서는 규장각본과 달리 양소유의 효
심을 부각하고 있다. 완판본『구운몽』은 양소유의 효심을 강조함으로
써 어떠한 효과를 얻고자 하였을까?

(2) 비영웅적 면모의 부재

완판본에서 양소유의 효심이 강조되는 한편 비영웅적 면모는 최대
한 감춰진다. 이는 양소유의 영웅적 면모를 중시한 완판본이 소극적 차
원에서 양소유의 영웅적 면모를 유지시키기 위해 노력을 했던 방편으
로 봐야 할 것이다.

다음의 표는 과거 시험을 보러 가는 양소유에게 모친 유씨가 경사에
있는 표매表妹 두련사를 찾아가 중매를 부탁하라고 하는 장면이다. 같
은 장면이지만 완판본에는 존재하지 않는 대목이 있다. 양소유가 진채
봉과의 인연을 거론하며 슬퍼하자 모친 유씨가 탄식하고 한탄하며 그
여인을 잊으라고 하는 대목이 그것이다.

규장각본에서 이 장면은 정에 이끌려 한 여인에 대한 미련을 버리지
못하는 양소유의 모습을 보여준다. 양소유는 혼처를 정할 방법을 알려

규장각본 『구운몽』	완판본 『구운몽』
이 히 진ᄒᆞ고 새 히 봄이 되니 양ᄉᆡᆼ이 다시 경ᄉᆞ의 나아가 공명을 구ᄒᆞ려 ᄒᆞ거늘 뉴시 닐오ᄃᆡ, "샹년의 갓다가 위틱ᄒᆞᆫ 디경을 디내고 네 나히 오히려 져머시니 공명은 실노 밧브디 아니 ᄒᆞ딕 이제 너의 힝ᄒᆞ믈 말니디 못 ᄒᆞᆫᄂᆞᆫ 뜻디 이시니 네 나히 십뉵세의 졍혼ᄒᆞᆫ 딕 업고 우리 슈쥐 ᄯᅡ혼 벽누ᄒᆞᆫ 고을이라 어이 아름다온 쳐녀 너의 빈필 될 지 이시리오 나의 표미 일인은 셩은 두시라 경ᄉᆞ ᄌᆞ쳥관의 츌가ᄒᆞ여 도시 되여시니 나흘 혜면 오히려 싱존ᄒᆞ여실 둣ᄒᆞ니 가쟝 유심ᄒᆞᆫ 사름이오 셩듕직샹가의 아니 든 딕 업ᄂᆞ니 내 편지를 보내면 필연 졍셩으로 지로홀 거시니 이 일은 네 모로미 뉴의ᄒᆞ라". **싱이 화음현 진시 녀ᄌᆞ의 말을 ᄒᆞ고 슬픈 빗티 만커놀 뉴시 챠탄ᄒᆞ여 ᄀᆞᆯ오디, "비록 아름다오나 인연이 업ᄉᆞ니 죽엇기 쉽고 사라셔도 만날 길이 업ᄉᆞ니 념녀 ᄯᅳᆫ쳐 ᄇᆞ리고 아롬다온 인연을 미쟈 나의 ᄇᆞ라믈 위로ᄒᆞ라".** (권지일, 29b∼30a)	이러구러 명츈이 당ᄒᆞ야 싱이 과거의 가랴 홀ᄉᆡ 뉴씨 왈, "거년의 황셩의 가 난리 분찬 둥의 위경을 면ᄒᆞ고 살아와 모지 다시 샹면ᄒᆞ기도 쳔힝이요, 또 네 나히 어려시니 공명은 밧브지 아니ᄒᆞ나 내 너를 만뉴치 아니홈은 이 ᄯᅡ히 좁고 또 궁벽ᄒᆞ지라. 네 나히 십뉵이니 빈필을 구홀 거시로딕 가문과 직조와 얼골이 너와 ᄀᆞᄐᆞᆫ 사름이 업ᄂᆞᆫ지라. 경셩 츈명문 밧긔 ᄌᆞ쳥관 두연ᄉᆞ라 ᄒᆞᄂᆞᆫ 사름은 내의 표형이라. 지혜 유여ᄒᆞ고 긔위 불범ᄒᆞ니 명문귀족을 모를 집이 업슬지라. 내 편지 부치면 일졍 너를 위ᄒᆞ야 어진 빈필을 구ᄒᆞ리라" ᄒᆞ고, 편지를 주시거늘 싱이 힝장을 ᄎᆞ려 ᄒᆞ직ᄒᆞ고 가니라. (366쪽)

주는 모친의 발언을 듣고도 아랑곳 않고 자신이 만났던 여인을 다시 만나고픈 심정만을 드러내는 것이다. 이에 모친은 한 여인과의 기억을 잊지 못하는 양소유를 나무란다.

그러나 완판본에는 이 장면이 나타나지 않는다. 양소유가 진채봉과 재회하지 못해 그리워하는 심정이 나타나지 않는 것은 양소유를 한 여성에 대한 미련을 버리지 못하는 인물로 설정해서는 안 된다는 판단에 따른 것으로 보아야 한다. 이에 대해 여러 해석이 가능하겠지만, 어쨌든 이 에피소드가 없음으로써 양소유에게서 사소한 감정에 휘둘리는 나약한 존재로서의 면모가 약화되는 것은 사실이다.

모친 유씨가 나무라는 장면이 없는 것도 이와 유사한 맥락에서 접근 가능하다. 앞서 살펴본 것처럼 양소유는 완판본에서 효심이 강조되었기 때문에 양소유가 모친에게 꾸지람을 당하는 장면은 당연히 부적절하다고 판단할 수밖에 없었을 것이다. 결국 이와 같은 차이는 완판본이 규장각본에 비해 양소유라는 인물을 보다 긍정적인 측면에서 형상화하려 했다는 것을 증명한다. 양소유의 비영웅적 면모를 배제함으로써 상대적으로 영웅적 면모를 유지시키려 했던 의지의 소산이라 볼 수 있는 것이다.

규장각본 『구운몽』	완판본 『구운몽』
이 날 텬지 션경뎐의 됴회를 바드실서 군신이 술오디, "요수이 경성 뵈고 감녀 나리며 황하쉬 묽고 희운이 년풍하고 삼진 결토스 짜흘 드리고 드러와 됴회하니 이 다 셩덕의 닐위신 배니이다". 샹이 겸양하야 공을 신하의게 도라 보내시더라. 군신이 쏘 술오디, "양쇼위 교티흔 손이 되여 통쇼롤 브러 봉황을 길드리노라 진누의 누리디 아니 하니 묘당 졍시 즈못 젹체하여느이다". 샹이 대쇼하시고 골오샤디, "태후 낭낭이 년일하야 인견하시니 시러곰 나가디 못 하미라 이제 낭낭이 닉여 보내리라" 하시더라. 승샹이 묘당의 나아가 국수를 다스리더니 샹소하야 말미를 어더 어미 드려오믈 쳥하여 거늘 샹이 허하시고 수히 오믈 당부하시다. (권지사, 19b~20a)	이날으 샹이 군신조회를 바드실서, 군신이 쥬왈, "요시이 경셩 느고, 황하슈 말고, 히 연증하고, 토번이 살긴 싸히 드 항복하니 진실노 티평셩딘ᄀᆞ 하느니다". 샹이 겸양하시더라. 일일은 승샹이 티부닌을 모시고져 하야 샹소를 흘시, 말슴이 지극 간졀한지라. 샹이 보시고, "양소유는 극한 효즈라" 하시고, 황금 일쳔 은과, 비단 팔빅 필과, 빅옥뎐을 주시며 왈, "즉시 가 티부닌을 위하야 즌취하고 모셔오라" 하시드. (510쪽)

조정 대신들이 천자의 훌륭한 정치로 나라가 태평성대를 이루었다고 감사해 하는 장면에서도 비슷한 양상이 나타난다. 규장각본에서는 조정 대신들이 근래 들어 처첩 및 태후와 화락을 즐기느라 정치에 잘 참여하지 않는 양소유를 우려한다. 이에 천자는 양소유가 태후를 인견하느라 그랬다며 양소유를 옹호하고, 양소유는 조당에 나아가 국사를 다스리게 된다.

그런데 완판본에는 아예 이런 내용이 빠진다. 대신들이 조회하며 태평성대를 이룬 천자에게 감사해 하는 장면이 나오고, 곧바로 양소유가 모친을 모시러 간다는 상소를 올리는 장면으로 이어진다. 대신들의 양소유에 대한 우려가 전혀 등장하지 않는 것이다. 아래 태후와 월왕이 희첩을 여럿 거느리게 된 양소유를 나무라는 장면도 마찬가지이다.

규장각본 『구운몽』	완판본 『구운몽』
왕이 굴오디, "미쥐의 말이 비록 됴호나 진정이 아니니이다 즈고로 부매 양 승샹 깃티 방즌흔 재 업스니 쏘흔 나라 긔강의 들녓는디라 청컨대 양쇼유를 유스의 누리와 됴뎡 두리디 아닛는 죄를 다스려디이다". 태휘 대쇼 왈, "양부매 진실노 죄 잇거니와 만일 법으로 다스리면 나의 녀익 근심홀 거시니 서로 왕법을 굴히리로다". 왕이 굴오디, "비록 그러호나 양쇼유룰 어전의셔 츄문호야 그 디답을 보아 쳐치홀 거시니이다". 태휘 조차샤 츄구호야 굴오샤디, "녜로부터 부마 되엿는 재 감히 회첩을 두디 못 흐믄 됴뎡을 고마흐미라 흐믈며 냥 공쥬는 용모와 직덕이 텬인깃거눌 양쇼위 공경호야 밧들기룰 싱각디 아니 호고 미인 모호기룰 마디 아니 호니 인신의 도리의 극히 그른디라 은휘 말고 바로 알외라" 호시니 승샹이 면관호고 굴오디, "신 쇼위 국은을 입스와 벼슬이 삼티의 니르러시나 나히 오히려 겸어는디라 쇼년 풍졍을 이긔디 못 호와 집의 약간 풍뉴호는 사롭이 이시니 황공 지만흐누이다 비록 그러호나 그윽이 국가 법경을 보오니 일이 년젼의 이시면 분간호게 호여시니 신의 집의 비록 여러 사롭이 이시나 슉인 진시는 황샹이 스혼흐신 사롭이니 의논 등의 드디 아닐 거시오 쳡 계시는 신의 미시 적 어든 사롭이오 쳡 가시와 뎍시 빅시 심시 이 네 사롭도 신을 조차미 다 부마 되기 젼이오 그 후 가츅흐기는 다 공쥬의 권을 조차미니 신의 쳔주흐미 아니니이다 태휘 분간흐라" 호시더니 월왕이 솔오디, "공쥐 비록 권호미 이시나 양쇼유의 도리는 맛당티 아니 호니 다시 무러디이다". 승샹이 급호야 고두흐며 솔오디, "신의 죄는 일만 번 죽업죽흐오나 녜로부터 죄 져진 사롭은 공을 의논 규귀 이시니 신이 황샹의 브리시믈 입어 동으로 삼진을 항복밧고 서로 토번을 삭평호야 공뇌 쏘흔 젹디 아니 호니 일노 쇽죄홀가 흐누이다". 휘 대쇼 왈, "양 승샹은 샤딕지신이니 어이 녀세로 디졉흐리오" 호시고 스모룰 쓰라 흐시다 월왕이 굴오디, "승샹이 비록 공이 즁호야죄룰 면호야시나 아조 믈시는 못홀 거시니 벌비룰 호야디이다". 휘 웃고 허흐시니 궁녜 옥비룰 밧드러 오거눌 왕 왈, "승샹	월왕이 왈, "미씨의 말이 비록 조호나 즈고로 부매 뉘 승샹깃치 방탕흐리요? 청컨대 승샹을 벌흐쇼셔". 태휘 대소흐고 태후, 월왕, 양소유 대화 내용 없음

규장각본 『구운몽』	완판본 『구운몽』
쥬량이 고릭ᄀᆞ트니 져근 잔으로 어이 벌ᄒᆞ리오" ᄒᆞ고 손조 긔결ᄒᆞ야 흔 말 드ᄂᆞᆫ 금굴치의 술을 ᄀᆞ득 부어 승샹을 벌ᄒᆞ니 소위 ᄉᆞ비ᄒᆞ고 바다 흔번의 다 마시니 (권지사, 46a~48b)	﹄ 일 두 쥬로 벌ᄒᆞ니라. (528쪽)

한눈에 알아볼 수 있는 것처럼 규장각본의 대부분이 완판본에는 보이지 않는다. 규장각본의 내용은 다음과 같이 전개된다. 먼저 월왕이 양소유를 가리켜 방자하다며 나라의 기강을 위해 죄를 다스려야 한다고 말한다. 그러자 태후는 이에 동의하며 훌륭한 두 공주를 부인으로 맞이하였음에도 6명의 첩을 둔 양소유에게 미인 모으기를 좋아하는 사람이라고 나무란다. 양소유는 이에 대해 모든 첩들이 두 공주와 정식으로 혼인하기 전에 맺은 인연이니 살펴주길 바란다고 변명한다. 그리고 월왕이 한 번 더 나무라자 자신의 공적을 이야기하며 죄를 용서해줄 것을 바란다. 결국 태후와 월왕은 죄의 댓가로 큰 벌주를 내린다.

주지하듯 이 상황은 온전히 진지한 분위기만을 연출하고 있는 것이 아니다. 양소유를 희롱하며 즐거운 분위기를 이어가기 위한 의도가 내포되어 있다. 그런데도 이 상황에서 양소유는 자신의 곤란한 상황을 모면하기 위해 여러 변명을 늘어놓는 모습을 보인다. 양소유를 영웅적 인물로 상정한다면 결코 적절한 모습이 아니다.

그래서인지 완판본에서는 이렇듯 모든 내용이 등장하지 않는다. 태후와 월왕이 양소유를 희롱하며 양소유의 잘못을 지적하는 장면이 없으며, 그러다보니 양소유의 변명이나 사죄도 전혀 등장하지 않는다. 당황스러운 상황을 모면하기 위해 애써 노력하는 양소유의 모습을 찾아볼 수 없게 된 것이다.

앞의 표(57~58쪽) 중 그나마 내용이 비슷한 월왕의 첫 발언에서도 역시 흥미로운 차이가 발견된다. 규장각본 월왕의 첫 발언을 완판본의 같은 부분과 비교하기 위해 편의상 나눠보면 다음과 같다.

규장각본 『구운몽』	완판본 『구운몽』
왕이 글오딕, "미즈의 말이 비록 툐호나 진정이 아니니이다 즈고로 부매 양 승상 굿티 방즈훈 재 업스니 쏘훈 나라 긔강의 둘녓는디라 쳥컨대 양쇼유룰 유스의 ᄂᆞ리와 됴뎡 두리디 아닛는 죄룰 다스려디이다". (권지사, 46a)	월왕이 왈, "미씨의 말이 비록 조호나 즈고로 부매 뉘 승샹굿치 방탕ᄒᆞ리요? 쳥컨대 승상을 벌ᄒᆞ쇼셔" (528쪽).
↓	↓
㉠미즈의 말이 비록 툐호나 진정이 아니니이다	㉠미씨의 말이 비록 조호나
㉡즈고로 부매 양 승샹 굿티 방즈훈 재 업스니 쏘훈 나라 긔강의 둘녓는디라	㉡즈고로 부매 뉘 승샹굿치 방탕ᄒᆞ리요?
㉢쳥컨대 양쇼유룰 유스의 ᄂᆞ리와 됴뎡 두리디 아닛는 죄룰 다스려디이다.	㉢쳥컨대 승상을 벌ᄒᆞ쇼셔.

규장각본과 완판본의 주요 골자는 유사하다. 그러나 구체적으로 살펴보면 완판본의 ㉡과 ㉢의 내용이 상대적으로 단순함을 알 수 있다. 즉 규장각본의 ㉡에서 양소유의 죄가 나라 기강과 관련이 있다는 발언과 ㉢에서 양소유를 유사有司에 내려 죄를 다스리라고 한 발언이 완판본에는 등장하지 않는다. 완판본에서 양소유가 국가의 기강을 문란하게 한 존재라는 사실과 죄로 다스려야 하는 인물이라는 언급을 넣지 않음으로써 양소유의 면모에 큰 흠결이 가는 것을 막으려 한 것으로 이해된다.

규장각본 『구운몽』	완판본 『구운몽』
승샹이 심듕의 노ᄒᆞ야 싱각ᄒᆞ딕, '뎐가 녀지셰 쁠거룰 이러투시 ᄒᆞ니 부마되기 과연 어렵도다' 난양드려 니ᄅᆞ딕, "녀 뎡녀로 더브러 셔	승샹이 이 말을 듯고 대노 왈, "쳔하의 형셰만 밋고 가장을 수이 너기기는 영양공쥬 굿트니 업도다. 녜부터 부마되기 슬허ᄒᆞ기는 이러ᄒᆞ미

규장각본 『구운몽』	완판본 『구운몽』
로 보미 곡졀이 잇더니 이제 영양이 음분으로 욕ᄒ니 나ᄂ 관겨티 아니 ᄒᄃ 죽은 사ᄅ의게 욕이 밋ᄎ니 가탄이로다". 　난양이 니ᄅᄃᆡ, "내 드러가 져져를 기유ᄒ야 보리이다". 　드러가더니 날이 저므도록 쇼식이 업고 방등에 임의 등쵹을 베펏더라 （권지사, 10a～10b）	로다" ᄒ고 난양공쥬더러 왈, "과연 졍소져 보기ᄂ 곡졀이 이ᄂ지라. 영양이 힝실 업슨 사ᄅ으로 칙망ᄒ니 엇지 애둛지 아니ᄒ리잇가?" 　난양이 왈, "쳡이 쳥컨대 드러가 기유ᄒ리이다" ᄒ고, 　즉시 도라가 날이 져무도록 ᄂ오니 아니ᄒ고 （494쪽）

　한편 양소유는 태후와 부인들의 꾐에 넘어가 영양공주가 화를 내며 토라진 상황에 직면한다. 잘 아는 바와 같이 영양공주는 정경패이다. 그런데 오랫동안 만나지 못한 양소유를 한 번 속이기 위해 영양공주는 자신이 정경패가 아닌 척 행세를 한 것이다. 영양공주가 크게 화를 내자 양소유는 이에 반응하는데, 규장각본과 완판본에서 그 모양새가 확연히 다르다.

　규장각본에서는 마음속으로 부마駙馬가 되기가 참 어렵다고 생각하면서도, 겉으로는 죽은 정경패를 탓하는 것이 옳지 않은 것 같다는 식의 발화를 통해 우회적으로 조심스럽게 영양공주를 나무란다. 그러나 완판본에서는 속으로 생각하는 것도 없이 직접적으로 영양공주를 비판한다. 심지어 예부터 부마가 되는 것을 슬퍼하는 이유가 이러한 상황에 있다고까지 말한다.

　다시 말해서 규장각본에서는 속내를 직접적으로 드러내지 못하다 보니 겉과 속이 다른 발언을 한 것이고, 완판본에서는 속내를 직접적으로 드러내다 보니 속내 그대로 영양공주를 훈계한 것이다. 또한 규장각본에서는 발언의 초점이 자신이 부마라는 사실에 있지만, 완판본에서는 발언의 초점이 — 부마가 아니라 — 자신이 가장이라는 데 맞춰져 있다. 결국 규장각본에서 영양공주에게 위축된 면모가 완판본에는 전혀 상반된 모습으로 형상화된 것이라 할 수 있다. 당시의 사회적 통념을 감안하면 영양공주의 행동은 — 공주라 하더라도 — 가부장을 기롱하여 권위를 실추시킨 행위로 해석될 수 있다. 따라서 영양공주에게 호통을 치는 양소유는 가부장의 권위를 바로잡는 당당한 면모로 해석될 여지가 충분하다. 결국 이 또한 양소유를 영웅적 인물로 상정했다는 증거인 셈이다.

지금까지 살펴본 것처럼 양소유가 인연을 맺은 여인을 잊지 못하여 슬퍼하는 모습, 정치에 소홀한 양소유를 조정 대신들이 우려하는 모습, 여러 첩을 둔 양소유를 태후와 월왕이 희롱하며 나무라자 양소유가 당황하는 모습, 영양공주의 토라짐에 어쩔 줄 몰라 하는 모습 등은 각기 그 맥락은 다르지만 넓은 의미에서 양소유의 비영웅적 면모라고 할 수 있다. 그런데 이러한 모습이 완판본에서는 보이지 않거나 다르게 형상화된다. 완판본은 — 소극적 방식이기는 하지만 — 선본 계열에 비해 상대적으로 남성주인공의 영웅적 면모를 보다 강조하려는 경향성을 보이는 것이다. 요컨대 완판본 『구운몽』에서 양소유는 — 규장각본에 비해 — 효심이 강한 인물이자 비영웅적 면모가 덜하거나 영웅적 면모가 강한 인물로 형상화되었다는 것을 알 수 있다.

2) 2처 6첩 형상화의 양상

(1) 위상과 역할에 대한 무관심

여성주인공 인물 형상의 첫 번째 특징적 양상은 여성주인공들의 위상과 역할에 대해서 완판본이 큰 관심을 두지 않는다는 점이다. 『구운몽』에서 팔선녀의 세속적 현현인 2처 6첩의 존재가 서사에 기여하는 바는 굳이 췌언을 필요로 하지 않는다. 양소유와 여성주인공 개개인과의 관계 설정은 물론이거니와 여성주인공 간의 관계 설정 또한 작품의 서사를 이끄는 동력이라 할 수 있다. 그런데 완판본을 규장각본과 비교하면 이러한 면모가 현저히 떨어진다.

규장각본 『구운몽』	완판본 『구운몽』
양싱이 크게 샤례ᄒᆞ야 닐오ᄃᆡ, "삼가 명ᄃᆡ로 ᄒᆞ리이다" ᄒᆞ더라. **원간 명ᄉᆞ되 다ᄅᆞᆫ 녀ᄌᆞ 업고 오ᄃᆡ 쇼져 일인을 기ᄅᆞ더니 최부인 히산ᄒᆞᆯ 졔 졍신이 혼곤ᄒᆞᆯ ᄣᅢ 보니 ᄒᆞᆫ 션녜 ᄒᆞᆫ 손의 ᄒᆞᆫ 낫 명쥬롤 가지고 드러오거ᄂᆞᆯ 보아더니 쇼져롤 나흐니 아ᄒᆡ 젹 일홈은 경패라 용모와 ᄌᆡ덕이 셰샹 사ᄅᆞᆷ 갓디 아니 ᄒᆞ니 비필을 골히기 어려워 빈혀 ᄭᅩ줄 나히로 ᄃᆡ 졍혼ᄒᆞᆫ 곳이 업더라.** 홀는 부인이 쇼져의 유모 젼파룰 블너 닐오ᄃᆡ, "오ᄂᆞᆯ이 도군 탄일이니 네 향촉을 가지고 ᄌᆞ청관의 가 ᄃᆞ녀 오ᄃᆡ 의복 ᄀᆞ음과 차과 실과룰 넝거ᄒᆞ여다가 두 녀자룰 주라". (권지일, 49a~50a)	싱이 대희ᄒᆞ야 날을 기ᄃᆞ리더니 } 해당 내용 없음 그러구러 날이 당ᄒᆞ니 졍ᄉᆞ도의 시비 부인의 명으로 향촉을 ᄀᆞ지고 왓거ᄂᆞᆯ (388쪽)

규장각본 『구운몽』	완판본 『구운몽』
부인이 쇼져의 병을 무ᄅᆞ니 임의 됴ᄒᆞᄂᆞ이다 ᄒᆞ고자는 방의 도라가 시녀ᄃᆞ려 무ᄅᆞ되, "츈낭의 병은 오ᄂᆞᆯ 엇더ᄒᆞ여ᄂᆞ뇨". 시녜 ᄃᆡ왈, "병이 나아 쇼져의 듕당의셔 거문고도	부인이 즉시 드러가 므르신대 소졔 병이 임의 라혼지라. 쇼졔 침소의 가 시녀ᄃᆞ려 문왈, "츈낭의 병이 엇더ᄒᆞ뇨?" 시녜 왈, "오ᄂᆞᆯ은 잠깐 나ᄋᆞ 쇼졔 거문

규장각본 『구운몽』	완판본 『구운몽』
루려 ᄒ시믈 듯고 처음으로 쇼셰ᄒᄂ니이다".	고 소리 희롱ᄒ시믈 듯고 니러나 셰슈ᄒ더니다".
원간 츈낭의 셩은 가시오 본듸 셔쵹 사ᄅ이라 그 아비 셔울 아젼이 되여 명ᄉ도 집의 공이 만터니 병 드러 죽은 후의 그 녀ᄌ 나히 십셰예 의디할 듸 업ᄉ니 ᄉ도 부체 잔잉이 너겨 부듕의 두어 쇼져로 더브러 놀게 ᄒ니 나히 쇼져의게 돌노 아래오 용뫼 슈려ᄒ야 온갓 고은 틱되 가 즈니 단졍ᄒ며 존귀ᄒᆯ 샹이 쇼져의게 밋디 못 ᄒ나 ᄯ호 졀듸가인이오 시귀와 용모의 필법과 녀공이 공교ᄒ미 쇼져로 더브러 서로 샹ᄒ할디라 쇼졔 ᄉ랑ᄒ기를 동긔 ᄀᆺ티 ᄒ야 편시를 써ᄂ나디 못 ᄒ니 일홈이 비록 노쥐나 실 은 규듕의 봉위라 이 녀ᄌ의 일홈을 초운이라 ᄒ더니 쇼 졔 그 틱되 만흐믈 인ᄒ야 ᄒ나브의 글귀로 취ᄒ여 일홈 을 곳쳐 츈운이라 ᄒ니 집안 사ᄅ이 부르기를 츈낭이라 ᄒ더라.	**해당 내용 없음**
이날 츈낭이 쇼져를 와 보고 닐오듸, "시녜 닐오듸 거문고 타는 녀관이 듕당의 와시듸 얼골이 신션ᄀᆺ 고 풍뉴 곡됴를 쇼졔 극히 칭찬ᄒ시더라 ᄒ니 알픈 듸를 잇고가 보려 ᄒ더니 어이 그리 수히 가니잇고". (권지일, 57a~58a)	츈운이 소져를 뫼시고 쥬야의 ᄒ가지 로 거ᄒ니 비록 노쥬분의ᄂ 이시나 졍 은 형졔 ᄀᆺ더라. 이날 소져 방의 와 문왈, "아츰의 엇던 녀관이 거문고를 가지고 와 조혼 소리를 튼다 ᄒ오매 병을 강인ᄒ야 왓습더니 무슴 연고로 그 녀관이 슈이 가 니잇가?" (396·398쪽)

위 첫 번째 인용문은 정경패의 출생 과정을 밝힌 대목이고, 두 번째 인용문은 가춘운의 출신을 밝힌 대목이다. 굵게 처리한 부분이 이와 관련한 직접적인 내용에 해당되는데, 쉽게 확인할 수 있는 것처럼 규장각본에만 이 대목이 존재하고 완판본에는 존재하지 않는다.

주지하다시피 정경패는 양소유와 2처 6첩을 매개하는 데 있어 중요한 역할을 수행하는 핵심적인 인물일 뿐만 아니라 — 모든 여성주인공이 비슷하기는 하지만 — 양소유와의 결연 과정에서 남다른 능력을 보여준 인물이다. 따라서 규장각본처럼 태어날 때부터 세속의 사람이 아닌 천상의 존재와 같았다는 설명은 일반적으로 이해하는 정경패의 인물 형상에 부합하는 것이다. 부차적인 것이라기보다는 필수적인 대목이다. 그런데도 완판본에서는 이 내용이 등장하지 않는다.

가춘운에 대한 소개가 없는 것은 이보다 더 큰 문제를 안고 있다. 왜 냐하면 가춘운은 이 대목에서 작품에 처음 등장하기 때문이다. 따라서 규장각본에서와 같이 가춘운이 정경패와 함께 생활하게 된 경위나 그 녀의 비범한 면모를 설명해주지 않으면 가춘운에 대한 이해에 어려움 을 겪을 수밖에 없다. 완판본으로 『구운몽』을 처음 접한 독자들이라면 이 대목에서 가춘운의 정체를 제대로 이해하지 못하고 뒤 이은 내용들 의 조합을 통해 가춘운의 캐릭터를 뒤늦게 인식하거나 심지어는 이 대 목의 춘낭과 뒤에 나오는 가춘운을 동일 인물로 생각하기 어려웠을 가 능성도 있다. 이렇듯 완판본 『구운몽』은 정경패와 가춘운의 서사적 존 재감을 크게 인식하지 않고 있다.

규장각본 『구운몽』	완판본 『구운몽』
부인이 글오디, "양낭이 혼긔를 언제 뎡ㅎ더니잇고". 소되 왈, "납치는 종속ㅎ여 ㅎ고 친영은 츄후로 대부인 뫼셔 오기를 기드리려 ㅎ더이다" ㅎ더라. 소되 길일을 갈히여 쟝원의 치례를 밧고 초후 양 한님이 소도 집 화원 별당의 햐쳐ㅎ고 소도 부쳐로 더브러 옹셔의 녜를 힝ㅎ더라. 명 쇼졔 위연이 자는 방롤 디나다가 눈을 드러 보니 운이 부야흐로 비단 초혀의 모란올 슈ㅎ다가 봄 긔운이 달호여 슈틀의 비겨 조을거놀 쇼졔 방의 드러가 슈훈 거시 졍묘ㅎ믈 차탄ㅎ더니 쟈근 죠히예 글 뻐 졉은 거시 잇거놀 펴 보니 츈운이 쵸혀 두고 지은 글이러라 ㅎ여시디, 년긔최득옥인친 너의 장촛 옥갓흔 사롬의 친히 ㅎ믈 어엿버 ㅎ느니 보보샹슈블잠샤 거롬마다 서로 조차 잠시도 브리디 아니는도다 촉멸나유히디시 촉을 멸ㅎ고 오솔 그르고 씌롤 벼슬 쌔예는 죵슈포쳑샹상하 무춤닌 샹아 평상 아릭 버셔 브리리로다	소되 부인드려 왈, "닉츄의 한림의 대부인을 뫼셔온 후의 혼례는 힝ㅎ려니와 납치는 몬져 바드리라. 즉시 탁일ㅎ야 납례를 밧고 흐림을 드려와 화원 별당의 두고 사후례로 딕졉ㅎ리라". 해당 내용 없음

규장각본 『구운몽』	완판본 『구운몽』
쇼졔 보기를 맛고 싱각ᄒ되, '운낭의 글이 더옥 쟝진ᄒ얏도다 신으로써 몸의 비ᄒ고 옥인은 날노 닐너시니 상시의 ᄲᅥ나디 아니타가늬 사롬을 조초 져롤 져ᄇ릴가 ᄒ니 츈낭이 날을 사랑ᄒ눈도다' 다시 보고 우어 닐오티, "츈낭이 나의 자눈 상을 ᄒ가지로 오르고져 ᄒ여시니 날노 더브러 ᄒᆞᆫ 사롬을 셤기고져 ᄒ눈도다 이 아ᄒᆡ 무음이 변ᄒ엿다" ᄒ고 츈낭을 ᄎ리오디 아니 ᄒ고 당샹의 올나와 부인을 보니 ᄇᆞ야흐로 시비룰 ᄃ리고 양 한님의 음식을 긔걸ᄒ거ᄂᆞᆯ (권지이, 5a~6a)	일일은 부인이 한림의 젼역 반찬을 쟝만ᄒ더니 (406쪽)

여성주인공들에 대한 무관심은 여성 인물 간의 관계 속에서도 확인된다. 규장각본을 보면, 양소유와 정경패의 혼인을 앞두고 있던 때에, 정경패는 우연히 자신의 몸종인 가춘운이 쓴 시를 보게 되고, 그 내용을 통해 가춘운과 더불어 양소유를 섬겨야겠다는 마음을 먹게 된다. 그런데 여기서 중요한 것은 두 여인이 양소유를 함께 섬긴다는 사실보다도 정경패와 가춘운이 신분적 제약을 넘어서 지기지우知己之友를 느낀다는 점이다. 이 대목은 작품이 여성 인물들 간의 관계에도 주목하고 있다는 증거이다.

그런데 완판본에서는 정경패와 가춘운의 지기지우를 드러내는 이 대목이 아예 사라진다. 그래서 동일한 부분을 인용했지만 내용의 양적 차이가 크며, 이야기의 방향이 서로 다르다. 양소유와 정경패·가춘운의 혼인은 완판본에서 그저 '양소유'의 혼인이라는 사실에만 초점을 맞추고 있음을 알 수 있다. 완판본에서 여성 인물 간의 관계는 서사적으로 그리 중요하게 인식되지 못하고 있는 것이다

규장각본 『구운몽』	완판본 『구운몽』
쇼졔 갈오듸, "양 한님이 우리 집의 온 후로 모친이 의복이며 음식을 손수 긔걸ㅎ여 졍신을 허비ㅎ시니 쇼녜 맛당이 슈고롤 듸홀 거시로듸 인졍의 가티 아니 ㅎ니 츈운이 나히 댱셩ㅎ야 아모 일이라도 족히 찰일 거시니 내 뜻의 눈 츈운을 화원의 보내여 양 한님의 안일을 보살피게 ㅎ미 맛당홀가 ㅎᄂ이다". 부인이 글오듸, "츈운의 긔질이 어듸 맛당치 아니리오마는 제 아비 우리 집의 공뇌 잇고 졔 쏘 인믈이 남의게셔 쌔혀ᄂ니 샹공이 ᄆ양 어진 빅필을 구ᄒ랴 ㅎ시니 녀ᄋ롤 조초 가미 저의 원이 아닐가 ㅎ노라". (권지이, 6b~7a)	(부인이) 소졔 보고 왈, "한림이 화원의 오신 후로 의복, 음식을 친이 념녀ㅎ시니 소졔 그 괴롬을 당코져 ㅎ오듸 미안ㅎ야 못ㅎ옵거니와, 츈운이 임의 쟝셩ㅎ야 죡키 빅ᄉ를 당홀지라 화원의 보내여 한림을 셤기게 ㅎ여 노친의 슈고를 덜가 ㅎᄂ이다". 부인이 왈, "츈운의 얼골과 직죄 무슴 일을 못당ㅎ리오마는 츈운의 얼골과 직죄 너와 진일이 업스니, 몬져 한림을 셤기면 일졍 권을 아닐가 녀녀ㅎ노라". (406쪽)

위 인용문은 바로 앞 인용문과 이어지는 대목이다. 이 대목을 보면 얼핏 완판본에서도 규장각본과 비슷하게 정경패가 가춘운을 챙기는 장면이 등장하는 듯하다. 그런데 위 인용문과의 내용적 연속성을 고려하여 살펴보면 두 내용은 판이하게 다르게 읽힌다.

규장각본은 '정경패가 가춘운에게 지기지우를 느낀다→이로 인하여 정경패가 직접 모친에게 가춘운이 당분간 양소유를 섬길 것을 당부한다'와 같은 논리적 인과관계가 성립된다. 그러나 완판본에서는 정경패가 가춘운에게 지기지우를 느끼는 장면이 없이 정경패가 직접 모친에게 가춘운이 당분간 양소유를 섬길 것을 당부한다.

따라서 규장각본에서는 '정경패가 가춘운과 함께 있고픈 간절한 마음 때문에 모친에게 가춘운으로 하여금 양소유를 섬기게 하자는 제안을 하는 것'으로 이해되지만, 완판본에서는 단지 '혼인이 예정된 양소유를 섬길 인물을 찾는 과정에서 가춘운이 선택된 것'으로밖에 이해되지 않는다. 규장각본에서 '두 여성 인물의 지기지우'가 강조되었다면 완판본에서는 '양소유를 모실 사람'이 강조되었다. 양소유 중심의 일화가 된 것이다. 이를 정리하면 아래와 같다.

규장각본과 완판본의 내용 차이

	규장각본 『구운몽』	완판본 『구운몽』
내용 전개	정경패가 가춘운에게 지기지우를 느낀다. ↓ 정경패는 가춘운이 당분간 양소유를 섬길 것을 당부한다.	(없음) ↓ 정경패는 가춘운이 당분간 양소유를 섬길 것을 당부한다.
의미	정경패가 가춘운과 함께 있고픈 간절한 마음 때문에 가춘운으로 하여금 양소유를 섬기게 하자는 제안을 하는 것	정경패가 양소유를 섬길 인물을 찾는 과정에서 특별한 이유 없이 가춘운을 선택한 것
강조점	정경패와 가춘운의 지기지우	양소유를 섬길 사람의 결정

한편 정경패 모친의 발언에서도 차이가 확인된다. 인용문의 마지막 부분에는 가춘운으로 하여금 양소유를 모시게 하자는 정경패의 발언에 대해 정경패의 모친이 대답하는 내용이 등장한다. 규장각본에서 모친은 가춘운의 외모와 능력을 의심하지는 않지만 가춘운의 그간의 고생을 감안하여 훌륭한 신랑감을 구해주어야 하기 때문에 안 된다고 말한다. 가춘운에 대한 애정이 묻어난다.

그런데 완판본에서는 가춘운의 외모와 능력이 자신의 딸인 정경패와 크게 다르지 않으므로 만약 먼저 양소유를 섬기게 되면 가춘운이 정경패의 권한을 빼앗을까봐 염려가 되기 때문에 안 된다고 말한다. 여기서 모친은 규장각본과 달리 가춘운을 정경패와 경쟁적 관계로 인식한다. 결국 규장각본에는 정경패와 가춘운의 지기지우 뿐만 아니라 정경패 모친의 가춘운에 대한 믿음이 전제되어 있지만 완판본에는 정경패와 가춘운의 지기지우는 물론이거니와 정경패 모친의 가춘운에 대한 믿음도 확인하기 어렵다.

여성 인물 중심의 서사가 축약·생략되거나 왜곡되는 경우는 이뿐만이 아니다. 이 대목 이후 상당한 분량을 차지하는 여성 인물 중심의 서사가 완판본에서 현격하게 줄어든다. 결국 이러한 특징들을 통해 완판본이 여성주인공에 대해 큰 관심을 기울이지 않을 뿐만 아니라, 여성 인물 중심의 서사보다는 양소유 중심 서사를 선호한다는 사실을 확인할 수 있다.

인용문의 차이도 흥미롭다. 다음의 대목은 토번의 자객이었던 심요연이 양소유에게 위기로부터 빠져나갈 수 있는 계책을 전하는 장면이다. 두 이본을 비교해보면 완판본에는 심요연과 양소유의 대화 중 한 대목이 없음을 알 수 있다. 심요연이 양소유에게 적장이 매고 있던 구슬을 주는 장면이 그것인데, 그렇다면 이 부분이 없는 것은 무엇을 의미하는가.

규장각본을 보면 심요연이 스승에게 돌아가려고 하자, 양소유가 심요연이 돌아간 뒤에 다른 자객이 나타날 것을 두려워하고 있다. 그러자 심요연은 자객이 많지만 모두 자신이 당해낼 수 있으며, 자신이 양소유에게 귀순한 줄 알면 어떤 자객도 감히 오지 못할 것이라고 말하고 있다. 그러면서 양소유에게 구슬을 넘겨준다. 다시 말해서 규장각본에서 심요연은 양소유를 자객으로부터 보호하는 존재로, 양소유는 그런 심요연에게 상당히 의지하는 존재로 그려지고 있다.[10]

규장각본 『구운몽』	완판본 『구운몽』
뇨연이 골오디, "샹공의 신므로 쇠잔흔 도젹 멸흐기 석은 나무 굿홀 거시니 무슴 의심되미 이시리잇고 쳡이 이리 오미 비록 스싱의 명이나 오히려 아조 하딕디 못 흐여시니 도라가 스싱을 보고 샹공이 회군흐시믈 기드려 조초가리이다". **샹셰 왈, "이리 굿미 됴커니와 경이 간 후 다른 조긱이 오면 어이하리오".** **뇨연 왈, "조긱이 비록 만흐나 뇨연의 뎍쉬 업스니 쳡이 샹공 긔 귀슌흔 줄 드르면 다른 사룸은 감히 오디 못 흐리이다"** 인흐여 허리로셔 묘오완이란 구슬을 주.며 골오디, "이거시 찬보의 샹토의 미던던 구슬이니 수쟈롤 주어 찬보의게 보니여 흐여곰 멀노 쳡이 도로 가디 아닐 줄을 알게 흐쇼셔". 샹셰 골오디, "이 밧긔 또 므슴 굿룰칠 말이 잇느야". 뇨연 왈, "압 길이 당당이 반스곡을 디날 거시니 길히 좁고 됴흔 물이 업스니 힝군흐기 조심흐고 우믈을 파 삼군을 머일 거시니이다". 말을 맛추며 하딕흐거늘 샹셰 머므르려 흐니 뇨연이 소소니 보디 못홀너라 샹셰 모든 쟝스룰 모흐고 뇨연의 말을 젼흐니 모다 하례흐여 골오디, "원슈의 홍복이 하늘 굿흐니 긔이흔 사룸이 와 돕도소이다". **즉시 수쟈룰 발흐여 힝군흐야 여러 놀만의 구술룰 가져 토번의게 보니고** 흔 큰 산하의 진텨더니 길히 좁아 흔 물이 용납흘너라. (권지삼, 4a~5a)	효연이 왈, "샹곡의 용약으로 패흔 도젹 치기는 손의 춤 밧기 굿트니 무슴 념흐리오. 쳡이 아즉 도라가 션성을 뫼시고 잇다가 샹셰 환군흐신 후에 가 뫼시리이다". **해당 내용 없음** 샹셰 왈, "흔 말이나 가룬치고 가라". 효연이 왈, "반사곡의 가 물이 업거든 식암을 파 군스룰 머기고 도라가소셔". 또 무슴 말을 뭇고져 흐더니 문득 공중으로 올나간 디 업더라. 샹셰 계쟝을 불너 효연의 말을 흐디 다 니르디, "쟝군이 하 신통흐시기에 쳔신이 와 도움이로이드" 흐더라. 샹셰 군스룰 거늘이고 도라올시, 흔 곳디 당흐니 길이 좁아 항진을 통치 못흐는지라. (456쪽)

그런데 완판본에는 구슬을 주는 장면이 없는 동시에 이에 수반되는 이야기가 모두 존재하지 않는다. 주지하다시피 적장의 구슬이나 여타 물건을 가져오는 것은 장수의 뛰어난 면모를 강조하는 징표로서 설화 등의 서사에서 종종 확인된다. 따라서 이 이야기의 부재는 양소유의 나약한 면모를 감추는 동시에 심요연의 뛰어난 능력을 감추는 결과를 가져오기 위해 선택된 것으로 볼 수 있다.

10　그렇기에 이 부분은 앞서 양소유의 인물 형상을 살핀 절에 포함되어도 무방한 대목이기도 하다.

지금까지 살펴본 바와 같이 완판본은 여성주인공들의 작품 내 위상이나 역할에 대해 큰 관심을 보이지 않는다. 이는 상대적으로 남성주인공에 대한 관심이 크다는 것을 의미한다.

(2) 비천·경박한 면모의 생략

그렇다면 완판본이 일관되게 여성주인공에 대해 부정적인 반응을 보였는가. 한편으로는 그렇지 않은 모습들도 확인된다. 완판본에서는 앞선 부정적 반응과 다르게 여성주인공의 부정적 모습을 강조하지 않으려는 면모도 확인된다. 이는 대체로 여성주인공들이 지나치게 비천하거나 경박하게 묘사된 장면에서 확인되는데, 규장각본에는 존재하는 여성주인공들의 그와 같은 모습이 완판본에는 나타나지 않는다.

다음 인용문은 계섬월의 발화이다. 계섬월이 낙양의 명기였던 적경홍이 어떠한 인물인지를 밝히는 대목의 일부이다. 규장각본에서는 적경홍이 기녀가 된 이유를 보다 상세히 서술하고 있는데, 여기서 적경홍은 스스로 창가에 지원했다고 나온다. 그런데 같은 부분의 완판본을 보면 이러한 내용이 없다.

물론 규장각본에서도 적경홍이 창가를 지원한 이유는 다름이 아니라 영웅호걸을 만나기 위한 선택이라고 되어 있다. 적경홍이 기녀의 삶을 살 수밖에 없었던 이유를 윤리적으로 미화한 것이다. 이는 기녀인 적경홍을 양소유와 결연할 수 있는 조건으로 맞추기 위한 설정이었다고 볼 수 있다.

그런데 여기서 짚고 넘어갈 사실이 있다. 적경홍은 원래 양갓집 딸이

규장각본 『구운몽』	완판본 『구운몽』
경홍이 스스로 혜오디, '궁향 녀즈로셔 스스로 사룸을 둣보기 어렵다' 호고 '오딕 챵녀눈 영웅 호걸을 만히 보니 가히 마음디로 갈히리라' 호여 즈원호여 챵가의 팔니이니 일이 년이 못되여셔 셩명이 크게 니러나 샹년 ⁊울의 하븍 열 두 시 업두의 모다 크게 잔쳐홀 졔 경홍이 훈 곡됴 여샹무룰 쥬호니 좌듕 미녀 슈빅인이 빗치 아이고 잔쳐 파훈 후의 홀노 동쟉티예 올나 월식을 씌여 비회호며 녯 사룸을 됴문호니 보눈 사룸이 다 션녀만 넉이니 어이 홀노 규합듕이라 사룸이 업스리잇가 경홍이 일즉 쳡으로 더브러 변쥐 샹군스의 모다 졍회를 의논홀싱 '피츠 냥인이 아마나 원의 츤 군즈를 만나거든 서로 쳔거호야 훈 되 사쟈 호여더니 쳡은 이제 낭군을 만나 쇼망이 죡호야시디 블힝호야 경홍이 산둥 졔후의 궁둥의 드러시니 비록 부귀호나 져의 원이 아니라 (권지일, 43a~43b)	해당 내용 없음 정홍이 쳡으로 더부러 샹국스의 노다가 경홍이 쳡드러 일러 왈, '우리 두 사룸이 진실노 둣⁊온디 군즈을 만나거든 셔로 쳔거호야 훈 가지로 혼 샤룸을 셤겨 빅연을 히노홈을 쳡이 또 허락호엿습더니 쳡이 낭군을 만나매 문득 경홍을 싱각호오나 경홍이 산동 졔후 궁둥의 잇스오니 이 일졍 호스다마소니다. 후왕 희쳡이 부귀 극호오나 이 졍홍의 원이 아니라. (380쪽)

라는 점이다. 부모가 일찍 세상을 떠나 아주머니(고모)를 의지하고 힘겹게 살긴 했으나 본래 신분이 기녀는 아니었던 것이다.

이러한 사실을 감안한다면 완판본에서 적경홍이 창가에 자원했다는 대목이 없는 이유를 짐작해볼 수 있다. 완판본에서는 굳이 적경홍이 창가의 여자로 자원하게 된 연유를 밝힐 필요가 없었던 것이다. 즉, 그녀는 본래 양가의 규수로서 양소유와 결연할 수 있는 조건을 갖춘 인물이자 정숙하고 고결한 인물인데, 불필요한 말을 더하여 기녀의 면모를 강조할 이유는 없다고 판단한 것이다.

위 인용문을 전후로 하여 계섬월이 양소유에게 적경홍의 존재를 알리는 말이 비교적 길게 제시되는데, 이 대목에서 적경홍은 전혀 창가의 여자로 묘사되지 않는다. 오히려 위 인용문과 같은 내용만 남음으로써 적경홍이 아황과 여영의 면모를 경외하는 존재이자 현재 궁중에 거처하는 존재로 묘사되는 효과를 얻게 되었다. 결국 완판본은─적경홍이 창가와 관련이 있음을 언급한 대목이 등장하지 않음으로써─적경홍을 창가의 여자가 아닌 양갓집 규수의 면모로 인식하고자 했던 것이다.

규장각본 『구운몽』	완판본 『구운몽』
쇼졔 방의 도라와 스도의 이르던 말을 츈운 드려 일너 골오듸, "져젹 거문고 투던 녀관이 스스로 쵸사름이로라 ᄒᆞ고 나히 졍히 십뉵칠 셰는 ᄒᆞ더니 회람이 쵸ᄯᅥ히오 년긔 샹당하니 내 실노 의심이 업디 못 ᄒᆞ여라 쵸인이 만일 그 사름이면 네 모르미 ᄌᆞ셔히 보게 ᄒᆞ라". 츈운 왈, "쳡이 그 사름을 보디 못 ᄒᆞ야시니 이 사름을 본들 어이 알니잇가 츈운의 뜻의는 쇼졔 쳥쵀 안히셔 스스로 여어 보아야믄 홀가 ᄒᆞᄂᆞ이다". **냥인이 서로 보고 웃더라.** (권지이, 1a~1b)	소졔 이 말을 듯고 붓그러움을 니긔지 못ᄒᆞ야 즉시 니러나 침소의 가 츈운드려 왈, "졋재예 거문고 투던 녀관이 쵸 짜 사름이라 ᄒᆞ더니 회남은 쵸 짜히라. 냥장원이 일졍 부친의 뵈오려 올 거시니 츈랑은 ᄌᆞ샹이 보고 날드려 일호라". 츈운이 소왈, "나는 녀관을 보지 못ᄒᆞ엿스오니 냥장원을 본들 엇지 알니잇가. 소졔 쥬렴 쓰이로 잠깐 보시면 엇더ᄒᆞ리잇가?" **소졔 왈, "ᄒᆞᆫ번 욕을 먹은 후의 다시 볼 뜻지 이시리오".** (400쪽)

위 인용문에서도 비슷한 문제의식이 확인된다. 이는 정경패가 양소유에게 속임을 당했음을 짐작하는 대목이다. 정경패는 부친 정 사도의 말을 듣고 와서 가춘운에게 일전에 거문고를 타던 여관이 혹시 양소유가 아닌가 하는 의혹을 제기한다. 이에 가춘운은 농담 섞인 말로 자신은 본 적이 없으니 정경패가 직접 보는 것이 마땅할 것이라고 말한다.

규장각본의 이 대목에서 정경패와 가춘운은 서로 보고 웃는다. 그러나 완판본에서 정경패는 정 사도의 말을 듣고 나서 심히 부끄러워하였고, 직접 확인해보라는 가춘운의 말을 들은 뒤에는 양소유와 같은 사람을 다시 볼 뜻이 없다고 확고하게 말한다.

당시의 정숙한 여인상의 관점으로 보자면 주지하듯 여성이 남성으로부터 기롱을 당한 것은 수치스러운 것이다. 또한 완판본을 보면 양소유는 여장을 한 가운데에도 정경패와 함께 하고픈 마음을 규장각본보다 강하게 드러냈다. 따라서 정경패의 분노는 보다 더 커질 수밖에 없다. 결국 완판본에서 정경패가 보인 확고한 부정적 반응은 완판본이 정경패를 정숙한 면모를 갖춘 인물로 설정했기 때문에 가능했던 것이라 하겠다.

요컨대 완판본『구운몽』에서 여성주인공이 비천하거나 경박한 모습은 찾아보기 힘들다. 이를 토대로 완판본『구운몽』의 여성 인물 형상의 특징을 종합해보면, 결국 완판본『구운몽』에서 여성주인공들은 — 규장각본에 비해 — 서사적 위상이나 역할이 약화되는 경향을 보이는 반면 비천하거나 경박한 모습이 사라지고 정숙한 여인의 면모가 강조되는 경향을 보인다는 것을 알 수 있다.

3) 완판본의 자장과 인물 형상의 의미

지금까지 완판본『구운몽』의 인물 형상에 나타난 특징을 양소유의 경우와 여성주인공들의 경우로 나누어 살펴보았다. 그 결과 완판본은 규장각본에 비해 양소유의 효심이나 영웅적 면모를 중시하는 경향이 강하고, 여성주인공들의 위상이나 역할에 대해 무관심한 한편 여성주인공들의 비천하고 경박한 면모를 드러내지 않으려는 경향이 있음을 확인할 수 있었다. 여기서 여성들의 흠결을 감추려는 경향은 여성들을 위한 것이라기보다는 남성주인공인 양소유를 위한 것이라고 보아야 옳다. 영웅적 면모에 상응하는 정숙하고 뛰어난 여인들을 설정해야 했을 것이기 때문이다.

이러한 개별적 특징들을 전체적으로 놓고 보면 완판본은 규장각본을 비롯한 선본 계열 속 남성주인공과 여성주인공들 간의 인물 관계의 축을 남성주인공인 양소유 쪽으로 상당 부분 이동시켰다는 것을 알 수 있다. 작품의 서사가 양소유 중심으로 이동되었음이 확인되는 것이다. 그렇다면 완판본 『구운몽』이 양소유 중심의 서사를 지향한 이유와 연원은 어디에서 찾아야 할까?

이는 완판본 고전소설이 지니고 있는 인물 형상의 특징 속에서 해명이 되리라고 본다. 박일용은 「홍길동전」의 이본을 '완판36장본 및 완판본계 필사본', '경판31장본 및 경판본계 필사본', '김동욱89장본, 조종업본, 정명기77장본, 서강대30장본, 정우락본 등의 필사본군'으로 나누고 이들의 차이를 밝힌 바 있다.[11] 여기서 논자는 완판본 계열이 사회적인 의미나 국가 질서에 대한 인식이 강하다는 언급을 한 바 있다. 주로 남성들만이 사회적 존재였던 당시 상황을 감안한다면, 「홍길동전」의 이러한 지향은 인물 형상의 측면과도 긴밀한 관련을 맺고 있다는 것을 쉽게 인지할 수 있다. 그리고 이러한 특징이 '완판본 계열'에 나타난다는 점을 주목할 필요가 있다.

실제로 완판본들에서는 이러한 특징들이 유사하게 드러난다. 『장풍운전』의 기존 연구를 살펴보면 흥미로운 점이 포착되는데, 한쪽에서는 『장풍운전』을 분석할 때 '남성주인공'에 초점을 맞추고 주인공의 고난

---

11   박일용, 「이본 변이 양상을 통해서 본 「홍길동전」 서술시각의 중층성」, 『영웅소설의 소설사적 변주』, 월인, 2003.

과 이의 극복을 통한 위대한 인물로의 성장 과정에 주목하는가 하면,[12] 다른 한쪽에서는 이 작품을 분석함에 있어 '가문 구성원'에 초점을 맞추고 가문 단위의 혼사 장애 극복 과정에 주목한다.[13] 동일한 작품을 놓고 상반되는 분석을 한 것이다. 인물의 측면에서 보아도 전자는 '남성주인공', 후자는 '여성주인공을 비롯한 가문 구성원'을 초점에 두고 있어 상반된다. 왜 이런 정반대의 분석이 나오게 되었을까?

이는 사실 두 논지가 근거로 삼고 있는 텍스트를 보면 그 이유를 쉽게 알 수 있다. 전자의 경우는 공히 완판본을 텍스트로 삼았고, 후자는 공히 경판본을 텍스트로 삼았기 때문이다. 결국 전자와 후자가 대상으로 삼은 텍스트들은 동일 작품이라 하더라도 그 판본이 다를 경우에는 전혀 다른 미감을 가질 수 있다는 사실을 보여준다. 그리고 여기서도 마찬가지로 완판본의 경우 다른 판본에 비해 '남성주인공의 영웅성'이 부각된다는 점을 확인할 수 있다.[14] 실제로 완판본『장풍운전』은 다른 판본에 비하면 '남성인물들의 충절忠節'이 강조되고, '주인공의 비범함'이 부각되며, '주인공의 지략과 군담'이 구체화되고, 이에 따른 '황제의 대우'가 극진하다는 특징이 있다.[15] 이 또한 완판본『구운몽』인물 형상에 나타나는 특징처럼 남성주인공의 영웅적 면모가 중시되는 것이다.

이뿐만 아니다. 완판본에 와서 합철되는『소대성전』과『용문전』을 봐도 남성주인공의 영웅적 면모가 강조되는 경향이 뚜렷하다. 가령 완

---

12 박일용, 「영웅소설의 유형변이와 그 소설사적 의의」, 서울대 석사논문, 1983; 서대석, 『군담소설의 구조와 배경』, 이화여대 출판부, 1985.
13 서인석, 「고전소설의 결말구조와 그 세계관」, 서울대 석사논문, 1984; 류준경, 「방각본 영웅소설의 문화적 기반과 그 미학적 특성」, 서울대 석사논문, 1997.
14 이에 대해서는 엄태웅, 앞의 글, 17~20쪽 참조.
15 위의 글, 20~37쪽.

판본에서 용문의 부친인 용훈은 명가名家의 자손으로 형상화되고 호왕胡王의 회유와 협박에 맞서 절의를 강하게 수호하는 인물로 형상화된다. 한편 명나라 군대가 위기를 맞는 장면에서는 위기에 처한 명나라 장수들의 숫자가 축소되거나 위기 상황이 축약되는 경향이 나타나는 반면, 군담에서는 남성인물 및 남성주인공의 활약이 강조되고, 오랑캐를 질책하는 장면에서는 주인공들의 윤리적 위상이 부각되는 양상을 보인다.[16]

완판본 『조웅전』도 크게 다르지 않다. 완판본의 조웅은 어린 시절의 고난과 이후의 입공 과정에서 시종일관 진지하고 당당한 모습을 잃지 않는다. 완판본에는 경화문에 대서특필을 할 때도 조웅의 부정한 현실 정치에 대한 비판적 인식이 강하게 드러나고, 조웅이 도사를 만나는 과정도 신중하게 그려지며, 조웅이 입공하는 과정 또한 디테일하고 주체적인 면모가 강하게 드러난다.[17] 이렇게 본다면 완판본 『구운몽』에서 인물의 서사적 비중이 양소유 쪽으로 이동되는 경향은—완판본의 자장에서 볼 때—어쩌면 매우 당연한 것이라는 생각까지 든다.

여성 인물의 형상화 양상도 마찬가지이다. 완판본 『장풍운전』을 보면 결연 및 가문 서사가 상당히 흐트러지고 유기적 맥락을 상실하는 반면 남성 영웅 중심으로 진행된다는 사실을 확인할 수 있다.[18] 완판본 『소대성전』과 『용문전』도 유사한 특징을 보이는데, 대표적으로 소대성

---

16 엄태웅, 「『소대성전』, 「용문전」의 경판본에서 완판본으로의 변모 양상」, 『우리어문연구』 41, 우리어문학회, 2011; 엄태웅, 「방각본 영웅소설의 지역적 특성과 이념적 지향」, 고려대 박사논문, 2012, 44~76쪽.
17 위의 글, 106~118쪽.
18 위의 글, 38~43쪽.

과 채봉이 만나는 장면에서 여타 이본과 달리 채봉이 아닌 소대성의 외양 묘사에 집중하는 양상, 소대성이 장모와 처남을 용서하는 과정이 디테일하게 서술되는 양상, 용문의 결연 성사 과정이 용문 중심으로 매우 간략하게 처리되는 양상 등을 들 수 있다.[19] 완판본 『조웅전』에서는 조웅의 모친에 대한 형상화가 흥미로운데, 날카롭고 예리한 판단력을 보여주는 경판본의 조웅 모친과 달리 완판본에서는 조웅이나 타인에게 상당히 의존적인, 그래서 수동적인 면모를 지속적으로 드러낸다.[20]

완판본에서 여성 인물에 대한 관심이 달라지는 모습은 방각본 여성영웅소설의 존재 양상을 통해서도 드러난다. 완판본 중에서 여성영웅소설이라고 할 수 있는 작품은 『이대봉전』이 유일하다. 다수의 여성영웅소설을 보유하고 있는 경판본과는 정반대의 양상이다. 그리고 『이대봉전』마저도 여성영웅의 면모가 현저히 약화된 모습을 보인다. 여성의 능동성에 대한 완판본의 관심이 어느 정도인지를 짐작케 하는 부분이다.[21]

이러한 완판본의 서사적 특징은 완판본 『구운몽』의 인물 형상에서 확인된 특징과 자못 유사하다. 즉 완판본 『구운몽』은 『구운몽』을 향유하였으되 완판본이 성행하였던 전주 일대의 서사적 기호에 맞춰 작품을 재편한 것이다. 따라서 완판본 『구운몽』은 『구운몽』 이본으로서의

---

19 서경희, 「『용문전』의 서지와 유통」, 『이화어문논집』 16, 이화어문학회, 1998, 101쪽;
    엄태웅, 앞의 글, 76~93쪽.
20 위의 글, 94~106쪽.
21 경판본 여성주인공들이 서사 전반을 주도하면서 국난 극복, 남성주인공 질책과 계도,
    결연의 성사 등을 위해 주력하였다면, (『이대봉전』의 여성주인공인) 장애황은 국난 극복
    의 서사 전체를 장악하지도 않고 남성주인공을 질책하거나 계도하지도 않으며 결연의
    성사를 위해 노력하지도 않는다. 경판본 여성영웅소설들을 기준으로 삼아 비교해보면
    여성의 능동성이 한발 물러난 형국이다. 위의 글, 149쪽.

특징을 갖고 있으면서 한편으로는 전주 지역의 서사적 기호가 반영되었다는 특징도 갖고 있는 것이다. 이를 통해 완판본『구운몽』은 선본 계열『구운몽』과는 다른 서사적 미감을 드러내었음을 알 수 있다.

지금까지 완판본『구운몽』에 나타나는 인물 형상의 특징과 여타 완판본 고전소설에 나타난 인물 형상의 특징 간 유사한 면모를 확인해보았다. 그렇다면 완판본 고전소설은 어떠한 이유에서 이러한 일관된 변화를 지향하는 것일까? 이 질문에 답을 하는 과정에서 완판본『구운몽』이 지향했던 서사 지향의 동인을 찾을 수 있을 것이다. 이에 대해서는 완판본『구운몽』의 주제를 다루면서 논하고자 한다.

2. 세속적 윤리의식

1) 환몽구조의 변형과 주제의식의 변화

앞서 살펴본 것처럼 완판본『구운몽』은 인물 형상에 있어 선본 계열인 규장각본과 차이를 보인다. 이러한 차이는 결국 작품의 서사 지향의 차이를 의미하는 것이다. 만약 이렇게 완판본『구운몽』이 서사 지향에서 차이를 드러낸다면, 서사 지향과 긴밀한 연관을 맺고 있는 주제의식 또한 선본 계열과 차이를 드러낼 가능성이 높다. 완판본『구운몽』의 주제의식은 선본 계열과 어떤 차이를 보이는가?

지금까지 완판본은 육관대사의 설법의 메시지를 간과하거나 육관대사의 설법을 불완전하게 전사하여 작품의 주제를 인생무상이나 일장춘몽으로 한정시켰다고 평가받았다. 그러나 이 책에서는 능동적 변형이라는 관점에서 인생무상이나 일장춘몽으로 작품의 주제를 국한시킨 이본들이 어떻게 그리고 왜 텍스트를 변화시켰는지 그 양상을 살펴보고자 한다. 이를 통해 완판본 『구운몽』만의 주제의식이 무엇인지 알아보도록 하겠다.

환몽구조 중에서도 작품의 주제의식을 면밀히 고찰할 수 있는 부분은 '각몽 이후' 부분이다. 『구운몽』 선본 계열의 각몽 부분은 아래와 같이 크게 세 덩어리로 나눌 수 있다.

> ① 육관대사가 호승으로 나타나 양소유와의 인연을 암시하며 양소유를 춘몽에서 깨게 한다.
> ② 양소유가 성진이 되어 육관대사로부터 가르침을 청한다.
> ③ 성진과 팔선녀가 육관대사의 가르침을 얻고 육관대사는 서천으로 떠난다. 이후 성진과 팔선녀는 크게 교화를 베풀어 극락세계로 간다.

완판본을 규장각본과 비교해보면 ①은 대체로 차이가 없고, ②와 ③에서 차이를 보인다. ②와 ③의 차이를 순차적으로 살펴보자. ②의 내용을 편의상 나누고, 대목별로 비교해보면 다음과 같다

〔규장각본〕

① 말을 듯디 못 ᄒᆞ야셔 구름이 거두치니 호승이 간 곳이 업고 좌우룰 도

라 보니 팔낭지 또혼 간 곳이 업눈디라 정히 경황호야 호더니 그런 놉흔 디와 만혼 집이 일시의 업셔지고 졔 몸이 혼 젹은 암주 등의 혼 포단 우히 안쟈시 디 향노의 블이 임의 샤라지고 디난 들이 창의 임의 빗쳐 엿더라

② 스스로 졔 몸을 보니 일빅 여덟 낫 염쥬 손목의 걸녓고 머리룰 몬디니 갓 싹근 마리털이 가즐가즐호야시니 완연이 쇼화샹의 몸이오 다시 대승샹의 위의 아니니 정신이 황홀호야 올란 후의 비로소 졔 몸이 연화도댱 셩진힝재인 줄 알고 싱각호니 처음의 스싱의게 슈칙호야 풍도로 가고 인셰예 환도호야 양가의 아들 되여 쟝원급졔 한님흑스호고 츌댱입샹호야 공명신퇴호고 냥공쥬와 뉵낭주로 더브러 즐기던 거시 다 호로밤 쑴이라 므음의 이 필연 스뷔 나의 넘녀룰 그릇호믈 알고 날노 호여곰 이 쑴을 ᄭᅮ어 인간 부귀와 남녀 졍욕이 다 허신 줄 알게 호미로다

③ 급히 셰슈호고 의관을 정졔호며 방댱의 나아가니 다른 졔주들이 임의 다 모다더라 대스 소리호야 무르디, "셩진아 인간 부귀룰 디내니 과연 엇더호더뇨".

④ 셩진이 고두호며 눈믈을 흘녀 글오디, "셩진이 임의 씨다랏ᄂᆞ이다 데지 블효호야 넘녀룰 그릇 먹어 죄룰 지으니 맛당이 인셰의 뉸회홀 거시어늘 스뷔 주비호샤 호로밤 쑴으로 뎨주의 므음 씨돗게 호시니 스뷔의 은혜룰 쳔만겁이라도 갑기 어렵도소이다".

⑤ 대스 글오디, "네 승흥호야 갓다가 흥진호야 도라와시니 내 므슨 간녜 호미 이시리오 네 쏘 니르디 인셰의 뉸회홀 거슬 쑴을 ᄭᅮ다 호니 이눈 인셰의 쑴을 다리다 호미니 네 오히려 쑴을 치 씨디 못 호엿도다 댱쥬 쑴의 나뷔 되여다가 나뷔 댱쥬 되니 어니 거즛 거시오 어니 진짓 거신

줄 분변티 못 ᄒᆞᄂᆞ니 어제 셩진과 쇼위 어니는 진짓 ᄭᅮᆷ이오 업ᄂᆞᆫ ᄭᅮᆷ이 아니뇨?"

⑥ 셩진이 ᄀᆞᆯ오ᄃᆡ, "뎨지 아득ᄒᆞ야 ᄭᅮᆷ과 진짓 거슬 아디 못ᄒᆞ니, ᄉᆞ부는 셜법ᄒᆞ샤 뎨ᄌᆞ를 위ᄒᆞ야 ᄌᆞ비ᄒᆞ샤 ᄭᅢᄃᆞᆺ게 ᄒᆞ쇼셔."

⑦ 대ᄉᆞ ᄀᆞᆯ오ᄃᆡ, "이제 금강경 큰 법을 닐러 너의 ᄆᆞ음을 ᄭᅢᄃᆞᆺ게 ᄒᆞ려니와, 당당이 새로 오ᄂᆞᆫ 뎨지 이실 거시니 잠간 기ᄃᆞ릴 거시라."

규장각본과 완판본의 ② 부분 비교

규장각본	완판본
① 각몽의 순간	① 축약
② 셩진이 본래 모습으로 돌아옴을 깨달음	② 부귀공명의 기억 삭제
③ 육관대사가 셩진에게 질문함	③ 유사
④ 셩진이 대답함	④ 유사
⑤ 육관대사가 재차 질문함	⑤ 축약 및 호접지몽 삭제
⑥ 셩진이 깨우침을 청함	⑥ 축약
⑦ 육관대사가 금강경을 알려줌	⑦ 삭제

② 부분을 비교해보면, ⑤, ⑦에서 큰 차이가 확인된다. 내용 전개를 파악하기 위해 ②-④부터 살펴보자.

〔완판본〕

④ 셩진이 머리을 ᄯᅡ호 ᄭᅮ다리며 눈물을 흘여 왈, "이졔야 ᄭᅢ달ᄂᆞᆫ난이ᄃᆞ 셩진이 무상ᄒᆞ와 도심이 덩달지 못ᄒᆞ오니 맛당이 괴로온 셰계의 잇셔 기리 앙화을 바들 거슬 ᄉᆞ부 한 ᄭᅮᆷ을 환긔ᄒᆞ야 셩진으 마암을 ᄭᅢᄃᆞᆺ게 ᄒᆞ오니 ᄉᆞ부 은덕은 천만연이라도 갑지 못하리로소이다".

위 성진의 발언의 요지는 다음과 같다. '이제야 깨달았다 자신이 부족하여 마땅히 괴로운 세계에서 고통을 받을 것이었는데 사부께서 꿈을 통해 깨닫게 하니 사부의 은덕을 갚기 어렵다.'

이는 곧 규장각본의 '인간 세상으로 윤회하는 것이 당연했는데 사부 덕분에 하룻밤 꿈만으로 깨달음을 얻을 수 있었다'는 발언과 내용적으로 일치한다. 완판본에서 성진이 '괴로운 세계'라고 말한 것은 규장각본의 '인간 세상'에 대응되고, '꿈'은 '하룻밤 꿈'에 대응된다. 완판본의 성진은 '인간 세상'을 '괴로운 세계'라는 가치판단으로 보다 구체화하고 있을 뿐이다. 결국 완판본에서 성진은 인간 부귀공명의 덧없음을 윤회가 아닌 꿈을 통해 겪게 해준 스승에게 감사하다고 말하고 있는 것이다. 규장각본과 크게 다르지 않다. 그럼 이에 대한 육관대사의 답변을 살펴보자.

〔완판본〕

⑤ 디스 왈, "네 흥으 찍여 갓다가 흥이 진흥미 왓스니 늬 무삼 간섭ᄒ리료 ᄯᅩ 네 셰상과 꿈을 달이 아니 네 꿈이 오히려 ᄭᅢ지 못ᄒ여쏘다".

규장각본과 비교해보면 많은 발언 — "네 ᄯᅩ 니르디 인세의 눈회흘 거슬 꿈을 ᄭᅮ다 하니", 호접지몽에의 비유를 통한 질문 — 들이 생략되고, "ᄯᅩ 네 셰상과 꿈을 달이 아니 네 꿈이 오히려 ᄭᅢ지 못ᄒ여쏘다"만이 표현되었다. 우선 호접지몽이 생략된 것을 통해 완판본이 참과 거짓의 이분법적 구분을 넘어서는 진리를 추구하고자 했던 규장각본의 주제의식을 선택하지 않았음을 알 수 있다.

이렇게 되면 육관대사의 답변은 '세상과 꿈을 다른 것으로' 아는 성진의 생각을 지적하는 것이 핵심이 된다. 완판본에서 육관대사는 세상과 꿈을 동일한 것으로, 다시 말해 인간 세상이 곧 덧없는 꿈이라고 말하고 있는 것이다. 이는 인생무상이나 일장춘몽의 주제의식이라 할 수 있다.

따라서 ⑥에서 성진이 꿈에서 깨기를 청한다는 내용이 간략하게 처리된 것은, 부적절한 생략이 아니라 일리 있는 축약인 셈이다. 왜냐하면 육관대사의 답변인 ⑤에는 또 다른 깨달음을 주기 위한 새로운 화두가 담겨 있는 것이 아니라, 성진의 발언인 ④에 대한 일종의 보완적 설명만이 담겨 있기 때문이다.

이런 이유로 규장각본 ⑥에서 성진은 '제자 성진은 아득하여 꿈과 참을 분별하지 못하겠사오니, 사부는 설법을 베풀어 제자로 하여금 깨닫게 하소서'라고 말하며 아직까지 깨닫지 못했음을 밝히고 있는 반면, 완판본 ⑥에서 성진은 '두 번 절하며 사죄하고 꿈에서 깨기를 청할 뿐'인 것이다.

⑦도 내용의 논리적 일관성을 유지하기 위해 의도적으로 삭제된 것으로 볼 수 있다. 규장각본의 ⑦은 육관대사가 아직 깨닫지 못한 양소유에게 『금강경』을 통해 깨달음을 주려고 하는 내용이다. 완판본에서는 앞서 『금강경』의 공空 사상을 연상시킬 만한 육관대사의 발언이 생략되었고, 이미 양소유가 자신의 잘못이 무엇인지 명확하게 인지하고 있기 때문에 규장각본의 ⑦과 같은 발언이 굳이 필요하지 않은 것이다.

이러한 차이는 ③에서도 지속적으로 확인된다.

규장각본 『구운몽』	완판본 『구운몽』
문 ᄃᆡ흰 도인이 드러와, "어제 왓던 위 부인 좌하 션녀 팔인이 ᄯᅩ 와 ᄉᆞ부긔 뵈와디이다 ᄒᆞᄂᆞ이다".	
대ᄉᆡ 드러오라 ᄒᆞ니 팔션녜 대ᄉᆡ의 압ᄒᆡ 나아와 합쟝 고두ᄒᆞ고 ᄀᆞᆯ오ᄃᆡ, "뎨ᄌᆞ등이 비록 위 부인을 뫼셔시나 실노 ᄇᆡ혼 일이 업셔 셰쇽 졍욕을 닛디 못 ᄒᆞ더니 대ᄉᆡ ᄌᆞ비ᄒᆞ시믈 입어 ᄒᆞ로밤 ᄭᅮᆷ의 크게 ᄭᆡᄃᆞ라시니 뎨ᄌᆞ등이 임의 위 부인긔 하딕ᄒᆞ고 블문의 도라와시니 ᄉᆞ부는 나죵ᄂᆡ 가ᄅᆞ치믈 ᄇᆞ라ᄂᆞ이다".	**잇ᄯᅴ의 팔션녀 들어와 ᄉᆞ례 왈, "졔ᄌᆞ 등이 위 부닌을 묘셔 ᄇᆡ혼 거시 업ᄊᆞ와 졍욕을 금치 못ᄒᆞ와 즁견을 입어ᄉᆞᆸ더니 ᄉᆞ뷰 구졔하시물 입ᄉᆞ와 한 ᄭᅮᆷ을 ᄭᆡ여ᄊᆞ오니 원컨ᄃᆡ 졔ᄌᆞ 되여 길이 갓타시물 바라ᄂᆞᆫ니다".**
대ᄉᆡ 왈, "녀션의 ᄯᅳᆺ이 비록 아름다오나 블법이 깁고 머니 큰 녁냥과 큰 발원이 아니면 능히 니ᄅᆞ디 못 ᄒᆞᄂᆞ니 션녀는 무ᄅᆞ미 스ᄉᆞ로 혜아려 ᄒᆞ라".	ᄃᆡ사 크게 우셔 왈, "너히 진실노 ᄭᅮᆷ얼 알아ᄊᆞ니 다시는 망염을 ᄉᆡᆼ각지 말ᄂᆞ" ᄒᆞ고
팔션녜 믈너가 ᄂᆞᆺ 우희 연지분을 ᄡᅵ셔 ᄇᆞ리고 각각 ᄉᆞ매로셔 금젼도를 내여 흑운ᄀᆞᆺᄐᆞᆫ 마리를 ᄶᅡᆨ고 드러와 ᄉᆞᆯ오ᄃᆡ, "뎨ᄌᆞ등이 임의 얼골을 변ᄒᆞ야시니 ᄆᆡᆼ셰ᄒᆞ야 ᄉᆞ부 교령을 태만티 아니 ᄒᆞ리이다".	
대ᄉᆡ ᄀᆞᆯ오ᄃᆡ, "션ᄌᆡ 션ᄌᆡ라 너희 팔인이 능히 이러ᄐᆞᆺ ᄒᆞ니 진실노 모든 일이로다".	직시 ᄃᆡ경법을 베푸러 셩진과 팔션여를 가라치니 인간 누ᄊᆞ년 변화는 다 ᄭᅮᆷ 밧기 ᄭᅮᆷ이요 일심이 불법의 진척하니 극낙셰게의 만만셰 무궁지락이로구나 (400쪽)
드ᄃᆡ여 법좌의 올나 경문을 강논ᄒᆞ니 ᄇᆡᆨ호 ᄇᆡᆺ티 셰계의 ᄡᅩ이고 하ᄂᆞᆯ ᄭᅩᆺ치 비ᄀᆞᆺ티 ᄂᆞ리더라 셜법ᄒᆞ믈 댱ᄎᆞᆺ ᄆᆞᄎᆞ매 네 귀 진언을 숑ᄒᆞ야 ᄀᆞᆯ오ᄃᆡ, 일졀유의법 / 염모환됴영 여디역여젼 / 응쟉여시관	
이리 니ᄅᆞ니 셩진과 여ᄃᆞᆲ 니괴 일시의 ᄭᆡ도라 블ᄉᆡᆼ블멸ᄒᆞᆯ 졍과를 어드니 대ᄉᆡ 셩진의 계ᄒᆡᆼ이 놉고 슌슈ᄒᆞ믈 보고 이에 대듕을 모호고 ᄀᆞᆯ오ᄃᆡ, "내 본ᄃᆡ 뎐도ᄒᆞ믈 위ᄒᆞ야 듕국의 드러왓더니 이제 졍법을 뎐ᄒᆞᆯ 곳이 이시니 나는 도라가노라" ᄒᆞ고 염쥬와 바리와 졍병과 셕쟝과 금강경 일권을 셩진을 주고 셔쳔으로 가니라.	
이후에 셩진이 연화도장 대듕을 거ᄂᆞ려 크게 교화를 베프니 신션과 뇽신과 사ᄅᆞᆷ과 귀신이 ᄒᆞᆫ가지로 존슝ᄒᆞ믈 뉵관대ᄉᆞ와 ᄀᆞᆺ티ᄒᆞ고 여ᄃᆞᆲ 니괴 인ᄒᆞ야 셩진을 승ᄉᆡᆼ으로 셤겨 깁히 보살대도를 어더 아홉 사ᄅᆞᆷ이 ᄒᆞᆫ가지로 극낙셰계로 가니라 (권지사, 67a~68b)	

규장각본과 비교해보면 완판본은 상당히 짧다. 팔선녀가 육관대사에게 가르침을 청하는 발언만이 유사할 뿐이다. 그렇다면 완판본의 과

도한 축약은 어떠한 맥락에서 진행된 것인가.

규장각본에는 등장하지만 완판본에는 보이지 않는 부분들은 공교롭게도 불교적 색채가 강하다는 공통점을 지니고 있다. 팔선녀가 가르침을 청하자 육관대사는 불법佛法이 길고 먼 것이니 잘 생각해보라고 말하는데, 이에 팔선녀는 비구니가 될 결심으로 곧장 머리를 깎고 돌아와 다시 가르침을 청한다. 육관대사는 팔선녀의 의지를 높이 평가하며 『금강경』을 설법하고, 이에 성진과 팔선녀가 불생불멸의 정과正果를 얻게 된다. 곧이어 육관대사는 성진과 팔선녀가 정법淨法을 전할 능력을 갖추었으니 떠나겠다고 하면서 염주, 바리때, 정병淨瓶, 석장錫杖, 『금강경』을 성진에게 주고 떠나간다. 불법을 닦고자 하는 팔선녀가 비구니의 삶을 택하는 것, 육관대사가 『금강경』을 설법하는 것, 성진과 팔선녀가 불생불멸의 정과를 얻는 것, 육관대사가 떠나며 성진에게 염주 등을 주는 것 등은 모두 불교적 수행의 과정인 것이다.

흥미롭게도 완판본에서는 이 내용이 모두 보이지 않는다. 그리고 규장각본과 완판본에서 공히 등장하는 부분인 팔선녀가 육관대사에게 가르침을 청하는 장면에서도 미세하지만 이러한 차이를 감지할 수 있다. 규장각본에서 팔선녀는 육관대사에게 가르침을 청하면서 불문佛門에 돌아왔다고 말한다. 하지만 완판본에서는 육관대사에게 가르침을 청하는 발언만이 나온다. 이렇게 볼 때 완판본의 짧은 내용은 단순히 분량을 줄이기 위한 의도라고 보기 어려울 듯하다. 완판본은 성진과 팔선녀가 육관대사로부터 깨달음을 얻는 장면에서 불교적 색채를 최대한 배제한 것이다.

물론 완판본의 마지막 대목에서 일심一心이 불법에 진척한다는 내용이 등장하기 때문에 불교적 색채가 완전히 제거되었다고는 말하기 어렵다. 그러나 불교적 색채가 완벽하게 제거되었는가의 여부보다 더 중요한 사실은, 완판본에서 성진과 팔선녀가 불교적 수행의 주체로 현현되지 않았다는 점이다.

주지하는 것처럼 규장각본에서 팔선녀는 스스로 비구니가 되어 불교적 수행의 길로 나아가기로 결심한다. 그 길이 쉽지 않다는 육관대사의 말에도 흔들리지 않고 머리를 깎아 의지를 드러낸다. 또한 성진과 팔선녀는 이후 불생불멸의 정과를 얻는 경지에 이르고, 나아가 육관대사가 서천으로 떠나자 육관대사의 자리를 대신한다. 이렇듯 규장각본에서는 성진과 팔선녀가 완벽하게 불교적 수행의 주체로 탈바꿈한다.

그러나 완판본은 다르다. 앞서 ②-⑥에서도 이러한 양상이 확인된다. 이 부분의 규장각본에서는 성진이 '제자로 하여금 깨닫게 해달라'고 말하지만, 완판본에서는 성진이 그저 '꿈 깸'을 청할 뿐이다. 애초에 성진은 육관대사의 제자이기는 하지만, 이 부분부터는 성진이 '제자'로서 깨달음을 청한 것인지 아니면 그저 도사에게 꿈에서 깨어나게 해줄 것을 요청하는 것인지가 분명치 않다. 팔선녀도 마찬가지이다. 육관대사에게 가르침을 청하는 대목에서는 분명 '제자'라고 말을 하고 있고, 육관대사 또한 팔선녀를 가르친다고는 하지만, 그 뒤에 팔선녀가 육관대사의 제자로서 수행하는 장면은 등장하지 않는다.

실제로 완판본의 육관대사는 서천으로 가지 않는다. 성진과 팔선녀에게 '인간 세상의 모든 변화가 꿈 밖의 꿈이다'라는 오묘한 말을 남길 뿐,[22] 이들을 불교적 수행의 주체로 탈바꿈하게 하는 계기는 마련하지 않는다. 이러다보니 완판본의 맨 마지막에 등장하는 '한마음으로 불법에 나아가니 극락세계의 만만세 무궁한 즐거움이었다'는 대목만으로 이 작품의 종반부가 불교적으로 채색되었다는 느낌을 받기가 어려운 것이다.

이렇게 본다면 완판본의 환몽구조는『금강경』의 공空 사상을 제대로 구현하지 못한 것이 아니라, 의도적으로 구현하지 않은 것이라 할 수 있다. 깨달음의 수준을 낮춘 것이 아니라 각몽 이후의 불교적 지향을 거세하고 일장춘몽과 인생무상으로 주제를 전환한 것이다.

2) 주제 변화의 의미

완판본은 왜 공空 사상을 작품에 반영하지 않았을까? 완판본은 왜 일장춘몽이나 인생무상을 주제로 삼았을까?

이와 관련해서는 앞서 살핀 완판본 인물 형상의 특징을 함께 고려할 필요가 있다. 완판본 고전소설과의 유사한 면모를 통해 확인할 수 있었던 것처럼 완판본『구운몽』에서 서사의 비중과 축이 남성주인공인 양소유 쪽으로 이동한 것은, 전주 지역의 방각본 고전소설 향유 관습에 남성적 기호가 큰 영향을 차지하고 있었음을 보여주는 것이다. 그 구체적 양상을 보면 그것이 남성 인물의 충절·절의나 효심 등으로 표출된다

---

22 완판본 육관대사의 발언은 막연할 뿐만 아니라 별도의 부연 설명이 없어서 완벽하게 해석하기 어렵다. 다만 '꿈 밖에' 또 '꿈'이 있다고 말한 점에서 '꿈'과 '또 다른 꿈'의 존재를 인정한다고 볼 수 있으며, 이는 상대주의적 관점으로 해석할 여지, 즉 19쪽에서 언급한 3단계가 모두 구현되었다고 볼 여지가 있다. 그러나 완판본 결말 부분의 전체적인 흐름을 보면 3단계가 구현되었다고 보기는 어렵고, 2단계가 구현되었다고 할 수 있다.

는 사실을 알 수 있다. 수준이 높거나 심오한 것은 아니지만 보편타당한 세속적 윤리 의식을 보여주고 있는 셈이다.

따라서 이러한 이념적 성향을 갖고 있는 이들에게 불교적 깨달음은 굳이 강조되어야 할 가치가 아니었으리라고 본다. 공空 사상과 같은 수준 높은 차원의 불교적 깨달음은 잘 이해되지 않았을 뿐 아니라 쉽게 동의되기도 어려웠을 것이기 때문이다. 그렇기 때문에 심지어 성진과 팔선녀가 불교적 수행의 주체로까지 묘사되는 것을 향유층이 수용하기 쉽지 않았으리라고 본다.

이에 특정한 이념이나 종교에 귀속되지 않으면서도, 세속적 욕망에 대한 경계를 제대로 드러낼 수 있는 최적화된 메시지를 생각할 수밖에 없었을 것이다. 그러한 점을 고려할 때 일장춘몽 혹은 인생무상은 그것이 특정한 이념이나 종교에만 국한된 것이 아니면서 동시에, 유한한 삶을 살면서도 세속적 욕망을 끝없이 추구하는 대부분의 사람들의 보편적 정서에 미치는 바가 컸으리라고 본다. 욕망에 대한 경계는 어떤 이념이나 종교를 막론하고 중요한 덕목으로 삼기 때문이다.

여기서 다루고 있는 『구운몽』은 주지하다시피 방각본이다. 방각본은 이윤 추구의 대상이기 때문에 보다 많은 이들에게 공감을 얻어야만 존재의 이유가 성립된다. 따라서 예리하고 날카롭고 구체적인 문제의식보다는 누구나가 공감할 수 있는 주제의식을 담아낼 필요가 있었던 것이다. 이에 완판본 『구운몽』은 남성주인공의 영웅적 면모를 강조하면서 서사의 축을 양소유 쪽으로 이동시킴으로써 완판본의 향유층과 조응했다. 완판본의 향유층들은 '일반적이고 세속적인 윤리의식의 관점에서 볼 때 보편타당한 남성 영웅적 캐릭터를 갖추고 있는 양소유'를 선호한 것이다. 그리고 한편으로는 이러한 세속적 욕망의 무제한적 추구가 꼭 행복한 것은 아니라는, '소박하지만 보편적인 깨달음'에도 공감을 표했을 것이다. 서사적으로는 세속적 욕망의 모든 것을 보여주다가 갑자기 그것의 덧없음을 경계하는 메시지를 마지막에 노출하여 반전을 이끈 점이 흥미롭게 다가왔을 것이다. 결국 인물 형상과 주제의식을 통해 볼 때, 완판본『구운몽』은 불비한 이본이 아니라 완판본의 향유 조건과 향유 지형에 맞춰 작품을 일관성 있게 개편한 결과물이라고할 수 있다.

3. 소결

이 장에서는 전주 지역을 기반으로 하고 있는 완판본『구운몽』에 주목하였다. 지금까지 완판본『구운몽』은『구운몽』의 비선본 계열로 분류되어 작품 연구에서 중요하게 다뤄지지 않았다. 그러나 여기서는 완판본 또한 나름의 서사적 지향을 갖고 있을 것이라는 생각을 갖고 접근하였다.

먼저 인물 형상의 측면에서 살펴본 결과, 완판본은 선본 계열인 규장각본에 비해 남성주인공인 양소유의 효심이 강조되고 영웅적 면모가부각되는 반면 여성주인공들의 서사적 위상이나 역할이 미미함을 알수 있었다. 이는 완판본『구운몽』이 서사적으로 양소유를 보다 더 중요한 인물로 인식하고 양소유 쪽으로 서사의 축을 이동시켰다는 것을 의미한다.

이러한 변화는 비단 『구운몽』에서만 확인되는 것은 아닌바 완판본 영웅소설에서도 이와 유사한 형태의 변화가 포착된다. 따라서 완판본 『구운몽』의 변모는 이 작품이 전주 지역의 고전소설 향유 기반과 만나 이루어진 것이라 짐작해볼 수 있다.

완판본 고전소설의 향유 기반은 이렇듯 남성 인물의 충절·절의나 효심 등 수준 높은 차원은 아니지만 보편적 차원의 세속적 윤리의식과 닿아 있다. 그래서인지 특정한 이념이나 종교에 귀속되지 않으면서도 세속적 욕망에 대한 경계를 제대로 드러낼 수 있는 주제의식을 담아내려는 의지가 확인된다. 완판본 『구운몽』은 규장각본에 보이는 『금강경』의 공空 사상이 보이지 않는다. 이로 인해 작품의 주제가 인간 세상의 덧없음을 지적하는 일장춘몽·인생무상이 되었다. 마찬가지로 완판본 『구운몽』에는 규장각본의 각몽 이후에 성진과 팔선녀가 불교적 수행의 주체가 되는 장면이 보이지 않았다. 이로 인해 이들 인물이 헛된 욕망으로부터 벗어나기를 바라는 주체로 설정되었다. 육관대사도— 서천으로 가는 결말을 통해— 강한 불교적 색채를 드러낸 규장각본과 달리, 완판본 『구운몽』에서는 깨달음을 전하는 주체로 설정이 되었다.

요컨대 완판본 『구운몽』은 선본 계열 속 남녀주인공의 서사적 비중이나 심오한 주제를 따르지 않고 자기만의 길을 걸었다. 완판본이 향유되었던 전주 지역의 독자 취향이나 문화적 경향성과 접점을 찾으며 변화를 모색한 것이다. 이러한 사례를 통해 유추할 수 있는바, 상업적 성격의 이본들은 각각의 목적에 맞게 변형되면서 선본 계열과는 다른 개별적 의미망을 구축하고 있을 것으로 예상해볼 수 있다. 장을 달리하여 경판본 『구운몽』의 특징을 살펴보자.

제3장

현실 위주의 서사와
인생무상의 주제의식

경판본 『구운몽』

제2장에서 살펴본 완판본 『구운몽』에 이어, 방각본이되 서울에서 간행된 경판본 『구운몽』을 살펴보도록 하겠다. 크리스토퍼 놀란Christopher Nolan 감독이 만든 영화를 보면 누구나, 그 영화의 배경은 지구 밖 우주나 가상假想의 공간으로 설정되어 있지만 작품은 철저하게 인간 내면의 상상 세계를 다루고 있다는 생각이 들 것이다. 『구운몽』도 이와 비슷하다고 말하면 지나친 비약일까? 『구운몽』 또한 천상계天上界, 이계異界, 몽계夢界 등이 다채롭게 펼쳐지면서 물리적 공간의 한계를 넘나들지만, 결과적으로 그 모든 체험은 인간 내면의 문제의식으로 수렴된다. 이 작품의 서사적 외형은 지나치게 비현실적이지만, 그 문제의식은 인간의 삶이라는 현실적 차원과 긴밀히 닿아 있다.

그래서인지 『구운몽』에서는 비현실적 상황과 현실적 상황이 분리되어 나타나지 않는다. 등장인물들에게 양자는 서로 다른 세계로 인식되지 않는 듯하다. 등장인물들은 비현실과 현실을 자유롭게 유동한다. 전술했듯 이는 물리적으로는 실현 불가능한 것이다. 인간의 상상에 의해 구현된 무질서의 질서인 셈이다.

선행 연구에서 이미 지적한 바, 『구운몽』의 이러한 비현실적 체험은 주로 꿈, 환상幻想, 가상의 상황에서 이루어진다.[1] 꿈, 환상, 가상은 작품에서 각각 별개의 상황으로 주어지기보다는 복합적으로 작동한다. 작품 전체가 커다란 꿈에 둘러싸여 있지만, 그 꿈 안에서 또 다른 꿈이나 환상, 가상의 체험들이 뒤섞여 존재하는 것이다.

이렇듯 꿈, 환상, 가상은 중층적으로 등장하며 작품의 주제의식을 구현한다. 그런데 이러한 비현실적 체험들은 작품의 주제의식을 구현하는 데 영향을 미침은 물론, 작품의 서사적 유희를 강화하는 데에도 큰 기여를 한다. 이는 『구운몽』의 비현실적 체험에 '꿈'과 '환상'뿐만 아니라 '가상'이라 명명할 수 있는 이른바 '속임수'가 자주 등장하는 것에서 그 이유를 찾을 수 있다.

『구운몽』에는 꿈과 환상 그리고 상대방을 꼬임에 넘어가게 하는 속임수가 자주 등장하는데, 이 속임수는 현실에서 일어나는 일이기 때문에 엄밀히 말하면 '비현실적'이라고 보기는 어렵다. 그런데 『구운몽』에서는 속임수와 같은 가상적 상황이 '꿈', '환상'과 엮이어 작품의 비현실적 면모를 부각시키는 데 기여하는 경우가 많기 때문에, 이 또한 잠정적으로 『구운몽』의 '현실적이지 않은 면모'로 포함시킬 수 있다.

이렇게 본다면 『구운몽』은 '비현실적 상황'과 '가상적 상황'이 다채

---

1   이강옥, 「구운몽의 환몽(幻夢) 경험과 주제」, 『구운몽의 불교적 해석과 문학치료교육』, 소명출판, 2010, 162~203쪽.

롭게 등장하여 '현실적이지 않은 면모'를 보여주는 작품이라고 말할 수 있을 것이다. 이 책에서는 이러한 두 가지 측면을 모두 살펴보려는 취지로, 둘을 포함할 수 있는 넓은 개념인 '비일상성'이라는 표현을 상정하였다.

『구운몽』이 비현실적 면모만이 아니라 속임수와 같은 가상적 면모도 갖고 있기 때문에, 『구운몽』의 비일상적 면모에 대한 고찰은 비단 작품의 주제의식에 대한 연구에 국한될 필요가 없다. 오히려 속임수와 같은 가상적 면모가 어떻게 작품의 흥미를 유발하는지 그 구체적인 양상에 대해 천착하다 보면, 작품이 지니고 있는 서사적 매력의 다채로운 면모를 확인할 수 있을 것이다.

그런데 지금까지 『구운몽』 연구는 그보다 비현실적 체험이 주제의식의 구현에 얼마나 기여했는가를 살피는 데 주력하였다. 그간의 연구가 대체로 입몽入夢과 각몽覺夢의 환몽구조幻夢構造 분석을 기반으로 한 주제 파악에 있었다는 점이 이를 증명한다. 물론 환몽구조 분석을 통한 주제 파악이 작품 해석의 출발이자 귀결점이 될 수밖에 없다는 점은 인정하지만, 『구운몽』 연구가 주제 파악에 치중한 나머지, 이 작품이 지니고 있는 다채로운 비일상적 모티프들에 대한 천착에 소홀했다는 점은 아쉬움으로 남는다.

환몽구조 분석을 통한 주제 파악이 『구운몽』 연구의 본령이 됨으로 인해 도출된 또 하나의 연구 경향은, 『구운몽』 연구가 주로 선본 계열에 집중되었다는 점이다. 정확한 주제를 파악하기 위해서는 당연하게도 완벽한 텍스트가 필요하기 때문이다. 그리하여 수백 종에 달하는 이본 중 손에 꼽히는 몇몇 이본들이 주된 연구 대상이 되었다. 선본 중심의 연구는『구운몽』창작의 본질을 파악해야 한다는 점에서는 끊임없이 진행되어야 하는 것임에는 틀림없다. 그러나『구운몽』이 인간 내면의 성찰을 다루는 공감과 치유의 텍스트라는 점을 감안한다면, 『구운몽』이 수용된 다양한 면모를 고찰하는 것 또한 매우 중요한 작업이라 할 수 있다. 즉 비선본 계열 이본들을 단순히 불비不備한 텍스트가 아니라, 수용자에 의해 다른 의미로 재구성된 텍스트로 보는 수용사적 맥락의 접근이 필요하다는 것이다.

물론 이 작품의 비일상적 체험이 서사 전개에 미치는 영향을 다룬 연구나,『구운몽』의 수용사적 측면에 대해 살핀 연구가 없었던 것은 아니다.[2] 필자가 제기한 문제들은 이미 선행 연구를 통해 그 방향이 제시된 바 있다. 다만 비선본 계열의 중요성을 인식하면서, 비선본 계열 이본 자체의 내용적 특징을 밝히려고 한 시도는 찾아보기 어렵다.

이 장에서는『구운몽』비선본 계열 이본 중 경판본에 주목하였다.[3] 주지하다시피 경판본은 조선 후기 고전소설의 상업적 출판과 유통을 대변한다. 서울 지역을 중심으로 널리 유통된 경판본은 독자 수용의 측면에서 보자면 결코 비선본 계열이라는 이유로 치부할 수 없는 판본이

---

2   대표적인 논문은 다음과 같다. 위의 글; 장효현, 「구운몽의 주제와 그 수용사」, 『한국고전소설사연구』, 고려대 출판부, 2002, 203~229쪽.

3   경판본의 개략적인 서지 정보는 다음과 같다. 그간 경판본에 대해서는 지나치게 축약이 심해서 이본으로서의 가치가 매우 떨어진다고 보는 것이 일반적이었다. "경판본은 1권 1책으로 된 국문 목판본으로 완판본과 대를 이루고 있는 자매본에 해당된다. 이 책의 체재로 말하면, 세로가 28.5cm, 가로가 19.5cm이고, 장수는 32장, 매장 13행, 매행 24자 내외로 장(章)도 나누어져 있지 않고 연철되었으며, 필체는 행서로 읽기에 좀 거북스럽다. 이 경판본은『구운몽』이본 가운데 가장 간략화한 것이 특색이라 할 수 있으나, 완판본에 비하여 무질서한 편이다. 더구나 시, 상소문 따위는 전혀 볼 수가 없다. 말하자면 경개본에 불과하다는 것이다." 정규복·진경환 역주, 『한국고전문학전집』27 – 구운몽, 고려대 민족문화연구소, 1996, 331쪽.

다. 경판본이『구운몽』의 주제의식을 충실히 담아낸 이본이 아님에도 면밀히 살펴봐야 하는 이유가 여기에 있다.

규장각본과의 대비를 통해 경판본이 선본 계열의 비일상적 면모와 어떻게 차이가 나는지 살펴보도록 하겠다. 앞서 언급한 것처럼 이는 주로 꿈, 환상, 가상 체험에 해당되는데 이들 체험은 뒤섞여 있는 경우가 많다. 그러므로 비일상적 체험의 요소들로 나누어 살피기보다는, 주요 에피소드를 서사 순서에 따라 비교 고찰하며 경판본에서 어떠한 변화가 일어났는지 알아보도록 하겠다.

1. 비일상적 서사의 소거

흔히 경판본은 상업적 이윤을 극대화하기 위해 분량을 최소화한 것으로 알려져 있다. 그래서 모든 작품의 경판본 이본은 선본에 비해 상당히 축약된 형태이다.『구운몽』도 마찬가지여서, 규장각본을 비롯한 선본 계열은 4권 혹은 16회의 장회체로 구성된 장편인 데 비해, 경판본은 32장에 불과한 축약본이다. 단순히 분량을 비교해보면 경판본은 규장각본의 1/4에 미치지 못한다.[4] 이 비율만 보면 경판본『구운몽』은 내용적으로 불충분한 점이 많은 이본이라는 생각이 든다.

---

4   규장각본이 13만여 자인 데 비해 경판본은 3만여 자에 불과하다.

그런데 문제는 그리 간단하지 않다. 경판본을 선본 계열과 비교해보면 일정한 비율로 균질하게 짧은 것은 아님을 알 수 있다. 어떤 부분은 선본과 거의 동일한 수준인 반면, 어떤 부분은 아예 에피소드 전체가 빠져 있기도 하다. 상당히 짧은 이본이기 때문에 규장각본에 없는 내용이 경판본에만 존재하는 경우는 단 한 장면에 불과하며, 사실상 그 장면이 그리 큰 의미를 갖지도 않는다. 따라서 경판본이 『구운몽』을 간략하게 구현하는 가운데 견지하고자 했던 서사적 지향이 무엇인지를 파악하기 위해서는 ─ 선본과 비교해볼 때 ─ 취取하고 사捨한 부분이 무엇인지 그리고 이로 인하여 서사 전개상 어떤 차이가 발생했는지 확인해야 한다.

필자가 살펴본 바에 따르면 경판본 『구운몽』은 상당히 짧은 분량이지만 나름의 서사적 일관성을 지키기 위해 노력했다. 흔히 경판본이 상업적 이윤 추구를 위하여 과도한 생략을 함으로써 작품의 본질을 훼손하였다는 인식이 강한데, 물론 선본의 문제의식을 온전히 담아내지 못한 점이 있기는 하지만, 한편으로는 선본 서사의 방만함을 효율적으로 정리한 측면도 없지 않다. 『구운몽』 서사의 큰 줄기에서 다소 멀어지는 단편적 사건들이나 서술자의 불필요한 설명들은 나타나지 않기 때문이다. 물론 그 과정에서 필수적인 인물 정보나 사건 정보까지 사라지면서 독자들이 작품의 내용을 이해하는 데 어려움이 발생하기도 하지만, 그렇다고 하여 서사의 유기적 맥락을 막무가내로 끊어버리는 경우는 찾아보기 힘들다. 즉 경판본 『구운몽』은 매우 짧은 분량의 이본이지만, 그 안에서 일정한 서사적 지향을 찾아볼 수 있을 것이라는 말이다. 과연 선본에 비해 분량이 매우 짧은 이본은 서사를 어떻게 전개시킬까? 작품의 흐름을 따라가며 그 차이를 하나씩 살펴보도록 하자.

⑦ 성진이 입몽하는 대목

규장각본 『구운몽』	경판본 『구운몽』
셩진이 홀일업셔 블샹과 스부의게 녜비ᄒᆞ고 모든 동문을 니별ᄒᆞ고 녁ᄉᆞ와 흔가지로 명ᄉᆞ의 나아갈 ᄉᆡ 유혼관을 들고 망향ᄃᆡ를 디나 풍도셩의 다ᄃᆞ르니 셩문 잡은 귀졸이 뭇거ᄂᆞᆯ 녁ᄉᆡ 뉵관대ᄉᆞ 법지로 죄인을 ᄃᆞ려오노라 ᄒᆞ니 길홀 여러 주거ᄂᆞᆯ 바로 삼나뎐의 니ᄅᆞ니 염왕이 공손ᄒᆞ여 녁ᄉᆞ를 주어 보ᄂᆡ더라	셩진이 홀 일 업셔 불샹과 스부의게 하직ᄒᆞ고 녁ᄉᆞ를 ᄯᅡ라 풍도의 드러가니
셩진이 뎐하의 ᄭᅮ니 염왕이 무ᄅᆞᄃᆡ, "셩진 샹인아 샹인의 몸이 남악의 이시나 일홈은 임의 지장왕 향안 우회 치부ᄒᆞ여시니 블구의 큰 도ᄅᆞᆯ 어더 놉히 년좌의 오ᄅᆞ면 즁ᄉᆡᆼ들이 대되 은덕을 입을가 ᄒᆞ더니 므스 일노 이 ᄯᅡ히 니ᄅᆞ럿ᄂᆞ뇨".	넘왕이 불너드려 문왈, "셩진 샹인이 부쳐의 도ᄅᆞᆯ 통하여 군싱을 즁ᄋᆔ홀가 ᄒᆞ엿더니 엇지 이의 니르럿ᄂᆞᆫ뇨".
셩진이 가쟝 참괴ᄒᆞ여 ᄒᆞ다가 왕긔 알외되, "셩진이 무샹ᄒᆞ여 노샹의셔 남악 션녀를 만나보고 ᄆᆞ음의 거리낀 고로 스승의게 득죄ᄒᆞ여 대왕긔 명을 기ᄃᆞ리ᄂᆞ이다".	셩진이 춤괴ᄒᆞ여 밋쳐 답지 못ᄒᆞ여 (4a~4b)
염왕이 좌우로 ᄒᆞ여금 디쟝왕긔 말ᄉᆞᆷ을 올녀 글오되, "남악 뉵관대ᄉᆡ 그 뎨ᄌᆞ 셩진을 보ᄂᆡ여 명ᄉᆞ로셔 벌ᄒᆞ라 ᄒᆞ니 여나문 죄인과 다를 ᄉᆡ 취품ᄒᆞᄂᆞ이다".	
보ᄉᆞᆯ이 ᄃᆡ답ᄒᆞᄃᆡ, "슈힝ᄒᆞᄂᆞᆫ 사ᄅᆞᆷ의 오며 가기ᄂᆞᆫ 져의 원ᄃᆡ로 홀 거시니 어이 구틔여 무ᄅᆞ리오". (권지일, 12a~13a)	

육관대사의 제자인 성진은 스승의 명을 받들어 남해 용왕을 뵙고 오는 길에, 우연히 팔선녀를 만나 속세의 부귀영화에 미혹되고, 이러한 번민煩悶이 이유가 되어 그 죄로 풍도酆都에 가게 된다. 규장각본에서는 풍도에 간 성진이 염라대왕의 물음에 답을 하고, 염라대왕과 좌우의 신하 그리고 지장보살地藏菩薩이 의논하는 장면이 등장한다.

그러나 경판본에서는 염라대왕이 성진에게 이곳에 온 연유를 묻자 성진이 부끄러워하며 우물쭈물하다가 대답을 하지 못하는 모습으로만 처리되었다. 사소한 차이지만 이는 경판본이 '꿈속 환상적 공간'에서 이계異界의 인물들과 벌이는 대화의 장면을 그리 중요하게 생각하지 않

규장각본 『구운몽』	경판본 『구운몽』
〈양소유가 피난 도중 부친을 만난 적이 있는 한 도인을 만나 머물며 거문고를 배운다.〉 싱이 졀ᄒᆞ여 밧고 인ᄒᆞ여 술오ᄃᆡ, "쇼ᄌᆞ의 션싱 만나믄 벅벅이 부친의 지교ᄒᆞ시미로다 원컨ᄃᆡ 궤쟝을 뫼셔 뎨ᄌᆡ 되여지이다". 도ᄉᆡ 웃고 닐오ᄃᆡ, "인간 부귀를 그ᄃᆡ 면치 못 ᄒᆞ리니 어이 능히 노부를 조차 암혈의 깃드리리오 허믈며 나죵의 도라갈 곳이 이시니 나의 무리 아니라 비록 그러ᄒᆞ나 은근ᄒᆞᆫ ᄯᅳᆺ을 져ᄇᆞ리디 못 ᄒᆞ리라". ᄒᆞ고 픵도의 방셔 ᄒᆞᆫ 권을 닉여 주며 닐오ᄃᆡ, "이를 닉이면 비록 연년을 ᄒᆞ디 못 ᄒᆞ나 ᄯᅩ 가히 병이 업고 늙기를 플니치리라". 싱이 다시 졀ᄒᆞ여 밧고 인ᄒᆞ여 므러 ᄀᆞᆯ오ᄃᆡ, "션싱이 쇼ᄌᆞ를 인간 부귀를 긔약ᄒᆞ실ᄉᆡ 인간 일을 뭇ᄌᆞᆸᄂᆞ이다 쇼지 화음현 진시 녀ᄌᆞ를 만나 ᄇᆞ야흐로 의혼ᄒᆞ더니 난병의 ᄶᅩᆯ여 이곳의 와 이시니 아디못게라 이 혼ᄉᆡ 일니잇가". 도ᄉᆡ 대쇼ᄒᆞ고 닐오ᄃᆡ, "이 혼인 길히 어둡기 밤 ᄀᆞᆺᄐᆞ니 텬긔를 어이 미리 누셜ᄒᆞ리오 비록 그러나 그ᄃᆡ 아름다온 인연이 여러 곳의 이시니 모ᄅᆞ미 진녀를 일편도이 권년ᄒᆞ디 말디어다". 이날 도인이 뫼셔 셕실의셔 자더니 하늘이 치 붉디 못 ᄒᆞ여셔 도인이 싱을 ᄭᅢ와 닐오ᄃᆡ, "길이 임의 트엿고 과거를 명츈으로 물녀시니 대부인이 문을 의지ᄒᆞ여 기ᄃᆞ리ᄂᆞ니 ᄲᆞᆯ니 도라갈디어다". 인ᄒᆞ여 노비를 출혀 주거늘 싱이 븩븩ᄒᆞ여 도인의게 샤례ᄒᆞ고 금셔를 슈습ᄒᆞ여 뫼흐로 ᄂᆞ려오며 도라보니 도인의 집이 간 곳이 업더라 (권지일, 26b~28a)	해당 내용 없음

은 결과라는 점에서 주목할 필요가 있다.

양소유는 과거를 보러 가던 길에 난리를 만나 피난을 가게 되고, 그러던 중 한 도인을 만난다. 이 도인은 얼마 전 양소유의 부친을 만났다고 전한다. 양소유의 부친은 일전에 갑자기 자신이 세속 사람이 아니며 선자仙者들이 자신에게 자꾸 오라 하니 떠날 수밖에 없다고 하며 백룡白龍과 청학靑鶴을 타고 깊은 산골짜기로 들어갔다. 이에 양소유는 도인으로부터 뜻밖에 소식을 듣고 기뻐하고 함께 거처한다. 그리고 그에게서 나중에 쓰일 일이 있다며 거문고와 퉁소를 받게 된다.

규장각본에서는 그 뒤로도 양소유와 도인의 대화가 이어진다. 양소유는 도인에게 자신의 몸을 의탁하고자 부탁하지만 거절당하고, 도사는 양소유에게 불로장생을 위한 책인 팽조彭祖의 방서方書를 내어주며 또한 양소유의 혼인의 문제에 대해서도 앞날을 예언하듯 조언한다. 그리고 헤어진 뒤에 도인은 감쪽같이 사라진다.

반면 경판본에서는 거문고와 퉁소를 받은 뒤 곧바로 헤어진다. 앞서 소개한 내용이 모두 생략되어 있다. 헤어지는 장면 또한 일상적인 인간의 헤어짐과 다를 바가 없다.

주지하다시피 성진이 입몽하여 양소유로 태어나고, 양소유는 장성하여 과거를 보러 간다. 도인은 그 길에 만난다. 양소유로 살아가고 있는 몽중夢中 상황을 '현실'이라고 할 경우, 양소유는 현실에서 신이한 체험을 하는 셈이다. 굳이 꿈, 환상, 가상의 범주로 구분하자면 환상에 해당이 된다. 규장각본에서는 양소유가 도인과 비일상적 체험을 하고, 헤어진 직후에 도인의 자취가 감쪽같이 사라지며 환상적 면모를 드러내지만, 경판본에서는 그저 이별을 하는 것으로 처리되어 환상적 면모를 찾기가 어렵다. 일상적 차원의 만남과 헤어짐으로 변모한 것이다.

㉣ 정경패의 출생 과정을 설명하는 대목

규장각본 『구운몽』	경판본 『구운몽』
원간 뎡스되 다른 녀주 업고 오딕 쇼져 일인을 기르더니 최부인 히산홀 제 졍신이 혼곤홀 때 보니 혼 션녜 혼 손의 혼 낫 명쥬를 가지고 드러오거놀 보아더니 쇼져를 나흐니 아히 적 일홈은 경패	스되 두른 즈녜 업고 다만 일녜 잇스니 일홈은 경픽라 (11a)

규장각본 『구운몽』	경판본 『구운몽』
라 용모와 직덕이 셰샹 사름 갓디 아니 ᄒ니 빗필을 굴히기 어려워 빈혀 쏘줄 나히로딕 졍혼ᄒᆞᆫ 곳이 업더라 (권지일, 49a~49b)	

양소유는 과거를 보기 위해 경사京師에 가서 모친의 표매表妹인 두련사의 추천으로 정경패라는 여인에게 관심을 갖게 된다. 통상 고전소설에서 재자가인才子佳人은 출생 과정부터 남다른 면모를 보인다. 규장각본을 보면 정경패 또한 모친이 해산할 때 선녀로부터 명주를 건네받는 경험을 한다. 그런데 경판본에서는 이러한 부연 설명 없이 그저 정경패가 정 사도의 외동딸이라는 정보만을 제시한다. 등장인물의 신이한 면모에 큰 관심을 두지 않음을 알 수 있다.

㉭ 양소유가 여장을 하고 정경패 앞에서 거문고를 연주하는 대목

규장각본 『구운몽』	경판본 『구운몽』
양셩이 ᄒᆞᆫ 곡됴롤 타니 쇼졔 굴오딕 이 곡됴 비록 아름다오나 즐거오딕 음난ᄒᆞ고 슬프미 과ᄒᆞ니 진 후쥬의 옥슈후뎡홰라 이는 망국ᄒᆞᄂᆞᆫ 소릭니 다ᄅᆞ 니롤 듯고져 ᄒᆞᄂᆞ이다 **셩이 ᄯᅩᄒᆞᆫ 곡됴롤 타니** (…중략…) 쳥컨딕 다른 곡됴롤 타쇼셔 **양셩이 ᄯᅩ ᄒᆞᆫ 곡됴롤 타니** (…중략…) **셩이 ᄯᅩ ᄒᆞᆫ 곡됴롤 타니** (…중략…) **셩이 ᄯᅩ ᄒᆞᆫ 곡됴롤 타니** 쇼졔 굴오딕 아름답다 이 곡됴여 놉흔 뫼히 아아ᄒᆞ고 흐르ᄂᆞᆫ 믈이 양양ᄒᆞ여 신션의 죵젹이 진셰예 뛰여나시니 이 아니 빅아의 슈션되니잇가 빅아의 넉시 아름이 이시면 죵ᄌᆞ긔 죽은 줄을 ᄒᆞᆫ티 아닐소이다 **셩이 ᄯᅩ 한 곡됴롤 타니** (…중략…) **양셩이 향노의 향을 고텨 픠오고 다시 ᄒᆞᆫ 곡됴롤 타니** (…중략…) 셩이 곳쳐 안쟈 굴오딕 빈되 드르니 풍뉴 곡됴 아홉 번 변ᄒᆞ면 하늘 신녕이 나린다 ᄒᆞ니 앗가 쥬ᄒᆞᆫ 거시 계	**셩이 년ᄒᆞ야 여돏 곡조롤 타니** 쇼졔 그치고져 ᄒᆞ거늘 셩 왈 빈되 들으니 풍뉴 아홉 번 변ᄒᆞ면 텬신이 하강ᄒᆞ다 ᄒᆞ오니 ᄯᅩ ᄒᆞᆫ 곡죄 잇스니 마ᄌᆞ ᄀᆞᄅᆞ쳐 씨닷게 ᄒᆞ소셔 ᄒᆞ고 ᄃᆞ시 줄을 골나 일곡을 쥬ᄒᆞ니 곡죄 유량ᄒᆞ고 심혼이 호탕ᄒᆞ지라 쇼졔 아미롤 나초고 츄파롤 드지 아니타가 이의 거들써 보고 화용의 홍광이 올나 몸을 니러 안호로 드러가거늘 (12a)

규장각본 『구운몽』	경판본 『구운몽』
유여덟이니 오히려 호 곡뒤 잇노이다 다시 거문고를 셜처 시울을 됴화호니 곡뒤 유향호고 긔운이 티탕호여 졍뎐의 일빅 곳치 봉오리 벙을고 져비와 쇠소리 빵으로 춤추더니 쇼졔 취미를 노죽이 호고 츄파를 거두지 아니 호더니 믄득 양싱을 두어 번 거듧 써 보고 옥 굿튼 보죠개에 블근 기운이 올나 봄 술이 취호 듯호더니 몸을 니르혀 안으로 드러가거놀 (권지일, 53a~56a)	

양소유는 바깥출입을 하지 않고 외부인을 만나지 않는 정경패를 보기 위해 거문고 타는 솜씨를 빌미로 삼아 여자로 위장하고 정경패와 한 자리에 있게 된다. 이 자리에서 양소유는 거문고 여덟 곡조를 연주해 자신의 거문고 연주 솜씨를 뽐내고 정경패를 향한 마음을 은연중에 드러내게 된다.

규장각본에서 이 대목은 곡조 하나하나를 일일이 상세하게 장면화하여 양소유와 정경패가 음악으로 교감하는 모습을 아름답게 묘사하고 있다. 곡조 중에는 백아伯牙의 〈수선조水仙操〉도 있는데, 정경패는 이 곡조를 알아보고 '높은 산이 하늘 높이 치솟고 흐르는 물이 끝없이 넓어서 신선의 자취를 느끼는 듯하다'고 말한다. 여덟 곡조를 연주하는 장면은 전체적으로 아름답고 전아한 분위기이며, 경우에 따라서는 신비로운 면모를 풍긴다.

더욱이 이 장면은 여장을 한 양소유가 은연중에 곡조를 통해 남성으로서 정경패를 흠모하는 마음을 드러내는, 그러니까 '속임수'를 써서 상대방을 당황스럽게 하는 '가상'의 면모도 지니고 있다. 『구운몽』에서 자주 등장하는 속임수의 수법을 활용하고, 이 과정에서 신비로운 분위기를 조성함으로써 『구운몽』이 지향하는 비일상적 면모의 전형적 모습을 드러내고 있는 것이다.

만약 경판본이 선본의 본래 의도를 살리려면, 이 장면에 나타나는 비일상적 면모의 축약을 최대한 자제해야 한다. 그런데 경판본에서는 이 대목을 "싱이 년ᄒ야 여듧 곡조를 타니"—실제로는 먼저 한 곡조를 타고 그 뒤로는 여덟 곡조가 아닌 일곱 곡조를 탔다—로 매우 간략하게 처리한다. 『구운몽』의 전형적인 비일상적 체험을 보여주면서 한편으로 서사적 흥미를 유발하는 이 장면을 생략한 것이다.

그런데 이는 단순히 분량을 줄이기 위한 방편이라고 보기 어렵다. 주지하다시피『구운몽』경판본의 독자들은 선본 계열 독자들에 비해 대체로 신분이 낮고 한문학적 소양이 부족할 수밖에 없다. 규장각본이 한글본이기는 하지만 여러 곡조가 등장하는 이 대목에 수록된 내용들은 일정한 한문학적 소양을 요구하는 것들이다. 따라서 경판본에서는 이 대목을 상세히 서술할 필요가 없었다. 전아하고 신비로운 분위기를 담고 있다고 하더라도, 경판본 독자들에게는 그것이 감동의 대상이 될 수 없기 때문이다. 수용자의 수준과 기호에 의해 내용이 취사선택되면서, 『구운몽』선본에서 볼 수 있는 아름다운 장면이 경판본에서는 자연스럽게 사라진 것이다.

⑰ 양소유가 신녀(神女)로 위장한 가춘운(賈春雲)과 만나는 대목

규장각본 『구운몽』	경판본 『구운몽』
쥬호를 초오 십여리를 힝ᄒ여 맑은 시내를 님ᄒ고 솔수풀을 혜여고 잔을 젼ᄒ더니	셩 밧긔 나가 십여리를 힝ᄒ여 흔 곳의 니르러 한님이 명싱으로 더부러 시ᄂ가의 안져 슐을 셔로 권ᄒ며 글귀를 읇더니
이째 츈하간의 뫼꼿치 어지러이 퍼져 믈결을 조챠 ᄂ려오니 완연이 무릉도원이오 경개 절승ᄒ더라 명싱이 닐오ᄃᆡ, "이 믈이 ᄌ각봉으로 조	

규장각본 『구운몽』	경판본 『구운몽』
차 느려오니 예셔 십여리를 힝ᄒᆞ면 고이ᄒᆞ 짜히 이셔 곳 픠고 달 불근 밤이면 신션의 풍뉴 소릭 난다 ᄒᆞ딕 내 일작 보디 못 ᄒᆞ얏더니 형으로 더브러 당당이 흔가디로 조츨 거시라". ᄒᆞ니 양성이 본딕 셩품이 긔특ᄒᆞᆫ 일을 됴하ᄒᆞᄂᆞ디라 이 말을 듯고 크게 긔특이 녁여 힝ᄒᆞ더니 홀연 뎡십삼 집 죵이 급히 와 니르딕 우리 낭ᄌᆡ 병환이 겨셔 낭군을 쳥ᄒᆞᄂᆞ이다 (권지이, 10a~10b)	해당 내용 없음 홀연 뎡싱 가동이 급히 와 고ᄒᆞ되 낭ᄌᆡ 홀연 병환이 급ᄒᆞ시니 낭군은 쌜니 힝ᄒᆞ소이다 (16a)

규장각본 『구운몽』	경판본 『구운몽』
미인 왈, "쳥컨딕 졍ᄌᆞ 우희 가 말슴을 베퍼 지이다". 싱을 인ᄒᆞ여 뎡ᄌᆞ 우희 가 쥬렴으로 난화 안고 녀동이 쥬찬을 드리더니 미인이 탄식ᄒᆞ고 갈오딕, "녜 일을 니르려 ᄒᆞ믹 사름의 슬픈 ᄆᆞ음을 돕ᄂᆞᆫ도다 쳡은 본대 요지왕모의 시녜러니 낭군의 젼신이 곳 샹쳔션지라 옷뎨 명으로 왕모쯰 됴회ᄒᆞ더니 쳡을 보고 신션의 실과로 희롱ᄒᆞ니 왕뫼 노ᄒᆞ샤 샹뎨쯰 살와 낭군은 인셰예 써러지고 쳡도 또흔 산듕의 귀향 왓더니 이제 그흔이 차 도로 요지로 갈 거시로딕 브딕 낭군을 흔번 보아 녯 졍을 펴랴 ᄒᆞᄂᆞᆫ 고로 션관의게 비러 흔 둘 긔한을 주니 쳡이 진실노 낭군이 오늘 오실 줄 아더니이다". 이쌔 둘이 눕고 은해 기우러시니 밤이 깁허ᄂᆞᆫ디라 셔로 잇그러 침셕의 나아가니 (권지이, 12a~13a)	그 녀ᄌᆡ 한님을 쳥ᄒᆞ여 좌를 졍ᄒᆞ고 녀동을 불너 쥬효를 나오니 한님이 샤례 왈, "무솜 년고로 요지의 즐거오미 이딕도록 ᄒᆞ뇨". 해당 내용 없음 한님이 호탕흔 졍이 발양ᄒᆞ믹 드딕여 미인을 잇글어 흔가지로 ᄌᆞ리의 나아가니 (16b)

규장각본 『구운몽』	경판본 『구운몽』
녀ᄌᆡ ᄉᆞ양 왈, "쳡의 근본을 낭군이 불셔 아라 겨시니 낭군은 홀노 아쳐흔 ᄆᆞ음이 업ᄉᆞ니잇가 (…중략…) 흔번 이 임의 의심ᄒᆞ니 어이 감히 ᄀᆞᆺ가이 뫼시리잇가". 싱이 골오딕, "귀신을 아쳐ᄒᆞᄂᆞᆫ 쟈는 셰쇽어린 사름이라 사름이 귀신 되고 귀신이 사름 되니 피ᄎᆞ를 어이 분변ᄒᆞ리오 나의 졍이 이러틋ᄒᆞ거늘 그딕ᄂᆞᆫ 춤아 엇디 ᄇᆞ리리오". "낭군이 쳡의 눈셥이 프르고 쌤이 불근 양을 보고 권년ᄒᆞᄂᆞᆫ ᄆᆞ음을 녀거니와 이 다 거즛 거	미인이 ᄉᆞ양 왈, "쳡의 근본을 임의 알아 계시니 엇지 긔이리오 (…중략…) 두 번 갓가이 ᄒᆞ심을 ᄇᆞ라리잇가". 한님이 ᄃᆞ시 ᄉᆞ민를 잡고 니르딕, "엇지 날을 비쳑고져 ᄒᆞᄂᆞ뇨" ᄒᆞ고

규장각본 『구운몽』	경판본 『구운몽』
슬 ᄯᅮ며 싱인을 샹졉ᄒᆞ미라 낭군이 쳡의 진짓 복을 알고져 ᄒᆞ실딘디 빅골 두어 조각의 프른 잇기 ᄭᅵ여실 ᄲᅮᆫ이라 ᄎᆞ마 엇디 귀ᄒᆞᆫ 몸의 갓ᄀᆞ이 ᄒᆞ려 ᄒᆞ시ᄂᆞ니잇가." 양싱이 글오디, "부쳐의 말의 닐오디, '사름의 몸이 지ᄂᆞᆫ 풍화로 거즛 거슬 밍그랏다' ᄒᆞ니 뉘 진짓 거시며 거즛 거신 줄 알니오". 녀ᄌᆞ를 잇그러 침셕의 나아가 밤을 흔가디로 디내니 은졍의 견권ᄒᆞ미 젼일의셔 더ᄒᆞ더라 (권지이, 16b~18a)	즉시 미인을 잇ᄭᅳᆯ어 방즁의 드러와 침셕의 나아가니 졍이 견의셔 빈나 더ᄒᆞ더라 (18a~18b)

세 장면을 인용하였다. 양소유와 정경패와의 결연이 성사된 뒤, 정경패는 자신이 양소유에게 속임을 당한 것이 분하여 양소유를 속일 요량으로 시비侍婢이자 정경패와 함께 양소유와 혼약을 하게 되는 가춘운을 신선이자 귀신으로 위장시킨다. 그리고 양소유를 유인하여 신이한 존재를 만난 것처럼 속이게 된다. 여기서도 속임수가 등장한다. 그리고 그 속임수는 등장인물을 신이한 존재로 만드는 것이다. 마찬가지로 『구운몽』의 비일상적 면모가 잘 드러나고 있다.

그런데 위 세 장면만 보아도 경판본이 이 대목의 비일상적 면모를 얼마나 과감하게 축약했는지 알 수 있다. 첫 번째 장면의 경우, 규장각본에서는 신녀로 위장한 가춘운을 보러 가는 길의 자연 풍광이 보여주는 신비로운 이미지 — 괴이한 땅, 신선의 풍류 소리 등 — 가 보이는데, 경판본에서는 이러한 표현이 등장하지 않는다.

두 번째 장면의 경우, 규장각본에서는 신녀로 위장한 가춘운이 양소유에게, 자신의 본래 모습을 요지瑤池 서왕모西王母의 시녀로 소개하고 양소유의 전신前身을 하늘의 선자仙子라고 설명하며, 자신들의 만남을 기이하고 신비로운 인연이라 말하고 있다. 이 시점에 가춘운은 신녀로 설정되어 있기 때문에 이러한 설명이 신녀로 위장한 가춘운의 면모를 더욱 강조하게 된다. 그런데 경판본에서는 이러한 신비로운 면모를 전혀 찾아볼 수 없다. 단순히 낯선 곳에서 재색을 겸비한 여인을 만났다는 느낌밖에 들지 않는다. 그러다보니 연이어 제시되는 동침 장면 또한 규장각본은 아름다운 사랑으로 비쳐지지만 경판본은 양소유의 결연 욕망 실현이라는 느낌을 강하게 받는다.

세 번째 장면도 상황이 비슷하다. 양소유가 신녀로 위장한 가춘운을 과히 사모한 나머지 또 다시 만나자고 제안을 하는데 가춘운이 자신이 세속 사람이 아니라며 거절한다. 이에 양소유는 '귀신을 싫어하는 자는 세속의 어리석은 사람이다. 사람이 귀신이 되고 귀신이 사람이 되니 피차 어찌 분변하리오. 나의 정이 이러한데 그대는 나를 차마 어찌 버리는가?'라든가, '부처의 말씀에 사람의 몸은 떨어지는 풍화로 헛되이 만든 것이라고 한다'는 발언을 쏟아낸다. 물론 이러한 발언은 양소유가 가춘운을 설득하기 위해 한 것이지만, 이러한 발언을 통해 양소유가 생각하는 인간과 귀신에 대한 생각, 인간이라는 존재에 대한 생각을 엿볼 수 있다. 그리고 그 생각은 현실적 차원 혹은 일상적 차원에서는 성립 불가능한 것임을 알 수 있다.

반면 경판본에서 양소유는 거절하는 가춘운에게 '어찌 날 배척하는가?'라고 말하며 단도직입적으로 묻고 있다. 애초에 경판본에서는 가춘운에게 신녀의 면모를 부여하지 않았고, 그러다 보니 양소유의 행동은 그저 사모하는 마음을 받아주지 않는 가춘운에게 억지로 동의를 구하는 것처럼 묘사가 된 것이다.

여기서 자세히 언급하지는 않겠지만, 위 대목에 앞서 양소유는 심요

규장각본 『구운몽』	경판본 『구운몽』
뇽녜 글오디, "···(상략)··· 첩이 귀인을 쳥ᄒᆞ여 더러온 짜히 니르시게 흐믄 흔 갓 첩의 회포를 베플려 흐미 아니 라 ㉫-1 삼군이 믈이 업셔 우믈 파기를 슈고ᄒᆞ니 비록 빅당을 파도 믈을 엇디 못 ᄒᆞ시리이다 첩의 사는 못믈이 녜는 쳥슈담 이라 본디 됴흔 믈이러니 첩이 온 후 슈셩이 다르게 되아 이 싸 사ᄅᆞᆷ이 감히 먹디 못 ᄒᆞ여 일홈을 곳쳐 빅뇽담이라 ᄒᆞᄂᆞ이다 이제 귀인이 이에 님ᄒᆞ시니 첩이 죵신 의탁ᄒᆞᆯ 곳이 잇ᄂᆞᆫ디라 죵젼의 괴로온 무옴이 님의 플엿ᄂᆞᆫ디라 그윽흔 골의 양츈이 도 라옴 갓 ᄒᆞ니 일노브터 믈마시 녜와 다르디 아니 ᄒᆞ리니 삼군 이 기러 먹어도 해롭디 아니 ᄒᆞ고 몬져 먹고 병든 사ᄅᆞᆷ도 능히 곳치리이다".	
	㉫-1′ 해당 내용 없음
샹셰 왈, "낭ᄌᆞ의 말노 볼쟉시면 우리 냥인의 인연이 하 늘이 졍ᄒᆞ션디 오라니 아름다온 긔약을 이제 감히 졈복ᄒᆞ 리잇가".	
뇽녜 글오디, "첩의 더러온 직질을 군ᄌᆞ긔 허ᄒᆞ연디 오 라거니 이제 믄득 군ᄌᆞ를 뫼시믄 가치 아니미 셰 구디 니, ㉫-2 둘흔 첩이 쟝차 사ᄅᆞᆷ의 몸을 어더 군ᄌᆞ를 셤길 거시니 이제 비눌과 진의 도든 몸으로 팀셕을 뫼시미 가 치 아니 ᄒᆞ고 ···(중략)··· 낭군은 모르미 쇼아 진의 도라가 삼군을 졍계ᄒᆞ야 대공을 일온 후 개가를 브르시고 경스로 도라가셔든 첩이 당당이 치마를 잡고 진슈를 건너리이 다".	㉫-2′ 원쉬 흔 번 보미 졍신이 황홀ᄒᆞ 여 손을 잇그러 침소의 나아가 깃부미 측 냥업더라

(24a) |
| 샹셰 왈, "낭ᄌᆞ의 말이 비록 아름다오나 늬 뜻은 그러치 아니 ᄒᆞ고 ···(중략)··· ㉫-3 낭ᄌᆞᄂᆞᆫ 이 신명의 ᄌᆞ손이오 녕ᄒᆞ 죵뉘라 사ᄅᆞᆷ과 귀신 스이의 츌납ᄒᆞ여 긔타 아니미 업ᄂᆞ니 어이 비눌 도드믈 ᄌᆞ겸ᄒᆞ리오 ···(중략)··· 들이 붉고 ᄇᆞ람이 묽으 니 됴흔 밤을 어이 허슈히 디내리오". 드듸여 뇽녀로 더브 러 침셕의 나아가 은졍이 견권ᄒᆞ더니

(권지삼, 9a~11a) | |

연을 만나 신이한 경험을 한다. 이 부분 또한 경판본에서는 신이한 면 모가 많이 생략되고, 두 사람의 결연에 대한 짤막한 정보만을 남겼다.

이후 양소유는 심요연이 일러준 몇 가지 가르침을 기억하고 군대를 이끌고 가다가 어느 골짜기에서 군사들이 물을 마시고 죽어가는 것을 보고, 이곳이 심요연이 조심하라고 당부한 골짜기임을 알아채고 고민 하던 중, 홀연 꿈을 꾸어 동정洞庭 용녀龍女 앞에 가게 된다.

동정 용녀는 양소유를 모시면서, 자신이 본래 양소유와 인연이 있음을 이르고, 아울러 지금 군사들이 고통을 받고 있는 것이 자신 때문이라고 말한다. 즉 지금 군사들이 머물고 있는 골짜기는 자신이 온 뒤로 냉기가 흐르는 물로 변하여 마실 수 없게 되었다는 것이다. 그런데 이제 용녀 자신이 바라던 양소유를 만나게 되어 마음이 풀렸고, 그리하여 골짜기의 물 또한 냉기가 사라지고 마실 수 있는 물이 되었다고 말해준다(ⓑ-1).

　그런데 경판본에서는 동정 용녀와 골짜기의 냉기 가득한 물과의 상관관계에 대한 언급이 전혀 없다(ⓑ-1´). 방금 언급한 것처럼, 양소유가 이곳에서 얼핏 잠이 든 것은 양소유의 군사들이 골짜기의 물을 먹고 죽어나갔기 때문이다. 따라서 여기서 꿈의 기능은 위기에 처한 양소유의 군대를 구출하는 데 초점이 맞춰져야 한다. 하지만 경판본에서는 이 내용을 생략함으로써 동정 용녀와 골짜기의 물을 전혀 연결시키지 않고 있다. 대신 양소유와 동정 용녀의 결연만을 부각시키고 있다. 결국 경판본에서 양소유의 꿈은 남해 용왕으로부터 핍박받는 동정 용녀를 구출하고 그녀와 사랑에 빠지는 것으로만 구성이 된 것이다. 환상적 면모가 상당히 소거됨과 동시에 양소유 군대의 위기 극복이라는 서사적 흐름 또한 사라졌다.

　마찬가지로 양소유와의 결연을 주저하는 동정 용녀를 설득하는 장면에서도 경판본은 별다른 설명 없이 곧바로 두 남녀가 동침하는 장면으로 이어진다(ⓑ-2´). 그러나 규장각본을 보면 동정 용녀가 자신이 이계의 존재라는 이유를 들어 양소유와의 결연을 거절하자, 양소유가 동정 용녀는 신령한 존재이기 때문에 인간과 귀신 사이를 넘나드는 것이 혐의가 되지 않는다며 설득을 하는 장면이 등장한다(ⓑ-2, ⓑ-3). 다시 말해 현실과 환상의 구분을 무화시키는 양소유의 인식이 또 다시 등장하는 것이다. 따라서 이러한 모습이 전혀 보이지 않는 경판본은 신이한 존재와의 결연이라는 측면보다는 두 남녀의 결연이라는 측면으로 이야기의 축을 세워나갔음을 알 수 있다.

ⓐ 전쟁에서 돌아온 양소유에게 정경패가 죽었다고 속이는 대목

규장각본 『구운몽』	경판본 『구운몽』
휘 웃고 글오샤딕, "양 샹셰 영양을 위ᄒᆞ야 됴명을 세 번 위월ᄒᆞ니 내 또 ᄒᆞᆫ 번 속이고져 ᄒᆞᄂᆞ니 샹담의 말이 흉ᄒᆞ면 길타 ᄒᆞ니 샹셰 환됴ᄒᆞ거든 속여 니ᄅᆞ딕 뎡 쇼졔 병을 어더 불힝ᄒᆞ다 ᄒᆞᆯ 디어다 샹셰 스스로 말ᄒᆞ딕, '뎡 녀를 보앗노라' ᄒᆞ니 아라보ᄂᆞᆫ가 보ᄉᆞ이다" (…중략…) 승샹이 이 말을 듯고 어린 듯ᄒᆞ야 오릭 말을 못 ᄒᆞ다가 문 왈, "뉘 샹ᄉᆞ를 만나시다 말고". 십삼 왈, "슉뷔 남직 업고 오딕 녀ᄋᆞ를 두엇다가 이에 니ᄅᆞ니 어이 샹회티 아니리오 승샹이 보셔든 일졀 비쳑ᄒᆞᆫ 말을 마ᄅᆞ쇼셔". 승샹이 눈믈 소ᄉᆞ나믈 씌돗디 못 ᄒᆞ야 슬허ᄒᆞ거늘 (…중략…) 츈운이 마ᄌ 고두하야 뵈거늘 승샹이 운을 보니 더옥 슬허ᄒᆞ믈 춤디 못 ᄒᆞ야 눈믈이 흘너 오ᄉᆡ 젓거늘 (…중략…) 부인 왈, "어이 속디 아녀시리오 다만 겁내고 두려ᄒᆞᄂᆞᆫ 양을 보려 ᄒᆞ엿더니 이완ᄒᆞ기 심ᄒᆞ야 귀신 아쳐홀 줄을 모ᄅᆞ니 호싁ᄒᆞᄂᆞᆫ 사ᄅᆞᆷ을 싁듕아귀라 ᄒᆞ믹 녯 말이 그ᄅᆞ디 아니 ᄒᆞ니 귀신이 엇디 귀신을 두리리잇가". 모다 대쇼ᄒᆞ더라 승샹이 ᄇᆞ야흐로 영양이 뎡신 줄 알고 녜 일을 싱각ᄒᆞ니 졍을 이긔디 못 ᄒᆞ야 창을 열고 드러가고져 ᄒᆞ다가 홀연 싱각ᄒᆞᆫ디 제 날을 속이려 ᄒᆞ니 내 ᄯ또ᄒᆞᆫ 져를 속이리라 (권지삼, 47a～권지ᄉᆞ, 14b)	에피소드 전체가 없음

양소유는 앞서 살펴 본 동정 용녀의 도움으로 전쟁에서 승리한 뒤 군대를 이끌고 경사京師로 돌아오게 된다. 그 사이 난양공주와 정경패 사이에 놓여 있던 양소유와의 혼사 갈등이 봉합되고, 정 소저는 천자天子

의 양녀養女로 영양공주가 되어 혼인의 자격을 갖춘 뒤 양소유를 기다리게 된다. 그런데 이때 그간 양소유가 혼사 문제로 자신을 괴롭혔다고 생각한 태후가 양소유를 속일 계교를 생각해낸다. 정경패, 즉 정 소저가 죽었다고 거짓말을 하는 것이다. 이에 모든 사람들이 양소유를 속여 곤란에 빠뜨린다.

이 이야기는 16회 중에서 12회와 13회를 차지하는 매우 긴 에피소드이며, 내용 또한 상당히 흥미진진하다. 그런데 주목할 만한 사실은 이 내용 모두가 경판본에는 등장하지 않는다는 점이다. 이 대목은 그 자체로서 속임수라는 『구운몽』의 비일상적 면모를 대표하는 것이기에, 이 이야기가 빠지면 『구운몽』의 후반부에 진행되는 양소유와 처첩의 결연 과정이 무미건조해질 수밖에 없다. 그럼에도 경판본은 이러한 흥미로운 대목을 아예 배제시켰다. 그리하여 경판본에서는 전쟁에서 승리하여 돌아온 양소유가 영양공주, 난양공주 등과 곧바로 혼인을 맺는 것으로 쉽게 결론이 난다.

이렇듯 에피소드 전체가 없는 경우는 또 있다. 자신이 속았다는 사실을 안 양소유는 이번엔 자신이 영양공주를 속여야겠다고 마음을 먹고 실천에 옮기는데, 이 대목도 마찬가지로 에피소드 전체가 보이지 않는다.

㉮ 양소유가 자신을 속인 영양공주를 속이는 대목

규장각본 『구운몽』	경판본 『구운몽』
승상이 보야흐로 영양이 뎡신 줄 알고 녜 일을 싱각 하니 졍을 이긔디 못 하야 창을 열고 드러가고져 하다가 홀연 싱각 하되, '제 날을 속이려 하니 내 또한 저를 속이리라' 하고 (…중략…)	에피소드 전체가 없음

규장각본 『구운몽』	경판본 『구운몽』
승샹 왈, "내 쟉야 슈몽비몽간의 뎡녀 날을 언약을 져 브리다 ᄒ고 노ᄒ야 칙ᄒ며 진쥬를 우희여 쥬거늘 바 다 먹어 뵈니 이는 흉ᄒ 되오 눈을 ᄀᆷ으면 뎡녀 내 알픽 셔시니 내 명이 오래디 아니홀 거시니 영양을 보고져 ᄒ노라" (…중략…) 승샹이 경식 왈, "쇼위 본ᄃᆡ 병이 업ᄉᆞᄃᆡ 요ᄉᆞ이 풍속 이 그릇되여 부녜 결당ᄒᆞ여 지아비 쇽이믈 방ᄌᆞ히 ᄒ 니 일노 병이 니럿ᄂᆞ이다". 난양과 슌인이 다 우음을 먹고 되답디 못 ᄒᆞ더니 뎡 부인 왈, "이 일은 쳡등의 알 배 아니니 샹공이 병을 곳치려 ᄒᆞ실진ᄃᆡ 태후 낭낭긔 무ᄅᆞ쇼셔". (권지사, 14a~권지사, 18b)	

이 대목이 경판본에 없는 것은 사실 너무 당연하다. 양소유가 영양공주를 속이는 대목은 그 앞에서 양소유가 속임을 당한 대목과 연결되기 때문이다. 규장각본에서는 양소유가 처첩들에게 속임수를 쓰고 있다. 그리고 그 과정에서 자신에게 죽은(것으로 위장된) 정경패의 모습이 나타난다고 말하고 있다. 즉 이 대목에서도 『구운몽』의 비일상적 면모들이 두루 활용이 되었지만, 경판본에서는 이와 같은 선본 『구운몽』의 특징적 면모를 모두 포기했다.

㉑ 양소유가 벼슬에서 물러나 2처 6첩과 취미궁(翠微宮)에서 지내는 대목

규장각본 『구운몽』	경판본 『구운몽』
승샹은 본티 블문 고례오 졔낭즈는 남악 션녜라 품긔ᄒ기를 녕이 허ᄒᆞ엿고 승샹이 ᄯᅩ훈 남뎐산 도인의 션방을 품슈ᄒᆞ얏는디라 츈취 놉흐나 긔인의 용뫼 더욱 져므니 시졀 사롬이 신션인가 의심ᄒᆞ는 고로 됴셔의 그리ᄒᆞ여 겨시더라	해당 내용 없음
승샹이 샹소를 여러 번 올녀 말숨이 더욱 근졀ᄒ니 샹이 인견ᄒᆞ시고 ᄀᆞᆯ오 샤ᄃᆡ, "경의 뜻이 이러ᄒ니 딤이 어이 놉혼 뜻을 일워 주디 아니 ᄒᆞ리오". (권지사, 57b~권지사58a)	이에 샹소ᄒᆞ여 퇴ᄉ홈을 쳥ᄒᆞ오니 그 뜻이 심히 간졀ᄒ지라 샹이 인견ᄒᆞ시고 ᄀᆞᄅᆞ샤ᄃᆡ, "경의 뜻이 이에 니르니 딤이 엇지 경의 뜻을 아니 니루리오". (29a)

규장각본 『구운몽』	경판본 『구운몽』
승상이 성은을 감격ᄒᆞ야 고두샤은ᄒᆞ고 거가ᄒᆞ야 취미궁으로 올마가니 이 집이 종남산 가온ᄃᆡ 이시ᄃᆡ 누ᄃᆡ의 댱녀홈과 경개의 긔결ᄒᆞ미 완연이 봉ᄂᆡ 션경이니	승상이 더옥 성은을 감동ᄒᆞ여 고두 샤은ᄒᆞ고 즉일로 거게 취미궁으로 이졉ᄒᆞ니라 이궁이 종남산즁의 잇셔 누ᄃᆡ의 댱녀홈과 경긔의 결승ᄒᆞ미 진즛 봉ᄂᆡ 션경이라
왕흑소의 시의 골오ᄃᆡ, '신션의 집이 별노 이의셔 낫디 못ᄒᆞᆯ 거시니 므슨 일 통쇼롤 빌고 프른 하놀노 향ᄒᆞ리오' ᄒᆞ니 이 ᄒᆞᆫ 글귀로 가히 그 경개롤 알니러라	┐ **해당 내용 없음** ┘
승상이 졍뎐을 븨워 독셔와 어졔시문을 봉안ᄒᆞ고 그 남은 누각대소의ᄂᆞᆫ 졔낭직 난화 들고 날마다 승상을 뫼셔 믈을 님ᄒᆞ며 ᄆᆡ화롤 챳고 시롤 지어 구름 씨인 바회의 쓰며 거믄고롤 타 슬ᄇᆞ람을 화답ᄒᆞ니 쳥한ᄒᆞᆫ 복이 더옥 사름을 블워ᄒᆞᆯ 배러라	승상이 졍젼을 뷔여 도셔와 어졔시문을 봉안ᄒᆞ고 그 나문 누각은 냥 공쥬와 뉵 낭ᄌᆞ롤 거쳐ᄒᆞ게 ᄒᆞ고 날마다 믈을 님ᄒᆞ여 들을 희롱ᄒᆞ고 운벽을 지나ᄆᆡ 시문을 챵화ᄒᆞ고 송음의 안즈면 거믄고롤 타니 만년의 쳥한ᄒᆞᆫ 복을 사름마다 흠모ᄒᆞ난지라
(권지사, 58b~권지사, 59a)	(29b)

세속에서 모든 부귀영화를 모두 누린 양소유는 이제 벼슬에서 물러나고자 천자에게 은퇴를 허락받으려 하는데, 천자는 양소유와 2처 6첩을 곁에 두고 싶어 이를 허락하지 않는다. 그러나 양소유가 재차 요청하자 결국 허락을 하게 되는데, 이때 규장각본에서는 서술자가 양소유와 2처 6첩의 정체에 대한 흥미로운 설명을 한다. '양소유는 본래 불문佛門의 제자요, 모든 낭자는 남악南嶽 선녀仙女였다. 양소유의 품기稟氣가 신령하고 또한 남전산藍田山 도인道人의 선방仙方을 받아서 춘추가 높으나 용모가 젊으니 사람들이 신선인가 의심하였고 그래서 황제도 반대를 했다'는 내용이다.

『구운몽』의 내용을 이미 잘 알고 있는 이들에게 이는 사실 참 이해하기 어려운 부분이다. 일단 양소유가 불문佛門의 제자이고 낭자들이 남악 선녀라는 사실과, 양소유가 남전산 도인의 선방을 받은 것은 다른 세계(꿈밖과 꿈속)에서 이루어진 일이다. 그리고 지금 이 지점은 양소유와 2천 6첩이 아직 꿈에서 깨어나지 않은 때이다. 그러니까 아무리 서술자의 설명이라 하더라도 양소유와 팔낭자八娘子의 정체를 꺼내는 것은 환몽구조상 맞지가 않다. 그런데 선본『구운몽』은 이러한 경계를 비웃기라도 하듯, 이미 이들이 본래 성진이었으며 팔선녀였다는 사실을 꺼내고 있다. 앞서 여러 차례 언급한 것처럼 현실과 비현실의 경계를 자유롭게 넘나들고 있는 것이다. 그런데 경판본에는 이러한 내용이 아예 등장하지 않는다. 합리적인 측면에서 보면 경판본이 맞는 것이긴 하지만 선본에서 보여준『구운몽』의 비일상적 면모와는 거리가 있다.

그리고 두 번째 장면의 경우, 규장각본에서는 취미궁이 신선의 집보다도 낫다고 언급하고 있지만, 경판본에는 이러한 부연 설명이 없다. 여기서도 현실과 비현실의 경계를 오가는 면모가 확인되는데, 역시 경판본에는 이런 부분이 생략된다. 물론 바로 앞에 '봉래선경'이라는 표현을 통해 신비로운 면모가 제시되기는 했지만, 이 대목에서는 왕 학사, 즉 왕유王維의 시가 있어야 취미궁의 신비로운 면모가 온전히 느껴진다. 이러한 축약은 한편으로 앞서 여덟 곡조가 대폭 생략되었을 때처럼, 경판본의 독자 성향을 감안한 선택이었을 수 있다. 여하간 이 대목의 생략으로 인해 취미궁에 대한 경판본 독자들의 인식은 화려하고 아름다운 단계에는 이르렀을지 모르나 신비롭고 환상적인 단계에는 이르지 못했을 것이다.

지금까지 살펴본 바와 같이 경판본『구운몽』에는 선본 계열『구운몽』의 특징을 잘 나타내주는 비일상적 면모의 상당 부분이 나타나지 않는다. 특히 ㉮~㉯의 대목들은 이 작품의 비일상적 면모를 대표하는 부분이며 비일상적 서사를 구현하는 근간이다. 따라서 경판본이 이들 대목에서 비일상적 면모를 최소화하기 위한 일관된 의도가 보인다는 것은, 경판본이 비일상적 면모를 줄여야만 하는 이유가 존재했음을 짐작할 수 있다. 과연 그것은 무엇일까? 이는 경판본이 구현하고자 하는 주제의식과 긴밀한 관련을 맺고 있다. 좀 더 살펴보자.

2. 인생무상의 주제의식

　지금까지 『구운몽』의 비일상적 면모에 주목하여, 경판본 『구운몽』이 이러한 내용을 어떻게 변화시켰는지 살펴보았다. 경판본은 비일상적 면모를 드러내는 주요 대목을 과감히 생략하는 경우가 많았다. 대신 경판본은 양소유와 여덟 명의 여인이 결연을 성취하는 모습에 더 많은 관심을 두었다. 그리고 신이한 존재와의 만남이나 신비로운 경험들을 일상적이고 현실적인 차원의 경험으로 형상화하려는 경향을 보였다.

　물론 많은 분량을 압축하다 보면 서사 전개에 있어 빠지면 안 되는 가장 필수적인 내용을 ―『구운몽』에서는 양소유와 여덟 명의 여인이 결연을 성취하는 이야기일 수밖에 없다― 전달하는 데 집중하지 않을 수 없을 것이다. 그러나 경판본의 축약이 작품의 전 부분에서 균형적으로 이루어진 것이 아니다. 이 책에서 언급하지 않은 부분에서도 경판본은 긴 에피소드를 통째로 생략하는 과감함을 보인다. 그렇다면 우리는 이를 어떻게 이해해야 할까? 그 단서는 이 작품의 후반부인 각몽 이후

규장각본 『구운몽』	경판본 『구운몽』
급히 셰슈ᄒᆞ고 의관을 졍졔ᄒᆞ며 방쟝의 나아가니 다른 졔ᄌᆞ들이 임의 다 모다더라	급히 계슈ᄒᆞ고 방쟝의 나아가니
대ᄉᆞ 소리ᄒᆞ야 무르ᄃᆡ, "셩진아 인간 부귀를 디내니 과연 엇더ᄒᆞ더뇨?"	대ᄉᆞ 고셩ᄒᆞ여 문 왈, "셩진아 인간 ᄌᆞ미 엇더ᄒᆞ더뇨?"
셩진이 고두ᄒᆞ며 눈믈을 흘녀 글오ᄃᆡ, "셩진이 임의 ᄭᆡ다랏ᄂᆞ이다 졔ᄌᆞ 블쵸ᄒᆞ야 념녀를 그릇 먹어 죄를 지으니 맛당이 인셰의 뉸회ᄒᆞᆯ 거시어ᄂᆞᆯ 스뷔 ᄌᆞ비ᄒᆞ샤 ᄒᆞ로밤 ᄭᅮᆷ으로 졔ᄌᆞ의 ᄆᆞ음 ᄭᆡᆺ도시 ᄒᆞ시니 스뷔의 은혜를 쳔만겁이라도 갑기 어렵도소이다".	셩진이 고두 왈, "졔ᄌᆞ 무샹ᄒᆞ여 ᄆᆞ음을 부졍이 가지기로 스뷔 ᄒᆞ로 밤 ᄭᅮᆷ을 닐위여 셩진의 ᄆᆞ음을 ᄭᆡᆺ닷게 ᄒᆞ시니 스부의 은혜 쳔츄의 갑지 못ᄒᆞ리로소이다
대ᄉᆞ 글오ᄃᆡ, "네 승흥ᄒᆞ야 갓다가 흥진ᄒᆞ야 도라와시니 내 므슨 간녜ᄒᆞ미 이시리오 네 ᄯᅩ 니ᄅᆞᄃᆡ 인셰의 뉸회ᄒᆞᆯ 거슬 ᄭᅮᆷ을 ᄭᅮ다 ᄒᆞ니 이는 인셰의 ᄭᅮᆷ을 다리다 ᄒᆞ미니 네 오히려 ᄭᅮᆷ을 쳐 ᄭᆡ디 못 ᄒᆞ엿도다 댱쥐 ᄭᅮᆷ의 나븨 되여다가 나븨 댱쥐 되니 어니 거즛 거시오 어니 진짓 거신 줄 분변티 못 ᄒᆞᄂᆞ니 어졔 셩진과 쇼위 어니 ᄂᆞᆫ 진짓 ᄭᅮᆷ이오 업ᄂᆞᆫ ᄭᅮᆷ이 아니뇨".	 **해당 내용 없음**
셩진이 글오ᄃᆡ, "졔ᄌᆞ 아득ᄒᆞ야 ᄭᅮᆷ과 진짓 거슬 아디 못 ᄒᆞ니 스부ᄂᆞᆫ 셜법ᄒᆞ샤 졔ᄌᆞ를 위ᄒᆞ야 ᄌᆞ비ᄒᆞ샤 ᄭᆡᆺ도시 ᄒᆞ쇼셔".	바라건ᄃᆡ 스부ᄂᆞᆫ 셜법ᄒᆞ여 졔ᄌᆞ를 ᄭᆡᆺ닷게 ᄒᆞ쇼셔".
(권지사, 66a~권지사, 67a)	(32a)

에서 찾을 수 있다.

각몽 이후의 부분을 비교한 결과 확인되는 흥미로운 특징은, 경판본이 그 전까지 과감한 축약을 많이 했음에도 각몽 이후 부분에서는 과감한 축약을 하지 않았다는 점이다. 작품 분량이 세 배 이상 많은 규장각본과 비교해보아도 큰 차이가 없다. 양적으로만 그런 것도 아니고 내용적으로도 큰 차이가 없다. 이는 경판본이 축약본임에도 각몽 이후의 깨달음의 과정에 대해 큰 의미 부여를 하고 있다는 사실을 반증한다.

그렇다고 규장각본과 완전히 같은 것은 아니다. 따라서 경판본이 각몽 이후의 내용을 상당 부분 유지하면서도 일부분을 변화시킨 이유를 추적하면, 경판본이 어떠한 의도를 지니고 있는지 파악할 수 있을 것이다. 규장각본과 경판본에서 명확하게 차이가 나는 지점은 딱 한 군데이다. 인용문에서 진한 글씨로 표시한 육관대사의 발언이다.

그 발언 바로 위를 보면, 성진은 자신이 윤회할 잘못을 저질렀음에도 육관대사가 하룻밤 꿈으로 자신을 깨닫게 해줘서 감사하다는 말을 쏟아내고 있다. 성진은 본인이 이미 육관대사의 가르침을 모두 파악했다고 생각하고, 스승에게 감사의 말을 전하는 것이다. 즉 양소유는 자신의 환몽 체험을 인생무상, 일장춘몽의 메시지로 이해하고 있는 셈이다.

이 부분까지는 두 판본이 유사하다. 그러나 그 다음 내용에서 차이가 난다. 규장각본에서는 양소유의 이 발언에 대해 육관대사가,

> "네가 흥을 타고 갔다가 흥이 다하여 돌아왔으니 내가 무슨 간여할 바가 있겠느냐? 또 네가 말하기를, '인간 세상에 윤회한 것을 꿈을 꾸었다'고 하니, 이는 꿈과 세상을 다르다고 하는 것이니, 네가 아직도 꿈을 깨지 못하였도다. 옛말에 '장주(莊周)가 꿈에서 나비가 되었다가 다시 나비가 장주(莊周)가 되었다'라고 하니, 어느 것이 거짓 것이고, 어느 것이 참된 것인지 분변하지 못하나니, 이제 성진과 소유에 있어 어느 것이 참이며 어느 것이 꿈이냐?"

위와 같이 말한다. 육관대사는 장자莊子의 호접지몽胡蝶之夢을 비유로 들면서, 그 어느 것도 참도 아니고 꿈도 아니라는 말을 하고 있다. 두 세계를 나누어 보는 것이 아닌, 두 세계를 관류貫流하는 참된 이치를 깨달아야 한다는 말이다.[5] 성진이 인간 세계를 부정적인 공간으로, 불가를 긍정적인 세계로 나누어 인식하는 것을 보며, 육관대사는 옳고 그

---

5   장효현, 『한국고전소설사연구』, 고려대 출판부, 2002, 209쪽.

름, 참과 거짓, 사실과 허구와 같은 이분법적 구분에 사로잡힌 것은 아직까지 깨달음에 도달하지 못한 것이라 말하고 있다.

그렇다면 이제 앞서 살펴본 규장각본의 비일상적 면모가 어떠한 이유에서 구현된 것인지 대략적으로 짐작할 수 있다. 앞서 살펴본 비일상적 면모의 특징 중 하나는 그것이 일상적 체험들과 구분되지 않은 채 혼재되어 있다는 점이다. 양소유의 세계와 성진의 세계, 현실의 세속적 공간과 천상의 공간 혹은 이계의 공간 등이 뒤섞인 상태가 전혀 이상하게 느껴지지 않는다. 이는 결국 육관대사의 가르침과 관련이 깊다. 육관대사가 바로 옳고 그름, 참과 거짓, 사실과 허구 등등의 이분법적 구분을 무의미하다고 말했기 때문이다. 다시 말해 규장각본은 스스로가 결론에서 말하고자 한 바를 본문에서 일관되게 구현시키고 있는 것이다. 규장각본이 김만중의 원작에 가까운 선본이라는 점을 감안할 때, 이러한 주제 구현은 결국 김만중의 『구운몽』 창작의 이유와 방법이 되었을 것이라 유추해볼 수 있다.

경판본도 이와 같은 맥락으로 접근해보겠다. 경판본에서는 육관대사의 마지막 발언만이 빠져 있다. 즉 이 작품의 주제의식을 — 성진이 깨달은 바 — 인생무상으로 본 것이다. 세속적 부귀공명이라는 것이 한낱 덧없고 부질없는 욕심이라는 사실을 피력하고 있는 것이다.

규장각본의 이유를 분석한 것과 같은 방식으로 경판본에서 비일상적 체험의 면모가 줄어든 이유를 해명할 수 있을 것 같다. 경판본의 주제는 인생무상과 일장춘몽이다. 따라서 성진이 입몽하여 양소유의 삶을 사는 과정은 철저하게 세속적 부귀영화로 점철되어 있어야 한다. 그래야만 세속적 부귀영화의 끝에 허무함이 존재한다는 사실을 부각시킬 수 있기 때문이다.

그런데 선본 계열의 이야기를 그대로 가져다 옮길 경우, 세속적 부귀영화를 누리는 과정이 지나치게 비현실적으로 그려질 우려가 있을 것이라 판단했을 것이다. 앞서 살펴본 것처럼 세속적 삶의 모습에서 비일상적 면모가 자주 확인되기 때문이다. 또한 선본 계열에서 다채롭게 드러나는 속임수의 양상을 그대로 가져다 쓸 경우, 세속적 부귀영화의 극치를 누리는 등장인물들의 면모를 자칫 훼손시킬 수 있을 것이라는 우려가 가능하다.

다시 말해 경판본『구운몽』은 그 주제의식을 구현시킴에 있어, 양소유와 여덟 여인의 세속적 삶에 대한 절대적인 긍정의 가치를 부여해야 할 필요성을 느꼈을 것이다. 그러기에 양소유와 2처 6첩의 삶에는 어려움도, 갈등도, 사소한 장난조차도 허용되지 않았을 것이다.

결국 경판본『구운몽』은 단순히 상업적 이윤 추구의 논리에 떠밀려 대충대충 작품을 축약한 것이 아님을 알 수 있다. 선본과는 다른 나름의 주제의식을 설정하고, 그것에 크게 도움이 되지 않는 서사들을 가지치기한 것이다. 즉 경판본『구운몽』은 그 나름의 서사적 유기성을 담지한 채 작품을 축약한 것으로 보아야 하는 것이다. 우리가 보기에 지나치다 싶을, 비일상적 면모의 축약과 생략은, 그래서 경판본에서는 유의미한 재구성이라고 보아야 한다.

3. 소결

지금까지 경판본『구운몽』을 선본 계열인 규장각본『구운몽』과 비교하여, 선본에 나타나는 비일상적 면모가 경판본에 와서 어떻게 변화하였는지를 살폈다. 그리고 그 의미가 무엇인지 고찰하였다.

경판본은 선본인 규장각본과 달리 서사에서 중요한 기능을 하는 비일상적 체험들을 상당 부분 축약 혹은 생략하였다. 이로 인해 선본이 지니고 있었던 비일상적 면모, 비일상과 일상이 혼재되는 면모가 많이 사라졌다. 이러한 차이는 경판본이 상업적 논리에 의해 과도한 축약을 한 것에서 비롯된 것이라기보다, 경판본이 선본과는 다른 주제의식을 구현하기 위해서 이루어진 것으로 보아야 한다.

선본 계열은 각몽 이후 육관대사의 설법을 통해 참과 거짓의 이분법적 구분으로부터의 탈피를 주장하지만, 경판본은 세속적 부귀공명의 덧없음을 이야기하고 있다. 즉 경판본에서 비일상적 체험이 줄어든 것은, 세속적 삶의 가치에 대한 절대적인 긍정을 통해 역설적으로 그것의 덧없음을 이야기하기 위한 것으로, 의도적으로 재구성된 것이라고 보아야 하는 것이다.

제2장과 제3장을 통해 방각본『구운몽』의 특징을 살펴보았다. 완판본과 경판본은 각기 나름의 서사를 추구하였다. 그것이 과연 유의미한 이본, 즉『구운몽』을 대표할만한 이본인가의 문제를 판단하기 전에, 왜 완판본과 경판본은 전혀 다른 서사를 진행시켰는지 그리고 그 추동력

은 무엇이었는지 생각해볼 필요가 있다. 그리고 서사 전개 상의 차이가 큼에도 불구하고 결과적으로 그 주제의식은 인생무상이라는 범주 안에서 유사한 형태를 보여주는 이유는 무엇인지 고민해볼 필요가 있다. 이를 통해 전주 지역과 서울 지역에서 방각본 고전소설을 향유했던 이들의 서사적 취향을 가늠해볼 수 있기 때문이다.

제4장에서는 세책본 『구운몽』을 살펴본다. 주지하다시피 세책본은 서울을 중심으로 성행하였다. 그렇다면 간행 방식에는 차이가 있지만, 세책본은 경판본과 간행 지역이 겹친다. 동일한 지역에서 주로 향유되었던 경판본과 세책본이 유사한 점은 무엇이며 다른 점은 무엇인지 비교해보며, 세책본의 개성적 면모를 고찰해보자.

관계에 대한 새로운 시선과
감추지 못한 세속적 욕망
동양문고본 세책『구운몽』

이 장에서는 일본 동양문고에 소장되어 있는 동양문고본 세책『구운몽』(이하 세책본)의 특징에 대해 살펴보겠다. 사람들은 왜 이본을 만들었을까? 다양한 이유가 있겠지만 적어도 선본에 비해 '불충분한' 내용을 향유하기 위해 만들지는 않았을 것이다. 필사 혹은 전승 능력의 한계로 오류가 많은 이본을 만들어낸 경우를 전연 배제할 수는 없다. 그러나 상식적으로 생각해보면, 대개 이본을 만든 사람들은 저마다 소설에 대한 취향과 목적을 갖고 있었을 것이다.『구운몽』은 연구 대상으로서 가치를 인정받아 학계에서 주로 거론되는 이본만도 수십 종에 이르며 각지에 흩어진 현전 이본은 그보다 몇 배 더 많다. 실전失傳된 텍스트 그리고 전 세계 각지에 전파된 이본까지 고려하면 그 양이 얼마일지 짐작하기 어렵다. 그러나『구운몽』의 위상을 그대로 인정받는 이본은 몇 종에 불과하다. 그렇다면 과거에『구운몽』을 읽고 이본을 만들었던 사람들 대부분은 '불완전한 『구운몽』'을 읽었다고 봐야 하는가? 당연히 그렇지 않다. 선본 위주의 관심은 수많았던 『구운몽』의 능동적 독자들을 간과할 가능성이 높다. 다양한 이본들이 존재했던 만큼 『구운몽』 서사와 향유의 편폭 또한 매우 다양했던 것으로 봐야 한다. 차별이 아닌 차이의 시선을 바탕으로, 이본이 본래 지니고 있던 가치를 온전히 찾아내야 한다.

그동안 고전소설 이본 연구의 일반적인 경향도 그러했거니와, 특히 『구운몽』 이본 연구는 곧 선본 연구를 의미했다. 이 과정에서 이른바 비선본 계열에 속한 이본들은 선본의 실체를 규명하기 위해 존재했을 뿐, 비선본 계열 이본 그 자체가 연구의 목적이 된 경우는 드물었다. 그러나 이본 연구는 비단 선본에 대한 연구만을 의미하지 않는다. 비선본 계열의 개성적 면모에 주목하는 연구도 이본 연구의 일환이다. 많지는 않으나 『구운몽』의 경우도 소위 비선본 계열의 이본을 다룬 연구가 꾸준히 제출되어 왔다.[1]

그리고 앞서 살펴본 것처럼 한글 방각본 『구운몽』을 통해 비선본 계열 이본의 개성적 면모가 도출되었다. 완판본 『구운몽』은 선본 계열에 비해 꿈속 남성주인공인 양소유의 효심이나 영웅적 면모가 강조되며, 주제가 인생무상에서 그치고 있음이 확인되었다. 이러한 특징은 완판본이 주로 유통되었던 전주 지역 소설 향유의 자장으로부터 영향을 받

---

1 서인석, 「가사와 소설의 갈래 교섭에 대한 연구」, 서울대 박사논문, 1995, 1~187쪽; 안창수, 「구운몽 연구」, 영남대 박사논문, 1989, 1~129쪽; 서인석, 「구운몽 후기 이본의 변모 양상」, 『서포문학의 새로운 탐구』, 중앙인문사, 2000, 211~238쪽; 김영희, 「세책 필사본 『구운몽』 연구」, 『원우론집』 34, 연세대 대학원 총학생회, 2001, 9~65쪽; 사성구, 「구운몽의 희곡적 성격 연구」, 서강대 석사논문, 2001, 1~85쪽.

은 것으로 보았다. 경판본 『구운몽』은 선본 계열의 환상적 혹은 비일상적 차원의 일화들을 현실적·일상적 차원의 일화들로 변모시켰으며, 주제를 인생무상으로 설정한 점이 확인되었다. 이러한 특징은 경판본 『구운몽』이 세속적 가치에 대해 긍정하는 경향이 강하다 보니 꿈에서 깨어나 인생무상을 느낄 때 그 메시지가 상대적으로 강하게 부각되는 측면이 있다고 보았다.

이렇듯 방각본 『구운몽』들이 자기 나름대로 독자들의 취향을 고려하여 이본을 만들어낸 것처럼, 세책본 또한 세책가에 자주 드나들었던 사람들의 취향이 반영되었을 가능성이 높다. 세책본이 독자들의 독서 편의를 제공하는 데 가장 많은 관심을 기울였다는 점은 주지의 사실이다. 새로운 권이 시작될 때마다 앞 이야기의 일부를 가져와 내용을 상기시킨다든가 침자리를 확보하여 책 넘김의 흔적으로 인해 독자들이 글자를 알아보기 어려운 상황이 발생하지 않도록 하는 것은, 한편으로 상업적 전략이면서 다른 한편으로는 독자를 위한 배려이다. 잘 알려진 것처럼 세책본은 또한 원작의 분량에 상관없이 30장 내외의 분량으로 일정하게 분권하는 경향이 있는데, 아무래도 이 과정에서 작품의 내용에 보다 많은 수정이 가해질 수밖에 없다. 이러한 점을 감안할 때 세책본 『구운몽』은 『구운몽』의 다른 상업적 이본보다 더 뚜렷한 개성을 보일 가능성이 높다.[2] 구체적으로 살펴보자.

---

2   실제로 기존 연구에서도 세책본이 작품의 본래 면모를 소비자들의 기호에 맞게 변화했을 것이라는 주장이 제기된 바 있다. 유광수, 「세책 『옥루몽』 동양문고본에 대하여」, 『열상고전연구』 35, 열상고전연구회, 2012, 199~234쪽.

1. 인물에 대한 각기 다른 시선

세책본의 서사적 지향에 나타나는 독자적인 면모는 크게 세 가지로 정리된다. 남성주인공을 폄하하거나 남성주인공이 난처한 상황에 처한 장면을 제외시키는 것이 그 첫 번째 특징이고, 처와 첩에 대하여 차별적 시선을 보내는 것이 두 번째 특징이다. 그리고 마지막 특징은 가족·가문 관련 서사가 늘어난다는 점이다.

1) 남성주인공에 대한 부정적 시선 제외

세책본 속 남성주인공 형상화의 특징적 면모는 성진보다는 양소유를 통해 주로 확인된다. 특징적 면모를 도출해 본 결과, 흥미롭게도 이 이본에서 양소유를 형상화할 때 일관된 기준이 있었다. 양소유를 폄하하거나 양소유가 난처한 상황에 놓인 장면들이 매우 짧거나 아예 존재하지 않는다는 점이 그것이다. 해당하는 장면들을 하나씩 살펴보자.

(1) 낙양 선비들이 양소유를 업신여기는 내용 없음

구사량의 난으로 과거를 보지 못하고 귀향한 양소유는 이듬해 다시 과거를 보러 서울로 향한다. 가던 길에 낙양에 들렀다가 우연히 천진교에서 낙양 선비들이 벌인 시회詩會에 참석하게 된다.

양소유는 이 자리에 초대를 받지 않았다. 타향 출신으로 이곳을 지나가던 사람에 불과했다. 그럼에도 규장각본이나 세책본에서 모두 양소유는 낙양 선비들의 환영을 받으며 동석하고 어울려 술을 마시게 된다. 그런데 함께 술을 마시게 되는 과정에는 약간의 차이가 있다.

규장각본 『구운몽』	동양문고본 세책 『구운몽』
양싱의 얼골이 슈미ㅎ믈 보고 모다 니러나 읍ㅎ고 좌를 난화 각각 성명을 통호 후의 우희 안준 **노싱**이라 홀 재 싱ᄃᆞ려 무ᄅᆞᄃᆡ, "양싱의 힝식을 보니 일뎡 과거 보라 가ᄂᆞᆫ도다". **싱**이 글오ᄃᆡ, "진실노 형의 말과 ᄀᆞᆺ다". 또 **왕싱**이라 홀 재 닐오ᄃᆡ, "양형이 과거를 보려 ᄒᆞ면 비록 쳥티 아닌 손이나 오늘 못고지의 참예ᄒᆞ미 ᄯᅩᄒᆞᆫ 해롭다 아니 ᄒᆞ다". **양싱** 왈, "냥형의 말노 불쟉시면 졔형의 오늘 못고지 ᄒᆞᆫ갓 빅쥬를 뉴련ᄒᆞ미 아니라 벅벅이 시샤를 미쟈 문쟝을 비교ᄒᆞ미라 쇼제 ᄀᆞᆺ ᄐᆞ니ᄂᆞᆫ 초국 미쳔한 션비로 나히 어리고 소견이 좁으니 비록 요힝 향공의 참예ᄒᆞ여시나 졔형의 셩의 셩ᄒᆞᆫ 못고지의 참예ᄒᆞ미 외람홀가 ᄒᆞ노라". **졔인**이 양싱의 언에 공근ᄒᆞᆷ믈 보고 ᄯᅩ 나히어리믈 업슈이넉여 웃고 닐오ᄃᆡ, "우리 각별 시샤를 미쟈미 아니라 양형의 니른바 문쟝을 비교ᄒᆞᆫ다 ᄒᆞᆫ 방블ᄒᆞ거니와 형은 임의 미조차 온 사ᄅᆞᆷ이니 시를 지어도 가ᄒᆞ고 아니 지어도 가ᄒᆞ니 ᄒᆞᆫ가지로 술을 먹을 거시라". (권지일, 31b~권지일, 33a)	**생**이 좌중에 말을 펴 왈, "생은 하향 선비로서 과행하다가 이곳을 지남에 풍류 소리 귀를 놀래거늘, 연소지심에 그저 지나기 어렵기로 수괴함을 잊고 청치 않은 객이 스스로 이르렀사오니, 제공은 모름지기 실례함을 용서하소서". 하니, 제생이 양생의 용모 수미하고 신체 쇄락함과 언어의 유화함을 보고, 저마다 맞아 읍하고 자리를 밀어 좌한 후 각각 성명을 통함에 좌중에 **두생**이란 자가 있어 왈, "양형을 보건대 과연 탈태한 벗이로다. 오늘 우리 모꼬지에 귀객이 우연 참석하니 홍치 배승한지라. 무슨 혐의 있으리오?" **양생** 왈, "소제는 초 땅의 조그만 선비로 나이 어리고 학식이 없으므로 외람이 관광하는 손이 되어 제공의 연회하시는 말석에 참예함이 또한 참람하거늘, 제형이 이같이 관대하시니 감사하여이다". **제생**이 일제히 답사 왈, "남아의 풍류하는 놀이는 주관한 사람이 없나니, 이런 말씀은 두 번 이르지 마소서. 금일 모꼬지는 우리가 일시 음주 열락하고자 함이니, 양형도 오배로 더불어 음주함이 쾌사라". (권지이, 6~권지이, 7)[3]

위 인용문 속 대화의 흐름은 다음과 같이 정리할 수 있다. 두 이본 모두 결과적으로는 술자리를 함께 갖는 것으로 매듭짓는다. 그러나 그 과정은 상이하다.

3　규장각본은 원문을 그대로 사용하였고, 동양문고본 세책 『구운몽』은 원문에 근거하되 가독성을 높이기 위해 현재의 어문규정에 따라 부분적인 수정을 가했다.

규장각본 『구운몽』	동양문고본 세책 『구운몽』
① 노생·양소유 : 과거를 보러 가는 중이다.	① 양소유 : 본인은 초국 출신의 객인데 동석을 요청한다.
② 왕생 : 과거 보러 가는 사람이라면 모꼬지에 참여함이 이롭다.	② 두생 : 모꼬지 참석을 기꺼이 환영한다.
③ 양소유 : 그러나 모꼬지가 문재를 겨루는 자리인데, 초국의 미천한 선비가 동석하는 것이 외람되다.	③ 양소유 : 초 땅의 조그만 선비를 환영해 줘서 고맙다.
④ 낙양 선비 제인 : (양소유 나이 어림을 업신여겨 웃으며) 시를 짓지 않아도 좋으니 함께 술을 마시자.	④ 낙양 선비 제인 : 오늘 모꼬지는 음주 열락을 위한 것이니 함께하자.

규장각본은 우선 '과거 보러 가는 이'와 '모꼬지'의 상관성이 언급된다. 즉 이 모꼬지가 과거를 보러 가는 이에게는 자신의 문재文才를 평가받을 수 있는 좋은 기회라는 의미이다(①, ②). 모꼬지의 목적이 문재를 뽐내는 데 있는 것이다. 그런데 양소유가 스스로를 낮추며 낙양 선비들과 자리를 함께하는 것만으로도 족하다고 하자(③), 낙양 선비들이 양소유를 업신여기며 '시를 짓지 않아도 좋으니 함께 술을 마시자'고 한다. 양소유의 문학적 재능을 알아보지 못한 낙양 선비들이 그저 어울려 술이나 마시자고 하는 것이다.

그러나 세책본에서는 '과거 보러 가는 이'와 '모꼬지'의 상관성이 언급되지 않는다. 양소유는 지나가는 객으로서 모꼬지 동석을 요청하고 (①), 낙양 선비들은 그러한 양소유의 제안을 기꺼이 환영한다(②). 낙양 선비들이 양소유의 제안을 흔쾌히 받아들인 데에는, 이 모꼬지가 '음주 열락'을 위한 것이라는 점이 근거로 자리한다(④). 모꼬지의 목적이 유흥을 즐기는 데 있는 것이다. 모꼬지의 취지가 이렇다 보니 양소유를 업신여기는 내용은 없다. 양소유는 낙양 선비들과 스스럼없이 어울리게 된다. 모꼬지의 취지가 문제를 겨루는 것이고 그래서 어린 양소유를 업신여기게 되는 규장각본과 대조를 이룬다.

(2) 정 사도 가족이 양소유를 놀리는 내용의 대화 없음

주지하는 바와 같이 양소유는 거문고를 잘 탄다는 것을 구실 삼아, 여관女冠으로 변장하여 정 사도 집에 들어가 정경패를 보게 된다. 이 사건이 첫 인연이 되어, 양소유는 훗날 과거에 급제한 뒤 정 사도 집안의 사위로 정해진다. 그리고 정경패는 양소유에게 속임을 당한 것을 갚고자, 시비인 가춘운을 선녀처럼 꾸며 양소유를 유혹한다. 이때 정경패만이 아니라 정 사도 집안사람들이 양소유를 속이는 데 협조해서, 이들은 선녀를 애타게 기다리는 양소유를 놀리게 된다. 그런데 대부분의 이본들에서 빠지지 않고 등장하는 이 장면이, 세책본에는 등장하지 않는다.

규장각본 『구운몽』	동양문고본 세책 『구운몽』
[A] 붉기를 기드려 십삼의게 가 보니 나가고 업거늘 년ᄒᆞ여 삼일을 ᄎᆞ자되 만나디 못ᄒᆞ고 녀랑의 쇼식은 더욱 묘연ᄒᆞᆫ디라 싱이 분ᄒᆞ고 ᄉᆞ렴ᄒᆞ여 침식을 다 폐ᄒᆞ엿더니	[a] 이윽고 날이 이미 밝음에 정십삼을 보러가니 어디를 나가고 없는지라. 삼일 만에 또 찾아가니 또 만나 보지 못하고 여랑의 형용이 묘연함에 자각봉에 가서 찾고자 하나 또한 찾을 길 없고 남교 무덤을 찾으나 역시 찾을 수 없음에 식불감 침불안이더라.
[B] 뎡 ᄉᆞ도와 부인이 듕당의 쥬식을 비셜ᄒᆞ고 양 싱을 쳥ᄒᆞ여 말ᄒᆞ더니 **ᄉᆞ되** 왈, "양낭의 신관이 어이져리 쵸체ᄒᆞ엿ᄂᆞ뇨". 싱 왈, "십삼형으로 더브러 술을 과음ᄒᆞ더니 그러토소이다". 믄득 뎡십삼이 밧그로셔 드러오거늘 양싱이 노목으로 보고 말을 아니 ᄒᆞ더니 **부인**이 싱드려 닐오디, "양낭이 ᄒᆞᆫ 녀ᄌᆞ로 더브러 황원의셔 말ᄒᆞ더라 ᄒᆞ니	

규장각본 『구운몽』	동양문고본 세책 『구운몽』
이 말이 올흐냐?'	→[B]에 대응되는 [b]가 없음
성 왈, "황원의 엇던 사람이 드니리잇고 뎐흐는 재 그릇 보도소이다".	
명성이 굴오디, "형은 굿흐여 은회흐디 말나 형이 두 진인의 말을 병으리와드나 거동이 슈샹흐거늘 내 과연 진인의 부쟉을 형의 샹토의 감쵸고 밤의 화원 슈플의 숨어 보니 흔 귀신이 형의 창밧긔 가 울고 가거늘 보아시니 형이 내게 샤례를 아니 흐고 노쇽이 이시믄 엇디뇨".	
양성이 긔이디 못홀 줄 혜아리고 스도를 향흐야 굴오디, "이 일 이시리오 실노 긔괴흐니 악댱긔 다흐리이다"흐고 전후 녀즈 만나 본 말을 다흐며 또 굴오디, "십삼형이 날을 스랑 쁫인 줄 아루대 댱 녀랑이 비록 귀신이나 유완흐고 졍이 만흐니 사람을 해흘니 업거늘 고이흔 부쟉을 흐여 오디 못 흐게 흐니 실노 흐흐는 ᄆᆞ음이 업디 아니흐이다".	
[C] 스되 대쇼 왈, "양낭의 풍치 송옥과 ᄀᆞ흐니 벽벽이 신녀부를 지어시리오 노뷔 양낭을 위흐여 쇼기디 아니흐리니 겨머실 젹의 이인을 만나니 소옹의 도슐을 빅화 일즉 능히 귀신 닐위기를 흐더니 이제 양낭을 위흐여 댱녀랑의 녕혼을 오게 흐여 나의 딜ᄋᆞ의 죄를 삭흐랴 흐니 엇더흐뇨".	[d] 일일은 한림이 사도께 문안하고 앉았더니, 사도가 병풍을 치고 왈, "장녀랑은 어디 있는고?" 언미이에 한낱 여자가 병풍 뒤로 좇아 나오며 태도를 머금고 부인을 뫼셔 뒤에 섰거늘 (권지삼, 20~권지삼, 21)
양싱 왈, "악댱이 쇼셔를 희롱흐시ᄂᆞ니잇가 어이 이런 일이 이시리잇가" / 스되 왈, "네 보라".	
프리치로 병풍을 흔번 티며 굴오디, "댱녀랑이 어디 잇ᄂᆞ뇨" 홀연 병풍 뒤흐로 흔 녀지 표연이 나오며. 우음을 머금고 부인 뒤히 셔거늘 (권지이, 22b~권지이, 25a)	

규장각본의 [A], [B], [C]는 세책본의 [a], [b], [c]에 대응된다. 양소유는 선녀 장여랑이 한동안 자신 앞에 나타나지 않자 초조해하고[A], 저간의 사정을 아는 정 사도, 부인, 정십삼 등은 번갈아가며 양소유를 놀린다[B]. 그리고 결국은 정 사도가 병풍 뒤에 숨어 있던 장여랑을 나오게 하여 양소유가 그동안 속임을 당했음이 밝혀진다[C]. 대화가 오고 가는 장면 [B]는 양소유가 속임을 당하는 상황을 흥미롭게 그려내는 데 빠져서는 안 되는 부분이다. 병풍 뒤에는 가춘운이 숨어 있고, 그 앞

에서는 정 사도의 가족들이 양소유를 속이고 있기 때문이다.

그런데 세책본에는 규장각본의 [B]에 대응되는 장면이 전혀 등장하지 않는다. [a]에서 곧바로 [c]로 이어진다. 그리하여 서사의 흐름은 '양소유가 장여랑의 행방을 알 수 없어 괴로워하고 있었는데, 어느 날 정 사도가 장여랑을 불러 만나게 하였다'로 정리된다. 마치 양소유가 애타게 찾던 장여랑을 정 사도가 찾아주는 것 같은 뉘앙스이다. 양소유를 속이려던 의도는 보이지 않고, 오히려 양소유를 도와주는 상황으로 내용이 변하였다. 이는 이어지는 내용에서도 지속적으로 확인된다.

> 언미이에 한낱 여자가 병풍 뒤로 좇아 나오며 태도를 머금고 부인을 뫼셔 뒤에 섰거늘 한림이 눈을 들어보니 이 곧 여랑이라. 한번 봄에 정신이 어질하여 아무런 줄 모르고 사도와 정생더러 문왈, "이 사람이 귀신이니이까? 만일 귀신같을진대 백주에 어찌 나오리오?"
>
> 사도 부부가 웃기를 마지아니하며 사도 왈, "내 실사를 자세 말하리라. 이 아이는 신선도 아니요 귀신도 아니라 내 집에서 장성한 아이니 성은 가씨라 그 이름은 춘운이니 노부가 그 미녀를 보내어 그대의 객중수회를 위로하게 함이니라".[4]

장여랑의 실체를 몰랐던 양소유에게 정 사도는 '장여랑은 곧 가춘운이며, 이런 일을 벌인 것은 그대의 객중수회客中愁懷를 위로하기 위한 일'이었다고 설명한다. 양소유를 속여 놀리기 위한 일이었다는 말은 등

---

4   동양문고본 세책 『구운몽』 권지삼, 21. 이하 인용시 '세책본'으로 표기.

장하지 않는다. 규장각본에서 '그대를 희롱하여'라는 표현이 등장하는 것과 대조를 이룬다.[5] 결국 세책본에서는 이 사건이 '속임'에 목적이 있는 것이 아니라 '위로'에 목적이 있는 것으로 전개되고 있는 것이다.

바로 이어 등장하는, 양소유를 속인 잘못이 누구에게 있는지 대화를 나누는 장면과 양소유와 가춘운이 대화를 나누는 장면 또한 일관된 차이를 보여준다.

규장각본 『구운몽』	동양문고본 세책 『구운몽』
[A] **뎡싱**이 대쇼하고 닐오대, "젼후의 두 번 질ᄒ기를 내 다 ᄒ얏거늘 듕믜긔 샤례ᄒ디 아니 ᄒ고 도로혀 구슈를 삼으니 진짓 어린 사름이로다". **양싱**이 대쇼ᄒ고 굴오디, "악댱이 내게 보내여 겨시거늘 뎡형은 듕간의셔 조롱한 죄 이실 분이라 무슴 공이 이시리오". **뎡싱** 왈, "내 실노 조롱은 ᄒ얏거니와 발종지시ᄒ든 그 사름이 이시니 어이 다만 내 죄라 ᄒ느뇨". **양싱**이 ᄉ도를 향ᄒ여 닐오디, "원간 악댱이 뉴의 ᄒ시도다". **ᄉ되** 쇼왈, "내 머리털이 임의 누르러시니 어이 아히 적 쇼가춘 일을 ᄒ리오 양낭이 ᄌ죠 싱각ᄒ는도다". **양싱**이 뎡싱드려 닐오디, "형의 일이 아니오 ᄯ 엇던 사름이 쇼뎨을 소기리오". **뎡싱** 왈, "셩인이 니르사디 네게셔 난 지 네게 도라온다 ᄒ니 양형이 스스로 싱각ᄒ여 보라 일쟉 엇던 사름을 소겻느뇨 남지 변ᄒ여 녀지 될 제 사람이 귀신 되미 어이 고이ᄒ리오". **양싱**이 황연이 ᄭ드라 올타타 ᄒ고 부인을 향ᄒ여 굴오디, "쇼지 녕ᄋ 쇼져긔 득죄한 일이 잇더니 애ᄌ지원을 닛지 아니 ᄒ도소이다". ᄉ도와 부인이 대쇼ᄒ더라 [B] **양싱**이 도라 츈운드려 닐오디, "츈낭이 실노 혜힐ᄒ거니와 사름을 셤기려 ᄒ며 몬져 속이미 부녀의 도리의 엇더ᄒ뇨". **츈운**이 ᄭ러 대답ᄒ디, "다만 쟝군의 호령을 듯고	[a] **졍생** 왈, "내 즁매한 공은 모르고 오히려 나를 원수로 아니, 형은 부공망덕한 사람이로다". **한림**이 소왈, "악쟝이 이미 이 여자를 소서에게 보내심에 즁간에서 조롱하고 무슨 공이라 하리오?" **졍생** 왈, "이는 다 소제의 죄라" 하더라. [b] 일일은 츈운이 처음 새 사람으로 촉을 잡고 한림을 뫼셔 화원에 이르러는 **한림**이 취흥이 도도하여 츈운의 손을 잡고 왈, "네 귀신이냐 신선이냐? 내 귀신도 사랑하

---

5   정 사도의 발언 중 "져믄 사름이 ᄉ이를 조차 셔로 희롱ᄒ여 양낭의 ᄆ음을 잇브게 ᄒ도다"라는 말이 등장한다. 규장각본 권지이, 25b.

규장각본 『구운몽』	동양문고본 세책 『구운몽』
텬즈의 툐셔를 듯디 못ᄒ엿ᄂ이다". **양성**이 그윽이 차탄ᄒ여 ᄀᆯ오듸, "네 신녀ᄂ 아츰의 구름이 되고 나죄 비 되더니 츈낭은 아츰의 신션이 되고 나조히 귀신이 되니 죡히 대젹ᄒ리로다 강흔 쟝슈의 군이 약ᄒᆞ니 업다 ᄒ니 비쟝이 져러ᄒ니 대쟝을 알니로다". 이날 졔인이 크게 즐겨 죵일토록 췌ᄒ니 츈운이 신인으로 말셕의 참예ᄒ고 날이 져므도록 잇다 쵸롱을 들고 양셩을 뫼셔 화원으로 도라가니라 (권지이, 25b〜권지이, 27b)	고 신션도 사랑ᄒ니 사람이야 더 귀하지 아니하랴? 너는 신션도 되고 귀신도 되어도 내 홀로 변화를 못하니 너로 더불어 신션이 되고자 하노라". **춘운** 왈, "쳔쳡이 여러 번 상공을 긔망한 죄가 만사유경이로소이다". **한림** 왈, "무슨 허물이 있으리오?" 춘운이 몸을 일어 사례하더라. (권지삼, 21〜권지삼, 22)

　[A]에서 양소유는 이 계략을 모의한 사람이 누구인지 찾고 있으며, [B]에서는 가춘운에게 왜 자신을 속였냐고 묻고 있다. 그러나 양소유가 범인을 찾아 복수하려는 마음에서 혹은 위장한 가춘운을 질타하려는 마음에서 대화를 나누는 것이 아니다. 그저 농담 섞인 대화일 뿐이다. 가령 [A]에서 양소유가 모의한 사람이 누구인지 찾자 정십삼은 자신을 속인 사람을 찾기 이전에 자신이 누구를 속였는지 생각해보라고 한다. 양소유가 여장을 하고 정경패를 속였던 사건을 말하는 것이다. 이렇듯 이 자리에 모인 사람들은 서로에게 농담을 건네며 종일토록 어울려 유흥을 즐긴다.

　그러나 세책본의 [a]와 [b]는 이 장면이 전혀 다른 방식으로 전개된다. [a]를 보면 양소유는 장인인 정 사도가 가춘운을 보냈고, 정십삼이 구체적인 계략을 세워 자신을 속였다고 말한다. 그러자 정십삼은 이를 모의한 정경패에 대한 언급을 하지 않고, 곧바로 이 모든 것이 자신의 잘못이라고 말한다. 규장각본을 보면 이 사건은 용서를 구할 사안이 아님을 알 수 있다. 그러나 세책본에서는 마치 정십삼이 잘못을 한 것처럼 서술되고 있다. [b]도 마찬가지이다. 가춘운은 양소유에게 자신이 양소유를 기망한 죄가 크다며 용서를 구한다. 잘못했음을 인정하는 것이다. 그리고 마지막에 양소유는 가춘운의 사과를 받아들이며 전혀 문제가 되지 않는다고 말한다.

요컨대 정경패가 가춘운을 위장시켜 양소유를 속였다가 그 전말이 밝혀지는 이 대목에서, 규장각본과 세책본은 내용상 적지 않은 차이를 보인다. 규장각본에서는 그 이전에 양소유가 정경패를 속였던 일화까지 추가로 거론되며 서로가 서로에게 가벼운 농담을 던지는 화기애애한 분위기로 전개된다. 그러나 세책본에서는 정십삼과 가춘운이 양소유에게 사과하고 그 중 가춘운의 사과에 대해 양소유가 관용과 아량을 베푸는, 양소유의 관대함이 부각되는 분위기로 서사가 전개된다.

(3) 양소유가 희첩을 많이 둠이 불가피했음을 태후에게 변명하는 내용 없음

태후와 월왕은 양소유가 여섯 명의 첩을 둔 것을 나무라며 그에 대한 양소유의 의견을 묻는다. 선본 계열에서 이 장면을 보면, 이 또한 앞서 제시한 장면들과 마찬가지로 진지한 분위기는 아니다. 농담이 섞여 있고, 궁극적으로는 양소유에게 벌주를 마시게 하려는 의도가 숨어 있다. 그런데 세책본에서 이 장면은 조금 다른 양상으로 전개된다.

규장각본 『구운몽』	동양문고본 세책 『구운몽』
왕이 굴오디, "비록 그러하나 양쇼유를 어견의셔 츄문하야 그 디답을 보아 처치흘 거시니이다." [A] 태휘 조차샤 츄구하야 굴ㅇ샤디, "녜로브터 부마 되엿는 재 감히 희첩을 두디 못 하든 됴뎡을 고마하미라 하믈며 냥 공쥬는	왕이 우 주왈, "승상의 죄가 가벼이 사치 못하리니 청컨대 추문하사 그 아뢰는 말씀을 들어 보소서". [a] 태후가 대소하시고 즉시 월왕으로 문목을 지으니 그 서에 왈, '자고로 부마되는 자 감히 희첩을 두지 못함

규장각본 『구운몽』	동양문고본 세책 『구운몽』

용모와 지덕이 텬인ᄀᆞᆺ거ᄂᆞᆯ 양쇼위 공경ᄒᆞ야 밧들기를 싱각디 아니 ᄒᆞ고 미인 모호기를 마디 아니 ᄒᆞ니 인신의 도리의 극히 그른디라 은휘 말고 바로 알외라'.

은 풍류의 부족함과 의식의 구관함이 아니오, 군부를 공경함이 아니라. 이제 양 공주는 위차를 일러도 당당한 제왕지녀요, 그 덕행을 의논컨대 임사와 방불하거늘 부마도위가 감히 위를 공경하여 받드는 예를 능히 살피지 못하고, 다만 방탕한 뜻을 품어 국가의 변화함을 취하려 하니, 어찌 외람치 아니리오? 황녀를 경시한 죄를 소하리라' 하였더라.

[B] ᄒᆞ시니 **승샹**이 면관ᄒᆞ고 ᄀᆞᆯ오ᄃᆡ, "신 쇼위 국은을 입ᄉᆞ와 벼슬이 삼ᄐᆡ의 니ᄅᆞ러시나 나히 오히려 졈어ᄂᆞᆫ디라 쇼년 풍졍을 이긔디 못ᄒᆞ와 집의 약간 풍뉴ᄒᆞᄂᆞᆫ 사ᄅᆞᆷ이 이시니 황공지만ᄒᆞᄂᆞ이다 비록 그러ᄒᆞ나 그윽이 국가 법졍을 보오니 일이 년젼의 이시면 분간ᄒᆞ게 ᄒᆞ여시니 신의 집의 비록 여러 사ᄅᆞᆷ이 이시나 슉인 진시ᄂᆞᆫ 황샹이 ᄉᆞ혼ᄒᆞ신 사ᄅᆞᆷ이니 의논 듕의 드디 아닐 거시오 쳡 계시ᄂᆞᆫ 신의 미시 젹어든 사ᄅᆞᆷ이오 쳡 가시와 뎍시 빅시 심시 이네 사ᄅᆞᆷ도 신을 조차미 다 부마 되기 젼이오 그후가 츅ᄒᆞ기ᄂᆞᆫ 다 공쥬의 권을 조차미니 신의 쳔ᄌᆞ ᄒᆞ미 아니니이다".

태휘 분간ᄒᆞ라 ᄒᆞ시더니 **월왕**이 ᄉᆞᆯ오ᄃᆡ, "공쥐 비록 권하미 이시나 양쇼유의 도리ᄂᆞᆫ 맛당티 아니 ᄒᆞ니 다시 무러디이다".

[C] **승샹**이 급ᄒᆞ야 고두ᄒᆞ며 ᄉᆞᆯ오ᄃᆡ, "신의 죄ᄂᆞᆫ 일만 번 죽엄즉ᄒᆞ오나 녜로부터 죄 져즌 사ᄅᆞᆷ은 공을 의논 규귀 이시니 신이 황샹의 브리시믈 입어 동으로 삼진을 항복밧고 서로 토번을 삭평ᄒᆞ야 공녀 쏘ᄒᆞᆫ 젹디 아니 ᄒᆞ니 일노 쇽죄홀가 ᄒᆞᄂᆞ이다".

휘 대쇼왈, "양 승샹은 샤뎍지신이니 어이 녀ᄉᆞ로 디졉ᄒᆞ리오" ᄒᆞ시고 ᄉᆞ모를 쓰라 ᄒᆞ시다 **월왕**이 ᄀᆞᆯ오ᄃᆡ, "승샹이 비록 공이 즁ᄒᆞ야 죄를 면ᄒᆞ야시나 아조 믈시ᄂᆞᆫ 못홀 거시니 벌비를 ᄒᆞ야디이다".

⇒ [B]에 대응되는 [b] 없음

[c] 승상이 돈수 주왈,

"신의 죄가 만사유경이오나 자고로 죄 지은 사람을 공으로 의논하나니, 신이 황상의 부리심을 힘입어 동으로 삼진을 항복받고 서로 토번을 삭평하였사오니, 이로 속죄할까 하나니다".

태후 대소왈, "양랑은 사직지신이라. 짐이 어이 서랑으로 대접하리오?" 하시고 관을 쓰라 하시고 오르라 하시니 왕이 주왈, "그저는 두지 못하리니 술로나 벌하사이다".

(권지사, 46b∼권지사, 48a)

(권지칠, 17∼권지칠, 19).

규장각본을 보면, [A]에서 태후가 양소유에게 부마인 자가 희첩을 많이 두었음을 지적하자 [B]에서 양소유가 여섯 명의 희첩을 두게 된 사정을 일일이 언급하며 그 불가피함을 피력한다. 그리고 [C]에서 양소유는 다시 사죄하며 나라를 구한 공을 고려하여 죄를 경감해줄 것을 요청하고, 이에 태후가 웃으며 벌주를 내리게 된다. 화기애애한 분위기가 조성되고 있으나, 양소유는 다소 난처한 상황이다.

그러나 세책본에는 규장각본의 [B]에 대응되는 [b]가 없으며, [a]와 [c] 또한 뉘앙스가 조금 다르다. 먼저 [a]에서 [c]로 이어지는 흐름을 살펴보자. [a]는 [A]와 달리 태후의 발언이 아니라 죄인을 심문하는 조목인 문목問目이다. 태후는 월왕으로 하여금 문목을 짓게 하여 양소유에게 죄를 묻는다. 화기애애한 분위기에서 양소유를 장난삼아 희롱하는 것이 아니라 공식적으로 잘잘못을 따져 묻는 모습이다. 이에 양소유는 ─ [B]에 대응되는 [b]가 없이 바로 [c]로 넘어가면서 ─ 나라를 구한 공을 거론하며 속죄할 것을 약속한다. 주변인들이 양소유를 장난삼아 놀리고, 그 희롱에 양소유가 어쩔 줄 몰라 하며 변명하는 장면을 생략하였다. 대화를 아주 공적인 차원의 모습으로 바꿔놓은 것이다.

사실은 이 대화에 ─ 규장각본의 [B]에 대응되는 ─ [b]가 없다는 점 자체가 문제이다. 태후와 월왕이 양소유에게 희첩을 많이 둔 점을 지적했다면, 일단은 그에 대한 답을 하는 것이 순서일 것이다. 그런데 세책본에서는 그에 대한 대답이 전혀 없고, 대신 양소유의 공훈만이 언급된다. 세책본은 양소유의 당황한 모습을 보여주지 않으려는 듯하다.

요컨대 위와 같은 사례들을 종합해 볼 때, 세책본은 남성주인공이 타인으로부터 무시를 당하거나 타인으로 인해 난처한 상황에 처하는 장면을 배제하려는 경향이 보인다. 단편적인 사례이지만 각몽 부분에서도 이와 같은 흔적을 찾을 수 있다.

규장각본 『구운몽』	동양문고본 세책 『구운몽』
승상이 이인인 줄 알고 황망이 답녜 왈, "스부는 어디로셔 오신고?" 호승이 쇼왈, "평싱 고인을 몰라 보시니 귀인이 니즘 **홀타 말이 올토소이다**". (…중략…) 호승이 박장대쇼ㅎ고 굴오디, "**올타 올타 비록 올ㅎ나 몽듕의 잠간 만나본 일은 싱각ㅎ고 십년을 동쳐ㅎ던 일을 아디 아디 못 ㅎ니 뉘 양쟝원을 총명타 ㅎ더뇨**". (권지사, 63b~권지사, 64a)	승상이 황망히 답례 왈, "사부는 어디로써 오시나뇨?" 그 중이 소왈, "**승상이 나를 몰라보시니, 과연 진토에 묻힘이로다**". (…중략…) 호승이 박장대소 왈, "**옳거니와 몽중에 잠깐 만난 일은 생각하되 십 년 동처하던 줄 아지 못하는도다**". (권지칠, 32)

진하게 표시한 부분을 비교해보면 규장각본의 "귀인이 니즘 홀타 말이 올토소이다", "뉘 양쟝원을 총명타 ㅎ더뇨" 등의 표현이 세책본에는 보이지 않음을 알 수 있다. 두 이본이 직접적인 선후 관계에 있지는 않기 때문에 단언하기는 어렵지만, 흥미롭게도 이와 같이 양소유(성진)를 폄하하는 말들만 빠져 있다.

그렇다면 세책본은 왜 양소유에 대한 부정적 시선이나 언급들을 피하려 했을까? 뒤이은 특징들과 함께 종합적으로 생각해볼 필요가 있다.

2) 처와 첩에 대한 위계적 시선 견지

주지하다시피 『구운몽』에는 8명의 여성주인공이 불가의 세계에서는 팔선녀로 인간 세계에서 2처 6첩으로 등장하는데, 선본 계열에서 이들은 서로간의 위계질서를 넘어 조화로운 관계를 유지한다. 그런데 이러한 조화로운 관계가 세책본에 그대로 구현되지는 않는다. 처와 첩의 위계를 인식하는 듯한 변화가 감지된다.

규장각본 『구운몽』	동양문고본 세책 『구운몽』
[A] 취봉 왈, "첩이 스스로 명박흔 줄 아라 처엄 유모 보닐 제 군지 만일 명혼흔 딕 이 시면 ᄌ원ᄒ야 쇼실이 되려 ᄒ던 거시니 이제 왕회에 버금 되기를 어이 감히 ᄒ흐 리잇가". [B] 이 밤의 넷 졍을 니르며 새로 즐기기를 당ᄒ니 졔일 졔이일 밤의셔 더욱 친열ᄒ더라 (권지ᄉ, 06a〜권지ᄉ, 06b)	[a] 진씨 왈, "첩이 스스로 박명할 줄 알아 처음에 유모를 보낼 제 상공이 만일 정혼한 데 있으면 자 원하여 소실이 되려 하던 것이니 이제 왕회의 버금 이 됨에 무엇이 근심되리오 다만 영화인 줄만 아나 니다". [b] 승상이 차사에 진씨로 더불어 옛 정을 이루며 은애가 교칠 같더라. 차후는 십일은 영양 침소에 자고 십일은 난양 침소에서 자고 십일은 진씨 침소 에서 자니, 일호 차착이 없더라. (권지육, 13〜권지육, 14)

주지하는 바와 같이 진채봉은 화주 화음현 진 어사의 딸로, 양소유가 15세 때 과거를 보기 위해 서울로 가는 도중에 서로를 알아보게 된다. 둘은 서로 눈이 마주쳐 마음을 나누고 다음 날 만나기로 약속을 했으나 급작스레 마을을 덮친 구사량의 난으로 인해 결국 인연을 맺지 못한다. 훗날 진채봉은 서울로 잡혀와 궁녀가 되었는데, 양소유와 영양공주, 난 양공주의 혼사가 논의되는 과정에서 진채봉 또한 잉첩으로 양소유와 혼약을 맺기로 결정하게 된다. 그러나 혼사가 진행되는 동안 전쟁에 참 여하고 있었던 양소유는, 이때까지도 진 숙인이 진채봉인 줄을 인식하 지 못하고 있다가, 혼인 후 함께 침소에 들어 이야기를 나누면서 진 숙 인이 실은 진채봉임을 알게 된다.

다소 길게 양소유와 진채봉의 인연을 언급한 것은 위 인용문이 이런 드라마틱한 과정을 배경으로 나왔기 때문이다. 진채봉은 자신이 박명 한 존재임을 받아들이고 살고 있었는데, 이처럼 왕회에 버금가는 지위 에 올라서 더 바랄 것이 없다고 말한다. 이에 규장각본에서는 양소유와 진채봉이 옛 정을 이야기하며 첫째 날 밤이나 둘째 날 밤보다 더욱 친 열했다고 말한다. 여기서 첫째 날 밤과 둘째 날 밤은 양소유가 2처인 영양공주, 난양공주와 각각 동침한 것을 의미한다. 즉 잉첩과의 동침이 2명의 본처와의 동침보다 더 좋았다는 말로, 진채봉과의 재회가 얼마나 감격스러운 일인지 알 수 있다.

그런데 세책본에서는—규장각본의 [B]에 해당되는—[b]에 군이 들어갈 필요가 없는 내용이 덧붙는다. [b]에서는 양소유와 진채봉의 사랑을 두 공주와의 사랑과 비교하지 않고 그저 교칠膠漆과 같다는 표현을 쓴다. 그리고 이어서 영양공주, 난양공주, 진채봉과 동침을 함에 순서나 기간에 흐트러짐이 없었음을 언급한다. 이 말은 이 대목에서 군이 필요하지 않다. 전술한 것처럼 지금 서사의 맥락은 양소유와 진채봉의 재회로 인한 감격스러움에 있기 때문이다. 그렇다면 왜 군이 이들과의 동침에 약속과 어긋남이 없었음을 언급하는 것일까?

여러 해석이 가능하겠지만, 이는 세책본이 처와 첩을 다르게 인식하기 때문이라고 본다. 표면적으로는 이 대목이 세 명과 균등하게 동침을 하는, 그래서 처와 첩에 대한 차이가 없음을 말해주는 것으로 볼 수 있다. 그러나 전후 맥락과 여타 이본의 일반적인 경향을 고려하면 오히려 그 반대라고 할 수 있다. 전후 맥락은 앞서 서술한 것처럼 이 대목에서 재회로 인한 감격이 강조되어야 마땅하다. 따라서 그러한 감정과 큰 상관이 없는, 세 명과의 동침을 균등하게 나눴다는 내용이 여기에 들어올 필요가 없다. 또한 여타 이본을 보더라도 대개는 진채봉과의 사랑이 아름다움을 언급하는 데 치중한다. 주요 이본인 노존본에서도 규장각본과 비슷한 표현이, 한글 완판본에서는 "백 배나 더하였다"는 언급이 등장한다. 결국 세책본의 "일호 차착이 없더라"는 표현은 처와 첩을 동등하게 보는 것이 아니라, 처와 첩을 위계적으로 보고 있음을 상징하는 사례라 할 수 있다. 따라서 이러한 시선이 작품에 일정하게 반영되었다면 첩에 대해서는 부정적 시선이, 처에 대해서는 그보다 긍정적인 시선이 반영되었을 것이라 추정할 수 있다. 이러한 생각을 전제로 처와 첩에 대한 위계적 관점이 드러나는 사례들을 찾아보자.

(1) 계섬월을 찾으려는 양소유의 의지의 미미함

규장각본 『구운몽』	동양문고본 세책 『구운몽』
셔동이 회보ᄒ니 한님이 쵸턍ᄒ기를 마디 아니 ᄒ고 이날 긱관의셔 쟈더니 부윤이 챵녀 십녀인을 극틱ᄒ야 쥬옥으로 쟝식ᄒ여 손을 뫼시게 ᄒ니 텬진 쥬루의셔 보던 쟈도 그 듕의 잇더라 한님이 아조 도라 보디 아니 ᄒ고 힝ᄒ기를 님ᄒ여 벽샹의 일슈시를 쓰니 ᄒ야시ᄃᆡ 우과텬진뉴식신 비 텬진을 디나니 버들 곳치 새로오니 풍광완ᄉᆞ거년츈 풍광이 완연이 디난 봄 ᄀᆞᆺ도다 가련ᄉᆞ마귀ᄂᆞᆯ다 가히 어엿브다 네 믈노 도라올 ᄯᅢ예 불견당노여옥인 쥬루을 당ᄒ 옥갓혼 사름을 보디 못ᄒᄂᆞᆫ도다 붓을 더지고 술위에 올나가니 모든 챵기 심히 참괴ᄒ야 그 글을 벗겨 부윤을 뵈니 부윤이 황공ᄒ여 쥰챵ᄃᆞ려 무러 한님의 뜻 둔 곳을 알고 방 브쳐 셤낭을 구ᄒᆞ여 한님 도라올 ᄯᅢ예 대령ᄒᆞ려 ᄒ더라 (권지이, 31b~권지이, 32b)	그 셔동이 두루 찾을 길 없음에 할 일 없어 돌아와 이대로 고하니, 양한림이 이 말을 듣고 창연함을 이기지 못하여 계섬월의 생각이 간절하나 어찌할 길이 없음에 (권지삼, 24~권지삼, 25)

위 인용문은 난을 일으킨 하북의 세 절도사 중 연왕이 불복하자, 이를 굴복시키기 위해 양소유가 출전을 하게 되고, 출전하러 가던 길에 옛 추억이 있는 낙양에서 계섬월을 그리워하는 장면이다. 두 이본에서 공히 양소유는 낙양에 도착하자마자 계섬월을 찾는다. 그러나 그 의지와 행동에는 차이가 있다.

규장각본에서는 부윤이 창녀 십여 명을 데려와 양소유를 모시게 한다. 그럼에도 양소유는 기뻐하지 않고 벽에 시 한 수를 남기는데, 요는 계섬월이 보고 싶다는 것이었다. 선본 계열인 이 이본에서는 오랜만에 다시 찾은 낙양에서 계섬월을 떠올리는 양소유의 모습이 적극적으로 묘사되고 있다. 낙양에 도착하자마자 계섬월을 찾았던 모습을 고려하면 이는 극히 자연스러운 것이다. 그러나 세책본은 다르다. 양소유는 낙양에 도착하자마자 서동으로 하여금 계섬월을 찾아보라고 하지만 결국 찾지 못한다. 그리고 위 인용문처럼 어찌할 길이 없다고 느낀 뒤 별다른 행동을 취하지 않는다. 낙양에 도착하자마자 계섬월을 찾으려 했던 의지가 순식간에 식은 느낌이다.

주지하다시피 양소유는 머지않아 연왕의 항복을 받고 낙양에 다시 돌아와 계섬월을 만나게 된다. 따라서 서사 전개상 규장각본처럼 부윤이 나서서 계섬월을 찾든 혹은 다른 방식을 택하든, 양소유가 계섬월을 그리워하는 마음을 겉으로 표출해야 앞 내용과의 개연성이 높아진다. 그런데 세책본에서 양소유는 처음에는 찾으려는 의지를 드러내지만 이내 자포자기의 심정으로 현실을 받아들인다. 이는 세책본이 양소유의 첩에 대한 간절한 마음을 굳이 부각시키려 하지 않은 결과라 할 수 있다. 다음 인용문에서도 이와 비슷한 시선이 보인다.

(2) 첩의 가족 구성원으로서의 의미에 대한 무관심

규장각본 『구운몽』	동양문고본 세책 『구운몽』
[A] 이 쌔 냥 부인이 다녀를 드리고 뉴 부인을 뫼셔 승샹 도라오믈 기드리더니 승샹이 심뇨연 빅능파를 인ᄒᆞ야 뉴 부인과 냥부인긔 뵈오니 **명부인**이 ᄀᆞᆯ오딕, "승샹의 위틱흔 째를 구ᄒᆞ야 국가의 공이 이시믈 승샹이 미양 일ᄏᆞᆯ시니 날노 만나 보기를 ᄇᆞ라더니 어이 오기를 늦거이 ᄒᆞ뇨."	[a] 이때 양 부인이 진씨와 가씨를 데리고 류부인을 뫼셔 승상의 돌아오기를 기다리더니 및 승상이 돌아옴에 심요연 백능파를 인하여 류부인과 양 공주께 뵈니 **부인**이 가로되, "양낭자가 승상의 위태한 **때**를 구하여 국가에 공이 있음을 승상이 매양 이르더니 금일 상대할 줄을 어이 알리오?"
[B] **연패** 딕왈, "쳡등은 원방 향암된 사름이라 승샹의 ᄇᆞ리디 아니시믈 닙으나 오히려 냥위 부인이 그릇 녀기실가 오래 즈져ᄒᆞ더니 경ᄉᆞ의 니르러 모든 사름의 말을 드르니 부인의 덕이 관져 규목 ᄀᆞ투시믈 칭숑티 아니 리 업슨 고로 비로소 문하의 나아오려 ᄒᆞ더니 마ᄎᆞᆷ 승샹이 교외의 나가신 째를 만나 다힝이 승연의 참예ᄒᆞ셔이다".	[b] **요연 능파** 대왈, "첩 등은 원방 사람이라. 비록 승상의 버리지 아니심을 입으나 오히려 양위 부인이 그릇 여기실까 하여 주저하더니 경사에 이르러 모든 사람의 말을 들으니 양 공주의 덕화가 관저 규목 같으심을 칭찬치 않음이 없는 고로 비로소 문하에 나아오려 하옵더니 마침 승상이 교외에 나아가신 때를 만나지 못함[6]이러라".
[C] **난양**이 승샹을 보고 우셔 왈, "우리 궁듕의 ᄇᆞ야호로 화싁이 셩ᄒᆞ야시니 승샹은 샹공 풍치를 ᄯᅩ로ᄂᆞᆫ가녀기거니와 우리 형뎨의 공인 줄 아ᄅᆞ쇼셔".	
[D] **승샹**이 대쇼 왈, "귀인이 기리ᄂᆞᆫ 말 됴화흔다 ᄒᆞ미 올토다 저 냥인이 새로 와시매 공쥬 낭낭 위엄을 두려 아쳠ᄒᆞ도소이다".	→[C], [D], [E], [F]에 대응되는 내용 없음
모다 대쇼ᄒᆞ더라	
[E] **명 부인**이 홍월ᄃᆞ려 무러 ᄀᆞᆯ오딕, "오늘 못 고지 승뷔 엇더ᄒᆞ더뇨".	
[F] **셤월**이 딕왈, "계요 위부의 욕은 면흔가 ᄒᆞᄂᆞ이다".	
[G] **경홍**이 ᄀᆞᆯ오딕, "셤낭이 쳔쳡의 대언을 공치ᄒᆞ더니 쳡이 흔 살노 월인을 탈긔ᄒᆞ게 ᄒᆞ야시니 쳡의 말이 허언인가 셤낭ᄃᆞ려 무ᄅᆞ쇼셔".	[g] "섬랑이 처음 첩의 대언을 웃더니 첩이 한 살로 월인을 탈기케 하니 첩이 만일 그저 돌아오던들 어찌 부끄럽지 아니리오?"
[H] **셤월**이 ᄀᆞᆯ오딕, "홍낭의 궁마 지죄 가히 영특다 ᄒᆞ려니와 월인의 탈긔ᄒᆞᆷ은 이 다 새로 온 냥낭 즈의 셩모션틱를 항복ᄒᆞ미니 어이 홍낭의 공이리오 내 또흔 홍낭ᄃᆞ려 녯 말을 니ᄅᆞ리라 춘츄 시결의 가태위 보기 슬키로 유명ᄒᆞ니 쳐를 어드니 삼년을 웃디 아니 ᄒᆞ더니 가태위 쳐로 더브러 들히 나가 쎵을 쏘아 잡거ᄂᆞᆯ 그 쳬 우스니 이제 홍낭의 쎵 뽀미 가태우로 더브러 ᄀᆞᆺ투미 잇ᄂᆞ냐".	[h] **섬월** 왈, "홍랑의 궁마 기특타 하려니와 월왕의 탈기함은 다 새로 온 양낭자의 공이로소니 어찌 홍랑의 힘이리오? 내 또 홍랑더러 옛 말을 하리라 춘추시절에 대부가 보기 싫기 천하에 유명하더니 처를 얻음에 삼년을 웃지 아니하더니 가대부가 처로 더불어 들에 가 꿩을 쏘아 잡으니 그 처가 비로소 웃으니 이제 홍랑이 꿩을 쏘아 가대부로 더불어 같음이 있느냐?"
(권지사, 43a〜권지사, 45a)	(권지칠, 15〜권지칠, 16)

양소유는 월왕과의 낙유원 잔치가 끝나고 함께 참여했던 계섬월, 적경홍은 물론 낙유원 잔치에 찾아온 심요연과 백릉파와 함께 돌아오고, 성에서 기다리던 영양공주와 난양공주, 그리고 유 부인은 이들을 환대한다. 이야기의 골자는 규장각본과 세책본이 다르지 않다. 그러나 강조하는 지점에는 차이가 있다.

규장각본의 대화 전개상의 주요 내용은 다음과 같이 정리할 수 있다. 우선 [A], [B]에서는 심요연과 백릉파가 양소유를 위기로부터 구하고 국가에 공을 세웠다는 점이 강조된다. 그리고 [C], [D]에서는 심요연과 백릉파로 인해 한층 분위기가 좋아진 양소유와 2처 6첩의 관계가 강조된다. 마지막으로 [E], [F], [G], [H]에서는 낙유원 잔치에 참여한 네 명의 첩에 대한 칭찬이 이어진다. 인용은 하지 않았으나 [H] 이후에도 이러한 대화가 조금 더 이어진다. 즉 이 대화는 낙유원 잔치에 참여한 네 명의 첩을 칭송하는 것이 주된 내용이며, 그 중에서도 심요연과 백릉파에 대한 칭송이 조금 더 강조되는 측면이 있다. [A], [B]에서는 국가적 공훈에 대한 칭찬, [C], [D]에서는 재색에 대한 칭찬, [E], [F], [G], [H]에서는 낙유원 잔치에서 뛰어난 능력을 보여준 것에 대한 칭찬이 제시된다.

그런데 세책본에는—규장각본의 [C], [D], [E], [F]에 대응되는—[c], [d], [e], [f]가 없어서, 규장각본에서 강조하던 내용 중 일부는 아예 등장하지 않게 되고, 문맥도 다소 어색해졌다. 가장 직접적으로 확인되는 바는 [c], [d] 위치에 특별한 내용이 없다는 점이다. 이로 인해

---

6   이 부분은 필사의 오류로 보인다. 문맥상 '만나지 못함'이 아니라 '만나 참석하게 되었다' 정도가 되어야 할 것이다.

세책본에는 심요연과 백릉파의 재색이 강조되지 않고 양소유 일가가 더욱 화락해졌다는 내용도 존재하지 않게 됐다. 국가적 공훈과 낙유원 잔치에서의 활약만이 언급될 뿐이다. 다음으로 확인되는 바는 [b]에서 [g]로 바로 대화가 넘어가면서 문맥이 어색해졌다는 점이다. 어색함을 감안하고 [b]~[g]의 내용상 연관성을 찾아보면, 결국 세책본은 이 대화를 낙유원 잔치에 국한시키려는 의도가 있음이 확인된다. [b]는 심요연과 백릉파가 다행히 낙유원 잔치에 참여할 수 있었다는 내용이고, [g]와 [h]는 낙유원 잔치에서 네 명의 첩이 활약한 내용이기 때문이다.

요컨대 세책본은 [c], [d] 위치에 특별한 내용을 넣지 않고, [b]에서 [g]로 바로 대화가 이어지도록 하게 함으로써 심요연과 백릉파의 긍정적 형상을 국가적 업적이나 행사의 차원으로 국한시키고 있다. 두 여인이 양소유 일가로 들어옴으로 인해 더욱 화락해졌다는 점은 대화에 등장시키지 않았다. 세책본은 왜 이러한 서사 전개를 택했을까? 이는 앞서 계섬월을 찾는 데 적극적인 모습을 보이지 않는 세책본 속 양소유의 모습과 비슷한 양태라고 할 수 있지 않을까? 이밖에도 첩에 대해 위계적 시선이 반영되었다고 보이는 부분이 종종 등장한다. 그리고 이때 첩의 면모는 주로 '가족 구성원으로서의 첩'이다. 첩이 가족 구성원으로서 과도한 인정을 받는 것을 탐탁지 않게 여기는 듯하다.

(3) 처첩의 위계가 드러나는 내용 제시

처와 첩의 위계를 흔들거나 가족 구성원으로서 첩의 면모를 강조하는 내용은 미미하거나 없는 반면, 처와 첩의 위계적 면모가 드러나는 부분은 선본 계열과 크게 다르지 않은 모습을 보인다.

다음 인용문은 2처 6첩이 형제의 의를 맺는 장면이다. 두 공주와 여섯 명의 첩은 서로에 대한 마음이 간절하였고 양소유를 두고 갈등을 일으키지도 않았다. 이에 두 공주는 의논하여 8명이 각각 성은 다르나 형

규장각본 『구운몽』	동양문고본 세책 『구운몽』
일일은 냥 부인이 서로 의논ᄒ되, "녯 사ᄅᆷ은 ᄌ미 여러히 ᄒᆫ 나라히 셔방 마ᄌ 쳐도 일첩도 이시니 이제 우리 이쳐와 뉵쳡이 비록 각각 셩이나 맛당이 형뎨 되여 ᄌ미로 일ᄏᆞᆯ 거시라 뉵인이 감당치 못 ᄒ노라". ᄒ고 츈운과 홍월은 더옥 고ᄉᄒ거늘 뎡 부인 왈: "뉴 관 댱은 군신이로되 형뎨의 의를 폐티 아녀시니 나의 츈낭은 본디 규듕 봉위니 어이 형뎨 되디 못 ᄒ리오 야슈부인은 셰존의 안히오 동가녀ᄌᄂᆞᆫ 음난한 창녜로되 ᄒ가지로 부쳥의 졔ᄌ 되여 ᄆᆞᄎᆞᄂᆡ 뎡과를 어더시니 처음 미쳔을 어이 ᄌ겸ᄒ리오?" 냥 부인이 뉵 낭ᄌ를 거ᄂ리고 관음화샹의 나아가 분향ᄒ고 고ᄒᆞ야 ᄀᆞᆯ오디, "유 년월일에 뎨ᄌ 경패 뎡시 쇼화시고 쳐봉 진시 츈운 가시 셤월 계시 경홍 뎍시 뇨연 심시 능파 빅시ᄂᆞᆫ 삼가 남희 대ᄉᄀᆞ 알외ᄂᆞ이다 졔ᄌ 팔인이 각각 집의셔 비록 나셔 ᄌ라시나 ᄒᆫ 사ᄅᆷ을 셤겨 졍히 합혼 ᄀᆞ미 ᄀᆞᆺ투니 비컨디 ᄒᆫ 나모 꼿치 ᄇᆞ람의 불니여 혹 구듕의 ᄻᅥ러지고 혹 규합의 ᄻᅥ러지고 혹 촌가의 ᄻᅥ러지고 혹 믹샹의 ᄻᅥ러지고 혹 변방의 ᄻᅥ러지고 혹 강호의 ᄻᅥ러지나 근본을 ᄎᆞᄌ면 어이 다ᄅᆞ미 이시리오 금일노브터 밍셰ᄒᆞ야 형뎨 되여 ᄉ싱고락을 ᄒ가지로 ᄒ고 아모나 다른 ᄆᆞ음이 이시면 텬디 용납디 아니 ᄒ리이다 복망 대ᄉᄂᆞᆫ 복을 ᄂᆞ리오고 지앙을 더러 빅년 후 ᄒ가지로 극락 셰계로 가게 ᄒ쇼셔" ᄒ엿더라 이후 뉵인이 비록 명분을 딕희여 감히 형뎨 칭호를 못 ᄒ나 냥부인은 샹시 ᄌ미라 브르고 은이 더옥 극진ᄒ더라 **팔인이 각각 ᄌ녜 이시니 냥부인과 츈운 홍 월 뇨 연은 남ᄌ오 뉵인과 능녀ᄂᆞᆫ 녀ᄌ로되 다 ᄒᆫ 번 산후ᄂᆞᆫ 잉태 티 아니 ᄒ니 이 ᄯᅩ한 범인과 다ᄅᆞ미러라.** (권지ᄉᆞ, 54a~권지ᄉᆞ, 55b)	일일은 양 공주 서로 의논하되, "옛적에는 자매 여러 사람이 한 사람을 섬겨 그중에 첩도 있으니 이제 우리 이처 육첩이 비록 각성이나 은애가 형제 같으니 마땅히 형제 되어 자매로 일컬어 여년을 마침이 어떠하뇨?" 육인이 황공하여 감히 당치 못하리라 하고 춘운과 홍월이 더욱 고사하거늘 정 부인이 가로되, "유 관 장은 군신이로되 형제 의리를 혜치 않았으니 나의 춘운은 본디 규중 붕우라 어이 형제 되지 못하리오? 옛 야수부인은 세존의 아내요 등가여자는 음란한 창기로되 한가지로 부처의 제자 되어 정과를 얻었으니 어찌 미천함을 사량하리오?" 하고 양 공주가 육 낭자로 더불어 관음화상에 나아가 분향하며 글을 지어 읽고 분향 도축하니 그 글에 왈, "유 년월일에 제자 정경패 이소화 가춘운 진채봉 계섬월 적경홍 심요연 백능파는 삼가 관음대사께 발원하나이다 제자 팔인이 각각 생장하여 자람에 한사람을 섬겨 정의가 동기 같으니 비록 미천함이 있으나 그 근본을 찾으면 어찌 다르리오? 금일로부터 맹세하여 매자형제 되어 사생고락을 한가지로 하리니 만일 하나가 남아 마음이 그른 즉 천지신명이 용납지 마소서". 읽기를 마침에 팔인이 북향 예배하더라. 차후로 육인은 비록 명분을 지키어 상칭형제하나 양 공주께 감히 자매로 못하니 양인은 말마다 자매라 하더라. **팔인이 각각 자녀를 두었으되 공주가 옥동을 두고 용녀 백능파는 여자를 낳으니 부풍모습하였더라.** (권지칠, 24~권지칠, 25)

제지간으로서 우애 좋게 지내는 것이 좋겠다고 판단하고 여섯 명의 첩에게 이를 제안한다.

여섯 명의 첩은 두 공주의 이러한 제안이 매우 반가우면서도 처와 첩의 위계가 엄연하기에 계속해서 고사한다. 그러나 영양공주는 유비, 관우, 장비와 야수부인, 등가여자를 거론하며, 미천한 신분이 형제 됨을 사양하는 이유가 될 수 없다고 말한다. 그리고 결국 두 공주가 여섯 낭자를 거느리고 관음화상에 나아가 맹세한다. 그러나 그 이후에도 여섯 명의 첩은 스스로 명분을 지키고자 두 공주에게 더욱 삼가는 모습을 보이고, 두 공주는 이들에게 항상 자매라 부르며 더욱 가깝게 지낸다.

이 장면에서 규장각본과 세책본의 차이는 크지 않다. 관음화상에 나아가 맹세하는 장면에서 그냥 곧바로 맹세를 하는 규장각본과, 글을 지은 후 그것을 읽는 세책본의 차이 정도가 전부이다. 선본 계열에서 볼 수 있는 장면이 세책본에서도 거의 유사하게 확인되는 이유는 무엇일까? 앞선 맥락들을 고려하면, 이 장면은 이미 처와 첩의 위계가 명확하고 여섯 명의 첩들이 그 위계를 끝까지 유지하려고 했기 때문이 아닐까?

이러한 생각에 더 확신이 드는 것은 바로 인용문의 마지막 부분에 나타난 또 다른 차이 때문이다. 여기서는 두 공주와 여섯 명의 첩이 낳은 자식들이 소개된다. 규장각본의 경우 영양공주, 난양공주, 가춘운, 적경홍, 계섬월, 심요연은 아들을 낳았고, 진채봉과 백릉파는 딸을 낳았으며, 각각 한 명의 아이를 낳은 후에 다시는 잉태하지 않았다. 그런데 세책본의 경우 아들은 오직 영양공주와 난양공주만이 낳았으며 딸은 진채봉과 백릉파만이 낳았다고 되어 있다.

규장각본과 비교해보면 세책본은 가춘운, 적경홍, 계섬월, 심요연의 아이에 대한 언급이 없으며, 이에 따라 각각 한 명의 아이만을 낳았다는 사실도 언급되지 않는다. 그런데 공교롭게도 이때 하필 '아들을 낳은 첩'만이 생략되었다. 우연이라고 보기엔 그 의도가 너무 명확해 보인다. 요컨대 세책본은 두 공주와 여섯 명의 첩 간 위계에 대해 확고한 기준을 갖고 있다. 그리고 그것을 작품 내내 일관되게 반영시키기 위해 노력한 흔적이 보인다.

지금까지 살펴본 바와 같이 세책본은 처와 첩에 대한 위계적 인식을 보여준다. 더 정확히 말하면 첩의 모든 모습에 그러한 시선을 부여하는 것은 아니고, 가족 구성원으로서의 첩의 모습 혹은 양소유와 사랑하는 존재로서의 첩의 모습이 등장할 때 그러하다. 이러한 일관된 성향은 왜 세책본에 반영된 것일까? 앞서 살펴본 남성주인공 형상화의 특징과 처첩에 대한 위계적 인식은 어떤 관련성을 맺고 있을까? 이는 세책본이 가부장제하의 가족 질서나 규율에 대한 확고한 신념을 기반으로 하고 있음을 보여주는 것이고, 따라서 이러한 인식을 공유하고 있었던 향유층에 조응한 것이라 할 수 있다. 세 번째 특징을 살펴보자.

3) 가족·가문 서사에 대한 관심 표출

세책본의 세 번째 서사적 특징은 가족 이야기에 대한 관심이 증대된다는 점이다. 『구운몽』의 여타 이본에 비해 가족 관련 이야기가 더 길고 상세한 편인데, 그러한 특징은 단순히 분량의 문제에 그치지 않고 가문에 대한 인식까지 확장되는 경향을 보인다.

(1) 부친의 행적을 묻는 양소유의 모습 상세

규장각본 『구운몽』	동양문고본 세책 『구운몽』
[A] **양싱**이 대경ᄒ여 급급히 셔동을 ᄃ리고 남뎐산을 ᄇ라며 깁흔 뫼골노 분찬ᄒ여 드러가니 졀덩의 흔 초옥이 이시ᄃᆡ 흰구름이 ᄌ옥히 ᄭ이고 학의 우는 소ᄅᆞ 심히 ᄆᆞᆰ거늘 벅벅이 놉흔 사름이 잇는 줄 알고 셕경을 ᄎᆞ자 올라가니 흔 도인이 안자다가 싱을 보고 닐오ᄃᆡ, "그ᄃᆡ 필경 피란ᄒᆞᆫ 사름이로다". 양싱 왈, "올흐이다". ᄯᅩ 무르ᄃᆡ, "회람 양 쳐ᄉᆞ의 녕낭이냐 얼골이 심히 ᄀᆞᆺ다". [B] **싱**이 눈물을 먹음고 실샹을 ᄃᆡ답ᄒᆞᆫᄃᆡ	[a] **싱**이 황망 경구하여 서동을 거느려 나귀를 재촉하여 급히 행하여 남전산으로 향하여 암혈 사이에 숨고자 하더니, 우러러 보니 높은 봉 위에 수간초옥이 있는데 구름 그림자 가리고 학의 소리 청랑하니 생이 인가가 있음을 알고 바위 틈 길을 찾아 올라가니, 한 도인이 책상을 의지하여 누웠다가 생을 보고 일어 앉아 문왈, "군은 피난하는 사람이니, 필연 양처사의 아들이로다".
	[b] **양싱**이 추창하여 나아가 재배 함루 대왈, "소생은 과연하거니와 엄부를 이별한 후 다만 자모 의지하옵더니 기질이 노둔하고 재학이 없으나 망령되이 요행을 바라 외람되이 과거도 보옵고 관광도 하고자 하여 행한 지 여러 달에 회남현에 이르렀더니 홀연 병난을 만나 화급 당두하와 목숨을 보전하고자 하여 궁벽한 심산을 찾아 이르렀더니 의외에 대인을 접배하오니, 이는 황천이 묵우하사 뫼시게 함이로소이다. 감히 여쭈나니 엄부의 소식을 듣지 못하여 세월 갈수록 사모지심이 간절하오니, 생각컨대 대인은 아는 것이 계실지라. 복걸 노대인은 한 말씀을 아끼지 마시어 인자의 마음을 위로하소서 가친이 이제 어느 곳에 계시옵고 기후 또한 어떠하시나이까?"
[C] **도인**이 웃고 닐오ᄃᆡ, "존공이 날노 더브러 삼월 젼의 ᄌ각봉의셔 바둑 두고 갓거니와 심히 평안ᄒᆞ니 그ᄃᆡᄂᆞᆫ 슬허 말나 그ᄃᆡ 임의 이리 와시니 머므러 자고 명일 길이 트이거든 가미 늣디 아니 ᄒ리라".	[c] 도인이 소왈, "존군이 나와 더불어 자각봉 위에서 바둑을 두다가 이별하고 가심이 오래지 아니하되 어느 곳으로 가심을 아지 못하고, 용모 쇠함이 없고 녹발이 희지 않으시니 군은 과려치 말라". **양싱**이 읍고왈, "혹 선생으로 인하여 한 번 엄부를 뵈옴을 얻으리이까?" 도인이 우소왈, "부자지정이 깊으나 선속이 다르니 비록 그대를 위하여 도모하고자 하나 할 수 없고 또 삼산이 멀고 십주 너르니 존공 거처를 알기 어려울지라 그대 이미 이곳에 이르렀으니 아직 머물러 있다가 도로 통함을 기다려 돌아감이 늦지 아니하리라". **싱**이 비록 부친의 평부를 들었으나, 도인이 낙락하여 고념치 아니함에 처창하여 눈물이 옷깃에 이음차는지라 **도인**이 위로 왈, "합이산하고 산

규장각본 『구운몽』	동양문고본 세책 『구운몽』
[D] 양싱이 샤례ᄒ고 ᄆᆡ셔 안져더니 도인이 벽샹의 거문고를 도라보며 글오듸 (권지일, 25a~권지일, 26a)	이부합은 천리의 떳떳한 일이니 무익히 비읍하여 무엇하리오?" [d] 생이 누수를 거두고 사례하며 좌에 앉거늘 도인이 벽상의 거문고를 가리켜 왈 (권지일, 25~권지일, 28)

위 인용문은 구사량의 난으로 인해 양소유가 남전산으로 피난을 갔다가 한 도인을 만나 아버지의 안부를 묻는 부분이다. 주지하다시피 이 대목은 어릴 적 집을 떠난 아버지의 안부를 궁금해 하는 양소유의 안타까운 심정이 담겨 있다. 그런데 세책본은 이 내용이 상당히 길게 서술되어 있다. 특히 규장각본 [B]의 '싱이 눈물을 먹음고 실샹을 듸답ᄒ듸'의 위치에 세책본은 [b]와 같이 양소유의 발화가 상당히 길게 서술되어 있다. 여기서 양소유는 자신의 현재 처지와 더불어 아버지와 이별하게 된 사연을 언급한다. 그리고 도인에게 아버지의 소재를 묻는다. 또한 [C]에서 보는 바와 같이 규장각본에서는 도인이 아버지 걱정은 하지 말고 내일 날이 밝으면 떠나라고 말을 하고 대화가 종결된다. 그러나 [c]를 보면 세책본에서는 도인과 양소유의 대화가 길게 이어지고, 아버지를 만나고 싶은 양소유의 간절한 마음이 표출된다. 요컨대 세책본에서는 부친, 즉 가족 구성원을 그리워하는 정서가 짙게 묻어난다.

(2) 가족과의 재회 장면 중시

규장각본 『구운몽』	동양문고본 세책 『구운몽』
[A] 텬지 양 한님의 공을 표장ᄒ샤 봉후ᄒ는 샹뎐을 ᄡᅳ려 ᄒ시더니 한님이 힘뻐 ᄉ양	[a] 상이 대열하사 그 근로함을 위로하시고 장차 후를 봉하려 하시니 한림이 고사함을 인하여 그치

규장각본 『구운몽』	동양문고본 세책 『구운몽』
ᄒᆞ믈 인ᄒᆞ여 녜부샹셔를 표탁ᄒᆞ여 한님학ᄉᆞ를 겸듸ᄒᆞ게 ᄉᆞ시고 인ᄒᆞ여 샹ᄉᆞ를 후히 ᄒᆞ시다	고 예부상서를 탁배하사 한림학사를 겸대케 하시고 총우하심이 융성하시더라
	[b] 한림이 집에 돌아오니 사도 부처가 맞아 중당에서 볼 새 그 위태한 땅에 성공함을 치하하고 즐기는 소리 일가에 진동하니 양상서가 화원에 돌아와 춘랑으로 더불어 떠났던 회포를 베풀 새 □□□ 정은 이로 기록치 못할러라
[c] 샹이 한님원의 문학을 듕히 넉이샤 블시의 인견ᄒᆞ야 경ᄉᆞ를 토론ᄒᆞ시니 이러므로 한님원의 딕슉ᄒᆞᄂᆞᆫ 날이 만터니 (권지이, 41b)	[c] 상이 □□□□ 문학을 중히 여기사 자로 편전에 부르사 경사를 토론하시니 한림의 직숙이 가장 잦은지라 (권지삼, 35 ～ 권지삼, 36)

규장각본 『구운몽』	동양문고본 세책 『구운몽』
양쇼위 십뉵의 집을 쩌나 삼ᄉᆞ년간의 승샹 위의와 위국공 인슈로 고향의 도라가 모친긔 뵈오니 뉴 부인 깃브미 극ᄒᆞ야 눈믈을 흘니더라 (권지사, 20b)	택일 발행할 새 모든 데 하직하고 위의를 거느려 떠나니 승상의 위의와 대원수 위엄이 위공 인부로 기치가 십 리에 벌였더라 각 읍 수령이 지영지송하고 소과에 예물이 불가승수라
	부마가 십사 세에 집을 떠나 사년간에 영화로이 고향에 돌아오니 수월만에 유주에 득달하여 선성이 양부에 이르니 삼사 간 초옥이 이미 고루거각이 되어 완연히 공후 저택이니 이 때 본현 지부 감역하였는지라 류 부인이 종종 아자의 영귀함을 들음에 처사의 보지 못함을 한하더니 문득 아자의 옴을 듣고 날마다 기다리더니 일일은 문전이 훤화하며 일위 재상이 금관 옥패와 수의 보물로 언연히 들어와 사묘에 배알하고 자모에게 재배한 후 기후를 묻자옴에 눈물이 금포에 떨어지니 부인이 일희일비하여 그 옥수를 잡고 탐탐한 설화가 비할 데 없더라 (권지육, 25 ～ 권지육, 26)

위 두 인용문에서도 비슷한 양상이 나타난다. 첫 번째 인용문은 양소유가 승전하고 개선한 뒤에 천자를 만나는 내용으로 시작한다. 규장각본에서는 천자가 양소유에게 후히 포상을 내리는 장면만이 등장하지만, 세책본에서는 그와 더불어 정 사도 가족을 만나 회포를 푸는 내용까지 등장한다. 가족과 입신양명의 기쁨을 나누는 것을 중시한 결과이다.

두 번째 인용문은 입신양명한 양소유가 고향에 돌아가 모친과 재회하는 장면이다. 분량의 차이를 통해 쉽게 확인할 수 있는 것처럼 규장 각본은 내용이 짧은 만큼 감회 또한 깊지 않다. 그러나 세책본은 양소 유가 금의환향하는 상황을 매우 상세히 서술하고 있다. 그리고 어머니 인 유 부인이 아들과의 만남을 감격스러워하는 장면이 잘 묘사되어 있 다. 요컨대 이들 사례를 통해 세책본은 가족 구성원 간의 끈끈한 정과 재회의 기쁨을 매우 중시함을 알 수 있다.

(3) 가문의 중요성 부각

그런데 흥미로운 점은 가족 구성원에 대한 관심이 단순히 가족에 대한 사랑과 같은 감정의 차원으로만 부각되는 것이 아니라는 사실이다. 세책 본에서는 이로부터 더 나아가 가문의 중요성이 직접적으로 표출된다.

규장각본 『구운몽』	동양문고본 세책 『구운몽』
이튿날 상쇼룰 올녀 말숨이 심히 격절ᄒ니 (권지이, 59b)	이날 밤을 전전불매하고 이튿날 평명에 표를 올리니 왈, 예부상서 신 양소유는 성황성공하여 돈수백배하옵고 삼가 표를 올리나이다 신은 엎디어 써 하되 '윤기는 제왕의 본이요 혼인은 인륜의 □함이라. 한번 근원을 잃은 즉 풍화 크게 무너지고 나라가 어지럽나니 무릇 그 처음을 삼가지 못하면 가도 잇지 못하며 그 집이 망하나니 가국의 흥함이 그 교연치 아니하리이까? 이러므로 성제명왕이 일찍 이에 유의하사 나라를 다스리고자 하는 자는 반드시 강기 심히기로 중함을 삼고 그 집을 간작이 하려 하는 자는 정함으로써 으뜸을 삼고 근본을 단정히 하며 처음을 삼가고 혐의를 각별히 하며 그 기미를 밝게 하는 뜻이라 신이 이미 실가를 두었거늘 이제 천은으로 성한 예를 천신에 미치니 신이 의혹 전율하여 성상의 거조하심과 조정 처분이 과연 그 예에 지극하며 그 마땅함을 알지 못하리로소이다 설사 신이 대례를 행치 아니하고 생관의 손이 되지 아니하였다 하여도 문호가 미천하고 재주 없사오면 지식이 천단하오니 실로 금련에 **빼임**이 마땅치 아니하옵고 하

규장각본 『구운몽』	동양문고본 세책 『구운몽』
	물며 정녀로 더불어 항려지의 있삽고 사도로 더불어 구생지은을 정하였삽더니 행례치 아니하리이까?
	하물며 □□ 높음으로써 필부에게 하가시며 일의 경중을 분변치 않으시고 구차히 기롱을 무릅써 배례를 행하여 가만히 내지를 내리오사 이미 행하온 빙례를 물리치라 하시니 신이 더욱 들은 바 아니로소이다 신은 두리건대 폐하가 능히 광무의 송홍을 대접하시던 덕을 본받지 못하실까 하옵나니 신의 위박한 정사도 성명이 아시는 바요 정녀의 궁측한 정사도 또한 사가의 일이라 신이 진율하와 진실로 주광지하에 아뢰옵지 못하오되 두리건대 왕정이 이로 좇아 어지럽고 인륜이 패하여 써 위로 성지를 구치 못할까 하옵나니 복걸 폐하는 예로 근본을 삼으사 풍속의 비로솜을 정하시고 빨리 조명을 거두사 천하 분의를 취하게 하시면 불승행심일까 하나이다
	(권지삼, 19~권지삼, 20)

　주지하다시피 양소유는 본인이 부마로 간택되어 정경패와의 혼약을 취소해야 하는 상황에 처하자, 혼약을 파기시키면서까지 부마를 삼으려는 결정은 받아들일 수 없다는 내용으로 상소를 올린다. 흥미로운 사실은 규장각본에서는 이 내용이 짤막한 상황 설명으로 아주 간단히 처리된 데 비해 세책본에서는 상소의 구체적인 내용을 모두 제시할 정도로 중시했다는 점이다.

　상소의 내용은 가문이든 국가든 일관된 원칙이 지켜져야 함을 강조하면서 시작된다. 그리고 자신이 기존의 혼약을 파기하면서까지 부마가 되어야 할 당위성을 찾기 어렵다는 내용으로 이어진다. 심지어 원칙을 어길 경우 국가 경영이 어려움에 처할 것이라는 도전적인 우려도 드러낸다. 어조가 단호하고 강하다. 세책본이 이와 같은 내용을 담은 상소문을 있는 그대로 노출했다는 점은 첫째, 이념적으로 볼 때 가족 제도를 포함한 가문 공동체의 문화를 중시하는 경향이 있으며, 둘째, 서사적으로 볼 때 혼사 문제로 인한 대립을 중요한 갈등의 요소로 활용하고 있다고 판단할 수 있다.

즉 앞서 제시한 가족 구성원에 대한 관심은 단순히 혈연 가족에 대한 감정적 차원의 애정에 그치지 않는 것임을 알 수 있다. 이는 가족 제도를 포함한 가문 공동체의 문화에 대한 이념적 인식을 기반으로 하는 것이다. 세책본의 향유자들이 이러한 생각을 기반으로 하고 있었기 때문에 상소문을 길게 제시하여 — 비교적 갈등의 요소가 적은 『구운몽』이라는 작품에서 — 서사적 갈등의 계기로 삼았다고 볼 수 있다. 만약 향유자들이 현실 정치에 관심이 많은 편이었다면 양소유의 혼사 문제와 관련한 상소문이 이렇게 길게 제시될 필요성을 느끼지 못했을 것이기 때문이다.

(4) 혼례에 대한 상세한 서술

규장각본 『구운몽』	동양문고본 세책 『구운몽』
[B] 길일이 다두라니 승샹이 닌포옥듸로 공쥬 더브러 힝녜ᄒᆞ니 위의예 셩ᄒᆞᆷ이 뫼곳트며 믈곳트니 니로 긔록디 못ᄒᆞᆯ너라 [C] 녜를 뭇고 좌의 드니 딘슉인이 또ᄒᆞ 네로 승샹긔 뵈고 공쥬를 주더라 이 날 삼위 텬션이 일쳐의 모히니 광치 동방의 ᄀᆞ득ᄒᆞ야 오식 빗티 섯드니 승샹이 눈이 현난ᄒᆞ고 졍신이 진탕ᄒᆞ야 스스로 꿈인가 의심ᄒᆞ더라 [D] 이 날 영양으로 밤을 디내고	[a] 이때, 승상의 혼사는 대신 이명진이 집을 잡아 치행하려 하더라 [b] 길일이 다다르니 승상이 금안 백마에 만조 요객이 옹위하여 대로를 덮었으니 생소고악이 훤천하고 위의 추종을 이루 세지 못할러라. 행하여 대내에 다다르니 차일 만세 황야며 태후 낭랑이 대연을 개장하고 만조 명부와 황친 국척이 모두 연석에 참예하였으니 위의의 장려함이 비할 데 없더라. [c] 승상의 위의가 다다르니 승상이 옥상에 기러기를 전하고 교배석에 나아가 양 공주로 더불어 합근교배하기를 마침에 진 숙인이 또한 예로써 뵈니 승상이 읍하고 외전으로 나와 빈객을 대접할 새 기중 친붕이 조회하는 자가 많더라. [d] 원래 승상의 사당과 모친이 고향에 있음에 현구고지례 없는 고로 승상이 이날 궐내의 소향궁에

규장각본 『구운몽』	동양문고본 세책 『구운몽』
	신방을 정하였더라. 일락함지하고 제객이 각산함에 승상이 신방을 향할 새 모든 궁녀가 촉을 잡아 영양공주 침소로 인도하여 승상이 개호 입실하니 영양이 일어 맞음에 동서 분좌하니 이미 야심한지라. 촉을 멸하고 영양을 이끌어 금리에 나아가니 은정이 여산이라.
[ㅌ] 명일 후긔 됴현ᄒ니 휘 승상을 ᄉ연ᄒ시니 샹과 월왕이 후롤 뫼셔 죵일 즐기고 뎨이일은 난양으로 밤을 디내고 명일 쏘 잔치ᄒ고	[ㄷ] 동방이 기명함에 승상이 일어 태후께 문안하온대, 태후가 새로이 사랑하시고 상이 대연을 배설하여 월왕과 종일 즐기시고 파연함에 날이 이미 저문지라. 승상이 차야에 난양의 침소에 이르러 공주와 동침하니 은정이 또한 비할 데 없더라.
[ㅍ] 뎨삼일 딘슉인 방의 가니 금댱을 디우고 은촉을 내려 ᄒ니	[ㄹ] 제삼일에 진숙인 침소에 이르니 금장을 지우고 촉을 밝혔거늘
(권지사, 04b〜권지사, 05a)	(권지육, 11〜권지육, 13)

위 인용문도 세책본이 혼사 문제에 얼마나 많은 관심을 갖고 있는지 잘 보여준다. 인용문은 양소유가 영양공주와 난양공주, 그리고 진채봉과 혼사를 치르는 장면의 일부이다. 세책본의 긴 내용에 대응되도록 규장각본의 내용을 나누어 배치하였다. 규장각본은 혼사 장면이 매우 간략하게 처리되어 있다. 필사자가 혼사 장면에 대해 그리 큰 관심이 없는 것이다. 혼사 장면을 빨리 처리하고 인용문 뒤에 이어지는 진채봉과의 재회 장면으로 서둘러 가려는 경향이 보인다. 반면 세책본은 이들의 혼사 장면을 일일이 묘사하고 있다. 필사라는 것이 대본의 단순한 전사가 아니라 필사자의 가치 판단에 따른 선택적 행위의 결과물이라는 점을 감안할 때, 이는 필사자가 혼사 문제에 많은 관심을 갖고 있음을 의미하는 것이다.

4) 관계에 대한 새로운 시선들

지금까지 세책본의 개성적 면모를 찾아보았다. 세책본은 선본 계열의 서사를 기준으로 삼아 비교해보면 크게 세 가지 특징이 드러나는데, 이 세 가지 특징은 모두 가문 구성원의 위상과 역할에 부합하는 서사를 지향하는 것이라 결론내릴 수 있다.

첫 번째 특징인 '남성주인공에 대한 부정적 시선 제외'의 경우, 이에 해당하는 사건은 모두 성진의 꿈속 존재인 양소유와 관련을 맺고 있었다. 양소유는 인간 세계에서 2처 6첩을 거느린, 벌열가문의 가부장이다. 따라서 남성주인공에 대한 부정적 시선이 잘 드러나지 않는다는 것은 곧 세책본이 가부장의 위상에 흠집을 내는 서사들을 받아들이지 않았음을 의미한다.

두 번째 특징인 '처와 첩에 대한 위계적 시선'도 가부장제 질서 유지와 관련이 깊다. 주지하다시피 처첩 간 위계는 가부장제 질서의 근간이기 때문이다. 『구운몽』이 조선후기의 처첩 관계에 대한 고정관념을 넘어 처첩에 구애받지 않는 자유로운 관계를 구현하였는데, 세책본은 오히려 그러한 자유로운 관계를 다시금 당시의 일반적인 관념 안으로 고정시켰다.

세 번째 특징은 '가족·가문 서사에 대한 관심'으로 첫 번째와 두 번째 특징에서 언급했던 바가 실제 가문 공동체와 관련한 이야기에도 반영되었음을 보여주는 것이다. 앞서 살펴본 것처럼 세책본에서는 가족을 사랑하는 감정적 차원의 모습부터 가문 관련 제도나 질서가 준수되어야 한다는 이념적 차원의 모습까지 다채롭게 드러나고 있다.

요컨대 세책본에는 가문 구성원의 위상과 역할이 당대의 기준에 맞게 제대로 작동되기를 바라는 의지가 반영되었다. 그렇다면 이 이본의 생산자와 수용자들은 이와 같은 시선을 갖출 수 있었던 사람들일 것이다. 어떤 계층을 특정하기는 어렵다. 특정 시선이 꼭 특정 계층에만 국한되는 것은 아니기 때문이다. 그러나 적어도 확실한 것은, 세책본을 향유했던 사람들은 분명 가부장제를 옹호하는 시선이 강했다는 점이다.

　　이와 같은 세책본 서사의 특징은 우리에게 흥미로운 메시지를 던져 준다. 세책본의 서사적 특징이 세책『옥루몽』에서도 확인된 바가 있기 때문이다. 유광수는 세책『옥루몽』의 특성을 고찰하면서, 여타『옥루몽』이본에서 보이는 처첩 위계의 역전 현상이 세책본에서 사라졌음에 주목하였다.[7] 기첩인 강남홍과 벽성선이 윤 부인과 황 부인을 제치고 전면에 나서 집안을 주도하는 장면이 사라지면서, 처첩의 위계가 뒤바뀌는 모습도 등장하지 않게 되었다는 것이다.[8] 이 책이 처첩 관계를 비롯한 가부장에 대한 세책본의 인식을 탐구하는 것을 주목적으로 하지 않기에 상술詳述은 불가능할 것 같다. 그러나 이러한 공통점을 통해 이 책에서 살핀 세책본의 서사적 특징이 보다 확장된 논의로 나아갈 수 있는 길을 찾았다는 점은 시사하는 바가 작지 않다.

7　유광수, 앞의 글, 199~234쪽.
8　엄태웅, 「세책본 영웅군담소설의 서사 지향」, 『민족문화연구』 64, 고려대 민족문화연구원, 2014, 611~612쪽.

3. 주제적 특징

다음으로 세책본의 주제적 특징이다. 『구운몽』의 주제적 특징은 주로 각몽 이후, 즉 작품의 결말부에서 잘 드러난다. 이미 잘 알려진 것처럼 각몽 이후 부각되는 성진과 육관대사의 대화를 통해 주제가 어느 단계까지 노출되느냐에 따라 이본의 주제 구현에 차이가 발생한다. 그래서 선본 계열은 '참과 거짓의 이분법적 구분을 넘어서는 진리의 깨달음'을 주제로 삼지만, 사실 대부분의 이본은 마지막 육관대사의 발언이 생략되어 세속적 욕망은 덧없고 불가적 수행만이 진리라는 '인생무상'이 주제가 된다. 그렇다면 과연 세책본은 주제를 어떻게 설정하고 있을까?

규장각본 『구운몽』	동양문고본 세책 『구운몽』
[A] 말을 듯디 못 ᄒ야셔 구름이 거두치니 호승이 간 곳이 업고 좌우를 도라 보니 팔낭졍 쏘흔 간 곳이 업ᄂ디라. 졍히 경황ᄒ야 ᄒ더니 그런 놉혼 디와 만흔 집이 일시의 업셔지고 졔 몸이 흔 젹은 암즈 듕의 흔 포단 우히 안쟈시 디 향노의 블이 임의 샤라지고 디난 ᄃᆞᆯ이 챵의 임의 빗쵀엿더라. 스스로 졔 몸을 보니 일빅 여돏 낫 염쥐 손목의 걸녓고 머리를 ᄆᆞᆫ디니 갓 싹근 마리털이 가츨가츨ᄒ야시니 완연이 쇼화샹의 몸이오 다시 대승샹의 위의 아니니 졍신이 황홀ᄒ야 오란 후의 비로소 졔 몸이 연화도댱 셩진힝쟤인 줄 알고 싱각ᄒ니 처음의 스싱의게 슈칙ᄒ야 풍도로 가고 인셰예 환도ᄒ야 양가의 아들 되여 쟝원급졔 한님혹 ᄉᆞᄒ고 츌댱입샹ᄒ야 공명신퇴ᄒ고 냥공쥬와 뉵낭즈로 더브러 즐기던 거시 다 ᄒ로밤 ᄭᅮᆷ이라. [B] ᄆᆞ음의 '이 필연 ᄉᆞ뷔 나의 념녀를 그릇ᄒᆞᆷ을 알고 날노 ᄒᆞ여곰 이 ᄭᅮᆷ을 수어 인간 부귀와 남녀 경욕이 다 허신 줄 알게 ᄒᆞ미로다'. [C] 급히 셰슈ᄒ고 의관을 졍졔ᄒ며 방댱의 나아가니 다른 졔즈들이 임의 다 모다더라 대ᄉᆞ 소	[a] 말이 마치지 못하여 구름이 걷히고 호승이 간 데 없거늘 좌우를 돌아보니 팔낭자가 간 곳 없는지라. 대경하여 자세히 보니 놀던 높은 누대와 장려한 전각이 간 데 없고 제 몸이 적은 암자 가운데 포단 위에 앉았으니 더욱 의괴하여 스스로 제 몸을 보니 손에 백팔염주 □□□□ 베장삼에 금란가사를 입었으며 머리를 만져보니 갓 깎은 머리 꺼칠하며 완연히 소화상의 모양이라. **장주가 꿈에 나비 되어 날아가 깸에 도로 장주니 다만 그 뉘 알리오?** 아무리 할 줄 모르더니 문득 목이 갈하여 보니 앞에 차가 놓였거늘 마시니 비로소 정신이 쇄락하여 전생이 완연하고 금루 옥당의 고관대작으로 풍류호색하던 일이 어젯밤 꿈같고 이제 완연히 성진이 되었더라. [b] 홀연 탄왈, "이는 나의 사부가 염려의 그름을 알고 하룻밤 꿈을 깨닫게 함이라". [c] 급히 소세하고 의관을 정제하고 방장에 나아가니 대사가 소리를 가다듬어 왈, "인간

규장각본 『구운몽』	동양문고본 세책 『구운몽』
리호야 무륵듸, "셩진아 인간 부귀룰 디내니 과연 엇더호더뇨?"	부귀 어떠하더뇨?"
[D] 셩진이 고두ㅎ며 눈물을 흘녀 글오듸, "셩진이 임의 씌다랏ᄂ이다 뎨직 블쵸ㅎ야 넘녀룰 그릇 먹어 죄룰 지으니 맛당이 인셰의 뉸회홀 거시어놀 ᄉ뷔 ᄌ비ㅎ샤 ᄒ로밤 쑴으로 뎨즈의 ᄆ음 씌듯게 ㅎ시니 ᄉ뷔의 은혜룰 쳔만겁이라도 갑기 어렵도소이다".	[d] 성진이 고두 왈, "제자가 불초하와 그릇 염려하며 죄악을 지으니 사부가 자비지심으로 일야지몽으로 제자의 마음을 깨닫게 하시니 그 은혜가 백골난망이로소이다".
[E] 대시 글오듸, "네 승흥ㅎ야 갓다가 홍진ㅎ야 도라와시니 내 므슨 간녜ㅎ미 이시리오 네 또 니ᄅ듸 인셰의 뉸회홀 거슬 쑴을 ᄭ다 ㅎ니 이는 인셰의 쑴을 다리다 ㅎ미니 네 오히려 쑴을 치 씌다 못 ㅎ엿도다 **당쥐 쑴의 나뷔 되여다가 나뷔 당쥐 되니 어니 거즛 거시오 어니 진짓 거신 줄 분변티 못 ㅎ ᄂ니 어제 셩진과 쇼유 어니는 진짓 쑴이오 업는 쑴이 아니뇨**".	[e] 대사 왈, "네 승흥하여 갔다가 홍진하여 돌아오니 무슨 관계함이 있으리오? **네 또 이르되 인세에 윤회한 것을 꿈이라 하니 네 오히려 꿈을 깨지 못하였도다**".
[F] 셩진이 글오듸, "뎨직 아득ㅎ야 쑴과 진짓 거슬 아디 못 ㅎ니 ᄉ부는 셜법ㅎ샤 뎨ᄌ룰 위ㅎ야 ᄌ비ㅎ샤 씌듯게 ㅎ쇼셔".	[f] 성진이 배왈, "제자 아득하여 □□□ 진 것을 아지 못하니 □□□ 사부는 □히 깨치소서".
(권지ᄉ, 65a~권지ᄉ, 67a)	(권지칠, 33~권지칠, 34)

위 인용문은 양소유가 다시 성진으로 돌아와 육관대사를 만나는 장면이다. 성진은 돌아오자마자 이 모든 일이 육관대사의 가르침이라는 것을 깨닫고 감사의 뜻을 전하지만, 육관대사는 성진이 아직 꿈에서 깨지 못했다고 지적한다. 이에 성진은 육관대사에게 설법을 통해 깨달음을 줄 것을 요청한다.

언뜻 보면 규장각본과 세책본에는 큰 차이가 없는 듯하다. 그러나 세책본의 미묘한 변화가 큰 차이를 만들어냈다. 규장각본 [E]에서 장자를 인용한 발언이 다소 변형되어 세책본 [a]에 등장하였는데, 이는 미묘한 변화 같지만 기실 큰 차이로 이어졌다. 이 변화가 과연 무슨 차이를 만들어냈을까? 규장각본 [E]에 인용된 장자의 발언은 '성진이 인간 세계를 꿈속이라 말하고 불가의 세계를 현실로 여기는데, 두 세계를 이렇듯 거짓과 참의 이분법적 구분으로 나눌 수 있는가?' 하는 질문을 던진다. 선본 계열의 주제를 구현하는 데 있어 빠져서는 안 될 발언인 것이다.

그런데 세책본에서는 장자의 발언이 그러한 기능을 전혀 하지 못하고 있다. 위치가 다르고 그 내용 또한 차이가 나기 때문이다. 전후 맥락을 간략히 정리하면 다음과 같다.

- 구름이 걷히고 호승과 팔낭자가 사라졌다.
- 성진이 놀라서 자세히 보니 본인이 양소유에서 성진으로 변해 있었다.
- (서술자) 장주가 꿈에 나비 되어 날아가 깸에 도로 장주니 다만 그 뉘 알리오?
- 어찌할 줄 모르다가 차를 마시고 완연히 성진이 되었다.

성진이 육관대사로 인해 양소유에서 성진으로 돌아오는 내용이다. 장자의 발언은 양소유에서 성진으로 변한 모습이 묘사된 뒤에 바로 등장한다. 더구나 그 표현이 규장각본 [E]와 달라서,

'장자가 꿈속에서 나비가 되었다가, 꿈에서 깨서 다시 장자가 되었으니, (그 사실을) 누가 알겠는가?'

정도의 의미가 되었다. 즉 성진이 양소유가 되었던 것은 그저 꿈에 불과하니, 그 사실을 알 사람은 없다는 것이다. 규장각본에서 쓰인 장자의 발언과는 질적으로 큰 차이를 보인다. 현실과 환상, 이 세계와 저

세계, 참과 거짓 등 이분법적 구분을 넘어서는 상대주의적 가치를 제시한 장자의 발언이, 세책본에 와서 '당신이 꿈속에서 겪었던 일을 어떻게 알겠습니까'의 뉘앙스로 바뀌면서 본래의 의미가 상당히 퇴색된 것이다.

이로 인해 세책본의 주제는 조금 다른 방향으로 흘러간다. 주제를 직접적으로 설명해주어야 하는 [e]에서 장자의 발언이 빠지고 그 장자의 발언이 [a]에 변형된 형태로 덧붙여지면서, [e]는 별다른 기능을 하지 못하게 되었다. [a]에서 '성진이 양소유가 되었던 일은 꿈속에서 벌어진 것이니 알 수 없다'고 말했기 때문에, [e]의 의미심장한 발언인 "네 또 이르되 인세에 윤회한 것을 꿈이라 하니 네 오히려 꿈을 깨지 못하였도다"가 마치 '여전히 꿈에서 깨어나지 못했다, 즉 성진으로 완전히 돌아오지 못했다' 정도의 의미로 축소된 것이다.

차이는 이뿐만이 아니다. 작품의 맨 마지막에 아주 흥미로운 내용이 덧붙여졌다.

일일은 대사가 대중을 모으고 왈, "내 전도함을 위하여 중국에 들어왔더니 이제 사람을 얻어 도를 전하였으니 나는 가리라" 하고 가사와 석장을 다 성진을 주고 모든 제자로 더불어 이별한 후 표연히 행하여 서천 극락세계로 가니라.

성진이 차후로 교화를 베풀어 신선과 귀신과 사람이 다 추존하여 육관대사 같이 하더라. 이고 등이 성진으로 스승을 삼아 급히 대도를 얻어 극락세계로 가니라.

차설 승상의 모든 자녀가 부모의 승천함을 보니 나라에 고하고 선산에 허장하

니라. 양씨 자손이 선선하여 공후 끊이지 아니하더라. 일장춘몽.

다른 내용은 여느 이본의 결말과 크게 다르지 않다. 그런데 맨 마지막에 —성진도 아닌— 양소유의 후일담이 덧붙여져 있어 특이하다. 주지하듯 이미 서사는 꿈속 양소유의 이야기에서 나와 성진의 이야기로 전개되어 결말을 맺고 있다. 그런데 왜 갑자기 양소유의 이야기가 등장한 것일까?

이와 관련해서는 선행 연구에서 간략히 언급된 바 있다.[9] 선행 연구에서는 이를 세책본이 일장춘몽의 텍스트가 아니라 부귀영화의 텍스트이기를 바라는 마음이 반영된 결과[10]라고 보았다. 필자도 큰 틀에서는 그와 같은 입장에 공감한다. 비록 마지막에 '일장춘몽'이라는 표현이 등장하지만, 양소유와 부인들이 승천하고 모든 자녀들이 그 모습을 본 뒤 나라에 고하고 선산에 허장하는 것, 그리고 자손의 공후가 끊이지 않음이 언급된 것은 부귀영화의 염원이라고밖에 설명할 수 없다. 앞서 살펴봤던 바와 같이 장자의 발언이 주제 구현에 별다른 영향력을 행사하지 못하기 때문에 기실 세책본 각몽 부분의 주제는 마지막까지 명확하지 않다고 말할 수 있다. 위 [a]~[f]의 내용을 통해 인생무상을 주제로 한다는 짐작을 할 수는 있지만, 엄밀히 말하면 인생무상이 주제라는 것을 알려주는 대목은 '사부가 염려의 그름을 알고 하룻밤 꿈을 깨닫게 함' 정도에 불과하다. 규장각본처럼 "ᄉ뷔 나의 넘녀를 그릇ᄒ믈 알고 날노 ᄒ여곰 이 ᄭᅮᆷ을 ᄭᅮ어 인간 부귀와 남녀 졍욕이 다 허신 줄 알게 ᄒ

---

9   김영희, 앞의 글, 24~25쪽; 엄태웅, 앞의 글, 607~610쪽.
10   위의 글, 607~610쪽.

미로다"라고 하여 '인간 부귀와 남녀 정욕의 무상함'이 구체적으로 적시되지 않았기 때문이다.

그런데 맨 마지막에 뜬금없이 양소유 일가를 재등장시킴으로써 이 작품이 정말 구현하고 싶었던 주제가 무엇인지 헷갈리게 만든다. '인간 부귀와 남녀 정욕의 무상함'이 구체적으로 적시되지는 않았다 하더라도 흐름을 봐서는 인생무상을 주제로 봐야 할 듯한데, 맨 마지막에 '차설'을 시작으로 양소유 일가의 부귀영화를 이야기하기 때문이다. 그렇다면 세책본의 주제 구현의 의도를 어떻게 이해해야 할까?

추측해보건대, 마지막에 양소유 일가의 부귀영화가 언급된 것은 세책본 향유층의 원망과 관련이 있을 듯하다. 주지하다시피 세책본이 향유되던 당시에는 영웅소설이 대중적인 인기를 끌고 있었고, 이에 따라 영웅소설은 세책본 유통의 적지 않은 부분을 차지했다. 그런데 영웅소설은 대개 적강 화소, 즉 천상의 존재가 지상으로 내려와 부귀공명을 누리고 천수를 누린 뒤에 승천하는 구조를 기반으로 하고 있다. 세책본 생산자들은『구운몽』의 양소유에 집중하여 이 작품을 영웅소설의 자장 안에 있는 작품으로 이해하고 필사했을지 모른다. 아니면『구운몽』의 환몽구조를 이해하고 있으면서도 세책본 향유층의 기호를 염두에 두고 조악하나마 후일담을 덧붙인 것이 아닐까 생각해볼 수 있다.

흥미로운 것은 [a]~[f]에 드러나는 주제인 일장춘몽과 후일담이 지향하는 주제인 부귀영화가,『구운몽』비선본 계열 이본의 대표적인 주제들이라는 점이다.[11] 당시『구운몽』향유층은 3단계에 이르는『구운

---

11 『구운몽』이본의 주제가 다양한 층위를 형성하고 있다는 논의는 장효현, 「『구운몽』의 주제와 그 수용사」(『한국고전소설사연구』, 고려대 출판부, 2002, 203~229쪽)를 참조

몽』의 주제가 모두 구현된 이본보다는 2단계(인생무상), 심지어 1단계 (부귀공명)에 머무른 이본들을 유통시켰다. 그것은 당시 사람들이 2단 계나 1단계의 주제를 훨씬 선호했음을 의미한다. 세책본이 주제를 명 확히 하지 못하고 갈팡질팡하는 모습은, 그래서 나름의 의미가 있다. 독자들의 기호에 따라 움직일 수밖에 없는 세책본의 생리를 그대로 반 영한 것이기 때문이다. 일관되지 않은 주제는 그래서 오히려 당시 『구 운몽』 수용의 단층을 보여주는 유의미한 흔적인 셈이다.

3. 소결

이 장에서는 상업적 목적으로 유통되었던 『구운몽』 이본인 동양문 고 소장 세책본의 독자적 면모에 대해 고찰하였다.

세책본의 서사적 지향을 살펴본 결과, 이 이본은 남성주인공이 폄하 되거나 난처한 상황에 처하는 장면을 포함시키지 않으려는 경향, 처와 첩에 대한 위계적 시선을 견지하려는 경향, 가족이나 가문과 관련한 서 사를 중시하는 경향 등이 존재한다는 것을 알 수 있었다. 이러한 경향 성은 세책본이 가문 구성원의 위상과 역할에 부합하는 서사를 추구하 는 과정에서 만들어진 것이라 할 수 있다.

하였음.

세책본의 주제적 특징 또한 서사적 지향과 무관하지 않았다. 서사적 지향을 토대로 볼 때 세책본의 생산자와 수용자는 가부장제의 질서를 긍정한다는 것을 알 수 있는데, 이들의 세속적 가치 지향이 주제에도 반영되어『구운몽』본래의 주제를 흥미로운 형태로 변형시킨 것이다. 이 이본은 장자의 호접지몽을 본래의 의미가 퇴색된 형태로 활용하여 그 주제를 인생무상의 차원으로 축소시키고, 심지어 작품의 맨 마지막에 후일담 형식으로 양소유 일가의 이야기를 다시 꺼내들어 속세에 대한 긍정적 인식을 보여주기도 한다. 이러한 주제 구현의 비일관성으로 인해 의도한 주제가 무엇인지 명확히 알 수는 없지만, 한편으로는 비일관성을 통해 세책본 향유층의 바람과 원망을 여과 없이 드러냄으로써 세책본 향유의 실상을 파악하는 데 기여하였다고 보았다.

세책본 향유자들은 이념적으로든 서사적으로든 가부장제의 질서를 중요하게 여겼다. 이는 앞으로 세책본 향유의 실제 모습을 재구하는 데 중요한 단서가 되리라고 본다. 아울러 세책본에 대한 연구는, 다채롭게 펼쳐져 있는『구운몽』비선본 계열 이본들에 대한 연구에 일정한 기여를 할 것이다. 특히 경판본『구운몽』과 더불어 조선 후기 서울 지역의『구운몽』향유를 추측할 수 있는 자료로 활용되리라 예상한다.

지금까지 전근대시기에 대중적으로 유통되던 방각본과 세책본을 살펴보았다. 제5장과 제6장에서는 근대식 활자본으로 간행된『구운몽』이 지니고 있는 개성적 면모에 주목하도록 하겠다.

제5장

공연을 염두에 둔 서사와
인식의 전환을 통한 주제 구현

활자본『연정 구운몽』

이 장에서는『구운몽』의 활자본 고전소설 이본 중 하나인『연정演訂
구운몽九雲夢』에 주목하여,『연정 구운몽』텍스트가 지향하고 있는 독
자적인 면모의 실체를 밝히고 그 의미를 도출해내고자 한다.

『연정 구운몽』은 1913년 유일서관에서 처음 간행되었으며 이후 1920
~30년대까지 여러 출판사에서 꾸준히 간행되었다.[1]『신번新飜 구운몽
九雲夢』과 더불어 활자본 고전소설 한글본『구운몽』을 대표한다. 이 이
본에 대한 관심은 비교적 이른 시기부터 있었다.『연정 구운몽』은 '박
문(서관)본' 혹은 '유일서관본' 등 이 작품을 간행한 서적상 명칭으로 불

---

1   『연정 구운몽』은 유일서관에서 1913년에 처음 간행된 이래 1915년, 1916년, 1917년에
     도 간행되었다. 유일서관 외에도 박문서관에서 1917년과 1918년에, 영창서관에서 1925
     년에, 동양서원에서 1925년에, 성문당서점에서 1934년에, 영화출판사에서 1960년에
     간행되었다. 다양한 출판사에서 폭넓은 시기에 걸쳐 꾸준히 간행되었음을 알 수 있다.
     최호석,『활자본 고전소설 서지 데이터베이스』, 보고사, 2017, 20~27쪽; 이주영,『구활
     자본 고전소설 연구』, 월인, 1998 참조.

리며 초창기『구운몽』이본 연구에서 다뤄진 바 있는데, 정규복은 김태준, 이가원, 정병욱 등의 주장에 동의하며『연정 구운몽』이 한글본 중 선본의 하나에 해당한다고 했다.[2] 이 이본을 선본이라고 한 것은 작품이 서사를 잘 갖추고 있다는 의미였다. 그런데 서사를 잘 갖추고 있다 혹은 그렇지 못하다는 판단은 아무리 객관적인 기준을 적용한다 해도 자의적인 측면을 배제할 수 없다. 이에 따라 이 책에서는 이본을 선본 혹은 비선본이라고 규정하기보다는, '각기 독자적인 개성을 지닌 존재'로 인식하고자 한다.『연정 구운몽』은 분명 '결과적으로는' 여타 이본에 비해 서사적 결락이 적고 내용이 풍부한 이른바 '좋은 이본'이지만, 그것은 간행자가 선본을 지향한 결과라기보다 변화를 통해 기존 이본과 차별화를 시도한 결과이기 때문이다.

　이러한 접근은 이본을 수단이 아니라 목적으로 보아야 한다는 문제의식에서 비롯한 것이다. 다시 말해 이본이 한 작품의 선본 확립을 위해 위계 상의 하위 영역에 자리 잡을 수밖에 없는 수단적 존재가 아니라, 한 작품의 수용과 변용의 지형도를 그리는 데에 중요한 근거 자료가 되는 연구의 대상이자 목적 그 자체인 것이다.

　상업적 목적으로 간행되었던 완판본, 경판본, 세책본이 각기 다른 개

2　이가원은「구운몽평고」에서 한글 활자본『구운몽』에 대한 김태준의 언급을 다음과 같이 서술하였다. "한글본 구운몽(九雲夢)으로서는 박문본(博文本)이 가장 구비(具備)된 본(本)이니 애초 박문서관(博文書館)에서 간행(刊行)할 때에 십여(十餘) 종(種)의 선본(善本)에서 이걸 택(擇)한 것이기 때문이다."(이가원,「구운몽평고」,『한국학연구』, 탐구당, 1969 참조) 정규복은 김태준이 애초에 '박문서관본'이라고 하지는 않았을 것이며, 김태준이 한글 활자본『구운몽』을 지칭한 것을 이가원이 '박문서관본'이라 특정한 것이라고 했다(정규복,『구운몽 연구』, 보고사, 2010, 107쪽 참조). 정규복의 이 저서는 1974년에 간행되었다. 이 책에서는 그 저서 대신 2010년에 나온 '석헌 정규복 총서'를 참조하였다.

성을 지니고 있다면, 같은 목적으로 간행되었던 활자본 고전소설 또한 나름의 추구하는 바가 있으리라 예상할 수 있다. 이에 여기서는 그동안 크게 주목받지 못했던 한글 활자본『구운몽』이본들에 주목하였다. 그리고 그 중에서『연정 구운몽』을 대상으로 삼았다.

『연정 구운몽』에 대해서는 약 반세기 전『구운몽』연구 초기에 '박문서관본', '유일서관본' 등의 이름으로 연구가 진행된 바 있으며,[3] 2001년에『구운몽』의 희곡적 성격에 대해 고찰한 연구에서 다뤄진 바 있다.[4] 전자에서는『연정 구운몽』을 한글본 중에서 가장 풍부하게 서사를 담고 있는 이본으로서 선본 중 하나로 보았고, 후자에서는『연정 구운몽』이 희곡을 지향한 상업적 이본이라고 보았다. 두 논의 모두 필자에게 중요한 시사점을 제공하였는데, 전자는 분석 내용의 측면에서, 후자는 분석 결과의 측면에서 특히 그러했다. 이 장에서는 기존 연구를 토대로『연정 구운몽』의 서사 전개에 드러나는 희곡적 경향성이 구체적으로 어떠한 것인지 살펴보도록 하겠다. 아울러 선본과는 다른 길을 걸었던 주제의식에 대해서도 주목하여, 이 이본이 구현하고자 했던 주제의 의미가 무엇인지 고찰해보도록 하겠다.

---

3   정규복,『구운몽 연구』, 보고사, 2010.
4   사성구,「구운몽의 희곡적 성격 연구」, 서강대 석사논문, 2001.

1. 연정演訂의 의미

『연정 구운몽』의 서사 전개 양상을 구체적으로 살피기 위해서는 우선 '연정演訂'이라는 말이 지닌 의미부터 명확하게 이해할 필요가 있다. '연정'은 사전에 등재되어 있지 않은 단어이다. 그래서 이 단어를 이루고 있는 두 글자의 의미를 각각 따로 살펴 의미를 조합해야 한다. 비교적 의미가 확실해 보이는 '정訂'부터 살펴보자. 이 글자가 여기서 어떤 의미로 사용되었는지에 대해서는 이론의 여지가 많지 않을 듯하다. '바로잡다, 고치다' 정도의 의미일 것이다. 문제는 앞에 놓인 글자인 '연演'이다. 이 글자는 — 오직 글자의 의미만 생각한다면 — '펴다, 늘이다' 혹은 '부연하다, 자세히 설명하다' 정도의 의미가 가장 가깝다. 그러나 이 글자가 사용된 대표적인 단어들, 가령 연극演劇, 연출演出, 연기演技, 연행演行 등을 생각해보면, 이 글자가 공연을 염두에 두고 사용된 것은 아닐까 하는 생각을 갖게 한다. 전자의 의미와 후자의 의미 사이에 간극이 크다. 결국 '연演'의 의미가 명확하지 않기 때문에 '연정演訂'이라는 단어의 뜻을 특정하기가 쉽지 않다.

이와 같은 문제를 해결하기 위해 두 가지 우회로를 생각해보았다. 우선 다른 작품의 제목에서 '연정演訂'이라는 표현이 쓰였을 경우 어떤 의미로 쓰였는지 살펴보고, 이어서 『연정 구운몽』 텍스트 내부에서 '연정演訂'의 의미를 찾을 만한 단서는 없는지 살펴보고자 한다.

1) 다른 작품의 제목으로부터 유추할 수 있는 '연정演訂'의 의미

비슷한 시기에 고전소설 작품명에 '연정演訂'이라는 표현을 덧붙인 활자본 고전소설 작품은 『구운몽』 외에도 더 있다. 가장 대표적인 작품은 『춘향전』이다. 『춘향전』은 『연정演訂 옥중화獄中花』(1914), 『연정증상演訂增像 옥중향獄中香(一名春香傳)』(夢蓮 宋憲奭, 1927) 등의 이본에서 이 표현을 썼다. 이 중 『연정증상 옥중향』은 창극 대본의 형식을 취하고 있다.[5] 『심청전』에도 『증상연정增像演訂 심청전沈淸傳』(1917, 1920, 1922 등)이라는 이본이 있는데 마찬가지로 창극 대본의 형식을 보여준다.

즉 두 이본 모두 공연을 위한 대본의 성격을 갖고 있다. 이미 알려진 자료이지만 아래의 신문기사를 통해 『춘향전』과 『심청전』이 연극으로 공연되었음이 확인된다. 이 공연에 『연정 옥중화』나 『증상연정 심청전』 등 '연정演訂'이 붙은 이본들이 직접 쓰였는지는 알 수 없지만, 기사속 당대의 사실을 통해 적어도 '연정演訂'이라는 표현이 붙은 이본들이 출현할 수 있었던 주변적 정황은 확인할 수 있다.

일전에 부너 한남권번에서 단성사에서 기싱의 가무온습회를 열고 그 권번에 슈빅명의 기싱이 각즈 자긔의 장긔로 가무를 연주하야 막대한 환영을 밧엇는바 이번에는 다옥뎡 대정권번에서 이달 십팔일부터 오일간 우미관에서 성대훈 온습회를 긔최하고 기싱의 가무가 잇슬 샌외라 **고대소설에서 가쟝 유명훈 옥루몽과 춘향면 심쳥면 등의 연극으로 대대뎍 연주를 거힝한다더라.**[6]

<hr>

5   이민희, 「춘향전의 새 이본 『옥중향』 개관」, 『민족문학사연구』 38, 민족문학사학회, 2008.
6   『매일신보』, 1921.11.15.

'연정演訂'이라는 표현이 붙은 작품은 이것만이 아니다. 『운영전』의 이본 중에도 『연정演訂 운영전雲英傳』(1925)이 있다. 고전소설이면서도 비교적 희곡적 성향이 강한 『춘향전』이나 『심청전』에서만 활용된 것이 아니었다. 그렇다면 『운영전』 이본에 어떻게 '연정演訂'이라는 표현이 붙을 수 있었을까? 『연정 운영전』은 호소이 하지메細井肇가 번역한 일역본을 저본으로 중역重譯된 것이며, 1925년 개봉한 영화 〈운영전雲英傳－총희寵姬의 연戀〉이 개봉한 직후에 영창서관에서 간행되었다.[7] 영화와 친연성이 높은 이본인 것이다.

더욱 흥미로운 점은 '연정演訂'이라는 수식어가 붙은 위 세 작품이 모두 장회체로 되어 있다는 사실이다. 본래 장회체로 구성되어 있지 않은 작품들을 장회체로 나누었다는 것은, 이들 이본이 공연을 용이하게 하기 위해 재구성된 것이라는 추측을 가능케 한다. 『연정 구운몽』 또한 이들의 특징과 크게 다르지 않다. 이 이본은 우리가 『구운몽』 하면 떠올리는 16회의 장회체가 아니라 무려 53회의 장회체로 구성이 되어 있다. 결국 '연정演訂'은 그 구체적인 양상에는 다소간 차이가 있겠지만, 그 표현이 대체로 공연 혹은 공연을 위한 대본의 성격을 보여주기 위한 수식어임을 알 수 있다.[8]

실제로 『연정 구운몽』이 간행된 이후, 몇몇 신문기사를 통해 『구운몽』이 창극화되었다는 사실을 확인할 수 있다. 짧은 기록이지만 『구운

---

7   허찬, 「1920년대 『운영전』의 여러 양상－일역본 『운영전(雲英傳)』과 한글본 『연정(演訂) 운영전(雲英傳)』, 영화 〈운영전(雲英傳)－총희(寵姬)의 연(戀)〉의 관계를 중심으로」, 『열상고전연구』 38, 열상고전연구회, 2013.

8   사성구도 『연정 구운몽』의 다음과 같은 특성을 거론하며 희곡적 성격을 지니고 있음을 언급을 하였다. 다만 '연정'이라는 표현이 들어간 다른 작품들과 비교하여 확인을 하지는 않았다.

몽』향유와 관련하여 중요한 정보를 제공하고 있다.

이날은 **구운몽연의 뎨이회 셩진이 팔션녀와 희롱타가 륙관대사의 노하심을**
바다 디옥으로 가난 데라. 계옥의 셩진이 신셰 한탄하난 노래난 관객으로 하야곰
부지중 눈물을 짜내고 남수의 륙관대사난 어됴가 좀 이상하난 긴 사셜을 빼지 안
코 그다지 어석지 안케 말함은 참으로 놀랍다.[9]

구운몽을 연극으로 홈에는 막 쏫는 법과 ㅅ연비치를 일층 더 정교후게 홀 데
가 아즉도 만히 잇스나 가부간 그만큼 흔 것도 우리 장차 싱길 가극계를 위후
야 감사후는 바라 **출연자의 틱도가** 젼보다 헐신 진실된 것은 ㅅ실이나 그 아
릿도리에 ㅅ령노릇후는 기싱들이 좀 더 뎡중흔 틱도를 ㅈ기 바라는 바라 좌
우간 이번 한남됴합 연쥬회는 젼에 비후야 얼마간 기량흔 덤을 인뎡치 아니
치 못후겟도다.[10]

먼저 1917년 12월 『매일신보』의 두 기사를 살펴보자. 이들 기사는 짧
지만 몇 가지 소중한 정보를 제공한다. 12월 2일 기사에는, 이날[11] 〈구운
몽〉 연속극의 제2회 공연이 있었는데, 제2회가 육관대사가 성진과 팔선
녀를 지옥으로 보내는 장면이라고 되어 있다. 그리고 성진이 자신의 신
세를 한탄하며 노래를 불렀고 육관대사가 긴 사설을 읊었다고 한다. 즉
제2회는 성진과 팔선녀가 풍도옥酆都獄 염왕閻王에게 끌려가는 장면이며,

---

9   『매일신보』, 1917.12.2.
10   『매일신보』, 1917.12.4.
11   이 날은 당연히 공연 당일을 말할 것이다. 그런데 공연 당일은 기사의 표현을 볼 때 적어도
      12월 2일 이전일 것으로 보인다. 그러나 정확히 며칠인지는 확인하기 어렵다.

그 중 성진의 노래와 육관대사의 긴 대사가 눈길을 끌었던 것으로 추측된다.

12월 4일 기사에서는 『구운몽』을 연극 장르로 전환시킬 때 필요한 요소들, 가령 막幕 끊는 법, 사연 배치, 연기자의 태도 등을 언급하고 있다. 인기 많은 소설 작품을 공연의 형태로 전환하면서 연극적 요소를 충족시키기 위해 고민한 흔적이 엿보인다. 주지하듯 통상 연극의 필수 요소로 희곡, 배우, 관객, 무대 등을 이야기한다. 막 끊는 법이나 사연 배치는 소설 원작을 희곡 대본화하면서 들었던 고민들일 것이다. 이는 당연하게도 나머지 요소들, 즉 배우, 관객, 무대를 의식하면서 진행되었을 수밖에 없다. 다음 고민은 출연자의 태도인데, 말 그대로 배우의 자질에 대한 문제이다. 기사에서는 자질을 평가하는 기준으로 '진실됨'을 언급하였다. 이는 배우가 자신이 맡은 배역을 얼마나 충실히 소화하였는가의 문제부터, 연극 〈구운몽〉이 원작 『구운몽』의 본래 의도를 잘 전달하고 있는가의 문제까지 두루 연결된 말이라고 할 수 있다.

년례를 쌀아 한남권번에서는 츈긔온습회를 금이십일 밤붓터 관렬동 우미관에서 일혜 동안을 둑 흥힝을 한다는대 이번에는 특히 **구운몽 춘향가 등 연희는 폐지ᄒ고 그외 력사극이라는** 각본으로 썩 자미 잇도록 기연하야 환영을 밧고져 달포 동안을 연습ᄒ엿다는대[12]

1922년 5월 20일 기사에는 한남권번 춘기온습회가 〈구운몽〉, 〈춘

---

12 『매일신보』, 1922.5.20. 이상 네 개의 『매일신보』 신문기사는 사성구의 논문에서 재인용한 것이다. 사성구, 앞의 글, 22·62~63쪽.

향가〉 등의 연회는 폐지하고 역사극 쪽으로 작품을 바꾼다는 내용이 담겨 있다. 『구운몽』 공연의 시작을 늦어도 1917년 말로 추정할 수 있으므로 약 5년 가량 공연이 되었던 것을 알 수 있다. 보는 이에 따라 달리 판단할 수 있겠지만 5년 가량 공연이 유지되었다면 일단 공연에 대한 사람들의 관심이 적었다고 보기는 어려울 듯하다. 그리고 1920년대 들어 역사를 소재로 한 야담 공연 등이 활발했던 정황을 고려할 때, 『구운몽』이나 『춘향전』 그 자체에 대한 관심이 줄어들었다기보다는 당시 역사이야기가 유행하던 흐름에 편승하면서 『구운몽』, 『춘향전』이 우선순위에서 밀린 것이 아닐까 추정해볼 수 있을 듯하다.

제2회의 내용을 따져볼 때 신문기사 속 공연에서 『연정 구운몽』이 대본으로 활용되었던 것 같지는 않다. 따라서 한남권번의 공연과 『연정 구운몽』 사이에 직접적인 연관관계가 있다고 할 근거는 없다. 그러나 이 당시 『구운몽』이 공연의 형태로 재탄생되어 5년 가량 지속되었다는 사실만으로도 간접적인 영향관계는 추정이 가능하다. '공연 〈구운몽〉'에 대한 사람들의 관심은 분명 공연 상황에서 그 쓰임이 용이한 『구운몽』 텍스트의 출현을 견인했을 것이기 때문이다.

『연정 구운몽』을 연극을 위한 공연용 대본이라고 단정할 근거는 마땅치 않다. 추정할 수 있는 근거도 많지 않다. 한편으론 이 당시 연극이 현재 우리가 생각하는 연극의 모습을 온전히 갖추었을 가능성 또한 많지 않다고 생각한다. 이러한 여러 정황을 감안할 때 만약 『연정 구운몽』을 공연용 대본으로 본다 하더라도, 그것이 온전한 형태의 연극을 위한 대본이라고 단언하기는 어려울 듯하다. 공연을 위한 대본이라고 한다면, '적극적인 이야기 구연 형태의 공연'과 '초기적 연극 형태의 공연', 그 사이 어딘가에 위치해 있지 않았을까 조심스럽게 추측을 해 본다.

요컨대 작품명에 '연정演訂'이라는 수식어가 붙은 책들이 여러 종 간행되었다는 사실로부터, 그리고 『구운몽』이 꽤 오랜 기간 공연되었다는 사실로부터, 『연정 구운몽』이 공연을 의식하며 만들어졌을 개연성을 확보할 수 있다. 공연이 연극의 형태였는지 아니면 구연의 형태였는지 명확히 단정하기는 어렵지만, 적어도 무대를 염두에 두었다는 사실만큼은 예상 가능하다.

2) 이본의 특징에서 유추할 수 있는 '연정演訂'의 의미

이번에는 『연정 구운몽』 작품 속으로 눈을 돌려보자. 『연정 구운몽』은 앞서 언급한 것처럼, 여타 이본에 비해 풍부한 서사를 갖추고 있다. 이런 특징을 갖고 있는 『연정 구운몽』이지만, 그와 반대로 어떤 부분은 생략이 되기도 했다. 서사가 풍부한 이본으로 평가받는 『연정 구운몽』에서 생략된 부분은 어디이며 그 이유는 무엇일까? 이를 보다 확실히 규명하기 위해 『구운몽』 선본 계열의 대표 이본인 규장각본과 비교하여 그 차이를 살펴보도록 하겠다. 이 글은 이본 간 선후 관계나 계승 관계를 밝히는 것이 목적이 아니다. 따라서 선본 계열과 『연정 구운몽』 사이의 '거리'를 조망하고, 『연정 구운몽』만의 개성적 면모를 밝히는 데에 초점을 맞추도록 하겠다.

규장각본 『구운몽』	『연정 구운몽』
셩진이 가장 참괴ㅎ여 ㅎ다가 왕긔 알외디, "셩진이 무상ㅎ여 노샹의셔 남악 션녀를 만나보고 모음의 거리낀 고로 스승의게 득죄ㅎ여 대왕긔 명을 기드리ㄴ이다". **염왕이 좌우로 ㅎ여금 디장왕긔 말솜을 올녀 굴오디, "남악 육관대시 그 뎨ᄌ 셩진을 보니여 명ᄉ로셔 벌ᄒ라" ㅎ니 여나믄 죄인과 다롤시 취품ㅎㄴ이다** **보술이 디답ᄒ디, "슈힝ᄒᄂ 사롬의 오며 가기ᄂ 저의 원디로 홀 거시니 어이 구ᄐ여 무르리오".** 염왕이 졍히 셩진의 죄를 결단ᄒ려 ᄒ더니 두어 귀졸이 드러와 슬오디, "황건녁ᄉ ᄯ 뉴관대시의 녕으로 여둛 죄인을 녕거ᄒ여 왓ᄂ이다". (권지일, 12b〜13a)	셩진이 크게 붓그러워 주뎌ᄒ다가 고ᄒ되, "소승이 불민ᄒ와 사부ᄭ 득죄ᄒ고 이에 왓ᄂ니 쳐분(處分)디로 ᄒ옵소셔". → 『연정 구운몽』에는 '지장 왕보살'이 등장하는 장면 없음 이윽고 력ᄉ ᄯ 팔션녀를 거ᄂ려 오거늘 (상권, 11쪽)

※『연정 구운몽』의 줄바꿈, 한자병기, 낫표는 원작 그대로임. 이하 동일.

　강조된 부분은『연정 구운몽』에 전혀 등장하지 않으며, 밑줄 친 부분은 그 내용이 조금 다르다. 표면적으로는 개별적 차이로 보이지만 여기에는 공통적인 목적이 반영되어 있다. 그 목적은『연정 구운몽』이 공연을 염두에 둔 텍스트라는 점을 고려할 때 보다 확실히 드러난다.

　먼저 강조된 부분을 보자. 여기에는 지장왕보살이 새롭게 등장한다. 지장왕보살은 그 이전에 등장한 적도 없고 그 이후에도 등장하지 않는다. 이 장면에서의 등장이 처음이자 마지막이다. 그런데『연정 구운몽』에서는 지장왕보살이 등장하는 유일무이한 장면이 없다. 이로써 지장왕보살은 이 작품에 아예 등장하지 않게 된다. 다음으로 밑줄 친 부분을 보자. 규장각본과 비교해보면, 규장각본의 '두어 귀졸(황건녁ᄉ)'이『연정 구운몽』에서 '력ᄉ'로 등장하고 있음을 알 수 있다. 그런데 황건역사의 직접발화가『연정 구운몽』에는 등장하지 않는다. 그 대신 황건역사가 팔선녀를 데리고 오는 장면이 서술자의 설명으로 처리된다.

이것은 무엇을 의미할까? 텍스트만 놓고 보면 이 생략이 어떤 이유에서 진행된 것인지 알기 어렵다. 그런데 『연정 구운몽』이 공연을 염두에 둔 텍스트라는 사실을 감안하면 쉽게 이해가 간다. 공연의 효율적인 진행을 위해 출현 빈도가 현저히 낮은 인물들을 아예 등장시키지 않으려는 의도인 것이다. 주지하다시피 소설 원작을 희곡 대본으로 바꿀 때 필요에 따라 원작에 등장하는 단역의 등장을 최소화하는 경우가 있다. 위 차이도 이와 같은 맥락에서 이해할 수 있다.

규장각본 『구운몽』	『연정 구운몽』
태휘 크게 기려 니ᄅᆞ시ᄃᆡ, "나의 두 녀ᄋᆞᄂᆞ 녀듕의 쳥년과 ᄌᆞ건이라 묘졍의 만일 녀ᄌᆞ를 셜던ᄃᆡ 댱원 탐화를 ᄒᆞ리로다". 두 글을 공쥬와 쇼져을 서ᄅᆞ 뵈니 양인이 각각 탄복ᄒᆞ더라 공쥐 후긔 솔오ᄃᆡ, "쇼녀ᄂᆞ 요힝 셩편ᄒᆞ야시나 쇼녀 글 뜻이야뉘 싱각디 못하리잇가 오딕 져의 글이 완곡ᄒᆞ야 쇼녀의 밋츨 배 아니로소이다". 휘 왈, "진실노 녀ᄋᆞ의 글이. 또한 녕혜ᄒᆞ니 ᄉᆞ랑ᄒᆞ읍도다".	태후ㅣ 읇흐며 탄식ᄒᆞ샤ᄃᆡ, "너의 두 녀ᄋᆞᄂᆞ 곳 녀즁에 쳥년ᄌᆞ건(靑蓮子建)이로다 조뎡에셔 만일 녀ᄌᆞ 진ᄉᆞ를 취ᄒᆞᆯ 진ᄃᆡ 맛당히 각기 쟝원과 탐화를 ᄒᆞ리로다" ᄒᆞ시고 두 글을 밧고아 공쥬와 쇼져를 뵈이시니 두 사ᄅᆞᆷ이 각기 공경ᄒᆞ야 탄복ᄒᆞ며 공쥬ㅣ 태후의 고ᄒᆞ되, "쇼녀ㅣ 비록 ᄒᆞᆫ 수를 치왓스나 그 글 뜻이야뉘 능히 싱각지 못ᄒᆞ릿가마ᄂᆞᆫ 져져의 글이 졍묘(精妙)ᄒᆞ야 쇼녀의 밋칠바 아니로쇼이다". 태후ㅣ 닐ᄋᆞ샤ᄃᆡ, "그러ᄒᆞ다 녀ᄋᆞ의 글은 죠금 영민홈이 ᄯᅩᄒᆞᆫ 사랑홉도다" ᄒᆞ시더라
	(하권, 36쪽)
이 ᄯᅢ 선묘 늙은 궁인이 태후를 뫼셧더니 후긔 솔오ᄃᆡ, "비지 텬셩이 둔탁ᄒᆞ야 쇼녀 제 글을 빗화시ᄃᆡ 시듕의 깁흔 뜻을 아디 못 ᄒᆞᄂᆞ니 낭낭이 두 글 뜻을 삭여 하교ᄒᆞ시믈 ᄇᆞ라ᄂᆞ이다 좌위 시위도 듯고져 ᄒᆞᄂᆞ이다". 휘 웃고 ᄀᆞᆯ오샤ᄃᆡ, "이 두 글이 다아리 귀 의싀 이시니 뎡가 녀ᄋᆞ의 글은 도화로 난양을 비기고 모시 쇼람의 왕회 하가ᄂᆞᆫ 글의 ᄒᆞ야시ᄃᆡ 빗나기 복셩화 의앗 ᄀᆞᆺ다 ᄒᆞ얏고 계후의 녀져 셔방맛는 글의 ᄒᆞ야시ᄃᆡ 가치집이 잇다 ᄒᆞ야시니 이 두 글을 풍뉴 곡됴로 뎡홀 제 난냥의 혼ᄉᆞ ᄌᆞ연 가온ᄃᆡ 잇고 녯 사람의 글의 대궐 겨집이 곡됴를 긔작누의 뎐ᄒᆞᆫ다 ᄒᆞ야시니 이러므로 이 글을 인ᄒᆞ야 ᄡᅳ되 진딧 가치 쟉ᄌᆞ를 금초아시ᄃᆡ 졍운ᄒᆞ고 완곡ᄒᆞ야 그 덕셩을 보ᄂᆞᆫ 듯 하니 녀ᄋᆞ의 탄복ᄒᆞ미 맛당ᄒᆞ고 난양의 글은	→『연정 구운몽』에는 '늙은 궁인'과 '태후'가 '졍경패'와 '난양공주'의 시에 대해 묻고 답하는 장면 없음

규장각본 『구운몽』	『연정 구운몽』
가치ᄃ려 말ᄂᆞᆫ 말이 은하슈 ᄃ리ᄅᆞᆯ 힘ᄡᅥ 믿ᄃ라 네ᄂᆞᆫ 흔 딕네 건너더니 이제ᄂᆞᆫ 두 딕네 건너리라 ᄒ니 공쥬의 혼인의 쟉교ᄅᆞᆯ 인ᄉᆞᄒᆞᆫ 예ᄉ 말이어니와 내 뎡녀ᄅᆞᆯ 양녀 삼으니 감히 당치 못ᄒᆞ와 ᄒᆞ야 모시ᄅᆞᆯ 인증ᄒᆞ야 졔후의 녀ᄌᆞ ᄂᆞᆫ쳐 ᄒᆞ야거ᄂᆞᆯ 난양의 시의ᄂᆞᆫ 져과 ᄀᆞᆺ티 흔가디로 텬손이라 ᄒᆞ야시니 진실노 내 ᄯᅳᆺ을 아ᄂᆞᆫ디라 이 아니 영매ᄒᆞ랴'. 소 샹궁이 크게 깃거 졔인으로 더브러 만셰ᄅᆞᆯ 브ᄅᆞ더라 (권지삼, 39a~40a.)	

정경패와 난양공주가 쓴 시를 태후가 칭찬하는 위 장면에서도 비슷한 상황이 연출된다. 『연정 구운몽』에는 규장각본의 후반부, 즉 '늙은 궁인'이 태후와 질의응답하는 장면 전체가 등장하지 않는다. 이 장면에서는 늙은 궁인이 정경패와 난양공주의 시에 대해 질문을 하고 이에 태후가 두 사람의 시를 칭찬함으로써, 두 인물의 뛰어난 면모가 부각된다. 『연정 구운몽』은 이렇듯 주인공의 뛰어난 면모가 부각되는 장면을 취하지 않은 것이다. 그러나 본래 『연정 구운몽』은 등장인물의 뛰어난 면모를 설명하는 데에 지면을 아끼지 않는다. 그런 관점으로 본다면 이 장면을 생략할 이유가 없다. 그렇다면 이 장면이 왜 생략되었을까?

늙은 궁인 또한 위에서 살펴본 지장왕보살과 마찬가지로 이 장면에서만 등장하고 다른 곳에서는 등장하지 않는다. 따라서 이 장면이 삭제된 이유 또한 『연정 구운몽』이 공연을 염두에 두고 진행의 효율성을 위해 작품 내 역할이 미미한 단역의 존재를 아예 없애려 했다고 추측할 수 있다. 『연정 구운몽』이 공연을 염두에 두고 작품의 내용을 수정한 흔적은 그 외에도 여러 곳에서 확인된다.

『연정 구운몽』이 선본 계열과 다르게 생략 혹은 축약을 한 대목을 통해, 이 이본이 — 다소간의 편차는 있겠지만 — '연정'이라는 수식어를 덧붙인『연정증상 옥중향』,『증상연정 심청전』,『연정 운영전』등의 특징적 양상들과 비슷한 흐름 안에 있음을 확인하였다.『연정 구운몽』이 공연을 위한 적극적인 개작을 감행한 것은 아니지만, 공연 대본으로 활용될 가능성을 어느 정도 상정하고 있었음을 짐작할 수 있다. 따라서『연정 구운몽』의 이와 같은 개성적 존재 양상을 전제로 이 이본의 독자적인 의미를 파악할 필요가 있다.

2. 공연을 염두에 둔 서사

『연정 구운몽』은 선본 계열과 비교해볼 때 서사 전개 과정에서 특정 시점에 진행을 멈추고 그 상황을 보다 상세히 서술하려는 경향을 보인다. 그것은 이 작품이 독서물로서만이 아니라 공연 대본으로서의 속성을 고려한 흔적이라고 생각해볼 수 있다. 주지하다시피 독서의 과정에는 작품을 읽다가 멈추고 작품 내용을 다시 음미하거나 독자 나름의 상상의 지도를 그리는 행위가 포함된다. 작품 내용상의 여백이 마냥 작품의 미완성으로만 이해되는 것이 아니라, 오히려 능동적인 독서 행위를 촉발시키는 계기로도 볼 수 있는 이유가 여기에 있다. 전통적인 독서 형태인 낭독의 경우 서사의 속도나 패턴을 수용자가 마음대로 조절할 수 있기 때문에 이러한 행위가 가능한 것인데, 만약 공연처럼 서사의 속도를 수용자가 마음대로 조절할 수 없는 상황이라면 내용 전개상에 드러나는 여백이 오히려 작품을 올바르게 이해하는 데 방해가 될 수 있다. 따라서 일반 독서물보다 구체적으로 안내해야 한다.

이러한 양상은 편집상의 다양한 시도들에서 가장 먼저 확인된다. 이 작품은 소제목(장회) 달기, 줄 바꿈, 들여쓰기, 발언 표시(「」) 등 다양한 편집 도구들을 활용하여 독자 혹은 관객들이 작품을 보다 쉽게 이해할 수 있도록 했다. 이 작품이 공연 상황을 염두에 두었음은 서사 전개 양상을 통해 보다 명확히 드러난다. 수용자들을 고려하여 친절하게 서사를 전개시키고 있기 때문이다. 여기서는 그 특징을 '1) 풍부한 상황 서술', '2) 직접 발화의 빈번한 등장', '3) 대화 내용의 구체적 서술', '4) 시·상소문의 제시' 등으로 나누어 살펴보도록 하겠다.

1) 풍부한 상황 서술

『연정 구운몽』은 상황에 대한 서술에 많은 지면을 할애한다. 선본 계열인 규장각본 『구운몽』에는 사건의 전개를 위한 최소한의 내용만이 들어가 있는 것에 비해 『연정 구운몽』에는 수용자들이 상황에 공감할 수 있는 다채로운 설명이 덧붙여져 있다.

먼저 양소유와 연왕의 대결 장면을 살펴보도록 하겠다. 주지하듯 연왕은 스스로 왕이라 칭하며 난을 일으킨 하북의 세 절도사 중 마지막까지 항복하지 않은 인물이다. 대적하기가 만만치 않은 상대라는 이야기인데, 양소유는 대대적인 전쟁은 물론 장수들 간의 결투도 하지 않고 그저 효유로써 연왕을 굴복시킨다. 윤리적 교화를 통해 자연스럽게 변방을 제압하는 양소유의 모습은 인간 세계로 윤회하여 부귀공명을 누리는 양소유의 삶에서 인상적인 대목이라 할 수 있다. 그런데 상황 묘사는 두 이본에서 적지 않은 차이를 보여준다.

규장각본 『구운몽』	『연정 구운몽』
㉠ 연왕으로 더브러 셔로 보매 ㉡ 없음 ㉢ 대당 위덕으로 표장ㅎ고 니해로 기유ㅎ여 말숨이 도도ㅎ고 믈결을 뒤치는 듯ㅎ니 ㉣, ㉤ 연왕이 긔운을 굴ㅎ고 무음의 항복ㅎ야 즉시 표문을 닷가 왕호를 업시ㅎ고 귀순ㅎ믈 쳥ㅎ더라 (권지이, 32b)	㉠ 한림이 연왕으로 더부러 셔로 보려 홀 시 ㉡ 한림의 위엄은 빠른 우레 갓고 은혜는 봄비 갓ㅎ야 변방 빅셩이 다 춤추고 노리ㅎ며 혀를 치고 셔로 닐ㅇ되 「셩텬ㅈㅣ 장초 우리를 살니시리로다」 ㅎ거날 ㉢ 급기 연왕으로 볼 시에 텬ㅈ의 위엄과 조뎡 쳐분을 칭도(稱道)ㅎ며 순역(順逆)과 향빅(向背)의 도리를 명빅히 닐ㅇ미 도々히 바닷물결 쏫듯 늠々히 추상 갓ㅎ야 감복치 아니치 못홀지라 ㉣ 연왕이 황연히 놀나고 씌다라 짜에 꾸려 스죄ㅎ되, ㉤ "변방이 멀고 궁벽ㅎ야 왕화(王化)가 못 밋는 고로 방주히 조뎡의 명을 거역ㅎ고 밝은 곳을 향ㅎ야 귀순홀 줄아지 못ㅎ엿더니 이계 명교를 듯스오니 젼죄를 씌다를지라 일노 좃ㅊ 밋친 뭄을 기리 경계ㅎ고 신ㅈ의 직분을 각근(恪勤)히 직히오리니 복원 텬스(天使)는 도라가 조뎡에 알외여 쇽국으로 ㅎ여곰 위태홈을 인ㅎ야 편안홈을 엇고 화를 굴녀 복이 되게 ㅎ소셔." (상권, 86쪽)

이해의 편의를 위해 내용상의 같고 다름을 대비해보았다. 규장각본이 분량도 상당히 적을 뿐만 아니라, 양소유의 뛰어남을 강조할 수 있는 발언의 상당량이 등장하지 않음을 알 수 있다. 서사가 풍부한 『연정 구운몽』을 기준으로 그 내용을 ㉠~㉤으로 나누어보면 더 명확히 드러난다. 규장각본은 ㉡을 제외한 ㉠~㉤의 전반적인 내용을 건드리고는 있으나, 말 그대로 그저 내용을 간략히 소개만 하기 때문에 서사적 긴장감은 쉽게 찾아볼 수 없다. 그러나 『연정 구운몽』은 이 장면을 다각도의 시선으로 서술하여 서사적 긴장감과 개연성은 물론 입체감을 확

보하였다.

규장각본은 단순히 서술자가 연왕에 주목하여 상황을 요약적으로 소개하는, 연왕 중심의 서술만이 진행된다. 그러나 『연정 구운몽』은 서술자의 서술로 일관하는 가운데에서도 다채로운 변화를 시도한다. ㉠에서 ㉡으로 이어지는 내용에서 서술자는 양소유와 연왕에 주목하였다가, 양소유로, 그리고 다시 변방 백성으로 대상을 이동한다. ㉢에서는 서술자가 연왕에 대한 평가를 직접적으로 노출한다. 그리고 ㉣에서 ㉤으로 이어지는 내용에서는 서술자가 연왕의 감정과 행동을 묘사하고, 직접 발화를 제시한다.

시선이 다양해지면 이야기는 풍부해지고 서사의 전개는 입체적인 양상을 띨 수밖에 없다. 즉 선본 계열에 비해 『연정 구운몽』이 공연이나 구연에 훨씬 더 적합한 내용을 갖추고 있는 것이다.

두 번째로는 양소유가 아픈 척을 하여 자신의 처첩들을 속이는 장면을 살펴보도록 하겠다. 주지하다시피 양소유는 영양공주, 난양공주, 진채봉, 가춘운 등으로부터 속임을 당하고 분한 나머지 자신도 처첩들을 속이겠다고 마음먹게 된다.

규장각본 『구운몽』	『연정 구운몽』
㉠진시 나아가 무릅디, "샹공이 편티 못 ᄒ신 그운이니잇가?" ㉡승샹 짐즛 눈을 놉히 쓰고 사ᄅᆷ을 몰나보고 잇다감 헛말 ᄒ거늘 ㉢진시 무ᄅᆞ디, "샹공이 어이 섬어ᄒ시ᄂᆞ니잇가?" ㉣승샹이 오릴 황홀ᄒ여 ᄒ다가 ᄇ야흐로 진시를 아라보고 니ᄅᆞ디,	㉠진씨 나아가 뭇ᄌᆞ오디, "승샹이 미녕(未寧)ᄒ시니잇가?" ㉡승샹이 눈을 써 직시(直視)ᄒ며 사ᄅᆷ을 보지 못ᄒᄂᆞ 듯ᄒ고 왕ᄉ히 예어(囈語)를 ᄒ니 ㉢진씨 뭇ᄌᆞ오디, "승샹이 엇지 쑴ᄉᆡ디를 ᄒ시ᄂᆞ잇가?" ㉣승샹이 황홀ᄒ야 디답지 아니ᄒ다가 오린 후에 홀연히 무르디, ㉤"네 뉘뇨?" ㉥진씨 디답ᄒ되, "승샹이 첩을 아지 못 ᄒ시

규장각본 『구운몽』	『연정 구운몽』
㉢, ㉣, ㉥, ㉦ 없음	ᄂᆞᆺ잇가? 첩은 진숙인이로소이다". ㉠ 승상이 졈두(點頭)홀 ᄯᆞᆫ이오 눈을 도로 감으며 목 안에 말노, "진숙인ㅣ 진숙인이 뉘뇨?" ᄒᆞ거늘 ㉡ 진씨 놀나 손을 드러 승상의 이마를 어로 만지며 닐ᄋᆞᄃᆡ, "이마가 자못 더우니 승상의 환후 계심을 가히 알지나 하로밤 사이에 무ᄉᆞᆷ 병환이 이럿툿 ᄒᆞ시니닛가?"
㉧ "새도록 귀신으로 더브러 말ᄒᆞ니 긔운이 어이 편ᄒᆞ리오?"	㉧ 승상이 눈을 ᄯᅥ 정신을 ᄎᆞ리며 닐ᄋᆞᄃᆡ, "이상ᄒᆞ다 경녀 밤ᄉᆞᆷ도록 나를 괴롭게 ᄒᆞ니 닉 엇지 ᄒᆞ리오?" ᄒᆞ거늘
㉨ 진시 다시 무ᄅᆞᄃᆡ 되답디 아니 ᄒᆞ고 도라 눕거늘 (권지사, 14b~15a)	㉨ 진씨 그 ᄌᆞ셰흠을 무른ᄃᆡ 승상이 도로 혼미ᄒᆞ야 되답지 아니 ᄒᆞ고 몸을 옴겨 도라눕거늘 (하권, 63~64쪽)

표를 통해 즉시 확인할 수 있듯이 규장각본에는 『연정 구운몽』의 ㉢-㉣-㉥-㉦에 해당하는 내용이 없다. ㉤과 ㉧이 바로 연결되어 중간의 대화를 생략하고 있다. ㉢-㉣-㉥-㉦은 양소유가 진채봉을 알아보지 못하는 척 하는 장면이다. 좀 다른 방식으로 비교해보자. 이 장면을 대화를 주고받는 양상을 중심으로 정리해보면 다음과 같다.

규장각본 『구운몽』	『연정 구운몽』
ⓐ, ⓑ 진채봉이 병세가 어떤지 묻지만, 양소유가 헛소리만 하다가 겨우 진채봉을 알아보고 밤새도록 귀신과 말을 해서 기운이 상했다고 한다.	ⓐ 진채봉이 병세가 어떤지 묻지만 양소유가 헛소리만 하고 심지어 진채봉이 누구인지 알아보지 못한다. ⓑ 이에 진채봉이 양소유의 이마에 손을 얹고 병을 짐작하고, 양소유가 밤새도록 여인 때문에 잠을 이루지 못했다고 한다.
ⓒ 진채봉이 다시 물었으나 양소유는 답해주지 않는다.	ⓒ 진채봉이 더 자세히 알고자 했으나 양소유는 답을 해주지 않는다.

규장각본에서 양소유는 대화를 해나가던 중 질문하는 이가 진채봉임을 알게 되었다는 반응을 보인다. 그러나 『연정 구운몽』에서 양소유는 적어도 문면상으로는 질문을 하는 이가 누구인지 명확히 알 수 없다는 반응을 보인다. 그리고 이 장면, 즉 양소유가 헛소리를 하며 진채봉이 누구인지도 알지 못하는 장면이 길게 제시되어 양소유의 꾀에 처첩들이 속아 넘어가는 상황이 흥미진진하고 길게 그려진다.

그러나 규장각본은 ⑩-⑪-⑫-⑬이 없을 뿐만 아니라, 그렇지 않은 부분들의 내용도 '양소유의 속임수'라는 이 장면의 테마에 그리 부합하지 않는 모습이다. 가령 ⑧은 규장각본에도 존재하지만 그 내용이 '진채봉이 다시 물었으나 양소유가 대답하지 않고 돌아누웠다'는 개략적인 상황 전개 중심이다. 진채봉이 무엇을 물었으며 양소유는 왜 대답을 하지 않았는지에 대해서는 친절한 설명이 없다. 반면 『연정 구운몽』의 ⑧은 짧은 내용임에도 그러한 이유가 모두 제시되어 있다. 진채봉은 전날 밤 꿈속 이야기를 듣고 싶었고 양소유는 정신이 혼미해서 답을 해줄 수 없다고 나온다. 별 차이가 없어 보이지만, 이렇듯 두 장면은 상황을 묘사하고 설명하여 서사적으로 풍부한 텍스트를 만든다는 측면에서 보면 적지 않은 차이가 발견되는 것이다.

2) 직접 발화의 빈번한 등장

『연정 구운몽』은 규장각본에 비하면 직접 발화가 빈번하게 등장하는 편이다. 규장각본이 많은 내용을 서술자의 서술로만 진행하는 데 비해『연정 구운몽』은 등장인물의 직접 발화를 적극 활용하여 상황의 현장감을 높이고 있다. 여기서는『연정 구운몽』에 등장한 수많은 직접 발화 중 이 텍스트의 정체성을 설명해줄 수 있는 인상적인 사례 두 가지만 들도록 하겠다.

규장각본『구운몽』	『연정 구운몽』
㉠공쥐 무양 퉁쇼를 블면 모든 학이 ᄂᆞ려와 춤추니 ㉡태후와 샹이 긔이히 녀여 진문공의 ᄯᆞᆯ 능옥의 일을 싱각ᄒᆞ여 브ᄃᆡ 쇼ᄉᆞ ᄀᆞᆺ 흔 부마를 어드려 ᄒᆞ시ᄂᆞᆫ 고로 ㉢공쥐 임의 댱셩ᄒᆞ엿시ᄃᆡ 오히려 하가흔 ᄃᆡ 업더니 (권지이, 43a)	㉠공주ㅣ 믜양 흔 곡조를 불믜 모든 학이 스ᄉᆞ로 견각(殿閣) 압혜 모도여 마조 춤추ᄂᆞᆫ지라 ㉡티후ㅣ 황상의 닐ᄋ 샤ᄃᆡ, "녯적 진목공(秦穆公)의 ᄯᆞᆯ 롱옥(弄玉)이 옥퉁소를 잘 부럿더니 이졔 란양의 흔 곡조가 롱옥의게지지 아니ᄒᆞ니 필연 소ᄉᆞ(簫史)가 잇은 연후에야 가히 란양을 하가(下嫁)ᄒᆞ리라". ㉢이런 고로 란양이 이믜 장셩ᄒᆞ되 부마(駙馬)를 간퇵(簡擇)지 못ᄒᆞ얏더라 (상권, 96쪽)

먼저 직접 발화가 어색한 지점에서까지 직접 발화를 활용한 사례이다. 위 인용문은 난양공주가 퉁소만 불면 학이 내려왔기 때문에(㉠) 진秦 목공穆公의 딸 농옥弄玉처럼 소사簫史를 기다리느라(㉡) 장성할 때까지 부마를 간택하지 못했다(㉢)는 내용이다. 난양공주가 악기에 능한 이유, 그리고 장성했음에도 혼인을 하지 못한 이유를 서술하고 있다. 그런데 서술자가 그 이유를 서술해주는 부분인데도『연정 구운몽』에서는 그 중 ㉡을 직접 발화로 처리했다. ㉡을 직접 발화로 처리하면, 현재 전개되고 있는 난양공주와 관련한 에피소드가 '과거 회상'이 아니라 과거의 상황을 마치 현재 진행되고 있는 것처럼 그대로 재현하는 이를테면 '과거 진행형'으로 느껴지게 된다. 그런데 ㉢을 보면 다시 서술자가 개입하여 난양공주가 부마를 간택하지 못했다는 사실을 '과거 회상'의 방식으로 전달하고 있다. 즉 ㉡을 직접 발화로 처리하면 오히려 앞뒤 문

장과의 관계가 어색해지는 것이다.

만약 이 작품을 오로지 독서물이라고 가정한다면 그 어색함이 더욱 심하며, 혹여 공연이나 구연을 의식한 것이라 하더라도 ⓛ은 서술자가 서술자의 입으로 주요 에피소드를 설명하는 수준에서 마무리 짓는 것이 맥락에 더 부합한다. 그러나 필자는 직접 발화의 적합성 여부를 중요하게 생각하지 않는다. 대신 이것이 『연정 구운몽』이 맥락을 제대로 고려하지 않고 처리할 정도로 직접 발화를 원했다는 증거가 될 수 있다는 점을 중요하게 생각한다. 공연이나 구연을 염두에 두었을 가능성과 연결시켜 볼 수 있기 때문이다.

다음으로는 직접 발화를 이용하여 작품의 서사적 정보를 충분히 전달하는 사례이다. 아래 인용문은 계섬월이 양소유에게 적경홍의 존재를 설명하는 발언의 일부분이다.

규장각본 『구운몽』	『연정 구운몽』
"(…상략…) 경홍이 스스로 혜오디, '궁향 녀즈로셔 스스로 사름을 듯보기 어렵다 ᄒ고 오딕 창녀ᄂᆞᆫ 영웅호걸을 만히 보니 가히 마음딕로 갈히리라' ᄒ여 즈원ᄒ여 창가의 팔니이니 일이년이 못되여셔 셩명이 크게 너러나 샹년 ᄀᆞ을의 하븍 열두□시 업두의 모다 크게 잔치ᄒᆞᆯ 제 경홍이 ᄒᆞᆫ 곡묘 여샹무를 쥬ᄒ니 좌둥 미녀 슈빅인이 빗치 아이고 잔치 파흔 후의 홀노 동쟉딕예 올나 월식을 쯰여 비회ᄒᆞ며 녯 사름을 됴문ᄒ니 보ᄂᆞᆫ 사름이 다 션녀만 넉이	"(…상략…) 경홍이 스스로 말ᄒᆞ되, '궁벽한 시골녀즈가 이목이 넓지 못ᄒ니 쟝ᄎᆞ 엇지 텬하에 긔이흔 남즈를 가리여 규즁에 어진 빈필을 구ᄒ리오 오작 창녀ᄂᆞᆫ 영웅호결과 즈리를 갓쵸ᄒᆞ야 수쟉ᄒᆞᆯ고 쏘흔 문을 여러 공즈왕손을 마져드리니 현우를 분변ᄒᆞ기 쉽고 우열을 가히 판단ᄒᆞ기 죠흘지니 비컨딕 딕를 초안(楚岸)에 구ᄒ고 옥을 남젼(藍田)에 킹임과 갓ᄒ니 엇지 긔직와 묘품을 엇기를 근심ᄒᆞ리오' ᄒᆞ고 인ᄒᆞ야 스스로 몸을 창기에 팔녀 긔남즈의게 의탁고져 ᄒᆞ더니 불과 수년에 일홈이 크게 쓸친지라 샹년 가을에 산동하북 열두 고을 문쟝 직ᄉᆞ가 읍도에 모혀 잔치를 비셜ᄒᆞ고 노리ᄒᆞᆯ 시 경홍이 그 좌셕에서 예상곡(霓裳曲)을 부르며 일쟝 춤을 추니 편편ᄒᆞ야 놀난 기럭이 갓고 교교ᄒᆞ야 나ᄂᆞᆫ 봉갓ᄒᆞ야 무수흔 일딕가인이 모다 낫빗치 업셔지니 그 직조와 용모를 가히 알지라 잔치를 파ᄒᆞ민 홀노 동작딕에 올나 당빗을 쯰고 비회(徘徊)ᄒᆞ며 녯글을 싱각ᄒᆞ고 감챵ᄒᆞ야 단쟝에 씻친 글을 읇흐며 분

규장각본 「구운몽」	「연정 구운몽」
니 어이 홀노 규합등이라 사람이 업스리잇가 (…중략…) 경흥이 일쥭 첩으로 더브러 변쥐 샹군스의 모다 졍회롤 의논홀시 피츠 냥인이 아마나 원의 춘 군즈룰 만나거든 서로 쳔거흐야 훈 디 사쟈 흐여더니 첩은 이제 낭군을 만나 쇼망이 죡흐야시디 블힝흐야 경흥이 산둥 졔후의 궁등의 드러시니 비록 부귀흐나 져의 원이 아니라."	향의 지는 자최를 조상흐고 인흐야 조조가 능히 이교를 루중에 감초지 못홈을 우스니 보는 지 그 지조를 스랑흐고 그 뜻을 긔이히 녁이지 아니 리 업섯스니 지금 규중에 엇지 또 이러훈 쳐녀가 업스리잇가 (…중략…) 경흥이 첩으로 더부러 상국스에 노리홀 시 셔로 맘속 일을 의론흐다가 경흥이 첩다려 닐으되, '우리 두 사름이 만일 뜻에 맛는 군즈를 만나거든 셔로 쳔거흐야 훈 사름을 갓치 셤기면 거의 빅년 신셰를 그룻지 아니흐리라' 하기로 첩이 또훈 허락흐엿더니 이제 랑군을 만나미 문득 경흥을 싱각흐오나 경흥이 이믜 상동 졔후 궁중에 드러갓스니 일은바 호스다마(好事多魔)로다 제후의 첩의 부귀 비록 극진흐나 쏘훈 경흥의 소원이 아니라 분흐도 다 엇지흐면 경흥을 다시 보고 이 스졍을 말흐고 실노 결련흐니이다."
(권지일, 43a~44a)	(상권, 37~38쪽)

인용한 발언은 크게 세 부분으로 나뉘는데, 그 중 첫 번째 부분만 구체적으로 살펴보자. 이 부분에서는 적경홍이 기생이 되기로 결심한 계기가 등장한다. 요는 궁벽한 시골에 살던 적경홍이 영웅호걸을 만날 요량으로 스스로 기생의 길을 선택했다는 것이다. 규장각본에는 이 내용을 전달하기 위해 꼭 필요한 정보만 간략히 제시되어 있다. 반면『연정 구운몽』은 비유를 들어가면서까지 적경홍의 생각을 보다 구체적으로 풀어낸다. 더욱이 이 부분이『연정 구운몽』에서는 적경홍의 독백으로 처리되어 있어서, 단순히 적경홍의 생각으로 처리되어 있는 규장각본과 차이가 난다. 적경홍이 내심 생각하고 있었던 것을 간략하게 제시한 규장각본과 달리『연정 구운몽』에서는 이를 발화로 처리함으로써 실재감을 높이고 있다.

3) 대화 내용의 구체적 서술

앞서 『연정 구운몽』의 특징으로 풍부한 상황 서술과 직접 발화의 빈번한 등장을 살펴보았다. 사실 이 두 가지 특징은 강조한 측면이 다를 뿐 내용적·형태적으로 그 모습이 유사하다. 서술이 길어지면서 서사가 풍부해지고 그 가운데 빈번하게 직접 발화가 등장하기 때문이다. 이번에 살펴볼 특징인 구체적인 대화 내용의 제시도 그와 같은 맥락 속에 있다. 서사가 풍부하고 다채로워지는 전체적인 흐름 속에서 대화를 주고받는 상황이 자주 확인되며, 대화의 내용이 상세해지는 특징 또한 빈번하게 찾아볼 수 있다.

여기서는 먼저 양소유가 구사량의 난으로 인해 남전산으로 피난을 갔다가 그곳에서 도사를 만나게 되는 장면을 살펴보겠다. 이 장면에서 양소유와 도사는 양소유의 부친인 양 처사의 안부를 묻게 된다.

규장각본 『구운몽』	『연정 구운몽』
흔 도인이 안자다가 싱을 보고 닐오디, "그딕 필경 피란ᄒ는 사름이로다". 양싱 왈, "올ᄒ이다". 쏘무르되, "회람 양 쳐스의 녕낭이냐 얼골이 심히 ᄀᆺ다". 싱이 눈물을 먹음고 실샹을 딕답ᄒ된 ㉠ 도사와의 대화 중 양소유의 발언	일위도사(一位道士) 척상을 의지ᄒ야 누엇다가 이러안져 무르되 「그딕난 피란ᄒ는 사름이니 필연 회남 양쳐스의 아들이로다」 양싱이 놀나 공손히 직빅ᄒ고 눈물을 흘니며 딕답ᄒ되 「소싱이 과연 양 쳐스의 아들이로소이다 부친을 이별혼 이후로 다만 로모씌 의지ᄒ옵더니 비록 무지ᄒ오나 바라는 몸이 싱겨 외람(猥濫)히 과거를 보라가옵다가 화음 짜에 니르러 졸디에 란리를 만나 피란홀 ᄎ로 심산을 ᄎ져 왓습더니 의외에 신션씌 보오니 이는 하늘이 도으샤 션경(仙境)을 발ᄲᅦ ᄒ심이니다 부친의 소식을 오릭 듯지 못ᄒ와 셰월이 가도록 ᄉ모ᄒ는 맘이 더욱 간절ᄒ온지라 지금 말ᄉᆷ을 듯ᄉ온 즉 부친의 소식을 알으실 듯ᄒ오니 복망션군(仙君)은 흔 말ᄉᆷ을 악기지 마르샤

규장각본 『구운몽』	『연정 구운몽』
ㄴ 도인이 웃고 닐오되, "존공이 날노 더브러 삼월 젼의 ᄌᆞ각봉의셔 바독 두고 갓거니와 심히 평안ᄒᆞ니 그되는 슬허 말나 그되 임의 이리 와시니 머므러 자고 명일 길이 트이거든 가미 늣디 아니ᄒᆞ리라".	남의 아들의 말을 위로ᄒᆞ소셔 부친이 지금 어나 산에 계시며 긔운이 ᄯᅩ 엇더ᄒᆞ시니닛가」 도ᄉᆞ 웃고 닐ᄋᆞ되 「존군이 나로 더부러 ᄌᆞ각봉(紫閣峯) 우헤셔 바둑을 두다가 작별ᄒᆞᆫ 지 오라지 아니ᄒᆞ되 어되로 가신지 념려치 말나」
㉡ 도사와 양소유의 대화 (권지일, 25b~26a)	양싱이 울며 고ᄒᆞ되 「혹 선군의 힘을 입어 ᄒᆞᆫ번 부친ᄭᅴ 뵈옵기를 바라ᄂᆞ이다」 도사 ᄯᅩ 웃고 닐ᄋᆞ되 「부ᄌᆞ지졍이 비록 깁ᄒᆞ나 션속(仙俗)이 ᄌᆞ별(自別)ᄒᆞ니 그되를 위ᄒᆞ야 주션ᄒᆞ랴 ᄒᆞ야도 ᄯᅩ ᄒᆞᆯ 수 업고 삼산(三山)이 멀고 십주(十洲)가 넑어셔 존군의 거쳐(去處)를 알기 어렵도다 그되가 이믜 여긔 왓스니 아즉 머물너 잇다가 도로가 통ᄒᆞ거든 도라감이 늣지 아니ᄒᆞ도다」 양싱이 부친의 안후를 드럿스나 도사 주션ᄒᆞᆯ ᄯᅳᆺ이 업스니 뵈올 가망이 ᄭᅳᆫ어지고 심회 쳐량ᄒᆞ여 눈물이 옷에 져즈니 도사 ㅣ 위로ᄒᆞ되 「모혓다 써나고 써낫다 모히ᄂᆞᆫ 것은 ᄯᅩ흔 ᄲᅥᆺᄲᅥᆺ흔 리치니 비읍(悲泣)ᄒᆞ여도 무익ᄒᆞ니라」 양싱이 눈물을 싯ᄉᆞ민 돈연히 셰상 싱각이 사라져 동ᄌᆞ와 나귀 산문에 잇ᄂᆞᆫ 줄 잇져바리고 ᄌᆞ리에 옴겨안져 도ᄉᆞᄭᅴ ᄉᆞ례ᄒᆞ더라 (상권, 21~22쪽)

규장각본은 실재감 있는 대화의 내용을 담았다기보다는 필요한 정보를 최소한으로 제시하는 방식으로 대화를 구성하였다. 그래서 대화의 맥락은 파악이 되지만, 이것을 실제 대화 상황으로 간주하기에는 어려움이 있다. 독자들은 규장각본 텍스트의 문면만 갖고 내용을 완벽하게 이해할 수 없으며, 문면에 자신의 추측을 어느 정도 덧붙여 이해해야 한다.

반면 『연정 구운몽』에서는 양소유나 도사 모두 자신의 생각을 구구절절 표현하고 있다. 규장각본과 비교해보면 지나치다 싶을 정도로 길지만, 이를 통해 부친에 대한 양소유의 절실한 마음이 직접적으로 드러나고 있다. 대화 내용이 구체적으로 그리고 직접적으로 제시되면서 상황에 부합하는 대화로서의 면모를 갖추게 된 것이다.

가령 ㉠의 발언은 도사의 질문에 대한 훌륭한 답이 된다. 본인의 출생과 성장 과정, 아버지에 대한 간절한 그리움이 그대로 묻어난다. 그런데 규장각본에서는 이 발언이 전혀 등장하지 않고 그저 양소유가 '실샹을 ᄃᆡ답ᄒᆞᆫ' 것으로만 나온다. 맥락은 파악할 수 있지만 실제 대화 상황으로 간주하기에 어려운 점이 있다. ㉡도 마찬가지이다. 바로 앞에서 양소유의 아버지에 대한 간절한 그리움이 제시되었기 때문에 양소유와 도사가 대화를 이어가며 이를 적극적으로 드러내는 것이 자연스럽게 느껴진다. 그러나 규장각본에서는 이 대화에서도 양소유의 적극적인 참여가 없다. 아버지가 잘 지내고 있으니 슬퍼 말고 길을 떠나라는 도사의 발언이 전부이다.

이렇듯 규장각본은 대화의 구체성이 결여되면서 대화의 구조가 제대로 만들어지지 못한 측면이 있고, 반대로 『연정 구운몽』은 대화의 내용을 구체적으로 서술함으로써 대화의 구조가 상당히 안정적으로 구축됨은 물론 마치 실제 대화가 전개되는 것 같은 느낌을 심어 준다.

다음으로 양소유가 서울로 잡혀와 궁녀가 된 진채봉을 만나는 장면이다. 오랫동안 잊고 있었던 두 인물이 극적으로 만나 기쁨을 주체할 수 없는 상황이다.

규장각본 『구운몽』	『연정 구운몽』
㉠승샹의 경문왈, "슉인이 즐거온 날 슬허ᄒᆞ니 아니 숨은 회푀 잇ᄂᆞ냐?"	㉠승샹이 놀나 무르딕, "오날 웃는 것은 올커니와 우는 것은 올치 아니ᄒᆞ도다 그러나 무슴 싱둙이 잇는 듯ᄒ

규장각본 『구운몽』	『연정 구운몽』
ⓛ숙인 왈, "승샹이 쳡을 몰니 보시니 쳡을 닛ᄌ시믈 알니로소이다". ⓒ승샹이 홀연 ᄭᆡᄃ라 손을 잡고 글오ᄃᆡ, "경이 아니 화쥐 당낭진다!"	니 실수를 말ᄒ라". ⓛ진슌인이 ᄃᆡ답ᄒ되, "소쳡을 긔억지 못ᄒ시니 승샹이 임의 잇쪄바리심이로다". ⓒ승샹이 ᄌᆡ셰히 보더니 이에 숙인의 옥수를 잡고 닐ᄋ되, "그ᄃᆡ 화음현 진씨로다 닉 오믹불망ᄒ던 바로다!"
ⓔ치봉이 오열ᄒ야 소리 나는 줄 ᄭᆡ닷디 못 ᄒ거늘 ⓜ없음	ⓔ치봉이 더욱 목이 머혀 소리 입에 나지 못ᄒ거늘 ⓜ승샹이 닐ᄋ되, "낭ᄌᆞ임의 디하에 도라간 줄노 알앗더니 궁중에 잇셧스니 만ᄒᆡᆼ이로다 그쩍 화쥬에셔 셔로 허여지믹 낭ᄌᆞ의 집 참혹ᄒ 화른은 다시 말홀 수 업거니와 킷졈에셔 피룬ᄒ 후에 엇지 하로라도 싱각지 아니ᄒ리오 오날 녯 언약을 일움은 실노 닉 싱각에 밋지 못ᄒ 바오 낭ᄌ 또ᄒ 긔필치 못ᄒ엿스리라" ᄒ고 ⓟ드듸여 주머니 속으로셔 진씨의 글을 닉이니 ⓢ진씨 또ᄒ 승상의 글을 밧드러 올니믹 두 사름의 양류사 의연히 셔로 화답 ᄒ는 날 갓혼지라 ⓢ진씨 닐ᄋ되
ⓟ승샹이 낭등으로셔 양뉴사를 닉여 노흐니 ⓢ치봉이 ᄯᅩᄒ 양싱의 글을 닉여 냥인이 슬프믈 이긔디 못ᄒ야 오릭 믹믹ᄒ더니 ⓢ치봉이 글오ᄃᆡ (권지ᄉᆞ, 5b)	(하권, 55~56쪽)

앞선 인용문에 비하면 두 이본의 대화 전개 양상이 대체로 비슷하여 차이가 크게 느껴지지는 않는 듯하다. 그러나 『연정 구운몽』에서 길게 제시된 ⓜ이 규장각본에는 등장하지 않는다는 점이 대화 전개의 뉘앙스에 작지 않은 영향을 준다. ⓜ은 양소유가 진채봉과 헤어진 뒤에도 그녀를 잊지 않았음을 강조하는 발언이다. 이 발언은 그 발언만을 독립적으로 놓고 볼 것이 아니라, 앞의 ⓖ-ⓛ-ⓒ-ⓔ과의 관련성 속에서 파악해야 한다. ⓖ에서 양소유는 슬퍼하는 진채봉에게 그녀가 진채봉이라는 사실을 전혀 모른 채 왜 슬퍼하냐고 묻는다. 진채봉에게 서운해할 빌미를 제공한 것이다. 그래서 ⓛ에서 진채봉은 자신을 알아보지 못하는 양소유에게 서운한 감정이 있음을 직접적으로 드러낸다. 따라서 ⓒ에서 양소유가 진채봉을 알아보는 장면은 단순히 기억나지 않던 진채봉이 떠올랐다는 반가움의 표현이 아니라, 서운함을 표현했던 진채

봉의 반응에 대한 당황스러움 혹은 어찌할 줄 모름의 정서도 함께 표현이 되어야 하는 것이다.

그런데 규장각본에서는 "경이 아니 화쥐 딘닝진다!"라고 말을 함으로써 반가움의 감정만이 표현되었다. 앞의 대화에서 드러났던 진채봉의 서운한 감정이 대화 상황에 온전히 담기지 못한 것이다. 반면 『연정 구운몽』에서는 "그듸 화음현 진씨로다 닉 오믹불망ㅎ던 바로다!"라고 하여 자신이 오래 전부터 진채봉을 만나고 싶어 했음을 언급한다. 즉 진채봉의 서운한 감정에 대한 대답까지 포함해서 한 셈이다.

이에 진채봉은 오열을 하며 남의 얘기를 듣지도 못하고 자신이 직접 말하지도 못한다. 서운했던 감정이 해소되는 과정인 것이다. 따라서 이러한 진채봉의 서운함을 완벽히 풀어줄 수 있는 행위가 이어져야 한다. 규장각본과 『연정 구운몽』에서는 그 계기가 공히 〈양류사〉로 제시되는데, 물론 이것으로도 충분하다고 생각할 수 있지만 『연정 구운몽』에서는 〈양류사〉가 제시되는 ㉅ 앞에 양소유의 마음과 그간의 행적을 담은 발언을 넣음으로써(㉃) 진채봉의 마음을 누그러뜨리기 위해 더욱 노력하는 흔적이 보인다.

즉 ㉃은 대화 전개 양상만 보면 양소유의 직접 발화 하나가 생략된 것에 불과하다고 볼 수 있지만, 대화 전개의 맥락을 고려하면 서운해하는 진채봉과 그것을 풀어줘야 하는 양소유의 관계를 보다 실재감 있게 그려내기 위해 꼭 필요한 발언인 것이다.

요컨대 대화 내용의 구체적 서술은 이와 같이 대화 구조가 빈번하게 등장하는 『연정 구운몽』의 서사 전개를 촘촘하게 하고 실재감을 높이는 데 상당한 기여를 한다. 이러한 특징이 왜 『연정 구운몽』에서 잘 포착될까. 그것은 이 텍스트의 쓰임과 깊은 관련을 맺고 있지 않을까.

4) 시·상소문의 제시

『연정 구운몽』이 공연이나 구연을 의식했음을 보여주는 마지막 근거는 시나 상소문에서 찾아볼 수 있다. 시나 상소문의 제시가 공연 및 구연 상황에 맞게 변형되는 모습이 확인된다. 이 특징들은 추가로 분석을 해야 하기보다는 그 양상을 보여주는 것이다. 차례대로 소개를 하겠다.

먼저 시를 제시할 때 보이는 특징이다.

규장각본 『구운몽』	『연정 구운몽』
양뉴스를 지어 읇프니 그 글의 굴와시티 양뉴청여딕 버들이 프르러 뵈 쯧는 듯ᄒ니 당됴블화루 긴 가지 그림 그린 누의 썰첫도다 원군근지식 원컨딕 그딕는 브즈런이 심으라 츠슈최풍뉴 이 남기 가장 풍뉴로오니라 양뉴하쳥쳥 버들이 즈못 프르고 프르니 당됴불긔영 긴 가지 빗난 기동의 썰첫도다 원군막반절 원컨딕 그딕는 브졀업시 썩지 말나 츠슈최다졍 이 남기 가장 졍이 만흐니라 (권지일, 18b)	드듸여 양류ᄉ(楊柳詞)를 지으니 ᄒ엿 스티 　양류 푸르러 짜는 것 같흐니. 긴 가지 가 그림 다락에 쓸쳣더라. 원컨딕 그딕가 부지런이 심은 뜻은. 이 나무가 가장 풍 류(風流)러라. 　양류가 엇지 그리 쳥〻ᄒ고. 긴 가지가 비단 기동에 쓸치더라. 완컨딕 그딕는 더 위 잡아 썩지 마라. 이 나무가 가장 졍이 만토다. (상권, 15쪽)

첫 번째 특징은 독음을 생략한 것이다. 규장각본에는 제시되어 있는 독음이 『연정 구운몽』에는 제시되어 있지 않다. 규장각본은 독서물이기 때문에 한글로 독음만 적어놓았다 하더라도 독서를 잠깐 멈추고 그 독음의 한자가 무엇인지 생각해볼 겨를이 있다. 당시 독서가 대개는 낭독이었다는 점을 고려해도 마찬가지이다. 한문 독음을 읊는 것은 전통

사회에서 너무나 일상적인 일이었기 때문이다. 그러나 『연정 구운몽』은 독음을 생략하였다. 물론 특별한 이유가 없었을 가능성도 있다. 반대로 일제강점기에 들어서는 한문에 대한 관심이나 한문의 위상이 많이 약화되기 때문에 없앴을 수 있다. 정확한 이유를 알 수는 없지만, 적어도 이 작품에서 독음은 ─ 다른 『구운몽』 이본들과는 달리 ─ 일관되게 생략되어 있다. 따라서 『연정 구운몽』에서 독음을 생략한 것은 의도적인 이유가 있었음을 상정해볼 수 있다.

규장각본 『구운몽』	『연정 구운몽』
냥인이 날회여 댱막의 가 기드리더니 냥궁 태감이 황봉어쥬를 부어 권ㅎ고 텬ㅈ 어졔시를 ᄂ리워 계시거늘 냥인이 고두 ᄉ비ㅎ야 술을 먹고 **각각 화답ㅎᄂ 시룰 지어** 손조 뻐 태감을 주어 보내니라. (권지삼, 32b∼33a)	월왕이 군막에 가 등ᄃㅎ더니 두 ᄂᆡ관이 어ᄉㅎ신 술을 부어 두 사름을 권ㅎ고 인ㅎ야 룡봉 시젼지 한 봉을 주거늘 두 사름이 셰ᄉㅎ고 ᄉ러안져 펴보니 산에서 크게 산양홈을 글ㅅᄃㅎ야 글을 지어드리라 ㅎ셧거늘 월왕과 승상이 머리를 조아 ᄉ비ㅎ고 각각 글을 지어 ᄂᆡ관의계 주어드리게 ㅎ니 승상의 글에 ㅎ엿스되 신벽에 쟝ᄉ를 모라 들에 나아가니, 칼은 가을 련 갓고 살은 벼을 갓더라. 쟝막 속에 뭇 계집은 텬하빅(天下白)이오, 말 압헤 쌍날기ᄂ 히동쳥(海東靑)일너라. 은혜로 옥슐(玉醑)을 난우미 닷토와 감동홈을 머금고. 취ㅎ야 금칼(金刃)을 쎄니 스스로 비린 것을 버엿더라. 인ㅎ야 간히에 셔시(西塞) 밧흘 싱각ㅎ니, 대황풍셜(大荒風雪)에 왕뎡에서 산양ㅎ엿더라 월왕의 글에 ㅎ엿스되 첩첩(蹀蹀)하나ᄂ 룡이 번쎡ㅎᄂ 번기에 지나가니. 안쟝을 어거ㅎ고 북을 울니고 평ㅎ 언덕에 셧더라. 흐르는 벼을 형세ᄂ 쌀아 푸른 사슴을 베히고, 밝은 달 형상은 열녀 흰 거위를 써러터렷더라. 살긔(殺氣)ᄂ 능히 호걸홈을 가라쳐 발ㅎ고, 셩은(聖恩)ᄂ 머무러 취ㅎ 얼골을 취케 ㅎ더라. 여양의 신통히 쏘는 것을 그ᄃᄂ 말을 쉬라. 닷토아 이졔 아츰에 살진 고기(得雋)엇음이 만흔 것 갓더라. ᄂᆡ관이 두 글을 밧고 도라가니라 (하권, 85∼86쪽)

양소유와 월왕은 낙유원에서 자신들이 타고 있던 말과 자신들의 활솜씨를 자랑하는 한편 천자의 어제시에 화답시를 쓴다. 쉽게 예상할 수

있듯 두 인물의 뛰어난 면모를 보여주는 장면이다. 그런데 규장각본에서는 서술자에 의해 화답시를 썼다는 설명만이 제시되었을 뿐 정작 화답시의 내용이 무엇인지는 나오지 않는다. 반면 『연정 구운몽』에서는 화답시의 내용을 구체적으로 보여준다. 물론 이때도 독음은 제시되지 않는다. 『연정 구운몽』이라는 이본을 만든 이는 서술자가 화답시를 썼다고 설명해주는 것만으로는 부족하다고 판단한 것이다. 그 이유는 여러 가지로 생각해볼 수 있지만 지금까지 살펴본 내용을 고려할 때 공연이나 구연을 염두에 둔 판단일 가능성이 높다. 상소문도 마찬가지이다.

규장각본 『구운몽』	『연정 구운몽』
승상이 됴당의 나아가 국스를 다스리더니 샹소하야 (권지사, 20b)	익일 양승상이 경부에 스진ᄒ야 공스를 쳐리ᄒ고 드듸여 상소ᄒ야 '그 모친을 모셔오라' ᄒ니 그 상소에 ᄒ엿스되, 승상위국공 부마도위(駙馬都尉) 신 양소유는 돈수빅빅 ᄒ옵고 황상폐하쯰 상언(上言)ᄒ옵ᄂ이다 신은 본듸 초쟈 미쳔ᄒᆫ 빅셩이라 로모를 공궤홈에 족지 못ᄒ와 두초지지(斗筲之才)로 외람히 국록으로써 로모의 감지지양(甘旨之養)을 밧들가 ᄒ와 분수를 헤아리지 못ᄒ옵고 향공(鄕貢)을 입스와 과거에 챵방ᄒ와 조졍에 션 지 슈년에 조셔를 밧들어 강젹을 치오믹 졀도 무릅을 굽히옵고 쪼 명을 밧ᄌ와 셔로 치오믹 흉ᄒᆫ 토번이 속수 츌항ᄒ오니 이 엇지 신의 ᄒᆫ 계칙이라 ᄒ리잇가 이ᄂᆫ 다 황상의 위엄의 밋친 바오 모든 쟝수ㅣ 죽기로써 싸홈홈이어늘 (…중략…) 폐하ᄂᆫ 시ᄂᆡ이 위박ᄒᆫ 졍셰를 숣히시고 신의 봉양할지원을 고념ᄒ샤 특별히 두어 달 결을을 허락ᄒ샤 ᄒ여곰 도라가 선영(先塋)에 셩묘ᄒ고 로모를 다려와 모즈ㅣ 홈쯰 셩덕을 송축ᄒ옵고 써 반포의 졍셩을 다ᄒ게 ᄒ옵시면 신은 맛당히 졍셩을 다ᄒ와 텬은을 갑흐리라 ᄒ오니 셩상은 긍민(矜憫)히 넉이샤 윤허ᄒ옵소셔 (하권, 70~71쪽, 줄바꿈은 원문을 그대로 반영하였음)

『연정 구운몽』은 상당히 긴 분량을 할애하면서 상소문을 직접 제시

하고 있다. 상소를 했다는 사실만을 짧게 언급한 규장각본과는 차이가 있다. 상소문의 내용을 직접 제시하는 것은 독서물로만 향유되는 텍스트의 측면에서 보면 다소 비효율적인 면이 있다. 상소문의 내용이 길다 보니 서사 전개의 흐름이 끊어지는 듯한 느낌을 받을 수 있기 때문이다. 그러나 공연이나 구연을 염두에 두었다면 상소문의 직접 제시는 극 중 상황에 관객들이 몰입하게 하는 데 효과를 줄 수 있다.

결국 시에서 독음이 빠지고 번역문만 제시되는 것이나, 화답시 전문이 그대로 실린 것, 상소문의 전문이 그대로 실린 것 등은 모두 이 텍스트가 공연이나 구연을 염두에 두었다는 점과 관련이 있음을 보여주는 정황 근거라 할 수 있다.

지금까지 『연정 구운몽』의 서사 전개 양상에 나타나는 특징을 살펴보았다. 『연정 구운몽』은 기본적으로 다채롭고 풍부한 서사를 갖추고 있는 이본이다. 그런데 이러한 특징적인 면모를 몇 가지로 항목화 해보니 모두 이 텍스트가 공연이나 구연을 염두에 두고 있음을 말하고 있었다. 앞서 조심스럽게 언급한 것처럼, 이 텍스트를 온전히 공연을 위한 텍스트로 보기는 어려울 듯하다. 그러나 『구운몽』텍스트를 새롭게 정리하면서 그 당시 성행했던 공연이나 구연의 상황을 고려한 것만큼은 확실해 보인다. 공연이나 구연을 의식한 결과가 텍스트에 충실히 반영되었는가의 문제는 차치하고, 일단 여기서는 그러한 의도가 존재했음을 확인하고 그것에 의미를 부여할 필요가 있을 것이다.

3. 인식의 전환을 통한 주제 구현

『연정 구운몽』의 서사 전개 양상에 이어 주제 구현 양상을 살펴보겠다. 주지하다시피 『구운몽』의 주제는 환몽구조와 긴밀히 관련을 맺고 있으며, 특히 각몽 부분을 주목해야 정확히 파악할 수 있다. 더구나 『연정 구운몽』은 각몽 과정에서 선본 계열과 뚜렷한 차이를 보이는 지점이 존재한다. 이에 다소 길지만 『연정 구운몽』의 각몽 부분을 제시한다.

	규장각본 『구운몽』[13]	『연정 구운몽』[14]
1	승상이 대회 왈 "우리 구인이 쯧이 ᄀᆺᆺ터니 쾌ᄉ라 내 명일노 당당이 힝홀 거시니 금일은 제 낭ᄌ로 더브러 진쥐ᄒᆞ리라" ᄒᆞ더라	태ᄉᆞ ᅵ 크게 깃거 닐ᄋᆞ되 "우리 아홉 사름의 맘이 이믜 상합ᄒᆞ니 무슴 념려홀 일이 잇스리오 ᄂᆡ 맛당히 릭일 가겟노라".
2	졔낭지 왈 "쳡등이 각각 일비를 밧드러 상공을 젼송ᄒᆞ리이다".	모든 낭ᄌᆞ ᅵ 닐ᄋᆞ되 "쳡등이 맛당히 각각 한 ᄌᆞᆫ을 밧더러 상공을 젼별ᄒᆞ리이다".
3	잔을 쎠셔 다시 브으려 ᄒᆞ더니 홀연 셕양의 막대 더지ᄂᆞᆫ 소리 나거늘 고이히 너겨 싱각ᄒᆞ되 '엇던 사름이 올나오ᄂᆞᆫ고?' ᄒᆞ더니	바야흐로 시녀를 불너 다시 술을 나아오라 ᄒᆞ더니 홀연 집힝이 소리 돌길에 나거늘 모든 사름이 닐ᄋᆞ되 "엇더흔 사름이 감히 이곳에 오ᄂᆞ뇨?"
4	ᄒᆞᆫ 호승이 눈섭이 길고 눈이 묽고 얼골이 고이ᄒᆞ더라	이윽고 일위 로승이 압헤 니르ᄂᆞᆫ되 눈섭은 자만치 길고 눈은 물결처럼 붉고 동장이 심히 이상ᄒᆞ며
5	엄연히 좌샹의 니르러 승샹을 보고 녜ᄒᆞ야 왈 "산야 사름이 대승샹긔 뵈ᄂᆞ이다".	딕에 올나 태ᄉᆞ와 딕좌ᄒᆞ야 셔로 례ᄒᆞ고 닐ᄋᆞ되 "산중 사름이 딕승상긔 뵈옵ᄂᆞ이다".
6	승샹이 이인인 줄 알고 황망이 답녜 왈 "ᄉᆞ부ᄂᆞᆫ 어딕로셔 오신고?"	**태ᄉᆞ ᅵ 이믜 시속 즁이 아닌 줄 알고** 급히 니러나 답례ᄒᆞ고 무르되 "스승은 어나 곳으로 좃ᄎ 오시나잇가?"
7	호승이 쇼왈 "평싱 고인을 몰나 보시니 귀인이 니즘 홀타 말이 올토소이다"	로승이 딕답ᄒᆞ되 "승샹이 평싱 친구를 아지 못ᄒᆞ시ᄂᆞ뇨? 닐즉 드르니 귀인은 잇기를 잘흔다 ᄒᆞ더니 과연이로다".
8	승샹이 ᄌᆞ시 보니 과연 ᄂᆞᆺ치 니근 듯ᄒᆞ거늘 홀연 씨쳐 능파낭ᄌᆞ를 도라보며 왈 "쇼위 젼일	태ᄉᆞ ᅵ ᄌᆞ셰 본즉 구면인 듯ᄒᆞ나 오히려 분명치 아니ᄒᆞ더니 홀연 씨닷고 모든 부인

	규장각본 『구운몽』[13]	『연정 구운몽』[14]
	토번을 정벌홀 졔 꿈에 동졍 뇽궁의 가 잔치ᄒᆞ고 도라올 길히 남악의 가노니 흔 화상이 법좌의 안져셔 경을 강논ᄒᆞ더니 노뷔 노화상이냐?"	을 도라보며 닐으ᄃᆡ "소유ㅣ 닐즉 토번국을 칠 ᄶᆡ 꿈에 동뎡룡왕의 준치에 참여ᄒᆞ고 도라오ᄂᆞᆫ 길에 잠깐 남악에 올나 늙은 ᄃᆡ사 자리에 안져 모든 뎨ᄌᆞ로 더부러 불경을 강홈을 보앗더니 스승이 꿈숙에 본든 ᄃᆡᆨ스ㅣ 아니시니잇가?"
9	호승이 박장대쇼ᄒᆞ고 골오ᄃᆡ "올타 올타 비록 올흐나 몽듕의 잠간 만나본 일은 싱각ᄒᆞ고 십년을 동쳐ᄒᆞ던 일을 아디 아디 못 ᄒᆞ니 뉘 양쟝원을 총명타 ᄒᆞ더뇨?"	로승이 박장ᄃᆡ쇼ᄒᆞ며 닐으ᄃᆡ, "올토다 올토다 그러나 다만 꿈속에 흔번 본 것만 긔억ᄒᆞ고 십년 동거ᄒᆞ든 것은 긔억지 못ᄒᆞᄂᆞᆫ도다".
10	승상이 망연ᄒᆞ야 골오ᄃᆡ "쇼유ㅣ 십오뉵셰 젼은 부모 좌하룰 ᄯᅥ나디 아녓고 십뉵에 급제ᄒᆞ야 년ᄒᆞ야 딕명이 이시니 동으로 연국의 봉ᄉᆞᄒᆞ고 서로 토번을 졍별흔 밧근 일쯕 경ᄉᆞ룰 ᄯᅥ나디 아녀시니 언제 스부로 더브러 십년을 샹죵ᄒᆞ여시리오?"	
11	호승이 쇼 왈 상공이 오히려 츈몽을 ᄭᆡ디 못 ᄒᆞ엿도소이다	
12	승상 왈 ᄉᆞ뷔 엇디면 쇼유로 ᄒᆞ야곰 츈몽을 ᄭᆡ게 ᄒᆞ리오	
13	호승 왈 이ᄂᆞᆫ 어렵디 아니 ᄒᆞ니이다 ᄒᆞ고 손 가온ᄃᆡ 셕쟝을 드러 셕난간을 두어 번 두드리니 홀연 네 녁 뫼골노셔 구룸이 니러나 대샹의 ᄭᅵ이여 디쳑을 분변티 못 ᄒᆞ니 승상이 졍신이 아득ᄒᆞ야 마치 취몽 듕의 잇는 ᄃᆞᆺ ᄒᆞ더니	
14	오래게야 소리 질너 골오ᄃᆡ ᄉᆞ뷔 어이 뎡도로 쇼유룰 인도티 아니 ᄒᆞ고 환슐노 서로 희롱ᄒᆞᄂᆞ뇨	
15	말을 듯디 못 ᄒᆞ여셔 구룸이 거두치니 호승이 간 곳이 업고 좌우룰 도라 보니 팔낭저 ᄯᅩ흔 간 곳이 업ᄂᆞᆫ디라 졍히 경황ᄒᆞ야 ᄒᆞ더니 그런 뇹흔 ᄃᆡ와 만흔 집이 일시의 업셔지고 졔 몸이 흔 젹은 암ᄌᆞ 듕의 흔 포단 우희 안쟈시 ᄃᆡ 향노의 블이 임의 ᄉᆞ라지고 디난 돌이 창의 임의 빗최엿더라 스스로 졔 몸을 보니 일빅 여ᄃᆞᆲ 낫 염쥐 손목의 걸녓고 머리룰 ᄆᆞᆫ디니 갓 ᄭᅡᆨ근 마리털이 가츨가츨ᄒᆞ야시니 완연이 쇼화상의 몸이오 다시 대승상의 위의 아니니 졍신이 황홀ᄒᆞ야 오란 후의 비로소 졔 몸이 연화도댱 셩진힝ᄌᆞ인 줄 알고 싱각ᄒᆞ니	
16	'처음의 스싱의게 슈척ᄒᆞ야 풍도로 가고 인셰예 환도ᄒᆞ야 양가의 아ᄃᆞᆯ 되여 쟝원급제 한님혹ᄉᆞᄒᆞ고 츌댱입상ᄒᆞ야 공명신퇴ᄒᆞ고 냥공쥬와 뉵낭ᄌᆞ	

	규장각본 『구운몽』[13]	『연정 구운몽』[14]
	로 더브러 즐기던 거시 다 ᄒᆞ로밤 ᄭᅮ미라 무음의 이 필연 ᄉᆞ뷔 나의 념녀를 그릇ᄒᆞ믈 알고 날노 ᄒᆞ여곰 이 ᄭᅮᆷ을 ᄭᅮ어 인간 부귀와 남녀 졍욕이 다 허신 줄 알게 ᄒᆞ미로다.'	
17	급히 셰슈ᄒᆞ고 의관을 졍졔ᄒᆞ며 방쟝의 나아가 니 다른 졔ᄌᆞ들이 임의 다 모다더라	
18	대ᄉᆞ 소ᄅᆡᄒᆞ야 무르디 셩진아 인간 부귀를 디내니 과연 엇더ᄒᆞ더뇨	이에 고셩디호ᄒᆞ되, "셩진아— 셩진아 — 인간ᄌᆞ미 죳터냐?"
19	셩진이 고두ᄒᆞ며 눈물을 흘녀 ᄀᆞᆯ오디 셩진이 임의 ᄭᆡᄃᆞ랏ᄂᆞ이다 졔ᄌᆡ 불쵸ᄒᆞ야 념녀를 그릇 먹어 죄를 지으니 맛당이 인셰의 뉸회홀 거시어늘 ᄉᆞ뷔 ᄌᆞ비ᄒᆞ샤 ᄒᆞ로밤 ᄭᅮᆷ으로 졔ᄌᆞ의 무음 ᄭᆡᄃᆞᆺ게 ᄒᆞ시니 ᄉᆞ뷔의 은혜를 천만겁 이라도 갑기 어렵도소이다	셩진이 눈을 번쩍 써서 치어다보니 류관 디사 음연히 섯는지라 셩진이 머리를 두다 리며 눈물을 흘녀 황연히 ᄭᆡᄃᆞᆺ고 닐ᄋᆞ디 "졔ᄌᆡ 힝실이 부졍ᄒᆞ오니 자작지죄ㅣ 수원수구리오 맛당히 결함한 셰계에 쳐ᄒᆞ야 길이 륜회ᄒᆞᄂᆞᆫ 지앙을 밧을 것이어늘 스승이 하로밤 ᄭᅮᆷ을 불너 ᄭᆡ우샤 셩진의 말을 ᄭᆡᄃᆞᆺ게 ᄒᆞ시니 스승의 은혜는 천만겁 을 지나도 가히 갑지 못ᄒᆞ리로소이다".
20	대ᄉᆞ ᄀᆞᆯ오디 네 승흥ᄒᆞ야 갓다가 흥진ᄒᆞ야 도라와시니 내 무슨 간녜ᄒᆞ미 이시리오 네 또 니르디 인셰의 뉸회홀 거슬 ᄭᅮᆷ을 ᄭᅮ다 ᄒᆞ니 이ᄂᆞᆫ 인셰의 ᄭᅮᆷ을 다리다 ᄒᆞ미니 네 오히려 ᄭᅮᆷ을 치 ᄭᆡ디 못 ᄒᆞ엿도다 댱쥐 ᄭᅮᆷ의 나뷔 되여다가 나뷔 댱쥐 되어니 거ᄌᆞᆺ 거시오 어니 진짓 거 신 줄 분변티 못ᄒᆞᄂᆞ니 어제 셩진과 쇼유 어니ᄂᆞᆫ 진짓 ᄭᅮᆷ이오 업ᄂᆞᆫ ᄭᅮᆷ이 아니뇨	디사ㅣ 닐ᄋᆞ디 "네 흥을 타고 갓다가 흥이 다ᄒᆞ야 오니 니 무슨 상관이 잇스리오 또 네가 인간 륜회ᄒᆞᄂᆞᆫ 일을 ᄭᅮᆷᄭᅮ엿다 ᄒᆞ고 또 네 ᄭᅮᆷ과 셰상을 난호아 둘을 ᄒᆞ노니 네 ᄭᅮᆷ이 오히려 ᄭᆡ지 못ᄒᆞ얏도다".
21	셩진이 ᄀᆞᆯ오디 졔ᄌᆡ 아득ᄒᆞ야 ᄭᅮᆷ과 진짓 거 슬 아디 못ᄒᆞ니 ᄉᆞ부는 셜법ᄒᆞ샤 졔ᄌᆞ를 위ᄒᆞ 야 ᄌᆞ비ᄒᆞ샤 ᄭᆡᄃᆞᆺ게 ᄒᆞ쇼셔	셩진이 디답ᄒᆞ되 "졔ᄌᆡ 몽미ᄒᆞ와 ᄭᅮᆷ이 잠이 아니며 잠이 ᄭᅮᆷ이 아님을 분변치 못ᄒᆞ오니 바라건디 스승은 벌을 베프사 졔ᄌᆞ로 ᄒᆞ여곰 ᄭᆡᄃᆞᆺ게 ᄒᆞ쇼셔".
22	대ᄉᆞ ᄀᆞᆯ오디 이제 금강경 큰 법을 닐너 너의 무음을 ᄭᆡᄃᆞᆺ게 ᄒᆞ려니와 당당이 새로 오ᄂᆞᆫ 졔 ᄌᆡ 이실 거시니 잠간 기ᄃᆞ릴 거시라 ᄒᆞ더니	디사ㅣ 닐ᄋᆞ디 "니 맛당히 금강경 큰 법 을 버프러서 네 맘을 ᄭᆡᄃᆞᆺ게 ᄒᆞ려니와 잠 깐 잇스면 올 졔ᄌᆡ 잇스니 너는 아즉 기 다리라" 말을 맛지 못ᄒᆞ야
23	문 딕휘 도인이 드러와 어제 왓던 위 부인 좌 하 션녀 팔인이 또 와 ᄉᆞ부긔 뵈와디이다 ᄒᆞᄂᆞ 이다	문 직힌 도인이 손 왓슴을 고ᄒᆞ더니
24	대ᄉᆞ 드러오라 ᄒᆞ니	
25	팔션네 대ᄉᆞ의 압히 나아와 합장고두ᄒᆞ고 ᄀᆞᆯ 오디 졔ᄌᆞ등이 비록 위 부인을 뫼셔시나 실노 비혼 일이 업셔 셰속 졍욕을 닛디 못ᄒᆞ더니 대	위부인의 시녀 팔션녀 니르러 디사 압헤 나와 합장비례ᄒᆞ고 닐ᄋᆞ디 "졔ᄌᆞ 등이 비 록 부인 좌우에 시립ᄒᆞ엿스나 비혼 비 업

	규장각본 『구운몽』[13]	『연정 구운몽』[14]
	시 주비ᄒᆞ시믈 입어 ᄒᆞ로밤 숨의 크게 ᄢᆡᄃᆞ라시니 뎨ᄌᆞ등이 임의 위 부인긔 하딕ᄒᆞ고 불문의 도라와시니 ᄉᆞ부는 나죵닉 가ᄅᆞ치믈 ᄇᆞ라ᄂᆞ이다	스와 망령된 싱각을 억졔치 못ᄒᆞ야 욕심이 잠ᄉᆞ간 동ᄒᆞ오미 즁흔 죄칙이 ᄯᆞ라니르러 인간에 흔 숨을 쉬되 ᄢᆡ우는 사ᄅᆞᆷ이 업더니 딕ᄌᆞ딕비ᄒᆞ신 스승이 다려오시미 어졔 위 부인 궁즁에 가셔 젼일 죄를 사례ᄒᆞ옵고 곳 부인의 하직ᄒᆞ고 도라왓ᄉᆞ오니 복걸 승상은 젼죄를 사ᄒᆞ시고 특별히 밝은 교훈을 드리우소셔".
26	대시 왈 녀션의 ᄯᅳᆺ이 비록 아름다오나 불법이 깁고 머니 큰 녁냥과 큰 발원이 아니면 능히 니르디 못 ᄒᆞᄂᆞ니 션녀는 무ᄅᆡ미 스스로 혜아려 ᄒᆞ라	
27	팔션녜 믈너가 ᄀᆞᆺ 우히 연지분을 ᄢᅵ셔 ᄇᆞ리고 각각 ᄉᆞ매로셔 금젼도를 내여 혹운ᄀᆞᆺᄐᆞᆫ 마리를 싹고 드러와 술오디 뎨ᄌᆞ등이 임의 얼골을 변ᄒᆞ야시니 밍셰ᄒᆞ야 ᄉᆞ부 교령을 태만티 아니 ᄒᆞ리이다	인ᄒᆞ야 얼골에 연지를 지우고 몸에 룽라를 벗고 삭발위승ᄒᆞ고 밍셔ᄒᆞ거늘
28	대시 ᄀᆞᆯ오디 션지 션지라 너히 팔인이 능히 이러틋ᄒᆞ니 진실노 모든 일이로다	딕ᄉᆞ ㅣ 경계ᄒᆞ되 "팔인의 츔회 이에 니르니 엇지 감동치 아니ᄒᆞ리오".
29	드디여 법좌의 울나 경문을 강논ᄒᆞ니 빅호 빗티 셰계의 ᄡᅩ이고 하ᄂᆞᆯ 곳치 비ᄀᆞᆺ티 ᄂᆞ리더라	ᄒᆞ고 드듸여 좌에 오르게 ᄒᆞᆫ 후 셜법ᄒᆞ니
30	셜법ᄒᆞ믈 댱츳 ᄆᆞᆺ매 네 귀 진언을 숑ᄒᆞ야 ᄀᆞᆯ오디 일졀유의법 염모환묘영 여디역여젼 응쟉여시관 이리 니르니 셩진과 여듧 니괴 일시의 ᄢᆡᄃᆞ라 불싱불멸흘 졍과를 어드니 대시 셩진의 계힝이 놉고 슌슈ᄒᆞ믈 보고 이에 대듕을 모호고 ᄀᆞᆯ오디 내 본딕 젼도ᄒᆞ믈 위ᄒᆞ야 동국의 드러왓더니 이제 쳥법을 젼흘 곳이 이시니 나는 도라가노라 ᄒᆞ고	셩진과 팔녀승이 본셩을 ᄢᅢᄃᆞ라 불계에 잇거늘 딕ᄉᆞ ㅣ 이에 가사와 바리와 주셕장과 금강경으로 셩진게 주고 닐ᄋᆞ디 "너 불도를 네게 젼ᄒᆞ엿노라" ᄒᆞ고
31	염쥬와 바리와 졍병과 셕쟝과 금강경 일권을 셩진을 주고 셔쳔으로 가니라	인ᄒᆞ야 셔텬을 향ᄒᆞ야 가더라
32	이후에 셩진이 연화도쟝 대듕을 거ᄂᆞ려 크게 교화를 베프니	셩진이 련ᄒᆞ봉 도쟝에셔 여러 녀승의게 셜법ᄒᆞ니
33	신션과 뇽신과 사ᄅᆞᆷ과 귀신이 ᄒᆞᆫ가지로 존슝ᄒᆞ믈 뉵관대ᄉᆞ와 ᄀᆞᆺ티ᄒᆞ고 여듧 니괴 인ᄒᆞ야	
34	셩진을 승싱으로 셤겨 깁히 보살대도를 어더 아홉 사ᄅᆞᆷ이 ᄒᆞᆫ가지로 극낙셰계로 가니라	일심졍념 극락셰계

---

13 규장각본 권지사, 63a~68b.
14 『연정 구운몽』 하권, 115~118쪽.

규장각본과 비교할 때 가장 두드러지는 특징은 『연정 구운몽』에는 양소유의 세계에서 성진의 세계로 전환되는 장면의 상당 부분이 생략되었다는 점이다. 위 표의 규장각본에서 '굵은 글씨'로 처리한 부분(10~17번)이 『연정 구운몽』에는 아예 존재하지 않는다. 그렇다면 왜 존재하지 않을까? 『연정 구운몽』의 주제는 이 차이에서부터 풀어가야 한다.

가장 먼저 드는 생각은— 이 작품이 공연을 염두에 두었다고 했을 때 — 기술적인 어려움의 문제이다. 장면 전환을 무대에서 보여주기 위해서는 전환 전前 공간인 종남산 취미궁과 전환 후後 공간인 연화봉이 설치되어 있어야 하며, 그것이 실제로 한순간에 바뀌는 상황을 연출해야 한다. 그런데 아마도 이를 구현하는 데에 여러 기술적 문제들이 있었으리라고 추정해본다.

한편으로는 기술적 측면을 차치하고서라도, 『연정 구운몽』 생산자가 그 상황을 굳이 꼭 작품에 구현해야 할까 하는 생각도 했으리라고 본다. 깨달음과 같은 등장인물의 내면적 변화를 빼면, 장면 전환 그 자체는 작품의 서사에서 가시적인 효과 외에 기여하는 바가 그리 크다고 하긴 어렵기 때문이다.[15]

---

15 사실 각몽과 대칭을 이루는 입몽 장면에서는 『연정 구운몽』도 장면 전환이 이루어진다. 입몽 장면에서 성진과 팔선녀는 사면팔방으로 바람을 타고 흩어진다(『연정 구운몽』 상권, 11쪽 참조). 이런 점을 감안한다면, 어쩌면 기술적인 어려움은 부차적인 문제일 수도 있다는 생각이 든다. 오히려 장면의 전환이 서사에서 유의미한 기능을 하느냐 아니냐의 문제가 핵심일 수도 있다고 본다. 입몽 장면에서는 장면이 전환되어야 새로운 공간이나 인물의 등장으로 이야기가 매끄럽게 전개될 수 있다. 그러나 각몽 장면에서는 이미 성진(양소유)과 육관대사가 등장하고 있기 때문에 굳이 장면 전환이 이루어질 필요가 없다고 판단했을 수 있다. 각몽 장면에서는 장면 전환이라는 가시적 측면보다는 성진의 깨달음이 더 중요하다고 볼 가능성이 높기 때문이다. 그런데 이렇게 쓰면 각몽 부분이 생략된 이유는 기술적인 문제일 수도 있고 아닐 수도 있다는 얘기가 된다. 한 편의 글에서 이와 같이 일관되지 못한 판단을 내리는 것이 주저되지만, 그럼에도 각몽에서 장면 전환 부분

이유가 무엇이든 『구운몽』은 장면 전환이 있어야 마지막 주제를 이야기할 수 있다. 그런데 장면 전환이 없다보니, 장면 전환 없이 장면이 전환된 것처럼 이야기를 이끌어야 한다. 이로 인해 주제 구현이 독특한 양상으로 흘러간다. 위 표의 6번 내용만 따로 떼어서 살펴보자.

	규장각본 『구운몽』	『연정 구운몽』
6	승상이 이인인 줄 알고 황망이 답녜 왈 "스부는 어듸로셔 오신고?"	태수ㅣ 이믜 시속 중이 아닌 줄 알고 급히 니러나 답례ᄒ고 무르되 "스승은 어나 곳으로 좃ᄎ 오시나잇가?"

이 장면 직전에 아직 속세에 있던 양소유는 한 호승을 만난다. 그리고 이 장면에 와서는, 규장각본에서는 양소유가 그 호승이 이인異人이라는 것을 느끼고 어디서 왔는지 묻는 내용으로 전개된다. 우리가 일반적으로 알고 있는 『구운몽』 각몽 부분의 전개 양상이다.

그런데 『연정 구운몽』에서는 양소유가 호승을 이인이라고 느낀다는 '승상이 이인인 줄 알고'라고 서술되는 자리에 "태수ㅣ 이믜 시속 중이 아닌 줄 알고"라는 표현이 등장한다. 즉 양소유의 생각 속에서 이미 장면의 전환을 만들어낸 것이다. 규장각본에서 10~17번 사이에 진행되었던 물리적 장면 전환이, 『연정 구운몽』에서는 그보다 앞서 6번에서 양소유의 생각을 통해 진행이 된다. 세계의 전환을 직접 보여주지 않는 대신 양소유 개인의 인식의 차원으로 바꿔 손쉽게 장면을 전환한다. 구름이 가득하여 사방을 분간할 수 없는 규장각본의 장면 전환과는 큰 차

이 생략된 이유를 명확히 알기 어렵기 때문에 단정적으로 말하기 어려움을 고백한다. 이 책에서는 명확한 근거를 찾을 수 없는 이유에 주목하기보다는 그로 인한 효과에 초점을 맞춰 생각해보도록 하겠다.

이가 있지만, 양소유가 스스로를 성진으로 자각하는 순간 자연스럽게 이 작품은 장면을 전환한 셈이 된 것이다.

『연정 구운몽』의 각몽은 인간 세계에서 불가의 세계로 즉 이 세계에서 저 세계로 변화되는 것에 초점이 맞춰져 있던 선본 계열과 다르게, 그 변화의 한가운데 성진이 위치하게 된다. 그리고 인간 세계의 경험이 꿈속 체험으로 처리되면서 불가의 세계와 그 경계가 명확히 구분되었던 선본 계열과 다르게, 인간 세계와 불가의 세계의 경계가 무화된다.

한편 『연정 구운몽』의 주제는 선본 계열의 3단계에 부합한다. 인생 무상이 주제가 아니라 참·거짓의 이분법적 구분을 넘어서는 진정한 이치를 깨닫는 것이 주제이다. 그런데 주제가 구현되는 과정은 위와 같이 선본 계열과 다소 차이가 있다. 그러다보니 작품의 결도 다소 다르게 느껴진다. 세계의 물리적 전환을 직접 보여주는 대신 인식의 전환을 활용하여 세계의 전환을 간접적으로 알림으로써 불가의 세계와 인간 세계의 확연한 대립 구도가 무화되었고, 이것이 자연스럽게 3단계의 깨달음을 얻는 데 도움을 주는 형국이다. 3단계의 깨달음은 이분법적 사고의 지양이다. 양소유가 성진으로 자연스럽게 넘어가는 모양새는 이분법적 인식을 탈피하려는 작품의 주제를 서사적으로 뒷받침한다.

이러한 전개 방식은 일반 독자나 관객들이 작품에 공감하는 데에도 유리한 측면이 있었을 것이다. 대중들은 누구나 개인의 사유 안에서 스스로의 정체성이 달라지는 경험을 해보게 된다. 구름이 가득하여 지척을 분간하지 못한 사이에 양소유가 성진으로 돌아오는 것보다, 문득 현재의 나에 대해 근본적인 의문을 던짐으로 인해 지금의 '나'가 또 다른

'나'로 인식되는 것이 아무래도 수용자 개개인이 그들의 경험에 비추어 보기 용이한 상황이었을 것이다. 이러한 효과를 의도했든 그렇지 않든, 결과적으로 이 작품을 수용한 대중들은 성진을 바라보며 각자 일상적 삶의 과정에서 경험했을 개인적 차원의 깨달음과 작품 속 주인공의 깨달음을 동일시했을 가능성이 높다.

4. 소결

이 장에서는 『구운몽』을 대표하는 활자본 고전소설 이본인 『연정 구운몽』의 특징을 살펴보았다. 이를 위해 우선 20세기 초에 『구운몽』을 비롯한 고전소설들이 공연물로 향유되던 정황을 확인하였고, 다른 작품명 속 '연정演訂'의 의미를 파악하여 『연정 구운몽』에 왜 '연정演訂'이라는 단어가 부기되었는지 따져보았다. 그리고 작품의 텍스트에 천착하여 이 작품이 공연을 염두에 두고 있었다는 추론을 뒷받침할만한 여러 정황 근거들을 확보하였다.

아마 혹자는 이 작품의 특징을 그저 『구운몽』 이본 계승의 흔적으로만 치부할 수도 있을 것이다. 그러나 작품을 구체적으로 살펴본 결과, 이 작품은 공연을 염두에 두며 만들어졌을 가능성이 높아 보였다. 그에 따라 이 작품은 『구운몽』의 선본이냐 비선본이냐의 문제를 떠나, 개성적으로 『구운몽』을 계승한 유의미한 존재라는 결론을 얻었다. 상업적 목적을 지녔던 『연정 구운몽』은 이와 같은 변개를 통해 생존과 흥행의 가능성을 담아낸 독자적 의미를 지니는 이본으로 만들어졌을 것이다.

선본 계열 자장 내의 서사와 주제

제6장

활자본 『신번 구운몽』

이 장에서는 앞서 살펴본 『연정 구운몽』과 더불어 한글 활자본 이본을 대표하는 『신번 구운몽』의 특징에 대해 살펴보도록 하겠다. 『신번 구운몽』은 여타 이본과는 다르게 책의 앞부분에 서언이 적혀 있다.

이글은 김공 츈틱씨의 저흔 바이라 모든 쇼셜에 비컨틴 그 글이 긔이흐고 그 일이 가장 긔이흔 고로 지금까지 전송흐야 이빅년 사이에 초동목수라도 노릭 아니 리 업셔 드틱여 긔관이 됨이라 원본은 셰권이니 전라감영에 판이 잇다가 임의 소화흐고 일즉이 청국대방가 칭찬흐고 다시 느리고 더흐야 여셧권을 작흐나 쏘한 전흠이 업도다 근릭에 문운이 륭셩흐야 비록 심상흔 속담이라도 가히 감동홀 즈 거둬 긔록흐거든 하믈며 구운몽은 질겁되 음란치 안고 쏘 군션도경치가 구비흔 즉 다만 풍류 승수로만 알치 말고 일단 화긔룰 함양흐야 뎨가흐눈 절추에 유한 정경의 지춰룰 붓칠 시이에 언문으로써 시로 번역흐야 민회에 보기 극히 편흐고 스룸의 마암을 무한히 질겁케 흐노니

희라 부싱이 쏨과 갓ᄒ니 쾌활뎍 ᄉ상이 아니면 질거움이 얼마리오.[1]

　서언에서 이 작품을 간행하게 된 경위를 밝히고 있다. 오랜 기간 사람들에게 널리 향유된 작품임에도 불구하고 그간 전해지던 판본들이 사라져 아쉽다면서, 근래 사소한 이야기까지 기록으로 남기는 정황을 고려한다면 독자들에게 유익한 이 작품은 필히 새로 번역이 되어야 할 것이라고 언급하고 있다. 이렇듯 번역의 필요성은 부각되어 있지만, 그 번역이 어떠한 판본을 기준으로 했는지 또한 어떠한 방향으로 진행이 되었는지 나와 있지는 않다. 서언만으로는 『신번 구운몽』만의 개성적 서사나 주제가 무엇일지 판단하기 어렵다.

　그래서 이 작품 또한 선본 계열과의 차이를 통해 개성적 면모를 도출할 필요가 있다. 그런데 결론부터 언급하면, 『신번 구운몽』은 앞서 살펴본 이본들과 달리 규장각본과 내용적으로 그리고 주제적으로 큰 차이가 나지 않는다. 『신번 구운몽』은 권지상과 권지하로 구성되어 있는데, 이 중 권지하에서는 규장각본과 확연하게 구분되는 차이가 발견되지 않았다. 다만 권지상은 부분적으로 차이가 확인되었는데, 그 차이는 공히 특정 장면의 서술 분량이 상대적으로 많다는 점으로 정리할 수 있

1　인용문의 원문은 다음과 같다. "是書ᄂ 金公春澤氏의 著ᄒ 바이라 모든 小說에 比컨딘 其文이 奇ᄒ고 其事ᅵ 最히 奇ᄒ 故로 至今 傳誦ᄒ야 二百年間에 樵童牧竪라도 歌謠 아니리 업셔 遂히 奇觀이 됨이라 原本은 三卷이니 完營에 板이 在ᄒ다가 임의 燼失ᄒ고 일즉이 淸大方家ᅵ 歎賞ᄒ고 다시 增衍ᄒ야 六卷을 作ᄒ나 쏘한 傳ᄒᆷ이 無ᄒ도다 近來에 文運이 隆盛ᄒ야 비록 尋常ᄒ 俚諺이라도 可히 興感ᄒᆯ 者를 收錄ᄒ거든 하믈며 九雲夢은 樂而不淫ᄒ고 且羣仙圖景致가 具備ᄒ 則 다만 風流勝事로만 認치 말고 一團和氣를 涵養ᄒ야 齊家之節에 幽閒貞靜의 旨趣를 寓ᄒᆯ 식이에 諺文으로써 新飜ᄒ야 每回에 보기 極히 便ᄒ고 ᄉ름의 마음을 無限히 愉樂케 ᄒ노니 噫라 浮生이 夢과 如ᄒ니 快活的 思想이 아니면 爲歡이 幾何오 大正元年八月日編輯者."

다. 규장각본과 비교했을 때 상대적으로 분량이 많은 부분들은 대체로 새로운 대화 내용이 추가되거나, 기존 대화 내용이 매우 길어지거나, 상황에 대한 설명이 부연되는 등의 특징을 보였다.

그리고 한 가지 더 확인되는 차이가 있는데, 그것은 장회 구분 지점의 차이이다. 『신번 구운몽』은 규장각본과 마찬가지로 작품을 16회로 나누고 있고,[2] 각 장회가 시작되고 끝나는 지점이 같다. 다만 8회가 끝나고 9회가 시작되는 지점은 차이가 있다. 후술하겠지만 이는 『신번 구운몽』이 양소유와 심요연 간의 일화를 한 회로 묶으려는 의도로 파악된다.

이렇듯 『신번 구운몽』은 규장각본과 비교해볼 때 구조적으로 큰 차이를 보이지는 않는다. 그리하여 『신번 구운몽』만의 독자적인 서사 지향이나 주제의식을 모색하여 그것에 의미 부여를 하기는 어렵다. 이에

---

2 『신번 구운몽』의 장회 제목은 다음과 같다.

장회	제목
데일회	련화봉에 법당을 크게 열고/ 진상인이 양가에 환싱하다
데이회	화음현에서 규녀가 소식을 보너이고/ 남전산에서 도인이 거문고를 전하다
데슴회	양쳔리가 주루에서 계셤월을 싸이고/ 계셤월이 침상에서 현인을 천거하다
데스회	거짓 녀관이 정부에서 지음을 만나보고/ 늙은 스도ㅣ 금방에서 쾌흔 스위를 엇다
데오회	숏신을 옯흐미 회츈하는 마암을 아라니고/ 신션 집을 쉬밈이 쇼셩의 인연을 셩취하다
데륙회	가츈운이 신션도 되고 귀신도 되고/ 적경홍이 잠간 너고 잠간 남고 되다
데칠회	금란의벤 든 학스가 옥통소를 불고/ 봉리졍 궁녀가 아름다온 글을 빌다
데팔회	궁녀가 눈물을 흘니며 너관을 싸라가고/ 시쳡이 슯흐믈 머금고 쥬인을 하직하다
데구회	빅룡담에서 양랑이 음병을 쳐 파하고/ 동정호에서 룡왕이 교긱을 잔치하다
데십회	원수ㅣ 한극에 절에 문을 두다리고/ 공주ㅣ 미복으로 규수를 차자오다
데십일회	두 미인이 손을 쓸어 차를 갓치 타고/ 장신궁에서 칠보의 시를 이뤄다
데십이회	양쇼유ㅣ 쑴 가온디 텬문에 놀고/ 가츈운이 공교히 옥어를 전하다
데십슴회	됴례하는 자리에 영양이 서로 일홈을 휘하고/ 헌수 잔치에 홍월이 쌍으로 마당에 천명하다
데십스회	락유원에서 회렵하야 봄빗을 싸오고/ 유벽거에서 나리미 옛 풍광을 부르다
데십오회	부마ㅣ 벌노 금굴치를 마시이고/ 셩주ㅣ 은혜로 취미궁 빌나시다
데십륙회	양승상이 놉흔 디 올나서 먼 디를 바라보고/ 진상인이 근본에 도라가고 근원을 돌니다

이 장에서는 종합적인 결론을 내리기보다는, 차이가 드러나는 대목들 중 대표적 사례들을 개별적으로 나열하며 그 특징을 밝혀보고자 한다.

1. 풍부한 서사

㉮ 양소유가 계섬월의 집에 찾아간 장면

규장각본 『구운몽』	활자본 『신번 구운몽』
계셩이 임의 견언약이 잇ᄂᆞᆫ디라 능히 말뉴ᄒᆞ디 못ᄒᆞ더라 양셩이 셩남 쥬졈의 가 힝니를 옴겨 승셕ᄒᆞ야 셤월의 집을 ᄎᆞ자 가니 임의 도라와 당샹의 등쵹을 붉히고 양셩을 기ᄃᆞ리다가 양소유를 기다리는 계섬월의 마음이 잘 드러나는 대화 장면 냥인이 서로 만나믜 깃븐 뜻을 가히 알너라 셤월이 옥비를 ᄀᆞ득 붓고 금노의란 노릭를 블너 술을 권ᄒᆞ니 아릿다온 태도와 브드러온 졍이 사름의 간쟝을 ᄉᆞᆺ츨너라 서로 잇그러 침셕의 나아가니 비록 무산의 ᄭᅮᆷ과 낙슈의 만남도 이에셔 디나디 못ᄒᆞ너라 (권지일, 38b∼39a)	모든 사름이 쳐음에 임의 언약이 잇고 쏘 그 닝담ᄒᆞᆫ 빗을 보고 감히 한 말을 못ᄒᆞ더라 이ᄭᅴ에 양셩이 긱관에 가셔 힝장을 거두어가지고 황혼의 셤월의 집을 ᄎᆞ자가니 셤월이 발셔 집에 도라와 딕쳥을 졍히 치이고 화쵹을 켜고 초연이 기ᄃᆞ리더니 양셩이 나귀를 잉도나무에 미고 겹겹한 문을 두다리니 셤월이 문 두다리ᄂᆞᆫ 소릭를 듯고 신을 ᄭᅳᆯ고 급히 나아가 마져 갈오딕, “루에 날일 ᄶᅦ에 낭군이 몬져 가시고 쳡이 뒤에 나왓더니 쳡은 임의 왓거ᄂᆞᆯ 낭군은 엇지 뒤에 오시나니잇고”. 양샹이 갈오딕, “감히 뒤에 오랴 ᄒᆞᄂᆞᆫ 것이 아니라 말이 나가지 아님이라 ᄒᆞᄂᆞᆫ 옛말이 잇도다”. 하고 서로 붓들고 드러가 두 ᄉᆞ름이 셔로 딕ᄒᆞ니 그 긧분을 가히 알너라 셤월이 옥잔에 술을 가득히 부어 금루에 한곡죠로써 권ᄒᆞ니 곳다온 ᄌᆞ틱와 고혼 소리가 능히 ᄉᆞ름에 충ᄌᆞ을 베히며 ᄉᆞ름의 혼신을 희미 현혹케 ᄒᆞᄂᆞᆫ지라 싱이 호탕한 츈졍을 억졔치 못ᄒᆞ야 셔로 잇글고 비단금침에 누으니 비록 무산 ᄭᅮᆷ과 락포의 만난 것이라도 족히 이 질거옴에 비치 못ᄒᆞᆯ지라 (권지상, 34∼35쪽)

양소유는 15세가 되던 해 구사량의 난을 만나 과거 시험을 보지 못하고 이듬해 다시 과거를 보러 서울에 가게 된다. 그런데 그 길에 우연

히 낙양 천진교의 시회에 참석하게 되고 그 자리에서 계섬월을 만난다. 위 인용문은 낙양 선비들을 제치고 계섬월로부터 선택을 받은 양소유가 계섬월의 집으로 찾아가 만나는 장면이다.

『신번 구운몽』은 계섬월과 양소유의 대화 내용이 상대적으로 길다. 규장각본과 비교해보면 계섬월과 양소유가 주고받는 대화가 한 차례 늘었다. 내용적으로 보면 이 대화는 양소유를 기다리는 계섬월의 간절한 심정이 드러난다. 즉 『신번 구운몽』은 계섬월과 양소유의 대화를 확장하여 양소유에 대한 계섬월의 연정을 보다 강조하려는 의도를 보여주는 것이다.

ⓐ 양소유가 정 사도 댁 방문을 허락받는 장면

규장각본 『구운몽』	활자본 『신번 구운몽』
년시 견구를 보내고 양싱드려 이 말을 니르고 괴로이 됴혼 소식을 기드리더니 이튿날 뎡부의셔 져근 교즈 일승과 시비 일인을 보니여 거문고 타는 녀즈를 쳥ᄒ여거늘 양싱이 녀스도의 건복으로 거문고를 안고 나셔니 표연이 마구션즈와 샤즈연굿더라 뎡부의셔 온 사름이 칭찬티 아니 리 업더라 (권지일, 50b~51a)	견구ㅣ 졍부에 도라와 부인게 고ᄒ야 갈오듸, "즈쳥관에 엇더한 녀관이 잇셔 거문고를 타는듸 능히 신긔한 소리를 지으니 과시 이상한 일이 이러이다". 부인이 갈오듸, "뉘 한번 듯고즈 ᄒ노라". 하고 잇혼날 보교 한 칙 시비 한 명을 관중에 보니여 련스의게 말을 젼ᄒ여 갈오듸, "작은 녀관이 비록 오기를 질기지 아니ᄒ드리도 련스가 아모조록 권ᄒ야 보니라". ᄒ거날 련스ㅣ 그 시비를 듸하야 양싱다려 일너 갈오듸, "귀인이 부르시니 그듸는 스양치 말고 갈지어다". 싱이 갈오듸, "하방쳔죵이 존젼에 나아가 뵈옵기 불감ᄒ오나 련스의 말슴이 엇지 감히 거역ᄒ오릿가". 이에 녀도스의 건복을 갓초고 거문고를 가지고 나오니 은연히 위션군의 도골이 잇고 표연히 스즈연의 풍치 잇스니 졍부 시비 흠탄불이ᄒ더라 (상권, 45~46쪽)

양소유는 정경패를 직접 만나보기 위해 거문고 타는 솜씨를 활용하여 정 사도 부인의 호감을 산다. 그리고 여장을 한 채 정 사도의 집을 방문하게 된다. 『신번 구운몽』은 규장각본에 비해 분량이 많을 뿐만 아

니라 장면도 다채로운 편이다. 규장각본은 관찰자의 시점에서 정 사도 댁의 연락을 기다리는 두련사, 연락을 받고 방문할 채비를 하는 양소유를 간략히 보여준다.

그러나 『신번 구운몽』은 전구가 정 사도 부인에게 돌아가서 대화를 나누는 장면, 그리고 이튿날 다시 두련사를 찾아와서 양소유를 데려가기 위해 대화를 나누는 장면 등이 비교적 상세하다. 주지하다시피 이 장면에서 양소유는 여장을 하면서까지 정경패를 보고자 하는 의지를 드러내고 있기 때문에 독자들이 가벼운 긴장감을 갖고 보게 된다. 이런 점에서 『신번 구운몽』의 상세한 서술은 독자들이 이 상황을 흥미롭게 지켜볼 수 있는 데 도움을 주었을 것이다.

㉣ 양소유가 신녀를 만나는 장면

규장각본 『구운몽』	활자본 『신번 구운몽』
미인 왈, "쳥컨되 경ㅈ 우희 가 말숨을 베퍼디이다". 싱을 인ㅎ여 뎡ㅈ 우희 가 쥬긱으로 난화 안고 녀동이 쥬찬을 드리더니	그녀ㅈ1 졍ㅈ 우에 올나 이약이 ㅎ기를 쳥ㅎ고 인ㅎ야 졍ㅈ로 드러가 쥬긱이 각기 ㅈ리에 안진 후에 **녀동을 불너** 갈오되, "랑군이 멀니 오시니 싱각건되 쥬린 빗치 잇슬지니 약간 다과를 올니라" ㅎ되 녀동이 명을 밧고 물너가더니 이윽고 구슬상에 긔화을 베풀고 벽옥잔을 밧드러 ㅈ하쥬를 나아오니 맛취 쳥렬ㅎ고 향긔 무르녹아 한 잔에 믄득 취ㅎ눈지라 한림이 갈오되, "이 산이 비록 유벽ㅎ나 또한 하날 아릭 잇스니 션랑은 엇지 요지에 질겨옴을 시려ㅎ고 옥경에 쌕을 써나 속되이 여긔 거ㅎ시나잇가". 미인이 장우단탄ㅎ며 갈오되, "옛날 일을 말숨코ㅈ ㅎ면 한갓 비회만 더ㅎㄹ지로다 쳡은 왕모의 시녀오 랑군은 ㅈ미궁 션관일너니 옥뎨게셔 왕모에게 잔치를 쥬실 식 여러 션관이 모혓는되 랑군이 우연히 쳡을 보시고 션과를 더져 희롱ㅎ얏더니 랑군은 그릇 즁벌을 입어 인간에 환싱ㅎ시고 쳡인즉 요힝이 경벌을 입어 귀양으로 여긔 잇스니 랑
미인이 탄식ㅎ고 갈오되, "녜 일을 니르려 ㅎ미 사름의 슬픈 모음을 돕눈도다 쳡은 본대 요지왕모의 시녜러니 낭군의 젼신이 곳 샹쳔션ㅈ라 옥뎨 명으로 왕모의 묘회ㅎ더니 쳡을 보고 신션의 실과로 희롱ㅎ니 왕뫼 노ㅎ샤 샹뎨의 살와 낭군은 인셰예 써러지고 쳡이 또흔 산듕의 귀향 왓더니 이제 긔혼이 차 도로 요지로 갈 거시로되 브딕 낭군을 흔번 보아 녯 졍을 펴랴 ㅎ는 고로 션관의게 비러 흔 둘 긔한을 주니 쳡이 진실노 낭군이 오늘 오실 줄 아더니이다".	군은 임의 인간 연긔와 틕글에 갈여 능히 젼싱 일을 싱각지 못ㅎ시거니와 쳡의 귀양 긔한이 임의 ㅊ셔 장ㅊ 요디로 향홀 터인되 한번 랑군을 보고 잠간 옛 졍을 펴고ㅈ ㅎ야 션관의게 간쳥ㅎ야 긔

규장각본 『구운몽』	활자본 『신번 구운몽』
(권지이, 12a~12b)	약을 물니고 임의 랑군이 장충 여긔 일으실 줄을 알고 바야흐로 고딕ᄒᆞ더니 랑군이 이졔 속되이 오시니 옛 인연을 가히 잇깃도소이다". (권지상, 64~65쪽)

위 장면에서 양소유는 정경패, 가춘운, 정십삼의 속임에 넘어가 '미인', 즉 신녀로 위장한 가춘운과 대화를 나눈다. 『신번 구운몽』은 진하게 처리된 부분을 통해 확인할 수 있는 바와 같이, 주린 양소유를 위해 여동을 시켜 다과를 내오는 장면, 그 다과를 먹는 양소유의 모습, 양소유가 신녀에게 그 사연을 묻는 질문 등이 매우 상세하게 제시되어 있어 규장각본과 대조적이다. 또한 『신번 구운몽』은 신녀가 자신의 사연을 매우 구체적으로 말하고 있어서, 왜 신녀가 이곳에서 양소유를 만나게 되었는지에 대한 서사적 인과 관계가 뚜렷하게 드러난다. 『신번 구운몽』이 더 실재감 있게 묘사하고 친절하게 서술하고 있다.

주지하다시피 규장각본은 선본 계열임에도 서사적으로는 다소 불충분한 점이 있다. 그래서 규장각본에 비해 서사가 풍부하다는 사실이 『신번 구운몽』그 자체의 풍부한 서사를 설명해줄 수 있는 것인지 의문이 들 수 있다. 그러나 위 인용문을 통해 확인할 수 있는 것처럼, 『신번 구운몽』의 풍부한 서사는 그 자체만 놓고 보더라도 인상적인 수준이라 할 수 있다. 그리고 이러한 특징이 권지상에서 일관되게 보이고 있다.

다음 인용문은 양소유가 신녀와 이별하고 그 뒤에 신녀의 흔적을 찾아 다시 자각봉에 다녀오는 장면이다. 앞 인용문과 바로 연결되는 내용이다. 여기에서도 규장각본에는 보이지 않는 장면이 『신번 구운몽』에

규장각본 『구운몽』	활자본 『신번 구운몽』
	미인이 밧들어 보고 갈오디, "구슬나무에 달이 숨고 계수나무 젼각에 서리가 날니는디 구만리 밧 면목을 짓는 것은 오작 이 글뿐이라".
미인이 지삼 지쵹ᄒᆞ여 가라 ᄒᆞ거늘 셔로 눈믈을 뿌리고 뫼ᄒᆞ로 ᄂᆞ려오며 머리를 도로혀 자던 곳을 브라보니 새박 구름이 만학의 ᄌᆞ자시니 황연이 요디의 ᄭᅮᆷᄀᆞᆺ치 흐미ᄒᆞ더라	ᄒᆞ고 드듸여 향낭에 감추고 인ᄒᆞ여 유유히 지쵹ᄒᆞ야 갈오디, "쳡가 임의 일으러스니 낭군은 급히 힝ᄒᆞ소셔". 한림이 손을 들어 눈을 썻고, "각각 보즁ᄒᆞ라" ᄒᆞ야 이별ᄒᆞ고 겨우 슈풀 밧게 나와 경즈를 도라보니 푸른 나무는 쳡쳡ᄒᆞ고 흰 구름은 몽몽ᄒᆞ야 요디의 ᄒᆞᆫ ᄭᅮᆷ을 씐 ᄃᆞᆺ ᄒᆞ더니
양 한님이 도라온 후의 싱각ᄒᆞ되, '션녜 비록 졍ᄒᆞ이 차 텬샹으로 도라가노라 ᄒᆞ나 일명 오ᄂᆞᆯ 노셔 올나갈 줄 어이 알니오 내 잠간 산듕의 머므러 몸을 숨겻다가 션관이 마ᄌ 간 후의 ᄂᆞ려와도 늣디 아니 ᄒᆞ리라 ᄒᆞ고	집에 도라오미 졍신이 아득ᄒᆞ야 심ᄉᆞㅣ 산란ᄒᆞ고 울울불락ᄒᆞ야 홀노 안져 싱각ᄒᆞ야 갈오디, "비록 그 션녀가 스스로 말ᄒᆞ기를 귀양이 임의 풀녀 도라갈 긔약이 지금 잇다 ᄒᆞ얏스나 엇지 그 갈 ᄽᅵ가 반다시 오ᄂᆞᆯ인 줄 알니오 잠간 산듕에 잇셔 몸을 깁흔 곳에 감추어 여러 신션이 와 마져 가는 것을 눈으로 보고 ᄂᆞ려와도 ᄯᅩᄒᆞᆫ 듯지 아니ᄒᆞ거날 ᄂᆡ 엇지 싱각을 잘못ᄒᆞ고 ᄂᆞ려오기를 너모 조급히 ᄒᆞ얏고".
이날 밤의 새도록 ᄌᆞᆷ을 닐우디 못 ᄒᆞ고 일니러나 남ᄃᆞ려 니르디 아니 ᄒᆞ고 셔동만 ᄃᆞ리고 ᄌᆞ각봉으로 길흘 조ᄎᆞ 션녀 만나 보던 고딕 가니 도화ᄂᆔ슈는 경티 완연ᄒᆞ되 뷘 졍ᄌ 젹막ᄒᆞ여 사름의 ᄌᆞ쵀도 업ᄉᆞᆫ디라 종일토록 빅회ᄒᆞ여 눈믈을 ᄲᅵ리고 오니라	후회ᄒᆞ는 마암이 간절ᄒᆞ야 밤이 시도록 ᄌᆞᆷ을 이루지 못ᄒᆞ고 한갓 괴탄만 ᄒᆞ다가 시벽에 일즉 이러나 동ᄌᆞ를 거ᄂᆞ리고 다시 일젼 션녀 만나든 곳을 차ᄌᆞ간 즉 도화는 웃는 듯 ᄂᆡ물은 우는 듯 흐되 뷔인 경ᄌ만 홀노 잇고 향긔로운 퇴신이 임의 고요ᄒᆞ거날 한림이 초연히 뷔인 란간을 의지ᄒᆞ야 창연히 푸른 하날을 바라보고 치싁 구름을 가라치며 탄식ᄒᆞ야 갈오디, "싱각건디 션랑이 져 구름을 타고 상뎨게 죠회ᄒᆞ리로다 신션 그림ᄌ가 임의 ᄯᅵ녀 졋스니 슯흐나 엇지 밋치리오". 이예 졍ᄌ에 ᄂᆞ려 복사나무를 의지ᄒᆞ고 눈믈을 ᄲᅵ려 갈오디, "이 곳이 응당 ᄂᆡ 무궁ᄒᆞᆫ 한을 알니로다". 셕양에 이르러 셥셥히 도라오더라
(권지이, 14a~14b)	(권지상, 66~67쪽)

존재하거나, 동일한 장면이라 하더라도 『신번 구운몽』이 규장각본에
비해 상당히 상세한 서술을 하고 있음이 확인된다. 이를 통해 신녀를
그리워하는 양소유의 모습이 상대적으로 더 잘 드러나고 있다.

규장각본 『구운몽』	활자본 『신번 구운몽』
샹이 울히 녁이샤 양쇼유로 스신을 졍ᄒ여 졀월을 가디고 연국의 나아가라 ᄒ시다	텬ᄌᆞ 그러히 녁이스 양쇼유로 ᄒ야곰 졀월을 가지고 연나라에 가셔 효유ᄒ라 ᄒ시니 한림이 명을 밧들고 졀월을가지고 쟝ᄎᆞᆺ 발ᄒᆡᆼ홀 식
한님이 믈너 와명 스도롤 보니 스되 가로대, "변진이 교만ᄒ야 됴졍을 거역ᄒ연 지 오란디라 양낭이 일개 셔싱으로 블측흔 ᄯᅡ히 드러가니 만닐 의외예 일이 이시면 어이 흔갓 일신의 근심이리오 내 비록 됴졍 의논의 참예치 아니타 샹쇼ᄒ여 다토려 ᄒ노라".	졍 스도에게 하직ᄒ니 스되 갈오티, "변방은 인심이 강학ᄒ야 죠령 거역홈이 하로 잇홀이 아니어날 양랑이 한 션비로 위험훈 짜에 드러가니 만일 불우지변이 방비치 아닌 곳에 싱기면 엇지 다만 로부의 불힝일 뿐이리오 닉 늙고 또 병드러 비록 죠뎡 의론에 참예치 못ᄒ나 닉 한 글을 올녀 다토고자 ᄒ노라".
양성이 말녀 왈, "악당은 넘녀 마ᄅᆞ쇼셔 변진이 작난ᄒᆞ미 됴졍의 졍식 어즈러온 째를 타 방ᄌᆞᄒᆞ미라 이제 텬직 딘무ᄒ시고 됴졍이 쳥명ᄒ야 됴위 두 나라히 임의 귀슌ᄒ여시니 외로온 연이 무스 일 ᄒ리잇고 쇼지 이제 힝ᄒᆞ미 결단코 나라홀 욕디 아니 ᄒ리이다". (권지이, 29b〜30a)	한림이 말녀 갈오티, "쟝인은 과히 넘려치 마르소셔 변방 빅셩이 죠뎡의 안졍치 못홈을 타셔 잠시 요란홈일너니 이제 텬ᄌᆞ게오셔 진무ᄒ시고 죠뎡이 쳥졍ᄒ야 조나라 위나라 두 강흔 나라가 임의 귀슌ᄒ얏시니 고단ᄒ고 작은 연나라를 엇지 근심ᄒ리잇가". 스되 갈오티, "인군의 명이 임의 나리시고 그ᄃᆡ 뜻이 임의 졍ᄒ얏시니 로부ㅣ 다시 다른 말이 업거니와 오작 바라건티 범ᄉᆞ에 조심ᄒ야 보즁ᄒ고 인군의 명을 욕되히 ᄒ지 말지어다". 부인이 눈물을 흘니며 작별ᄒ여 갈오티, "어진 사위를 어든 후로 젹이 늙은 회포를 위로ᄒ더니 양랑이 이제 원힝ᄒ니 닉 회포 엇더ᄒ리오 다만 초초히 먼 길을 쌜리 왕반ᄒ기를 깁히 바라노라". (권지상, 83〜84쪽)

조나라와 위나라의 반란을 잠재운 양소유는 마지막 남은 연나라의 반란을 잠재우기 위해 다시 출전한다. 이에 연나라로 떠나기 전 정 사도 댁에 들러 하직 인사를 하게 된다. 정 사도는 사위가 될 양소유가 불안한 변방 땅으로 가는 것이 내심 불안하고 안타까워 보이는 듯하다. 양소유의 출전을 극구 말린다. 이에 양소유는 정 사도에게 안심하라고 말씀을 드린다. 규장각본에서는 이 장면을 끝으로 하직 인사 장면이 마무리된다. 그런데 『신번 구운몽』은 그에 더하여 정 사도의 답변이 이어지고, 마지막으로 부인의 발언까지 등장한다.

이렇듯 정 사도와 그 부인의 발언이 이어짐으로써, 이 장면에서 정 사도 부부가 양소유 일신의 안위를 걱정하는 간절한 마음이 잘 드러나고 있다. 주지하다시피 양소유는 전쟁에 나간다. 어찌 보면 규장각본은 양소유가 전쟁에 나가는 상황에 비해 긴장감이나 이별로 인한 안타까운 감정이 그리 강조되지 않은 측면이 있다. 그이 비하면『신번 구운몽』은 이별이라는 상황에 맞게 등장인물들의 감정이 발화를 통해 절실하게 표현되고 있다.

㉮ 양소유가 낙양에 돌아와 계섬월과 재회하는 장면

규장각본『구운몽』	활자본『신번 구운몽』
이 후는 덕셩으로 더브러 곳비를 갈와 흔가디로 힝ᄒ니 먼 길히 괴로온 줄을 니저	이후로조차 적셩으로 더부러 말 곳비를 나란히 ᄒ야 힝ᄒ고 상을 ᄂᆡᄒ야 먹으며 경치 조흔 곳을 지ᄂᆡ면 셔로 산과 물을 의론ᄒ고 맑은 밤을 맛나면 풍월을 구경ᄒ야 히역의 괴로움을 이저바리더라
임의 낙양의 다ᄃᆞᄅ니 텬진쥬루를 디날시 녜일을 싱각ᄒ고 졍을 니긔디 못ᄒ더니	도라와 락양에 이르러 텬진 다리를 지닐 시 옛 싱각이 나셔 갈오ᄃᆡ, "계랑이 녀관이라 ᄌ칭ᄒ고 산간에 셔도는 것이 싱각건ᄃᆡ 쳐음 밍셔를 직히고자 ᄒ야 나의 다시 오기를 기다리는 것이어날 ᄂᆡ 임의 졀월을 잡고 왓시되 계랑은 잇지 아니ᄒᆞᆫ지라 스름의 일이 다 어긔고 아름다온 긔약이 느저지니 엇지 쳐창한 마암이 업시리오 계랑이 만일 ᄂᆡ 향ᄌ의 헛됴이 지닌 줄을 알면 필연 여긔와 기ᄃᆡ릴 것이로ᄃᆡ 오히려 곳다온 얼골을 졉ᄒ지 못ᄒ니 싱각건ᄃᆡ 그 종적이 도관에 잇지 아니면 필연 이원에 잇실지라 그 소식을 엇지 드르리오 슯흐다 이번 길에 ᄯᅩ 셔로 보지 못ᄒ면 아지 못게라 얼마 셰월을 허비ᄒ고 셔로 모힐 긔약이 잇시리오".
누샹 쥬렴을 거드며 혼 녀지 난간을의 디ᄒ여 ᄇᆞ라보거ᄂᆞᆯ 한님이 ᄌᆞ시 보니 졍히 셤월이러라	ᄒ고 홀연이 눈을 드러 멀니 바라본 즉 엇더ᄒᆞᆫ 미인이 홀노 루 우에 셔셔 쥬렴을 놉히 것고 란간에 빗기 의지ᄒ야 거마의 오는 것을 유의ᄒ야 보니 이는 곳 계셤월이라
	한림이 골돌히 싱각ᄒᆞᆫ 씃에 홀연이 구면을 보니 아릿다온 빗을 가히 움킬지라 수레를 풍우갓치 모라 급히 루압을 지날 시 두 스름이 셔로 보고 반기ᄂᆞᆫ 졍만 둘 ᄲᅥᆫ이러니
반기ᄃᆡ 말을 못 ᄒ고 긱관의 가니 셤월이 임의 대령ᄒ엿더라 (권지이, 34b~35a)	이윽고 긱ᄉᆞ에 이르니 셤월이 몬저 질엄길로조차 임의 긱ᄉᆞ에 와 기다리다가 한림이 차에 나림을 보고 압헤 나아가 졀ᄒ고 뫼셔 긱ᄉᆞ 안에 드러가 옷깃을 졉고 반기니 슯흐고 깃븐 마암이 아올나발ᄒ야 눈물이 말보다 압셔 흐르ᄂᆞᆫ지라 (권지상, 88~89쪽)

인용문의 내용을 통해 확인할 수 있는 것처럼, 이 장면에서 양소유와 계섬월은 극적으로 상봉하게 된다. 둘의 만남은 서로가 서로를 그리워하는 마음이 컸기 때문에 독자들로 하여금 극적인 느낌이 들게 한다. 그런데 규장각본과『신번 구운몽』을 비교해보면, 후자가 극적인 느낌을 더 강하게 들게 함을 알 수 있다.

밑줄 친 부분은 양소유가 낙양에 돌아와 옛 생각을 하며 독백으로 계섬월과의 일화를 이야기하는 장면이다. 혼자서 긴 발화를 하고 있기 때문에 이 독백은 어찌 보면 다소 작위적인 느낌이 들 수도 있는 설정이다. 그럼에도 이 발화를 통해 둘의 인연과 상대방에 대한 간절한 마음이 잘 드러나고 있다. 그러다보니 이후에 이어지는 둘의 재회 장면이 더욱 개연성 있게 받아들여진다.

⟨사⟩ 계섬월이 양소유에게 지난 사연을 이야기하는 장면

규장각본『구운몽』	활자본『신번 구운몽』
	이에 몸을 굽히고 하례ᄒᆞ야 갈오ᄃᆡ, "원로에 구치ᄒᆞ시되 긔톄안강ᄒᆞ시니 족히 ᄉᆞ모ᄒᆞᄂᆞᆫ 마암을 위로ᄒᆞ리로소이다".
깃브고 슬허 별후 일을 한님ᄃᆞ려 닐오ᄃᆡ, "샹공이 ᄯᅥ나간 후의 공ᄌᆞ 왕손의 못ᄉᆞᆯᄃᆡ와 태슈 현녕의 잔ᄎᆡ예 동으로 보ᄎᆡ이고 셔로 병으리와다 근심 만나믈 임의 만ᄒᆞ고 욕 밧기를 젹디 아니케 ᄒᆞ여 머리털을 버히고 악질을 가탁ᄒᆞ게 ᄒᆞ요 즛기를 면ᄒᆞ야 셩둥을 피ᄒᆞ고 뫼ᄭᅩᆯ의 깃드렷더니	ᄒᆞ고 인ᄒᆞ야 년젼 리별ᄒᆞᆫ 후 일을 낫낫치 말ᄒᆞ야 갈오ᄃᆡ, "샹공과 리별ᄒᆞᆷ으로붓터 공ᄌᆞ왕손의 못거지와 틱수현령의 잔ᄎᆡ에 좌우로 부르고 동셔로 차져 곤경 당ᄒᆞ기 한두 번이 아니옵기로 스스로 머리를 ᄭᅡᆨ고 괴이ᄒᆞᆫ 병이(이) 잇다 칭ᄒᆞ야겨우 핍박ᄒᆞᄂᆞᆫ 욕을 면ᄒᆞ고 번화ᄒᆞᆫ 단장을 다 바리고 도ᄉᆞ의 의복을 밧고아 입고 셩중의 번요ᄒᆞᆷ을 피ᄒᆞ야 산중의 고요ᄒᆞᆫ 뒤 거ᄒᆞ야 미양산에 노ᄂᆞᆫ 손과 선도 찻ᄂᆞᆫ 사람이 혹 셩중으로붓터 오거나 혹 셔울로조차 오ᄂᆞᆫ ᄌᆞ를 맛나면 샹공의 소식을 뭇ᄌᆞᆸ더니
젼일 샹공이 이 ᄯᅡᄒᆞᆯ 디나시며 쳡을 ᄉᆞ렴ᄒᆞᄂᆞᆫ 글을 디으시다 ᄒᆞ고 현령 샹공이 친히 쳡의 집에 드러오니 쳡이 비로소녀ᄌᆞ의 몸이 존둥ᄒᆞᆫ 줄 알니러이다 텬진누 샹의셔 샹공의 ᄒᆡᆼᄉᆡᆨ을 ᄇᆞ라볼 제 어ᄂᆞ 사름이 계셤월의 팔ᄌᆞ를 일ᄏᆞᆺ디 아니 ᄒᆞ리잇가	지나간 이른 봄에 드르니 샹공이 조셔를 밧들고 ᄉᆞ신으로 가실 ᄉᆡ 이 길을 지나셧다 ᄒᆞᄂᆞᆫ뒤 도로ㅣ 셔로 멀고 힝ᄎᆞㅣ 임의 지난지라 멀니 연나라를 바라고 눈물을 흘닐 ᄯᅮᆫ이옵더니 현령이 샹공을 위ᄒᆞ야 쳔쳡의 도관에 이르러 샹공이 긱관 벽에 쓰신 글을 뵈여 갈여ᄃᆡ, '향ᄌᆞ 양한림이 텬ᄌᆞ의 명을 밧들고 이 길을 지나실 ᄉᆡ 명기가 자리에 가득ᄒᆞ되 샹공이 계랑을 보지 못ᄒᆞᆷ을 한탄ᄒᆞ고 모든 기녀를 한 번 본

규장각본 『구운몽』	활자본 『신번 구운몽』
샹공이 쟝원 급뎨ᄒ여 한님 학ᄉ ᄒ신 줄은 쳡이 즉시 아랏거니와 아디못게라 부인을 어더 겨시니잇가". (권지이, 35a~36a)	쳬도 아니ᄒ고 심히 적막히 오작 이 글을 벽에 쓰고 가시니 계랑이 엇지 홀노 산중에 잇고 나로 ᄒ야곰 사신 졉딥ᄒᄂ 례를 너모 미몰케 ᄒ나뇨 하고 인ᄒ야 과히 공경ᄒᄂ 례를 이루고 스스로 젼일 핍박ᄒ든 일을 스례ᄒ며 셩즁 옛집에 도라가 샹공 도라오시기를 기다리라고 간쳥ᄒ거날 깃거운 마암을 이긔지 못ᄒ야 곳 셩즁으로 드러오니 쳔쳡도 비로소 녀ᄌ의 몸이 ᄯᅩ한 존즁ᄒ 줄을 아랏습고 쳡이 홀노 텬진루 우에 셔셔 샹공의 힝ᄎ를 기다리오미 셩에 가득ᄒ 기녀와 길이 머흔 힝인이 그 뉘 소쳡의 귀히 됨을 부러워ᄒ지 아니며 그 뒤 소쳡의 영광을 흠모치 아니리잇가 샹공이 임의 과거의 쟝원ᄒ시고 한림 벼슬 ᄒ신 소문을 드럿습거니와 아지 못거이다 임의 주궤홀 부인을 ᄋᆞ더 계시니잇가". (권지상, 89~90쪽)

위 인용문에서 계섬월은 그간 자신이 당한 설움, 양소유가 계섬월을 위해 남긴 글을 보며 느낀 감격, 양소유의 근황에 대한 궁금함 등을 말하고 있다. 계섬월이 말하고 있는 내용의 핵심은 두 이본이 다르지 않다. 그러나 분량 상으로는 큰 차이를 보인다. 『신번 구운몽』은 부연을 통해 발화 내용을 풍부하게 만들었기 때문이다. 특정 상황이나 일화에 대한 상세한 설명은 그 상황이나 일화가 중요하게 인식되었음을 의미한다. 『신번 구운몽』은 계섬월의 지난 굴곡진 사연을 강조하는 것이 필요하다고 여긴 듯하다. 그리고 실제로 이 발화는 독자들에게 계섬월의 안타까운 처지를 강조하는 데 일정한 역할을 했을 것으로 보인다.

이와 같이 여성주인공이 자신의 지난 삶을 돌아보며 발화하는 장면이 『신번 구운몽』에서 상세하게 펼쳐지는 모습은 적경홍의 경우에도 확인이 된다. 규장각본에서는 비교적 그 내용이 간략한 데[3] 비해 『신번

---

3   홍낭이 ᄃᆡᄒ여 글오ᄃᆡ, "쳔쳡이 감히 샹공을 속이리잇가 쳡이 비록 누츄ᄒ나 샹해 발원ᄒ여 군ᄌ를 조ᄎ려 ᄒ더니 연왕이 쳡의 일홈을 그릇 듯고 명쥬 ᄒ 셤으로 쳡을 궁듕의

구운몽』에서는 복잡한 사연들을 차분히 구체적으로 풀어낸다.[4] 줄곧 확인되는 것처럼 등장인물들의 핵심적인 발화가 상당히 길게 제시된다는 특징이 이 이본에서 일관되게 나타난다.

양소유가 황제에게 상소를 올리는 내용에서도 위와 유사한 특징이 보인다. 규장각본과 비교해볼 때 말하려는 바는 크게 다르지 않다. 그런데 그 메시지를 상당히 자세하게 풀어낸다. 매우 자세해서 어찌 보면 장황하다는 느낌이 들 정도이다. 이렇듯 『신번 구운몽』은 개별 상황에

널위니 입의 진미를 염ㅎ고 몸의 금의를 천히 넉이나 첩의 원ㅎᄂ 비 아니라 괴로오미 ᄆᆞ음의 외로온 새 궁듕의 듬 갓더니 져적 연왕이 샹공을 쳥ㅎ여 궁듕의셔 잔치흘 적의 첩이 우연이 여어보니 일싱 조차 놀기를 원ㅎᄂ 비라 샹공이 연은 써나신 후의 즉시 도망ㅎ여 조츠려 ㅎ더니 연왕이 씌둣고 쏠올가 두려 샹공 힝흔 후의 십일을 기두려 연왕의 천니마를 도적ㅎ야 투고 이틀만의 한단의 득달ㅎ야 즉시 샹공긔 실상을 알외고져 ㅎ되 도로의 번거ㅎ야 이 ᄯᅡ히 니르러 브졀업시 한 시졀 단희의 일을 효측ㅎ야 샹공의 흔 번 우으시믈 돕ᄂᆞ이다 이제ᄂ 첩의 원을 닐위시니 당당이 셤낭으로 더브러 흔듸 잇다가 샹공이 부인 어드시믈 기두려 흔가디로 경ᄉ의 나아가 하례ㅎ리이다". 규장각본 권지이, 40b~41a.

4 경홍이 ᄃᆡ답ㅎ야 갈오ᄃᆡ, "천첩이 엇지 감히 샹공을 긔망ㅎ오리잇가 천첩이 비록 용모ㅣ 남보다 낫지 못ㅎ고 직조ㅣ 남만 갓지 못ㅎ나 평싱에 ᄃᆡ인군ᄌ 좃기를 원ㅎᆞᆸ더니 연왕이 첩의 일홈을 듯고 구술 한 셤으로써 첩을 사셔 궁듕에 두니 비록 입에는 진슈셩찬이 써나지 아니ㅎ고 몸에는 롱라쥬의가 써나지 아니ㅎ야도 첩의 원이 아니오 답답ㅎ야 잉무가 깁히 롱 속에 잇셔 마암에 썰쳐날고자 ㅎ나 능히 나오지 못흠을 한탄ㅎᄂ 것 갓더니 향일 연왕이 샹공을 쳥ㅎ야 잔치를 비셜흘 시 첩이 챵틈으로 뵈온 즉 천첩의 죵기를 원흐든 바라 그러나 궁문이 아홉 겹이니 엇지 능히 넘어나가며 먼길이 만리니 엇지 능히 뛰여가리오 빅 가지로 싱각ㅎ다가 겨우 한 가지 계칙을 으덧시나 샹공 써나시ᄂ 날 첩이 만일 몸을 셋쳐 좃치면 연왕이 필연 사름으로 ㅎ야곰 뒤를 쫏칠 터인고로 샹공 써나신지 십여 일 후에 연왕의 천리마를 감아니 ᄭᅳ러타고 잇틀만에 한단 짜에 쏘차 이르러 샹공게 뵈오미 맛당히 실상으로 고흘 것이로되 이목이 번거ㅎ야 감히 긔구치 못ㅎ얏ᄉ오니 은휘흔 죄ᄂ 과연 피치 못ㅎ깃도소이다 젼일 남ᄌ의 의복 입은 것은 뒤쫏ᄂ 사름을 피ㅎ랴 ㅎ옴이오 어졔 밤 당희(唐姬)의 옛일을 본밧은 것은 계랑의 간쳥을 시힝흔 것이오니 젼후 죄를 비록 용셔ㅎ실지라도 황송흔 마암이 오릴ᄉ록 더욱 간졀ㅎ오니 샹공이 만일 그 허물을 괘렴치 아니시며 그 비루홈을 혐의치 아니시고 놉흔 나무의 그늘을 빌니ᄉ 한 가지의 깃드림을 허급ㅎ오시면 첩이 맛당히 셤낭으로 더부러 거취를 갓치ㅎ야 샹공이 현슉흔 부인을 마지신 후에 셤낭으로 더부러 문하에 나아가 하례ㅎ오리이다". 『신번 구운몽』 권지상, 93~94쪽.

규장각본 『구운몽』	활자본 『신번 구운몽』
샹셰 군듕의셔 샹소ᄒ야 ᄀᆯ오ᄃᆡ,	샹셔ㅣ 군즁에 잇셔 샹소ᄒ야 갈오ᄃᆡ,
도적이 비록 패ᄒ여시나 슈급 버힌 쉬 십분의셔 일분이 못 ᄒ니 이제 대군이 셩샹의셔 슈딘ᄒ여 오히려 침범ᄒᆯ 뜻지 이시니 신이 원컨대 군마ᄅᆞᆯ 더 발ᄒ여 예긔를 타 깁히 젼국의 드러가 그 님군을 잡고 나라ᄒᆞᆯ 멸ᄒᆞ야ᄀᆞ리 ᄌᆞ손의 근심이 업게 ᄒᆞ야이다. (권지이, 61b~62a)	신은 듯ᄉᆞ오니 '왕ᄌᆞ의 군ᄉᆞ는 만번 온젼홈이 귀ᄒ니 안져 긔회를 일호면 공을 가히 일우지 못ᄒᆞᆫ다' ᄒ고 ᄯᅩ 듯ᄉᆞ오니 '항상 이긔는 군ᄉᆞ는 더부러 ᄃᆡ적을 렴려ᄒ기 어렵고 주리고 약ᄒᆞᆫ ᄲᆡ를 타셔 치지 안으면 도적을 가히 파ᄒ지 못ᄒᆞᆫ다' ᄒᆞ오니 이 도적의 군ᄉᆞㅣ 강치 아니타 이르지 못ᄒᆞᆯ 깃고 긔계 가히 리치 아니타 이르지 못ᄒᆞᆯ 깃ᄉᆞ오나 져의는 긱으로써 주인을 범ᄒ고 우리는 비부른 것으로써 주린 것을 기ᄃᆞ렷ᄉᆞ오니 이는 신의 조곰아ᄒᆞᆫ 공을 셰운 바이오 도적의 형셰 날노 줄고 군ᄉᆞㅣ 날노 약ᄒᆞᆫ 바이라 병법에 일넛스되 '수고로옴을 타나니 수고로옴을 타되 이긔지 못ᄒᆞᆫ ᄌᆞ는 량식이 밋지 못ᄒ고 디형이 편치 못홈을 말ᄆᆡ암음이라' ᄒᆞ니 이제 도적의 형셰 임의 썩겨 도망ᄒᆞ얏ᄉᆞ오니 도적의 피폐홈이 극진ᄒᆞ옵고 이졔 연로 각 읍에 다 군량과 마초를 산갓치 ᄡᅡᆫ 즉 우리는 주리는 근심이 업습고 평원 광야에 디형을 잘옷 엇스온즉 도적이 복병홀 곳이 업스오니 만일 날닌 군ᄉᆞ로 ᄒᆞ야곰 그 뒤를 쫏치면 거의 온젼ᄒᆞᆫ 공을 일우깃습거날 이졔 일시 조곰 승쳡을 다힝히 녁여 만젼지칙을 바리옵고 지례 군ᄉᆞ를 돌녀 토평을 만지ᄒᆞ옵시니 이는 그 바른 계교인 즐을 아지 못ᄒᆞ오니 원컨ᄃᆡ 폐하는 조졍 의론을 널니 ᄏᆡ여 결단을 졍ᄒᆞᆺ 신으로 ᄒᆞ야곰 군ᄉᆞ를 모라 멀니 음습ᄒᆞ야 곳 도적의 굴혈을 소탕케 ᄒᆞ옵시면 신이 밍셔코 도적으로 ᄒᆞ야곰 한조각 갑옷이 도라가지 못ᄒᆞ고 한가지 살을 발ᄒᆞ지 못ᄒᆞ게ᄒᆞ와 써 셩샹의 근심을 덜깃나이다. (권지상, 113~114쪽)

보다 깊게 집중하는 경향을 보인다. 이는 전반적으로 서사를 풍부하게 하며, 독자들이 서사의 흐름에서 만나는 각각의 장면들에 집중하게 만든다.

요컨대 『신번 구운몽』의 특징이 산발적이고 국지적인 모습을 보이기 때문에, 이렇듯 서사가 풍부해지는 정황을 어떤 일관된 지향으로 설명하기는 어려울 듯하다. 다만 현상 그 자체로만 접근할 때, 『신번 구운몽』이 규장각본에 비해 서사가 길고 다채롭다는 점은 역시나 인상적이다. 더 자세한 분석은 하기 힘들겠지만, 낮은 수준에서나마 보다 완성된 서사를 갖추고자 하는 의지의 소산이라고 보는 데에는 무리가 없다고 생각된다.

2. 인물 관계 중심의 장회 구분

전술前述한 것처럼 『신번 구운몽』의 장회 구성은 규장각본과 대동소이하다. 다만 8회와 9회를 나누는 지점에 차이가 있다. 이 부분만 간략히 짚고 넘어가도록 하겠다.

규장각본 『구운몽』	활자본 『신번 구운몽』
샹셰 붓드러 니르혀 골오디, "임의 칼을 잇글고 연등의 드러와 도로혀 해치 아니믄 엇지오". 녀지 왈, "첩의 근본을 알외고져 홀진디 닙담간의 다 흐기 어려울가 흐느이다". 샹셰 좌룰 주어 안지라 흐고 다시 무러 골오디, "낭즈는 엇던 사롬이며 이제 쇼유룰 와 보려 흐믄 무슨 가르치미 잇느뇨?" 흐더라 『구운몽』 권지삼 **빅농담양낭파음병 동졍농군연교긱** 양 샹셰 그 녀즈룰 보니 구름 굿흔 머리털을 되으 쓰러 금줌을 솟고 스미 좁은 젼포의 셕듁화룰 슈흐엿고 발의는 봉의 머리텨로 슈질흔 휘룰 신고 허리의는 농텬검 가플을 차시디 쳔연흔 결쇠이 흔 가지 히당화 굿흐니 만일 죵군흐던 목는이 아니면 이합을 도젹흐는 홍션이러라 샹셰 그 온 쓰슬 므른디 녀지 답왈, "첩은 본디 양뒤인이니 조샹브터	원수ㅣ 붓드러 이리켜 갈오디, "그디가 임의 비수룰 씌고 군중에 드러왓거늘 도로혀 나룰 히치 아임은 엇지미뇨". 녀즈ㅣ 갈오디, "첩의 젼후 릭력을 비록 스스로 베플어 말숨코쟈 흐오나 이러탓 셔셔한 말숨으로 다 못홀 비로소이다" 하거날 원수ㅣ 자리룰 주어 안지라 흐고 무러 갈오디, "랑즈ㅣ 위험을 무릅스고 나룰 차자와보니 반다시 조혼 쯧이 잇시리니 쟝찻 무슴 가라치미 잇나뇨". 그 녀즈ㅣ 갈오디, "첩이 비록 즈긱이란 일홈이 잇스오나 실노 즈긱의 마암은 업스온지라 첩의 심장을 맛당히 귀인게 토셜흐오리이다" 흐고 이러나 다시 촉불을 켜고 원수 압혜 나아와 안거날 **(규장각본과 달리 장회 나눔이 없음)** 원수ㅣ 다시보니 그 녀즈ㅣ 구름 갓흔 머리에 금 빈혀를 놉히 솟고 몸에 소미 좁은 갑옷을 입고 갑옷에 셕듁화를 그렷시며 발에 봉미목화를 신고 허리에 룡텬검 비수를 빗기 찻는디 텬연흔 고은 빗

규장각본 『구운몽』	활자본 『신번 구운몽』
대당 빅셩이라 (…하략…)". 　　　　　　(권지이, 63a～권지삼, 01b)	이 이슬에 져진 히당화 갓혼지라 천천히 잉도 갓혼 입술을 열며 나직히 쇠쇼리 갓혼 소리를 늬여 갈오디, "쳡은 본디 양쥬 고을 스룸이라 여러 디 당나라 빅셩일너니 (…하략…)". 　　　　　　(…중략…) 　뇨연이 갈오디, "압길에 반다시 반사곡을 지날 것이오 이 반사곡에 가히 먹을 물이 업스오니 상공은 심신ㅎ시고 우물을 파셔 군스를 먹이심이 조흘 듯ㅎ오이다" ㅎ거날 원수 l 쏘 계교를 뭇고자 ㅎ더니 뇨연이 한번 쮜여 공즁으로 오르미 가히 다시 보지 못 홀지라 원수 l 모든 쟝수를 모도와 심뇨연의 일을 말ㅎ니 쟝수 l 다 갈오디, "원슈의 홍복이 하날 갓고 위엄이 도적으로 ㅎ야곰 두렵게 ㅎ심이니 필연 신인이 와셔 도온 것이라" 하더라 　　　　　　　　『신번 구운몽』 권지상終
	『신번 구운몽』 권지하 뎨구회 빅룡담에셔양랑이음병을쳐파ㅎ고 동졍호에셔룡왕이교긱을잔치ㅎ다 　　　　　　(권지상, 115쪽～권지하, 001쪽)

　　주지하는 바와 같이 규장각본에서 권지삼 시작을 전후로 8회와 9회가 나뉜다. 그런데 이때 8회에서 주로 등장했던 심요연의 일화가 9회 앞부분까지 이어진다. 『신번 구운몽』에서는 위와 같이 심요연과의 일화가 매듭지어질 때까지 권지상을 끝내지 않는다. 그리고 권지상이 끝남과 동시에 심요연과의 일화를 끝내고 권지하에서는 다음 이야기를 진행한다.

　　『신번 구운몽』이 참조한 판본이 원래부터 이와 같이 장회가 나뉘어 있었다면, 『신번 구운몽』은 대본을 충실히 따른 것이라고 볼 수밖에 없다. 그와 달리 『신번 구운몽』이 참조한 판본은 규장각본 장회 구성이 같았는데 『신번 구운몽』이 이를 바꾼 것이라면, 그것은 이 이본이 인물 관계 중심으로 장회를 구분하려는 경향을 갖고 있었음을 알 수 있다.

그리고 장회 구분 지점이 다른 경우는 이것이 유일하다. 실제로 비교를 해봐도 규장각본과 이 이본 간에 차이가 없다. 따라서 이를 개작 의식이나 독자적 면모로 이야기하기는 어려울 듯하다. 그렇다 하더라도 이는 장회를 보다 합리적이고 일관된 기준에 의해 나누려고 했던 사례로서 그 의미를 지닌다고 본다.

지금까지 『신번 구운몽』의 특징을 살펴보았다. 이 장에서는 위 특징들을 수렴할 수 있는 결론을 내리지 못할 듯하다. 그러나 가시적으로 확인된 바와 같이, 『신번 구운몽』은 선본 계열 자장 내의 서사와 주제를 구현하기 위해 노력하되, 보다 풍부한 서사를 바탕으로 이야기의 개연성을 높이기 위해 노력했다는 점이 드러난다. 이는 『신번 구운몽』이라는 제목과 서언을 통해서도 어느 정도 유추가 가능하다. 새로운 번역을 통해 명확하게 정립되지 않은 원작의 면모를 대체하려는 의지가 드러나기 때문이다.

제7장

대중들과 만난 『구운몽』, 그 의미

지금까지 『구운몽』의 비선본 계열 이본 중 상업적 목적으로 간행된 다섯 종의 이본을 살펴보았다. 다섯 종의 이본들은 각기 다른 미감의 서사를 지향하고 있었고, 차별화된 주제를 구현하고 있었다.

완판본 『구운몽』은 규장각본에 비해 남성주인공인 양소유의 효심이 강조되고 영웅적 면모가 잘 드러나는 반면 여성주인공들의 서사적 위상이나 역할이 미미하였다. 양소유를 보다 중요한 인물로 인식하고 있는 흔적이다. 서사의 축이 이동된 것이다. 이와 같은 서사 지향은 주제의식과도 긴밀하게 관련을 맺어서, 완판본 『구운몽』의 주제는 특정한 이념이나 종교에 귀속되지 않으면서도 세속적 욕망에 대한 경계를 제대로 드러낼 수 있는 형태로 구현되었다. 헛된 욕망으로부터 벗어나기를 바라는 인생무상의 주제를 드러내면서, 불교적 접근보다는 인간의 보편적인 욕망의 문제로 풀어냈다.

경판본『구운몽』은 규장각본과 달리 서사적으로 중요한 역할을 하는 비일상적 체험과 사건들이 상당 부분 짧게 서술되거나 아예 보이지 않는다. 이로 인해 선본에서 보이는 비일상적 면모, 비일상과 일상이 혼재되는 모습이 거의 존재하지 않는다. 이는 기실 상업적 논리에 의한 작품 분량의 축약이 과도한 것에서 그 원인을 찾을 수 있겠지만, 다른 한편으로 보면 일관되게 비일상적 화소들을 소거함으로써 드러내고자 한 바가 있었음을 짐작해볼 수 있다. 즉 세속적 삶의 가치를 작품에서 일관되게 부각한 뒤 각몽 이후에 역설적으로 그것의 덧없음을 이야기하기 위한 의도적 설정으로 볼 수 있다는 것이다.

세책본은 관계에 대한 새로운 시선을 보여준다. 남성주인공에 대한 부정적 시선이 많이 사라졌으며, 처첩에 대한 위계적 시선이 잘 드러나고, 가족·가문에 대한 관심도 자주 목격된다. 즉 세책본에는 가문 구성원의 위상과 역할이 당대의 기준에 맞게 제대로 작동되기를 바라는 의지가 반영되어 있다. 그래서인지 이 이본은 주제 구현 단계에 가서 장자의 호접지몽을 본래의 의미가 퇴색된 형태로 활용하여 그 주제를 인생무상의 차원으로 축소시켰다. 그리고 심지어 작품의 맨 마지막에 후일담 형식으로 양소유 일가의 이야기를 다시 꺼내들어 속세에 대한 긍정적 인식을 보여준다. 세속적 욕망을 감추지 못한 것이다.

활자본『연정 구운몽』은 작품의 제목에서도 확인할 수 있는 것처럼 공연을 염두에 둔 서사로 보인다. '연정'이라는 단어의 의미가 명확하게 정립된 것은 아니지만, 단어의 용례를 통해 이를 유추할 수 있었다. 그리고 서사를 검토해본 결과 공연 상황을 의식했음이 곳곳에서 확인되었다. 즉『연정 구운몽』은 당시 공연의 소재로 고전소설이 잘 활용되던 정황과 관련을 맺고 있는 것이다. 주제 구현 양상도 마찬가지이다. 선본 계열의 3단계에 부합하는 참·거짓의 이분법적 구분을 넘어서는 진정한 이치를 깨닫는 것이 주제이면서, 공연 상황을 염두에 둔 변화가 감지된다. 즉 배경의 변화보다는 등장인물 인식의 변화에 더 초점을 맞추어 서사를 전개하는 것이다.

활자본『신번 구운몽』은 ─ 참고한 원본이 무엇인지는 확인이 불가능하지만 ─ 사라진 원작을 복원하기 위한 목적에서 새롭게 번역된 서사이다. 그래서인지 선본 계열과 큰 차이를 보이지 않는다. 다만 권지상에서 선본 계열에 비해 장면별로 풍부한 서사를 보여준다는 점, 8회에서 9회로 넘어가는 부분에서 장회 구분이 다른 점 등의 산발적 차이가 확인된다.

상업적 목적으로 간행된『구운몽』이본들은 하나같이 선본 계열과는 차이를 보였다. 그것은 각 이본들이 모두 다른 지향을 추구했기 때문이다. 독자들이 흥미를 느끼는 서사, 공감할 만한 주제를 구현함으로써 보다 많은 대중들과 접점을 찾아나간 것이다. 인물의 형상화나 인물 간의 관계가 변형된 것, 주제가 주로 인생무상으로 구현된 것이 바로 그러한 증거이다. 이렇듯 이본은 각기 나름의 개성적 길을 걸었다. 다른 이본들은 또 어떤 길을 걸어갔을지 궁금하다. 그리고 그 개별적 행보에 주목해야 한다. 그것이 바로 소설사의 일상적 역사이기 때문이다.

제 8 장

보론 – 새로운 문제제기

『구운몽』 판소리 계열 이본군에 대하여

필자는 『구운몽』 이본을 검토하는 과정에서, 기존에 학계에서 언급해왔던 율문체 혹은 가사체 성향의 『구운몽』 이본 외에 추가적으로 이와 유사한 성격의 이본을 발견하였다. 이에 이들을 묶어 '판소리 계열 이본군'이라고 잠정적으로 명명하고, 이들의 실체가 무엇인지 구체적으로 살펴볼 계획이다. 이 연구는 『구운몽』의 상업적 이본을 다룬 이 책의 연장선상에서 진행된 것이라 하겠다. 다만 여기서는 필자가 이들 연구에 착목하게 된 계기와 향후 연구 계획에 대해 간략히 언급하도록 하겠다.

1. 들어가며

이 연구는 『구운몽』의 비선본 계열 이본 중에서, 그간 주목하거나 본격적으로 거론한 적이 없었던 이른바 '『구운몽』 판소리 계열 이본군롯

本群'의 존재 양상을 학계에 처음 소개하고 그 의미를 밝히는 것이 목적
이다. 지금까지 필자가 조사한 이본 중 '판소리 계열 이본군'에 속하는
것은 — 신재효 집안에서 그 후손이 소유하고 있던 1종을 포함하여 —
총 5종[1]이다. 그러나 아직 한글 필사본 이본을 모두 살펴보지는 못했으
며, 5종의 이본을 검토하는 과정에서 또 다른 이본이 존재할 가능성이
충분해 보였다.[2] 그래서 5종 이외에 이 이본군에 속하는 자료를 추가
조사하여, 이들 간 선후 관계 및 선본을 확정하고자 한다.

그리고 이들 이본들이 각기 어떠한 독자적 위상을 지니고 있는지도
고찰할 것이다. 『구운몽』 판소리 계열 이본군이 선본 계열과 어떠한 동
이同異를 드러내며 독자적인 서사를 만들어나갔는지 살피고, 다른 한편
으로는 어떠한 과정을 거쳐 판소리의 색채를 지닌 이본군이 등장할 수
있었는지를 기존 판소리 및 판소리계 소설과의 영향 관계를 통해 고찰
해보도록 하겠다.

『구운몽』과 판소리, 상당히 낯선 조합이다. 우리에게 『구운몽』과 판
소리는 전혀 별개의 것으로 인식된다. 서사문학이라는 큰 범주 안에 있

---

1   5종 중, 2종은 기존 전집류에 수록되어 있었으나 지금까지 다른 연구자들이 전혀 주목하
     지 않는 것이고, 나머지 3종은 기존에 서인석(「가사와 소설의 갈래 교섭에 대한 연구」,
     서울대 박사논문, 1995, 118~130쪽)에 의해 '가사체 소설(이본)'로 소개되었던 3종의
     이본이다. 이 연구를 준비하면서, 3종의 이본은 이제 가사체라는 명명보다는 판소리 계
     열 이본이라는 명명이 더 타당하다고 판단하였다.
2   이들 5종의 이본은 서로 친연성이 있으면서도 한편으로는 상당히 큰 간극을 보인다. 현
     단계에서 명확하게 말할 수는 없지만, 그 간극을 크게 본다면 판소리 창본(소리책) 각각
     의 서사적 독자성과 유사한 느낌이다. 그렇기 때문에 5종의 이본 외에도 다른 이본이
     존재할 개연성이 충분하다고 판단을 했다. 막연한 추측이지만, 그간 선본 계열이 아니라
     는 이유로 소홀하게 다뤄진 자료 중에 판소리 계열 이본이 존재하지는 않을까 하는 생각
     이 들었다.

다는 사실 외에는 별다른 공통점이 없다고 해도 과언이 아니다. 소설화된 판소리인 판소리계 소설로 눈을 돌려도 마찬가지이다.『구운몽』과 판소리계 소설 사이의 관련성이 확인되거나 연구된 적이 없다. 따라서 『구운몽』 이본 중에 판소리의 색채를 지닌 이본군이 존재한다는 사실은, 그간의 연구 시각에 상당한 변화를 불러일으킬 것이라 예상된다. 그 변화는 아래와 같이 정리할 수 있다.

- 『구운몽』 서사의 장르적 외연 확장 : 다대한 편폭 확인
- 『구운몽』의 다양한 예술 장르로의 전환
  (그림, 춤, 연희에서 '판소리' 까지)
- 판소리 계열로 향유된 작품 범주 및 장르의 확대

↓

- 비선본 계열 이본의 문학사적 가치 환기
- 서사문학 하위 장르 간 활발한 넘나듦에 대한 문학사적 위상 재정립
- 고정적 실체가 아닌 운동성을 지닌 움직이는 존재로서 장르를 인식

필자는 최근『구운몽』의 여러 이본을 검토하던 중, 기존 이본들과 상당히 다른 이본 2종을 발견하였고, 그것이 서인석[3]에 의해 '『구운몽』의 가사체 소설 이본'으로 소개됐던 3종과 유사함을 확인하였다. 그런데 이 5종의 이본은, 텍스트만을 읽을 경우 가사체라고 볼 수도 있지만, 문헌을 통해 이본 생산 주체의 특성을 파악하고 나면 판소리의 영향이 존재한다고 느끼게 되며, 실제로 판소리를 염두에 두고 볼 경우 이본의 내용 전반에서 판소리 문체의 특성이 드러난다. 이에 이들을『구운몽』

---

3   서인석, 앞의 글, 118~130쪽.

판소리 계열 '이본군'으로 묶어 범주화하고 구체적인 연구를 진행해야 할 필요성을 느끼게 되었다.

『구운몽』이 판소리 계열의 서사와 만나 선본 계열과는 꽤 먼 거리에 놓인 매우 이례적인 이본을 만들어냈는데, 그럼에도 그것은 일회적인 것이 아니라『구운몽』 향유에 있어 일련의 흐름을 형성한 하나의 문화였다. 이 점을 고려하여, 당시『구운몽』이라는 문화적 자장의 영역이 어디까지였는지, 여러 장르가 넘나드는 것이 전혀 이상하지 않았던 당시의 문학사적 저변은 어떤 것이었는지,『구운몽』 판소리 계열 이본군을 통해 보다 구체적인 단초를 마련할 수 있을 것이다.

2. 연구의 계기

1) 판소리 계열 이본 2종의 발견

(1) 신오위장 댁『구운몽』(1911)의 발견

『구운몽』의 비선본 계열 이본에 줄곧 관심을 갖고 있었던 필자는 비선본 계열 이본들을 모두 검토하겠다는 계획을 세우고, 가장 먼저 각종 고전소설 전집류에 수록되어 있는『구운몽』 이본을 살피게 되었다.[4] 그

---

4 김광순 편,『김광순 소장 필사본 한국고소설전집』, 박이정, 1993~2007; 박종수 편,『나

런데 그 중『김광순 소장 필사본 한국고소설전집』9권(435~600쪽)에 수록되어 있는『구운몽』(이하 '김광순A본')의 맨 마지막에 필사기와 책 주인을 밝힌 대목에서 흥미로운 사실을 확인할 수 있었다.

신히 모츈의 등셔 칙쥬난 **신오위장** 틱 **가장**이라[5]

주지하다시피 '신오위장'은 신재효를 일컫는다.[6] 신재효는 59세 때 인 1869년에 경복궁 경회루 낙성연에서 고종으로부터 '오위장'이라는 관직을 제수받았다. 따라서 여기서 말하는 신해년이 1851년일 가능성 은 없고 1911년일 수밖에 없는데, 1911년은 이미 신재효가 세상을 떠 난 지 30년 가까이 지난 시점이므로, 결국 '신오위장 댁 가장'은 신재 효 본인이 아니라 그 후손을 말하는 것이다.

실제로 신재효 사후에도 판소리 관련 자료들은 주변 인물에 의해 그 리고 후손들에 의해 관리 및 전승이 이루어지고 있었다. 잘 알려진 것 처럼 신재효 판소리 여섯 바탕 사설의 경우, 현재 친필본은 남아 있지 않고 후대에 필사한 2종의 이본이 전해진다. 그 중 하나는 고창읍 성두

손본 필사본고소설자료총서』, 보경문화사, 1993; 월촌문헌연구소 편,『원광대학교 박순 호 교수 소장본 한글필사본고소설자료총서』, 오성사, 1986; 김기동 편,『필사본고소설 전집』, 아세아문화사, 1983. 그 외 가능성을 열어두고 활자본 고전소설 전집들도 살펴보 았다. 인천대 민족문화연구소,『구활자본 고소설전집』, 은하출판사, 1984; 김용범 편, 『구활자소설총서 고전소설』, 민족문화사, 1983.

5 김광순A본, 600쪽.
6 물론 조선 말기까지 군직(軍職)의 하나로 '오위장(五衛將)'이 있었기 때문에, '신오위장' 을 '신'씨 성을 가진 다른 인물로 볼 여지도 있다. 그러나 통상 필사자나 책 주인을 밝히는 대목에서 군직을 밝히는 경우는 드물며, — 뒤에 서술하겠지만 — 이 이본이 판소리의 색채를 지니고 있다는 내용적 특성상 신재효와 관련되었으리라는 추정이 충분히 가능하다.

리에 살았던 유충석(1848~1921)이 1903년부터 1918년 무렵 사이에 신재효본을 빌려다 베껴 쓴 속칭 성두본이고, 다른 하나는 신재효 후손이 보관하고 있는 이른바 신씨가장본이다.[7] 즉 20세기 초에도 신재효 판소리에 대한 관심이 여전했던 것이고, 이런 관점에서 보자면, 1911년에 필사를 하였고 신오위장 댁 가장이 책의 주인이었다는 사실은 전혀 낯설거나 어색한 일이 아니다. 결론적으로 김광순A본『구운몽』은 '1911년에 신재효의 후손이 필사하여 소장하고 있던『구운몽』이본'인 것이다.

신재효의 후손이『구운몽』을 소장하고 있었다는 사실은 어느 연구자에게나 호기심을 유발한다. 다른 소설도 아니고 왜 하필『구운몽』이라는 작품을 필사하여 소장하고 있었는지 궁금하지 않을 수 없다―고창판소리박물관에도 1종의『구운몽』이 소장되어 있어 더욱 궁금증을 유발한다[8]―. 그런데 더욱 놀라운 점은 그 내용에 있다. 김광순A본은『구운몽』선본 계열의 모습에서 상당히 이탈하였으며, 여러 측면에서 판소리의 색채를 강하게 드러내고 있기 때문이다.

불젼의 공양ᄒ고 지을 올여 딕지흔 휴 션여을 하즉ᄒ고 동구 박게 나셔셔
류 잡고 일언 말시 가이 웁다

---

7   배연형·서희원,『한국의 소리 세상을 깨우다』, 랜덤하우스코리아, 2007 참조.
8   현재 '고창판소리박물관'에는 1종의『구운몽』이 소장되어 있다. 이를 아직 실물로 확인하지 못했으나 만약 그 지역에서 유통되었던 필사본이라면 판소리 색채가 담겼을 가능성을 배제할 수 없다. 홈페이지에 게시된 표지(제명이 '『구운몽』권지이라, 권지삼이라'와 같은 방식으로 되어 있음)가 실물이라면, 대부분의『구운몽』이본들이 '~이라'와 같은 구어적 제명을 사용하지 않는다는 점을 볼 때 이 이본의 판소리적 성향을 충분히 의심해 볼 수 있다.

남악산은 청산의 일구일심 우리집 겡기로다 육관딕사 오신 휴로 남북이 갈나 잇셔 연화봉 조현 겡을 지측 간의 못 바쓰니 우릐 부인 영을 바다 오날 마참 예 왓노라 조일이 미안ᄒ고 춘싴이 겡 조혼딕 일어한 존헌 씨예 첨피 남산 올나셔 연화봉의 오셜 쓸쳐 폭포수의 발도 씨코 글 지여 노릐 ᄒ며 헝거워 도라오니 우리 궁중 졔 미인계 즈랑하미 엇떠ᄒ요?

팔션여 셔로 잡고 딕답하되,

어화 조헐씨구 어셔 밥비 가자셔라 죽장마혜 단포장어로 기음기음 올나가셔 츈광을 바릐보니 화조난 나라들고 봉졉은 나라들 졔 이화난 쓸어지고 힝화난 헌날인다 빅졉은 펜펜ᄒ여 오난 사람 반기난 듯 춘싴이 난만ᄒ여 이닉 흥을 자아닐 졔 오만 깃싱 나라든다 난봉공작 비취원잉 핑틱영을 마다할 졔 도연명의 빅환조며 농상잉무능언어 하니 말 잘하난 잉무싀며 젹벽강 빈젼하든 알연장명 헌확이며 교음안견ᄒ니 선확성이 이 안인가 작작홍화 탐을 닉여 힝기쪼차 썩거들 졔 한 손으로 며리 잡고 ᄯ 한 손의 곳철 잡고 우직끈 썩거들고 연지 얼골 딕여보니 곳친지 스람인지 졔 뉘틱셔 분별하리

팔션여 그동 보소 우연이 감동ᄒ고 픠연이 흥을 게워 구름 잡고 올나가며 물도 쫏차 나리오니 여상폭포 괘상쳔은 예 글의 드려드니 이 시 은하낙구쳔을 오날 와셔 보리오다 그 물예 유환ᄒ여 진금을 씨친 휴예 곳철 한줌 덥셕 흘텨 넌짓 들어 친이 빅도유쳔 말근 물의 단청이요 조허며 강수가 잔잔ᄒ고 낙화동동 칭암졀벽 높푼 고졔 빅일폭포 풍풍겨동 씨 안인 눈과 갓치 아주 풍풍 쓰난구나 말근 물은 광능의 싀겨 율을 뉘라셔 가라닉며 고은 눈셥 불근 단장 물 밋틱 빈친 그동 이연한 미안도라 종명 션싱 기림인가 분명이도 빈친 엿다

팔션여의 그동 보쇼 구름 갓튼 며리취도 활활 썰여 다시 언고 셰류 갓탄

가는 허리 침미 싣도 잘나믜고 비회하여 논이다가 셕교상의 안자더니⁹

　인용문은 작품 초반부에 팔선녀가 노니는 부분인데, 선본 계열과는 전혀 다른 대신 판소리의 색채가 강하게 묻어난다. 이와 같이 김광순A본에서는 등장인물의 발화를 통해 판소리 '창'의 형식을 자주 보여줄 뿐만 아니라, 서술자의 발화를 통해 '아니리'의 느낌을 전달하는 경우를 쉽게 확인할 수 있다.

(2) 판소리 계열 이본 추가 발견

　처음엔 위 이본만으로도 매우 놀라웠다. 『구운몽』과 판소리가 상호 소통의 흔적을 갖고 있다는 사실을 확인한 것만으로도 충분히 문제적이기 때문이다. 그런데 이 같은 이본이 또 있었다. 『김광순 소장 필사본 한국고소설전집』 67권(259~364쪽)에 수록되어 있는 『구운몽』¹⁰(이하 '김광순B본') 또한 판소리의 색채가 매우 강함을 확인할 수 있었다. 영인 상태가 썩 좋지 못하고 원본의 필사 또한 서툰 점이 있어 내용이 매끄럽게 연결되지는 않는다. 영인본의 시작 부분¹¹을 인용하면 다음과 같다.

9　김광순A본, 437~440쪽.
10　사실 이 이본은 앞부분이 남아 있지 않아 작품의 제명을 명확히 알 수 없다. 다만 전집에서 '구운몽'이라 붙였기 때문에 여기서는 편의상 '구운몽'이라고 칭하겠다. 그러나 엄밀히 말하면 '제목 미상'이다.
11　이 작품의 경우 영인 상태가 좋지 못하다. 그래서 영인본의 맨 처음이 실제 원본의 맨 처음인지 명확하게 단정하기 어렵다. 여기서는 편의상 영인본의 시작 부분이라고 칭하도록 하겠다.

어느 뒤고 뒤는 조츠 가절이라 화쵸 둥둥 단발ᄒ고 녹음만개 그지 엄□ 츈광츈싴을 자탄ᄒ이 디쳑 그져 거름ᄒ며 가사 지여 노릭ᄒ니 그 곡조의 ᄒ여시되

반감ᄃ 이니 힝싴 쳘니 황셩 가즈 뉘라 월궁 계슈 뉘 격글고 누강 홍연 뉘리되□□둑의 어느 뒨고 와튜싱심 여긔로ᄃ

손이 들고 벼들 즈바 히롱ᄒ니 □□□□[12] 식 조튼 삼쳑 셔동 반ᄀ올샤

(…중략…)

어허 조타 버드리야 반갑도다 버들이야 위셩조우 아참날의 긱사쳥쳥 네와 눈야 고소딕 발근 밤의 딕월수 예왓갓냐 일낙쳥문 경근 날의 원불힝인이 몃몃히며 이월츈풍 쟝딕로의 소년금편이 어나선고 마듸마듸 눈을 트니 미인 본 듯 반가오며 가지가지 춤을 추니 허리 밉시가 분명ᄒ다 실은 어이 거럿는고 말을 믜고 노라불가 숏혼 어이 힝괴롭나 압주 오릐가 아니로다 이 버들심고 사랑 나오기을 기다린닷 아희야 썩지마라 남의 사랑을 희칠는가

곡조을 마치믹 인ᄒ여 양유샤 결구 이수를 지으니 그 글의 ᄒ여시딕[13]

영인본의 시작 부분이 원본의 맨 처음은 아닌 듯하다. 위 인용문은 양소유가 과거를 보러 가는 길에 절승 경치를 구경하며 곡조를 하는 부분이다.[14] 선본 계열『구운몽』과는 전혀 다른 느낌이다. 김광순B본 또한 판소리적 문체가 적극적으로 사용되고 있는 것이다.

그런데 또 하나 흥미로운 사실은 김광순A본의 같은 대목과 비교해보

---

12 영인본으로는 글자가 쓰여 있는 부분인지 그렇지 않은 부분인지 명확하게 구별이 되지 않는다.
13 김광순B본, 261~263쪽.
14 그리고 곧이어 양소유와 진채봉의 인연이 맺어지는 내용으로 넘어간다.

면 김광순B본의 내용이 전혀 다르다는 점이다. 김광순B본에서는 위와 같이 경치의 아름다움을 읊조리는 장면에서 서사의 시간적 흐름을 멈춰 세우고 집중하는 경향을 보인다. 김광순A본에서도 물론 경치에 주목하는 시선이 등장하고 판소리적 문체가 활용되기는 하지만 김광순B본에 비하면 매우 짧고 간략하다, 큰 의미를 두지 않은 것이다.[15] 이렇듯 김광순A본과 김광순B본에서 판소리 문체로 강조되는 지점이 상이한 모습은 작품 전반에서 확인된다.

김광순A본과 김광순B본의 유사점과 차이점은 『구운몽』 판소리 계열 이본의 존재 양상을 고찰하는 데 중요한 단서를 제공한다. 두 이본이 공히 판소리 계열 이본이라 칭할 수 있을 정도의 정체성을 지니고 있으면서도, 한편으로는 상당히 다른 내용이라는 점이 그것이다. 즉 두 이본 사이에 이 정도의 편폭이 존재한다면, 지금까지 알려지지는 않았지만 『구운몽』 판소리 계열 이본이 생각보다 많이 존재할 것이라는 추정을 가능하게 하는 것이다.

2) '가사체'로 명명됐던 이본 3종에의 주목

판소리 문체가 활용된 『구운몽』 이본을 발견하게 되면서, 그 관심은 서인석이 '가사체'로 명명한 이본들에게로 이어지게 되었다. 서인석은 「가사와 소설의 갈래 교섭에 대한 연구」(서울대 박사논문, 1995)에서 장

르 간 소통의 양상을 살피면서 자연스럽게 비선본 계열 이본들에 주목
했는데, 『구운몽』도 마찬가지여서, 논자는 율문적 성향이 강한 『구운
몽』 이본에 대해 '가사체'가 활용되었다고 언급하였다. 서인석은 이 논
문에서 총 3종의 『구운몽』 이본을 다루었는데, 논문을 통해 확인한 이
본들의 특징이 필자가 살피고 있던 2종의 이본과 닮아 있었다. 이에 서
인석이 소장하고 있는 서인석본을 비롯하여 이 논문에서 언급하고 있
는 3종의 이본을 직접 살피게 되었고, 본 연구자가 살핀 2종과 더불어
총 5종의 이본이 이른바 '판소리 계열 이본들'로 볼 수 있다고 판단하
게 되었다.

3) 5종의 이본 비교 필요성 인식

이상의 과정을 통해 확보한, '『구운몽』 판소리 계열 이본군'에 속하
는 이본 5종의 서지사항을 소개하면 다음과 같다.
먼저 이본의 출현 순서를 정리하기 위해 간행시기부터 하나씩 짚고
넘어가도록 하겠다.

> ① 『구운몽』(권영철본) : 끝에 '을묘삼월니십육일종'이라고 되어 있는데,
> 책 주인의 주소와 이름이 이와 같은 글씨체로 쓰여 있어, 추적 결과
> 1915년으로 밝혀졌다.[16]

---

16 안창수, 「구운몽 연구」, 영남대 박사논문, 1989.

② 『九雲夢』(서인석본) : 표지에 '昭和十一年丙子月日'이라 쓰여 있고, 권1 끝에 '丙子正月初三日始終'이라고 쓰여 있는 것으로 보아, 1936년에 필사된 것이다.[17]

③ 『九雲夢』(한중연본) : 기존 연구에서는, 첫장 안쪽에 '光緒二年月日 公州牧重記'라는 기록을 토대로, 「공주목중기」를 뒤집어서 필사한 이 이본이, 광서 2년인 1876년과 그리 멀지 않은 19세기 말에 필사된 것으로 보았다.[18] 가능한 추정이기는 하나 확실한 단서는 아니다. 그래서 현재로서는 간행시기 미상으로 보는 것이 옳다.

④ 『구운몽 권지단』(김광순A본) : 앞서 살펴본 바, '신오위장 댁'에서 신해년(1911년)에 필사되었다.

⑤ 『구운몽』(김광순B본) : 필사된 때를 알 수 있을만한 단서가 없다. 간행시기 미상이다.

간행시기와 관련하여, 필자가 새롭게 소개한 자료 ④는 '『구운몽』판소리 계열 이본군'의 존재 양상을 밝히는 데 중요한 실마리를 제공한다. 왜냐하면 본 연구자가 언급한 ④가 5종의 이본 중 가장 앞선 것이며, 나머지 4종의 판소리적 면모를 설명해주는 중요한 단서가 되기 때문이다.

기존 연구에서는 ③이 가장 이른 시기의 이본이라고 보았다. 위 설명처럼 이 이본이 1876년 기록의 뒷면에 필사되었다는 이유 때문이었다. 그러나 그것은 하나의 추정은 될 수 있지만, 명확한 근거가 되기는 어렵다. 따라서 간행시기 미상인 두 이본을 제외하면, 현재 가장 이른 시

---

17 서인석, 앞의 글, 118쪽.
18 위의 글.

『구운몽』 판소리 계열 이본 현황

	제명	소장자(처)	간행시기	
서인석 소개 3종	구운몽	권영철본	1915년	⋯1
	九雲夢	서인석본	1936년	⋯2
	九雲夢	한국학중앙연구원48장본	미상	⋯3
필자 소개 2종	구운몽 권지단	김광순A본	1911년	⋯4
	구운몽[19]	김광순B본	미상	⋯5

기에 간행된 이본은 필자가 여기서 처음 소개한 4가 된다. 다시 말해, 1911년에 필사한 '신오위장 댁' 소장본이 가장 이른 시기의 이본인 것이다.

이들 5종의 이본은 판소리 문체를 지니고 있다는 공통점은 물론이거니와 어구가 같은 부분도 상당하다. 그러면서도 한편으로는 개성적인 내용들이 많아서, 하나의 선본先本으로부터 파생되어 상당히 개성적인 구조로 나아간 것이 아닌가 하는 확신을 갖게 한다. 그렇게 볼 때, 결국 가장 앞서 출현한 4가 현재로서는 선본先本이 될 수밖에 없다. 또한 여기에 그 근거를 일일이 거론하기는 어렵지만, 실제로 4를 살펴보면 이것이 가장 앞선 시기의 이본이며 비교적 완정한 형태로서 '『구운몽』 판소리 계열 이본군' 내에서 선본善本의 지위를 갖고 있다는 것을 알 수 있다. 그런데 4는 신재효 집안에서 나온 이본이다. 즉, 그간의 연구에서 이들 이본에 대해 '가사체 소설' 등[20]의 평가를 했는데, 이제는 이들

---

19 앞서 주석에서 밝힌 것처럼 전집 목차에는 '구운몽'이라고 제목을 붙여놨지만, 영인본에서는 제목이 확인되지 않는다.

20 서인석, 앞의 글. 서인석도 부분적으로 판소리 문체가 활용되었음을 언급하였다. 한편

이본이 판소리 문체로 되어 있음을 확정하고, 이들을 '이본군'으로 묶어 '판소리 문체를 수용한 『구운몽』 비선본 계열 이본군'으로 단정해도 큰 무리가 없게 된 것이다.

상황이 이렇다 보니, 이제 필자의 눈은 지금까지 단 한 번도 거론되지 않은, 전국 공공기관이나 각 대학 도서관에 소장되어 있는 수많은 한글 필사본 『구운몽』 이본으로 옮겨갔다. '『구운몽』 비선본 계열 이본' 조사를 위해 필자는 그동안 기 간행된 각종 전집류를 시작으로 하여, 온라인으로 열람이 가능한 자료들을 살펴보았다. 그러나 온라인으로 열람이 가능한 곳은 국립중앙도서관, 한국학중앙연구원, 서울대 규장각한국학연구원, 단국대 천안캠퍼스 율곡기념도서관 등으로 많지 않았으며, 이 또한 제한적이었다. 그 외 기관이나 대학들은 열람이 일부분만 가능하거나, 아예 원천적으로 불가능했다. 이에 직접 공공기관과 도서관을 찾아다니며 『구운몽』 이본에 대한 전수조사를 해야 할 필요성을 느끼게 되었다.

사성구는 『구운몽』의 희곡적 성격을 거론하며, 이들 이본의 판소리적 성향의 '가능성'에 대해 언급을 한 바 있다. 예리한 시각이라 생각된다. 다만 근거 제시나 논증이 충분히 이루어지지 않아 그리 큰 주목을 받지 못한 것이 아쉽다. 사성구, 「구운몽의 희곡적 성격 연구」, 서강대 석사논문, 2001.

3. 연구의 방법

1) 이본 전수조사

현재까지 확인된 총 5종의 이본은 '고전소설 전집류 수록본', '온라인 열람이 가능한 도서관 소장본', '기존 연구에서 언급한 이본' 등에서 확인한 것이다. 그러나 아직 직접 눈으로 확인하지 못한 자료가 많다. 『고전소설 이본목록』(집문당, 1999) 및 『고전소설 연구보정』(박이정, 2006), 한국역사정보통합시스템과 한국교육학술정보원 홈페이지를 활용해 찾아본 바에 따르면,[21] 전국 각 대학 도서관은 물론 각지의 공공도서관에 『구운몽』이 소장되어 있다. 지면 관계상 여기에 구체적인 통계를 밝힐 수는 없지만, '지금까지 알려진 것이 아닌 이본들'도 꽤 확인되었다. 조사된 내용을 수록 종수에 따라 정리하면 다음의 표와 같다.

이 통계는 온라인에 소개된 서지정보에 따라 한글 필사본일 것으로 예상되는 혹은 그와 관련이 있으리라 추정되는 판본들을 정리한 것이다. 서울대 규장각한국학연구원, 국립중앙도서관, 연세대 등에 소장된 자료들 중에는 온라인 열람이 가능한 것과 그렇지 않은 것이 혼재되어 있다. 단국대 율곡기념도서관(천안)의 경우 온라인으로 열람이 가능하기 때문에 나손본과 겹치는 것인지 아닌지를 명확히 확인할 필요가 있고, 단국대 퇴계기념도서관(죽전)의 경우 온라인 열람이 불가능하기 때

---

21 http://www.koreanhistory.or.kr/; http://www.riss.kr/index.do. '구운몽'이라는 단어를 비롯하여 몇 개의 키워드를 입력, 그 결과를 정리한 후, 소장되어 있는 각 기관 홈페이지로 일일이 들어가 소장 사항을 점검하였다.

	소장처 (대학 이름만 있는 것은 도서관을 의미)
6종 이상	서울대 규장각한국학연구원
5종 이상	국립중앙도서관, 단국대(천안), 경기대, 경상대
4종 이상	연세대, 동국대, 단국대(죽전), 계명대
3종 이상	충남대
2종 이상	고려대, 전남대
1종 이상	서울대, 이화여대, 성균관대, 건국대, 숭실대, 강원대, 동아대, 부산시민도서관, 영남대, 대구가톨릭대, 한국국학진흥원, 안동대, 전주대

문에 직접 확인을 해볼 필요가 있다. 본디 많은 고서를 보유하고 있는 기관은 물론, 그렇지 않은 기관들 중에도 『구운몽』 이본을 적지 않게 소장한 경우를 볼 수 있다. 경기대, 경상대, 동국대, 계명대 도서관에는 의외로 많은 수의 『구운몽』 이본이 존재해서 주목을 끌었다. 모두 직접 확인을 해볼 필요가 있다. 더불어 주목해야 할 곳이 충남대이다. 충남대 소장본은 사재동 기증본일 가능성이 높은데, 선생은 본래 많은 수의 『구운몽』 이본을 보유하고 있었다. 이들에 대한 검토가 필요하다.

한편 주요 개인소장본은 다음과 같다.

주요 개인소장본 목록

> **강전섭 소장본, 박순호 소장본, 사재동 소장본, 임형택 소장본, 정규복 소장본, 정명기 소장본, 홍윤표 소장본**

박순호 소장본은 『박순호 교수 소장 한글필사본고소설자료총서』에 수록된 것 외에 '가목家目'에 해당하는 추가 이본을 의미한다. 사재동은 충남대 도서관에 자신의 문고를 기증하였는데, 혹 여전히 개인문고로 남은 것은 없나 확인할 필요가 있다. 임형택, 정규복, 정명기, 홍윤표 소장본은 각각 1종이지만 실체가 어떨지 상당히 궁금한 이본이다.

2)『구운몽』판소리 계열 이본군 내 비교 연구

이 연구는 이른바 '『구운몽』판소리 계열 이본군'의 확장성이 어느 범위까지인지 확인하기 위한 것이다. 물론 이들의 실체를 객관적으로 파악하기 위해 판소리 계열 이본군 내에서 선본과 이본을 나누고 선본의 특징을 도출해내는 작업이 선행될 것이다. 그렇지만 그것보다는 선본을 기준으로 볼 때 각 이본들이 어떻게 자유롭게 자신의 이야기를 만들며 파생되어 나갔는지에 더 주목하여 살펴보려고 한다. 다시 말해 '선본을 위한 이본 연구가 아닌, 이본을 위한 이본 연구'를 하겠다는 말이다. 앞서 언급한 바와 같이 이 연구는 각 이본들이 선본에 어떻게 수렴해갔는가를 보기보다는, 그와 반대로 어떻게 선본으로부터 멀어져갔는가에 주목하기 때문이다.

추가 조사를 통해 판소리 계열 이본군에 속하는 이본이 새롭게 출현할 경우에는 논의가 달라지겠지만, 현재까지 확인한 5종은 대략 두 계열에서 세 계열로 나뉜다. 그 대상이 다섯 종에 불과하다는 사실을 고려한다면 이 이본군은 '선본에의 수렴 지향성보다는 각 이본으로의 파생 지향성이 더 강하다'는 것을 알 수 있다. 그래서 위와 같이 선본으로부터 얼마나 멀어져갔는가를 따지는 것이 이 이본군을 연구하는 방법론으로 더 적합하다.

요컨대 위와 같이 각 이본의 개성을 파악하는 작업을 통해 '『구운몽』

판소리 계열 이본군의 자장'이 어떻게 형성되어 있는지 살펴볼 것이다. 이는 넓게 보면, '『구운몽』 비선본 계열의 자장'을 탐색하는 단초이며, '선본 계열과 비선본 계열을 아우르는 추상적 실체로서의 『구운몽』'에 접근하는 기반이 될 것이다.

3)『구운몽』'선본 계열'과 '판소리 계열 이본군' 간의 서사적 거리 연구

이 연구를 계획하면서 개인적으로 가장 매진하고 싶었던 주제가 바로 '『구운몽』 판소리 계열 이본들이 선본 계열들로부터 얼마나 멀리 떨어져나갔는가?'였다. 이본들은 선본을 따라가려고 하는 기본적 속성을 지니고 있어서 만약 이본이 선본과 차이가 난다면 그것은 선본의 서사를 제대로 따르지 못한 결과라는 선입견. 사실 이러한 생각이 이본 연구를 학습하고 연구에 적용하는 과정에서 은연중에 뿌리를 내리게 된다. 그러나 실제 이본의 운동성은 그렇게 단순하게 선본 수렴적이지 않다. 그리하여 필자는 선본을 위한 이본 연구가 아닌 이본을 위한 이본 연구를 진행하고자 한다. 그 목표는 판소리 계열 이본이 선본 계열의 서사를 얼마나 훼손하였는지 혹은 선본 계열의 서사에 비해 얼마나 미비한지가 아니라, 그들이 얼마나 선본 계열로부터 벗어나 활발하게 독자적인 움직임을 보여줬는지에 있다. 따라서 오해를 불러일으킬 수 있는 '이본 연구'라는 표현 대신 '서사적 거리'라는 표현을 활용하였다.

이 연구는 자구字句의 출입出入을 비교하더라도 그것이 문헌적 선후 관계를 밝히기 위한 것이라기보다 내용적 변모의 양상을 확인하기 위한 것이다. 따라서 자구와 문장, 문단, 그리고 작은 사건과 큰 사건, 주요 등장인물 등 작품을 이루는 미세한 요소들부터 중핵 요소들까지, 그것들이 변화를 일으키며 이본의 서사를 어떻게 차별화시키는지, 변화를 추동하는 힘의 맥락을 살펴보도록 하겠다.

4) 『구운몽』 '판소리 계열 이본군'과 기존 판소리 간의 영향 관계 연구

3)에 이어 그 다음으로 궁금한 것이, 신재효 집안으로 대변되는 판소리 향유 및 전승 집단은 왜 하필 판소리 형태의 『구운몽』을 보유하고 있었을까 하는 것이다. 이와 관련하여 흥미로운 두 가지 기록이 있다.

첫 번째는 『기완별록奇玩別錄』이다. 이 문헌은 1865년 경복궁 중건 시에 거행되었던 임금의 친림 행사를 묘사하였다.[22] 『기완별록』에는 당시 친림 행사에서 연행된 공연 장면이 소개되는데, 그 중에는 이른바 '팔선녀놀이'라고 하는 것이 있어서 『구운몽』이 연행의 대상이 되었음을 알려준다. 그런데 신재효는 1865년 경복궁 중건에 원납전 500냥을 바쳤으며, 주지하다시피 1869년 경복궁 경회루 낙성연에서 고종으로부터 오위장 관직을 제수받았다. 즉, 신재효가 직접 '팔선녀놀이'를 보았을 가능성은 매우 높으며, 어쩌면 이에 직간접적인 역할을 했을 수도

22　윤주필, 「경복궁 중건 때의 전통놀이 가사집 『奇玩別錄』」, 『문헌과 해석』 9, 태학사, 1999, 202~232쪽.

있다. 이렇게 본다면, 신재효 집안에서 '『구운몽』 판소리 계열 이본'이 출현한 것은 우연이 아니었던 것이다.

두 번째는 『매일신보』에 기록된, 공연화된 『구운몽』인 〈구운몽연의〉와 관련한 기사이다.

本券番이 本年 二月에 甁立ㅎ바 諸般新舊歌舞를 熱心學習ㅎ야 觀覽하신 諸君子들의 娛樂에 供ㅎ옵는 中 由來 性眞舞를 改良ㅎ야 九雲夢演義를 製作홈과 項莊舞를 改良ㅎ야 鴻門宴演義를 著述홈과 春香傳에 夢中歌를 實地로 現形함은 旣히 十日間 高評에 喝采를 표ㅎ온바……. [23]

이날은 구운몽연의 데이회 성진이 팔선녀와 희롱타가 륙관대사의 노하심을 바다 디옥으로 가는 데라 계옥의 성진이 신셰타령ㅎ는 노릭는 관긱으로 ㅎ야곰 부지중 눈물을 짜닉고 남수의 륙관대스는 어됴가 좀 이상ㅎ나 긴 스셜을 쎼지 안코 어식지 안케 말흠은 참 놀랍다. [24]

『구운몽』은 〈구운몽연의〉라는 제목으로 1917년부터 공연이 되었다. (현재까지 확인된) 판소리 계열 이본 5종의 간행연대가 대략 1911~36년 사이라는 점을 감안한다면, 이들 이본군과 위 공연과의 관련성 또한 진지하게 따져볼 필요가 있다. [25]

---

23 『매일신보』, 1917.11.29.
24 『매일신보』, 1917.12.2.
25 이 두 가지 기록은 기존 논문에서도 언급된 적이 있지만, 이들을 연결시킬 수 있는 논리적 근거 없이 위 사실들이 병렬적으로 나열되어 있었다(사성구, 앞의 글). 그러나 '신오위장댁 가장 『구운몽』'의 존재로 인해, 적어도 '팔선녀놀이'와 '『구운몽』 판소리 계열 이본'의 관련성에 대해서는 상당히 설득력 있는 근거를 갖추게 되었다고 본다.

이 연구를 심화시키기 위해서는 '『기완별록』을 비롯한 당시 연희 관련 기록들에 대한 검토'와 '20세기 초 신문 자료에 대한 검토'가 진행이 되어야 한다. 그리고 『구운몽』 판소리 계열 이본과 기존 판소리와의 내용 비교 연구 또한 이루어져야 한다.

4. 연구의 전망

위와 같은 계획이 순조롭게 진행된다면 『구운몽』 판소리 계열 이본군 연구는 다음과 같은 성과를 얻을 수 있을 것이다.

첫째, 『구운몽』이라는 작품의 장르적 외연이 확장됨으로써 정전급 작품의 다대한 편폭을 새롭게 인식할 수 있다. 이를 다른 정전급 작품에도 적용할 수 있다. 이 책에서 살펴본 것처럼 대중들과 만났던 『구운몽』은 각기 다른 개성적 지향을 보여준다. 판소리 계열 이본군에서도 그러한 특징을 확인할 수 있을 것이라 예상이 된다. 『구운몽』처럼 정전급 작품이 이렇듯 다양하게 변이되었다는 사실은, 오랜 기간 많은 이들에게 향유되었던 고전소설의 주요 작품들 또한 이본 변이를 통해 다채롭게 분화되었을 가능성을 암시한다.

둘째, 문학 연구에서 이본은 선본을 규명하기 위한 수단으로 활용되는 경우가 일반적인데, 대중적 성격의 이본과 더불어 판소리 계열 이본에 대한 연구를 수행함으로써 이본 그 자체의 가치를 조명해야 할 필요성을 강조할 수 있을 것이다.

셋째, 비선본 계열 이본의 실체를 파악함으로써 장르라는 것이 고정적 실체가 아니라 운동성을 지닌 움직이는 존재라는 것을 직접 확인할 수 있을 것이다. 그동안 우리는 특정 작품을 하나의 장르적 범주로만 바라보는 경향이 강했다. 같은 맥락에서 고전소설의 주요 하위 장르에 대해서도 고전소설이라는 상위 범주 내에서만 사고하는 것이 당연한 것처럼 인식되어 왔다. 그러나 그 작품의 이본을 고려하여 작품의 정체성을 사고한다면, 이제 그러한 위계적인 인식으로는 작품에 대해 온전히 설명할 수 없을 것이다.

요컨대『구운몽』과 상당한 거리가 있다고 생각되어 온 판소리 장르가『구운몽』과 만났다는 사실은, 소설사, 나아가 문학사의 서술에 흥미로운 파장을 일으킬 것이라고 본다. 향후 이러한 문제의식을 구체화시켜 실제 양상이 어떠했는지 살펴보도록 하겠다.

참고문헌

1. 자료

『구운몽』경판본

『구운몽』계해본

『구운몽』권영철본

『구운몽』규장각본(서울대본)

『구운몽』김광순A본

『구운몽』김광순B본

『구운몽』노존A본

『구운몽』노존B본(강전섭본)

『구운몽』동양문고 세책본

『구운몽』서인석본

『구운몽』신번 구운몽

『구운몽』연정 구운몽

『구운몽』완판본

『구운몽』유일서관

『구운몽』을사본

『구운몽』한중연본

『기완별록(奇玩別錄)』

『매일신보』

『몽유야담』

『서포연보』

『패림』

김광순 편, 『김광순 소장 필사본 한국고소설전집』, 박이정, 1993~2007.

김기동 편, 『필사본고소설전집』, 아세아문화사, 1983.

김용범 편, 『구활자소설총서 고전소설』, 민족문화사, 1983.

박종수 편, 『나손본 필사본고소설자료청서』, 보경문화사, 1991~1993.

월촌문헌연구소 편, 『원광대학교 박순호 교수 소장본 한글필사본고소설자료총서』, 오성사, 1986.

인천대 민족문화연구소 편, 『구활자본 고소설전집』, 은하출판사, 1984.

2. 단행본

김병국・최재남・정운채 역, 『서포연보』, 서울대 출판부, 1992.

박일용, 『영웅소설의 소설사적 변주』, 월인, 2003.

설성경, 『구운몽 연구』, 국학자료원, 1999.

이창헌, 『경판 방각소설 판본 연구』, 태학사, 2000.

정규복, 『구운몽 연구』, 고려대 출판부, 1974.

_____, 『구운몽 원전의 연구』, 일지사, 1977.

정길수, 『구운몽 다시 읽기』, 돌베개, 2010.

3. 논저

강상순, 「구운몽의 상상적 형식과 욕망에 관한 연구」, 고려대 박사논문, 1999.

_____, 「구운몽에 형상화된 남녀관계의 소설사적 계보와 역사적 성격」, 『우리어문연구』 32, 우리어문학회, 2008.

경일남, 「고전소설의 『구운몽』 활용양상과 수용 의미」, 『인문학연구』 97, 충남대 인문과학연구소, 2014.

권혁래, 「대학 교양수업에서 구운몽 읽기와 소설 교육」, 『새국어교육』 83, 한국국어교육학회, 2009.

금영진, 「난소사토미핫켄덴의 8견사 八犬士와 八仙女・八仙」, 『외국문학연구』 56, 외국문학연구소, 2014.

김광순, 「구운몽 연구의 경향별 검토와 쟁점」, 『애산학보』 28, 애산학회, 2003.

김동욱, 「춘향전 이본고」, 『이십주년기념논문집』, 중앙대학교, 1955.

_____, 「구운몽 원본 탐색의 가능성 고찰」, 『국문학연구』 24, 국문학회, 2011.

김문희, 「구운몽의 중층적 담론 연구」, 『한국고전여성문학연구』 10, 한국고전여성문학회, 2005.

김민정, 「금선각의 소설사적 전통과 구운몽」, 『순천향 인문과학논총』 32-3, 순천향대 인문과학연구소, 2013.

김석배, 「춘향전 이본의 생성과 변모 양상 연구」, 경북대 박사논문, 1992.

김영희, 「세책 필사본 구운몽 연구」, 『원우론집』 34, 연세대 대학원 총학생회, 2001.

김일렬, 「구운몽 신고」, 『한국고전산문연구』, 동화출판사, 1981.

김재웅, 「『창선록』의 작품세계와 『구운몽』의 수용론적 의미」, 『고소설연구』 36, 한국고소설학회, 2013.

_____, 「필사본 고소설의 지역별 유통과 문화지도 작성」, 『대동문화연구』 88, 성균관대 대동문화연구원, 2014.

류준경, 「방각본 영웅소설의 문화적 기반과 그 미학적 특성」, 서울대 석사논문, 1997.

박일용, 「영웅소설의 유형변이와 그 소설사적 의의」, 서울대 석사논문, 1983.

사성구, 「『九雲夢』의 戱曲的 性格 硏究」, 서강대 석사논문, 2001.

서경희, 「『용문전』의 서지와 유통」, 『이화어문논집』 16, 이화어문학회, 1998.

_____, 「구운몽의 수용 양상 연구」, 『이화어문논집』 21, 이화어문학회, 2003.

서인석, 「고전소설의 결말구조와 그 세계관」, 서울대 석사논문, 1984.

_____, 「가사와 소설의 갈래 교섭에 대한 연구」, 서울대 박사논문, 1995.

_____, 「구운몽 후기 이본의 변모 양상」, 『서포문학의 새로운 탐구』, 중앙인문사, 2000.

설성경, 「구운몽의 본질과 현대 개작의 방향성」, 『애산학보』 19, 애산학회, 1996.

_____, 「구운몽의 주제와 표제의 의미망」, 『한국민족문화』 19-20, 부산대 한국민족문화연구소, 2002.

_____, 「구운몽의 종교성과 정치적 담론」, 『인문과학』 90, 연세대 인문학연구원, 2009.

송성욱, 「『구운몽』과의 현대적 소통」, 『한국고전연구』 23, 한국고전연구학회, 2011.

신재홍, 「몽유양식의 소설사적 전개에 관한 연구」, 서울대 박사논문, 1992.

심치열, 「『구운몽』의 현대적 계승과 변용 연구」, 『고소설연구』 16, 한국고소설학회, 2003.

안창수, 「구운몽 연구」, 영남대 박사논문, 1989.

양승민, 「「구운루」와 「구운기」의 거리」, 『한국고전연구』 24, 한국고전연구학회, 2011.

_____, 「「신증구운루(新增九雲樓)」의 발견과 그 존재 의미」, 『한국한문학연구』 48, 한국한문학회, 2011.

엄기주, 「유가의 소설적 대응양상에 관한 연구」, 성균관대 박사논문, 1992.

엄태식, 「『구운몽』의 이본과 전고 연구」, 가천대(경원대) 석사논문, 2005.

엄태웅, 「「소대성전」·「용문전」의 경판본에서 완판본으로의 변모 양상」, 『우리어문연구』 41, 우리어문학회, 2011.

_____, 「방각본 영웅소설의 지역적 특성과 이념적 지향」, 고려대 박사논문, 2012.

_____, 「세책본 영웅군담소설의 서사 지향」, 『민족문화연구』 65, 고려대 민족문화연구원, 2014.

_____, 「완판본 『구운몽』의 인물 형상과 주제의식」, 『어문논집』 72, 민족어문학회, 2014.

_____, 「경판본 『구운몽』에 나타난 비일상적 면모의 변모 양상과 그 의미」, 『일본학연구』 47, 단국대 일본연구소, 2016.

_____, 「「연정 구운몽」의 서사 전개 및 주제 구현 양상과 그 의미」, 『동양고전연구』 68, 동양고전학회, 2017.

_____, 「동양문고본 세책 『구운몽』의 서사적 지향과 주제적 특징」, 『Journal of Korean Culture』 40, 한국어문학 국제학술포럼, 2018.

유광수, 「『구운몽』-자기 망각과 자기 기억의 서사」, 『고전문학연구』 29, 한국고전문학회, 2006.

_____, 「『구운몽』-두 욕망의 순환과 진정한 깨달음의 서사」, 『열상고전연구』 26, 열상고전연구회, 2007.

유병환, 「구운몽의 구조와 소설미학적 실상」, 『고전문학연구』 35, 한국고전문학회, 2009.

_____, 「『九雲夢』과 『金剛經』의 대응양상 (속V)」, 『고소설연구』 36, 한국고소설학회, 2013.

유영대, 「심청전의 계통과 주제」, 고려대 박사논문, 1988.

유춘동, 「미국 하버드 옌칭 도서관 소장 한글 방각본 소설 연구」, 『한국비블리아학회지』 24-2,

한국비블리아학회, 2013.

_____, 「방각본 소설의 새 자료와 과제」, 『고전과 해석』 14, 고전문학한문학연구학회, 2014.

윤주필, 「경복궁 중건 때의 전통놀이 가사집 『奇玩別錄』」, 『문헌과 해석』 9, 태학사, 1999.

이강엽, 「구운몽의 문학지리학적 해석」, 『어문학』 94, 한국어문학회, 2006.

이강옥, 「구운몽에서 구름의 의미와 주제」, 『국어국문학』 151, 국어국문학회, 2009.

_____, 「구운몽의 환몽 경험과 주제」, 『고소설연구』 28, 한국고소설학회, 2009.

_____, 『구운몽의 불교적 해석과 문학치료교육』, 소명출판, 2010.

이문규, 「구운몽의 애정소설적 성격」, 『고전문학과 교육』 14, 한국고전문학교육학회, 2007.

이상구, 「구운몽의 구조적 특징과 세계상」, 『민족문학사연구』 25, 민족문학사학회, 2004.

_____, 「구운몽의 형상화 방식과 소설미학」, 『남명학연구』 24, 남명학연구소, 2007.

이상현, 「제임스 게일(James Scarth Gale)의 구운몽 번역과 문화의 변용」, 성균관대 석사논문, 2004.

이주영, 「구운몽에 나타난 욕망의 문제」, 『고소설연구』 13, 한국고소설학회, 2002.

_____, 「구운몽 연구의 현황과 과제」, 『국문학연구』 9, 국문학회, 2003.

이지영, 「『창선감의록』의 이본 변이 양상과 독자층의 상관관계」, 서울대 박사논문, 2003.

인권환, 「토끼전의 비교 고찰」, 『인문논총』 29, 고려대학교, 1984.

장효현, 「『구운몽』의 주제와 그 수용사」, 『한국고전소설사연구』, 고려대 출판부, 2002.

정규복, 「구운몽 이본고 (1)」, 『아세아연구』 4-2, 고려대 아세아문제연구소, 1961.

_____, 「구운몽 노존본의 이분화」, 『동방학지』 59, 연세대 국학연구원, 1988.

_____, 「구운몽의 空觀 시비」, 『水余 成耆說 박사 환갑기념논총』, 수여 성기설 박사 환갑기념논총 간행위원회, 1989.

_____, 「구운몽 서울대학본의 재고」, 『대동문화연구』 26, 성균관대 대동문화연구원, 1991.

_____, 「구운몽 노존본의 첨보작업」, 『동방학지』 107, 연세대 국학연구원, 2000.

_____, 「『구운몽』 텍스트 문제의 근황」, 『민족문화연구』 40, 고려대 민족문화연구소, 2004.

_____, 「『구운몽』 漫考」, 『고전과 해석』 창간호, 고전문학한문학연구학회, 2006.

_____, 「정길수 교수의 '구운몽 원전의 탐색'을 읽고」, 『민족문화연구』 48, 고려대 민족문화연구원, 2008.

정길수, 「구운몽의 독자는 누구인가」, 『고소설연구』 13, 한국고소설학회, 2002.

_____, 「傳奇小說의 전통과 『九雲夢』」, 『한국한문학연구』 30, 한국한문학회, 2002.

_____, 「구운몽 원전의 탐색」, 『고소설연구』 23, 한국고소설학회, 2007.

_____, 「구운몽 원전 재론」, 『민족문화연구』 50, 고려대 민족문화연구원, 2009.

_____, 「구운몽 定本 구성의 방법과 실제」, 『고소설연구』 32, 한국고소설학회, 2011.

정병설, 「구운몽도 연구」, 『고전문학연구』 30, 한국고전문학회, 2006.

_____, 「주제 파악의 방법과 구운몽의 주제」, 『한국문화』 64, 서울대 규장각 한국학연구원, 2013.

조동일, 「구운몽과 금강경, 무엇이 문제인가」, 『김만중연구』, 새문사, 1983.

조윤제, 「춘향전이본고 (一)」, 『진단학보』 11, 진단학회, 1939.

_____, 「춘향전이본고 (二)」, 『진단학보』 12, 진단학회, 1940.

지연숙, 「『구운몽』의 텍스트」, 『장편소설과 여와전』, 보고사, 2003.

최광석, 「토끼전 이본 계열의 구조와 근대지향 의식」, 경북대 박사논문, 2001.

최기숙, 「17세기 장편소설 연구」, 연세대 박사논문, 1999.

허경진, 「연민선생 주석본『구운몽』에 대하여」, 『동양학』 48, 단국대 동양학연구소, 2010.

황혜진, 「구운몽의 정서 형성 방식에 대한 교육적 고찰」, 『고전문학과 교육』 20, 한국고전문학교육
　　　학회, 2010.

D. 부셰, 「구운몽 저작언어 변증」, 『한국학보』 68, 일지사, 1992.

_____, 「원문 비평의 방법론에 관한 小考」, 『동방학지』 95, 연세대 국학연구원, 1997.

_____, 「구운몽의 제목에 대하여」, 『동방학지』 136, 연세대 국학연구원, 2006.

찾아보기

(재)한국연구원 한국연구총서 목록